NANCY NAIGLE

Weihnachtsherzen im Schneegestöber

Weitere Titel der Autorin:

Weihnachtszauber in Hopewell
Das Weihnachtswunder von Pleasant Sands
Ein Weihnachtsengel für die Liebe

Über die Autorin

Die USA-Today-Bestsellerautorin Nancy Naigle schreibt Kleinstadt-Liebesgeschichten mit ganz viel Herz. Sie lebt in North Carolina und verbringt ihre Freizeit mit dem Schreiben von romantischen Liebesromanen, dem Sammeln von Antiquitäten und macht hin und wieder gerne auch mal einen Wellnesstag.

NANCY NAIGLE

Weihnachtsherzen im Schneegestöber

Aus dem Amerikanischen
von Ulrike Gerstner

Lübbe

Die Bastei Lübbe AG verfolgt eine nachhaltige Buchproduktion. Wir verwenden Papiere aus nachhaltiger Forstwirtschaft und verzichten darauf, Bücher einzeln in Folie zu verpacken. Wir stellen unsere Bücher in Deutschland und Europa (EU) her und arbeiten mit den Druckereien kontinuierlich an einer positiven Ökobilanz.

FSC www.fsc.org
MIX
Papier aus verantwortungsvollen Quellen
FSC® C014496

Vollständige Taschenbuchausgabe
der bei Bastei Lübbe erschienenen E-Book-Ausgabe

Titel der amerikanischen Originalausgabe:
»Christmas Joy«
Published by arrangement with St. Martin's Publishing Group.

Dieses Werk wurde im Auftrag von St. Martin's Publishing Group durch die Literarische Agentur Thomas Schlück GmbH, 30161 Hannover, vermittelt.

Für die deutschsprachige Ausgabe:

Schanzenstraße 6–20, 51063 Köln

Umschlaggestaltung: Johannes Wiebel | punchdesign, München unter Verwendung von Motiven © stock.adobe.com: Walt | John | Vladimir Voronin | Bruce Peter Morin | Tatyana Sidyukova | Maryna und © shutterstock.com: Ruth Peterkin | yingko
Kapitelvignette: Designed by Freepik
Satz: 3w+p GmbH, Rimpar (www.3wplusp.de)
Gesetzt aus der Minion
Druck und Verarbeitung: GGP Media GmbH, Pößneck

Printed in Germany
ISBN 978-3-404-19256-4

1 3 5 4 2

Sie finden uns im Internet unter luebbe.de
Bitte beachten Sie auch: lesejury.de

Für meine Mutter, weil sie das beste Vorbild ist und mir ständig vermittelt, was wirklich wichtig ist an Weihnachten: nicht die Geschenke und das Spielzeug.
Danke, Mom, für die jahrelangen Familientreffen, die selbst gebastelten Geschenke, die Traditionen und dafür, dass wir in dieser Zeit der Freude, der Hoffnung und der Liebe die Batterien wieder auffüllen konnten.

Frohe Weihnachten!

Kapitel 1

Wie ist es möglich, dass zwei so unglaublich kleine Kinder es schaffen, meine gut kontrollierte Fokusgruppe in Sekundenschnelle in Aufruhr zu versetzen?

»So, jetzt sind wir alle wieder still und beruhigen uns.«

Joy Holbrook hielt ihre Stimme gleichmäßig, aber ihr Magen war verknotet. Sie kam sich heute Morgen eher wie eine Lehrerin vor und nicht wie jemand, der in der Marktforschung arbeitete. Und die Tatsache, dass bei MacDonald-Webber jedem Job ein kitschiger Namen verpasst wurde, half der ganzen Sache auch nicht unbedingt. Ihre leitende Position in Sachen »Alles rund um Weihnachten« war mit »Rudolphs-Rotrock-Banden-Oberwichtel« benannt worden. Würde man das jemals in ihren Lebenslauf schreiben, wäre sie ziemlich aufgeschmissen.

Doch trotz der lächerlichen Bezeichnung war dieser Job ein Aufstieg und brachte deutlich mehr Geld ein als ihre vorherige Stelle bei dem spießigen, altmodischen Konkurrenten.

Aber abgesehen von dem albernen Titel ging es wie immer im Leben um Abstimmung, wobei diese Sitzung anfing, ganz oben auf der Liste der Herausforderungen zu stehen. Hoffentlich ihre letzte Abstimmung, wenn sie die Beförderung zur Leiterin der Fokusgruppen erhielt.

Das ungezogene kleine Mädchen drehte eine Pirouette und tippte mit ihrer pummeligen Hand auf den Kopf eines der anderen Kinder, als würde sie eine Schwanensee-Version von Der-Plumpsack-geht-um spielen. Ihr Bruder schnappte sich einen Schokoriegel vom Tisch und rannte damit so schnell durch den Raum, dass seine Turnschuhe auf dem Boden quietschten.

»Jetzt«, wies Joy an und richtete ihren Blick auf die beiden flachsblonden Terrorzwerge. »Bitte. Setzt euch.« Wenn der Wetterkanal wieder nach Namen für Tropenstürme suchte, hätte Joy zwei im Angebot.

Lola und Richard.

Auch bekannt als die Kinder der Chefin.

Lola verdrehte die Augen, als ihr Bruder über den Fußboden rutschte und sich dann mit einem dumpfen Knall auf einen der Stühle fallen ließ. Sie zögerte, aber schließlich folgte sie Richards Beispiel und setzte sich mit einem Schnauben hin.

Joys Inneres summte, als ob sich tausend wütende Bienen in ihr niedergelassen hätten. Sie leitete wichtige Fokusgruppen und nicht den Babysitterdienst des Unternehmens.

Wie konnte Margie mir das schon wieder antun? Atme. Lächle. Nur noch ein paar Fragen, und wir sind fertig.

Joy zog die letzten Punkte durch, ohne den Kindern auch nur eine Sekunde Zeit zu geben, vom Plan abzuweichen. Nachdem sie zum letzten Mal die erhobenen Hände gezählt hatte, war sie fertig.

»Das habt ihr super gemacht!« Sie applaudierte den Kindern, und diese stimmten fröhlich ein. »Danke, dass ihr heute mit mir geteilt habt.«

Joy hob den Deckel einer in Silberfolie eingewickelten Schachtel, die als Herzstück des Tisches gedient hatte, und enthüllte einen geheimen Vorrat an Schokoriegeln. Freudenschreie erfüllten den Raum, als die meisten Kinder in die Schachtel griffen. Es war wenig überraschend, dass Richard in beiden Händen Schokoriegel hielt und sich sogar einen weiteren in seine Tasche stopfte.

»Meine Mutter sagt, dass Schokoriegel dick machen«, piepste ein kleines rothaariges Mädchen.

Von allen Kindern am Tisch sah sie jedoch so aus, als hätte sie einen Schokoriegel am nötigsten. Das kleine Mädchen mit den erdbeerblonden Locken, die ihr, ähnlich wie bei Joy, wild in die Stirn fielen, war das artigste Kind in der Gruppe gewesen.

»Vielleicht möchte dein Daddy einen«, flüsterte Joy.

Die blauen Augen des Mädchens glänzten. »Danke!« Sie presste ihre Finger an die Lippen und überlegte offensichtlich, welchen sie wählen sollte.

Die meisten Kinder hatten ihre Leckereien bereits ausgepackt und vertilgten sie genüsslich.

Joy übertrug die letzten Daten in den Moderationsleitfaden und gab dann Renee ein Zeichen, die Kleinen zurück zu ihren Eltern zu bringen.

»Ihr könnt jetzt mit mir kommen«, sagte Renee von der Tür aus.

Stühle schabten über den gefliesten Fußboden, es klang wie eine verstimmte Tuba, gefolgt vom Knistern von Schokoriegelpapier, als die Kinder im Zuckerrausch zur Tür huschten.

Renee nickte mit dem Kopf in Richtung Lola und Richard. »Tut mir leid«, sagte sie zu Joy, als sie die Kinder aus dem Zimmer führte.

Joy schüttelte den Kopf. Die arme Renee. Ihr kastanienbraunes Haar, das normalerweise lang über ihren Rücken hing, hatte sie zu einem Knoten geschlungen, in dem ihr Bleistift steckte – ein Zeichen dafür, dass Renee gestresst war. O Mann, Joy wusste, wie sich das anfühlte.

Ihr Kiefer schmerzte, weil sie die Zähne so fest zusammengebissen hatte. Sie stapelte ihre Sachen und versuchte, nicht die Fassung zu verlieren, falls sich noch jemand im Beobachtungsraum aufhielt, wo ihr Team die Daten der Sitzung gesammelt hatte.

Ihr Blick auf das Doppelglas zeigte ihr das Spiegelbild einer professionell aussehenden Frau in Anzug und High Heels, aber unter dieser Maske aus Gelassenheit fühlte sie sich bereit, ihrer Chefin wegen eines weiteren Beinahe-Malheurs, das ihre Ergebnisse fast ruiniert hätte, zu verprügeln. War Margie wirklich so ahnungslos, oder hatte sie vor, sie zu sabotieren? Joy begann sich das wirklich zu fragen.

Wenige Augenblicke später stürmte Renee zurück in den Raum. »Ich habe versucht, Margie zu sagen, dass wir schon alle eingecheckt haben. Sie wollte einfach kein Nein hören.« Sie flüsterte diese Worte, während sie zur Spiegelwand blickte, dann holte sie eine Rolle Papiertücher und eine Sprühflasche aus einem Schrank neben dem Tisch. »Als ich mich nicht gerührt habe, hat sie sie einfach selbst mit in die Fokusgruppe genommen!«

Das Testen von Weihnachtsverpackungen für den landesweit führenden Süßwarenhersteller und einen der größten Kunden von MacDonald-Webber, war normalerweise schnell erledigt, aber das Team von Joy war auf ein paar Herausforderungen gestoßen. Nicht, weil es ein Problem mit den Verpackungen gab. Dieses Mal war es eher ein *internes* Problem. Ein Margie-Problem.

»Es ist nicht deine Schuld.« Joy drehte dem Spiegel den Rücken zu. »Ich weiß, wie aufdringlich Margie sein kann. Und ihre Kinder sind außer Kontrolle. Ich bin das einfach nicht gewohnt. An Tagen wie diesen bin ich froh, dass ich keine Kinder habe.« Sie zog eine Grimasse, als sie merkte, wie harsch das klang. »Nichts für ungut.«

»Schon okay. Meine Mädchen würden sich nie so aufführen. Zumindest nicht in der Öffentlichkeit.« Renee lachte. »Alle Kinder drehen ab und zu ein bisschen auf. Aber selbst in ihren schlimmsten Momenten sind sie das Beste, was einem im Leben passieren kann.«

»Ich werde mich wohl auf dein Wort verlassen müssen«, erwiderte Joy. Nachdem sie im letzten Jahr alle Marktforschungsanalysen von Rudolphs-Rotrock-Bande für die Zielgruppe der unter Zwölfjährigen geleitet hatte, konnte sie sich nicht vorstellen, sich für das Dasein als Mutter zu entscheiden.

Renee versprühte Putzmittel auf der Oberfläche des schokoladenverschmierten Tisches.

Der Geruch des Reinigers vertrieb den zuckrigen Duft in der Luft. Joy zog eine Armlänge Papiertücher von der Rolle. Mit dem ganzen Elan einer Rubbellos-Spielerin schrubbte Joy die letzten Überreste des harten Morgens weg.

»Wenigstens ist jetzt alles fertig. Komm, verschwinden wir von hier.« Joy schnappte sich ihre Unterlagen und ging zur Tür hinaus, Renee direkt hinter ihr.

Joy hielt so lange ihr Temperament im Zaum, bis sie und Renee in den Aufzug stiegen und die Türen sich schlossen. »Margie hat vielleicht Nerven.« Joy drückte die Unterlagen an ihre Brust. »Wenn sie letzte Woche nicht schon das Gleiche getan hätte, wären wir schon längst fertig gewesen. Was ist denn los mit ihr?«

»Sie hat einfach null Ahnung. Gerüchten zufolge ist sie die Schwägerin von einem der Webbers«, sagte Renee und lehnte sich gegen die Aufzugswand.

Wenigstens das würde einen Sinn ergeben.

»Ich habe versucht, ihr höflich zu erklären, dass sie die Forschung gefährdet, als es das letzte Mal passiert ist. Sie hat es entweder nicht verstanden, oder es war ihr schlichtweg egal. Ich bin mir nicht sicher, was schlimmer ist.« Joy würde sich nicht derart bei jedem auslassen, aber Renee und sie hatten sich im letzten Jahr angefreundet. »Wir haben jetzt endlich alle demografischen Aspekte für diesen Test abgedeckt. Wir liefern trotz Margies Einmischung pünktlich und im Rahmen des Budgets.«

»Ich hatte so Sorge, dass ihre Gören es ruinieren.«

Joy hatte diese Sorge geteilt. »Danach haben wir uns einen ausgiebigen Lunch verdient. Was sagst du dazu?«

»Ich bin so was von dabei.« Renee zog den Bleistift aus ihrem Haar und seufzte.

Die Aufzugtüren öffneten sich im elften Stockwerk. Von hier aus konnte man das Herz von D.C. sehen. MacDonald-Webber hatte Büros und Konferenzräume auf drei Etagen dieses Gebäudes, das sich im Geschäftsviertel der Hauptstadt befand. Als Joy die Sonic Group im schönen North Virginia verließ, um zu MacDonald-Webber zu gehen, war es für sie das Schwerste, ihr Büro mit der malerischen Aussicht aufzugeben.

Renee folgte Joy durch das Labyrinth aus mit Trennwänden abgeschirmten Arbeitsplätzen.

Joy legte ihre Dokumente auf den Schreibtisch in ihrer Kabine. Die Einkaufsliste für Weihnachten, die sie erst gestern während der Telefonkonferenzen angefangen hatte, war mit roten und grünen Weihnachtskritzeleien übersät. Sie riss die Liste vom Notizblock und zeigte sie Renee.

»Wenigstens sieht meine Weihnachtsliste festlich aus, auch wenn ich mich nicht so fühle«, sagte Joy. »Es sind nur noch ein paar Wochen bis Weihnachten, und ich habe noch nicht mal mit dem Einkaufen begonnen.«

»Berufsrisiko«, erwiderte Renee. »Man kann sich eingepackte Geschenke, neue Weihnachtsprodukte und Weihnachtsmänner, die in allen Farben des Regenbogens gekleidet sind, nur eine bestimmte Zeit lang ansehen, um in Feststimmung zu bleiben.«

Joy verstaute die Liste in ihrer Handtasche. Ihr Weihnachtsspirit schwächelte definitiv. »Seit fast sechzehn Monaten konzentriere ich mich im Dienste der Marktforschung auf diesen rot-grünen Feiertag.« Sie ließ sich in ihren Stuhl fallen und versuchte, die Nachwirkungen von Lolas und Richards überraschendem Erscheinen zu verdrängen. »Ungefähr sechs Monate zu lang, um bei Verstand zu bleiben«, schob sie mit einem Seufzer hinterher. »Wir sollten besser das Thema wechseln.«

»In Ordnung. Eine Freundin von mir hat gerade einen Job bei der Sonic Group angenommen. Hast du da nicht früher gearbeitet?«

»Ja. Fünf Jahre lang.« Joy vermisste immer noch ihr Büro mit dem Blick auf das üppige, grüne North Virginia.

»Ihr gefällt es richtig gut dort. Ihre Büroräume klingen fantastisch«, sagte Renee und zog die Augenbraue nach oben.

»Stimmt, aber sie bekommen nicht die hochkarätige Arbeit, wie wir hier. Es ist ein Kompromiss.« *Hoffentlich ein guter.*

Joy hatte die Vorstellungsgespräche für die neue Leitungsstelle bei MacDonald-Webber erfolgreich absolviert. Sie sah bereits die große rote Schleife an der Tür des freien Büros gegenüber – das mit dem Blick auf die Straße und dem Zugang zu einer eigenen Außenterrasse. Sie konnte es schon vor ihrem inneren Auge sehen …

JOY HOLBROOK
Leiterin der Fokusgruppen

Ihr Name in Druckbuchstaben auf der Milchglastür. Und das Beste daran: Ihr Kalender wäre voll von Kampagnen, die sie managen würde, und nicht nur von Aufträgen, die auf die Feiertage ausgerichtet waren. Dann konnte sie auch das blöde »Rudolphs-Rotrock-Bande« von ihren Visitenkarten streichen. *Das wäre in der Tat ein fröhliches Weihnachtsfest.*

»Ich denke, wir müssen die Dinge nehmen, wie sie kommen. Richtige Wände wären allerdings schön«, warf Renee ein und lehnte sich an die Kante von Joys Schreibtisch.

»Klopf, klopf.« Margie Stokes' Stimme war schon unter normalen Umständen ein wenig zu laut, aber aus irgendeinem

Grund ließ es Joy mit den Zähnen knirschen, wenn sie dieses gesangliche »Klopf, klopf« machte.

Joy und Renee tauschten kurz einen Blick aus.

»Was führt dich hierher?« Joy zwang sich zu einem Lächeln, um ihre Wut zu verbergen, bis sie einen höflichen Weg gefunden hatte, das leidige Thema anzusprechen, dass Margie ihre Kinder *wieder* in Joys Fokusgruppe abgesetzt hatte.

»Die kleine Fokusgruppe heute Morgen war im Nu vorbei. Richard und Lola hatten so viel Spaß. War es nicht ein perfekter Zufall, dass sie bei mir waren?«

Was für eine günstige Gelegenheit, was?!

»Na ja, Margie, eigentlich hatten wir die Teilnehmenden für diese Sitzung bereits rekrutiert. Es war durchaus ein kleines Problem.«

Über Margies Gesicht huschte ein Anflug von Verärgerung. »Was machen schon ein paar zusätzliche Meinungen? Das ist doch völlig in Ordnung.«

Joy biss sich auf die Zunge. Wenn sie jetzt loslegte, würde das niemandem helfen. Vielleicht war das Beste an der möglichen Beförderung gar nicht das Büro mit Aussicht, sondern die Tatsache, dass sie Margie nicht mehr unterstellt sein würde.

Margie zupfte an ihrer hellrosa Anzugjacke. Die an Chanel erinnernden Ketten und Perlen, die die Taschen schmückten, mochten an einem Mädchen in den Zwanzigern niedlich aussehen, aber an der mittelalten Margie wirkten sie wie ein gescheiterter Versuch, mit der jüngeren Generation mitzuhalten.

Margie fächerte eine Handvoll rot und grün glänzender Eintrittskarten auf. »Ich wusste, dass ihr die Weihnachtsaufführung von Richard und Lola übernächste Woche nicht verpassen wollt. Ich habe euch die besten Karten reserviert – direkt neben mir.«

Margie nahm solche Dinge fast wie ein Hai in Angriff. Sie schwamm leise heran. Sie lauert auf ihre Beute. Und da die

Plätze direkt neben ihr waren, konnte man nicht einmal nicht auftauchen. Das Einzige, was Hai-Margie dabei fehlte, war die unheilvolle musikalische Untermalung.

Renee kniff die Lippen zu einem schmalen Strich zusammen. »Ich werde mal besser diese Berichte holen.«

»Aber willst du nicht …?« Margie wirbelte herum und schob sich zwischen Renee und den Ausgang der Kabine.

»O nein. Ich habe familiäre Verpflichtungen. Um diese Jahreszeit ist immer so viel los«, erwiderte Renee und zwängte sich zwischen Margie und der Kabinenwand hindurch.

»Ich komme später wieder, Joy.«

Und da saß Joy nun. Gefangen.

»Meine Lola ist die Hauptdarstellerin.« Margie wedelte mit den Eintrittskarten herum, als ob sie den Eintritt zum National Symphony Orchestra im Kennedy Center berechtigen würden. Aber sie waren für die Weihnachtsaufführung ihrer Kinder, und Joy hatte null Interesse daran. Sie hatte heute Morgen genug von Margies anstrengenden Marotten erlebt, um ein ganzes Jahr damit zu füllen.

»Du musst so stolz sein.« Bilder von Richard, der wie ein zuckersüchtiger Rambo mit verschmierter Schokolade auf seinen Wangen herumrannte, flammten in Joys Kopf auf.

Margie plapperte weiter. »Ich musste die neue Lehrerin praktisch dazu zwingen, Lola die Hauptrolle zu geben. Um Himmels willen, diese Frau wollte sie als Baum mitmachen lassen. Kannst du dir das vorstellen? Meine Lola. Wie sie dort steht, in Sackleinen eingewickelt, als ein Holzstamm, der Filzblätter hält. Ganz sicher nicht, Ma'am.« Sie rollte mit den Augen und stieß einen Atemzug aus, der ihre vor Haarspray steifen Strähnen nach oben drückte, woraufhin sie völlig krumm und schief wieder zurückschnellten.

Margies irritierendes Augenrollen – ähnlich wie bei Lola – nagte an Joys geistiger Gesundheit.

»Es ist so viel los …«

Margie verengte ihre Augen. »Es ist eine Spendensammelaktion.« Ihre Worte waren knapp, fast schroff, dann setzte Margie ein zu strahlendes Lächeln auf. »Es ist die richtige Jahreszeit dafür, du weißt schon. Ich trage dich ein, dass du zwei Tickets kaufen willst. Sie kosten nur hundert pro Stück. Ich wusste, ich kann mich auf dich verlassen.«

Ich Glückspilz. »Großartig.«

Joy bereute zutiefst, dass sie jemals so getan hatte, als sei sie von Margies Kindern beeindruckt, um eine gemeinsame Basis mit ihrer Chefin zu finden. Es war nicht so, dass Joy Kinder nicht mochte. Aber sie war ein Einzelkind und hatte wenig bis gar nichts über die »unter Zwölfjährigen« gewusst, bevor sie den gefürchteten Rudolphs-Rotrock-Bande-Auftrag bekommen hatte. Ihre Mom hatte immer gesagt, dass sich Lügen nie auszahlten, und Richard und Lola, die Joy den letzten Nerv raubten, gaben den Worten ihrer Mutter mehr als recht.

Margie zählte zwei Tickets ab, aber kurz bevor sie sie aushändigte, schnippte sie mit den Fingern. »Das hätte ich fast vergessen. Du musst mich bei meinem Meeting bei Wetherton's heute Nachmittag vertreten.«

Joys Kehle wurde trocken. »Bei Wetherton's? Mit der Geschäftsleitung?«

Letztes Jahr hatte sie die *Santa @ W*-Veranstaltung geleitet und war nur zu einem einzigen Treffen im Flagshipstore eingeladen worden. Dies war eine große Sache – ihre Chance, vor dem größten Kunden von MacDonald-Webber zu glänzen. Hoffnung erfüllte ihr hämmerndes Herz.

»Ja. Nur ein kurzes Update. Nichts Ausgefallenes. Ich kann nicht mitkommen, ich muss Lola zur Probe bringen.«

Vielleicht macht Karma das Debakel von heute Morgen wieder gut.

»Natürlich springe ich gerne für dich ein. Um wie viel Uhr?«

»Du musst dich beeilen. Sie wollten mich um ein Uhr dort

sehen.« Sie drehte ihr Handgelenk und sah auf ihre Uhr. »Ich wollte es vorhin schon erwähnen.«

Joy hätte mit der Energie, die sie gerade durchströmte, wahrscheinlich mit einem einzigen Satz dorthin gelangen können.

Ist es möglich, dass das eine Art Test ist, ehe die endgültige Entscheidung über die Beförderung getroffen wird?

»Ich kümmere mich darum. Ich habe alles hier vorliegen.«

»Großartig. Ich wusste, dass du es hinkriegst.« Margie reichte Joy die Tickets.

Der Kauf der Eintrittskarten war jetzt etwas leichter zu ertragen. »Ich würde es um nichts in der Welt verpassen wollen.«

Noch eine Lüge. Was wohl die Strafe für diese Lüge sein wird?

Kapitel 2

Ben Andrews parkte seinen dunkelblauen Allrad-Pick-up vor Mars Hardware in der Main Street. Aus den benachbarten Geschäften ertönten Weihnachtslieder in einem unregelmäßigen, aber hübschen Rhythmus, wenn die Kunden die Türen öffneten und wieder schlossen. Dem geschäftigen Treiben nach zu urteilen, boomte das Geschäft in Crystal Falls.

Ben schlug die Heckklappe seines Trucks auf und holte die Gerüstleiter von der Ladefläche. Er hievte sie sich über die Schulter und nahm sich die Zeit, das Schaufenster von Mars Hardware zu betrachten, das gestern noch leer gewesen war.

Jason, der Besitzer des Eisenwarenladens, war heute Morgen schon tüchtig gewesen. Es bot sich eine winterliche Szene dar, mit einem Schneemann aus Zwanzig-Liter-Farbeimern und blauen Zapfhähnen als Augen, der die behandschuhte Hand eines Schneekindes hielt, das aus Farbdosen mit einem umgedrehten roten Eimer als Hut gebastelt worden war. Frau Schneemann stand neben einem Weihnachtsbaum, als würde sie ihn schmücken, während sie den Jungs beim Spielen in der verschneiten Umgebung zusah.

Der Baum war derselbe, den Jason im letzten Jahr gestaltet hatte: Aus handgeschmiedeten Muttern, Schrauben und allerlei glänzendem Schnickschnack hatte er vierundzwanzig Girlanden – jede um die eins achtzig lang – aus Eisenwaren gebastelt, die zu einem metallisch glänzenden Baum drapiert waren. Eine riesige Schleife aus Trockenbauklebeband, die chromfarben besprüht war, zierte die Spitze.

Ben rückte näher an die Scheibe heran und versuchte herauszufinden, womit Jason den verschneiten Untergrund unter dem Schneemann hergestellt hatte.

Ist das Popcorn? Okay, kein essbares Popcorn. Deckenspray zum Auffrischen von alten Spritzputz-Decken. Genial. Es sieht wirklich wie Schnee aus, und wahrscheinlich braucht man nicht mal zwei Tüten, um das ganze Fenster vollzukriegen. Und das für gerade mal zwanzig Dollar.

Es war zwar nicht ganz so originell wie Jasons Halloween-Ausstellung. Damals hatte er eine Reihe von verschiedenen Besenarten an Draht aufgehängt und mit dem Schriftzug »Von Hexenhand empfohlen« versehen. Der Schriftzug wiederum bestand aus einer Reihe von Nägeln und Stiften, die in ein Stück langes Stück Holz gehämmert waren. Aber die Winterszene war trotzdem ziemlich cool.

Die Glocken an der Haustür bimmelten, als Ben eintrat.

Jason schob sich sein langes Haar hinters Ohr und nickte Ben zu, während er einem alten Mann mit Elmer-Fudd-Ohrenklappenhut einen Schlüssel fräste. »Hey, bin gleich bei dir.«

»Lass dir Zeit.«

Ben lief auf den Tresen zu, während die Leiter bei jedem Schritt gegen den Fußboden klapperte. Jason und er waren nicht verwandt, aber es gab eine Zeit, in der die beiden so viel zusammen unternommen hatten, dass die Leute dachten, die beiden großen, dunkelhaarigen, blauäugigen Jungs seien Brüder.

Ben atmete den vertrauten Geruch von Düngersäcken ein, die vom Sommer übrig geblieben waren. Zusammen mit dem öligen Metallgeruch der Schlüsselfräsmaschine und dem harzigen Duft von frisch geschnittenem Holz betörte dieser Geruch seine Sinne. Dieser Eisenwarenladen weckte immer erfreuliche Erinnerungen.

Jason und er hatten als Teenager hier hart gearbeitet und

Fähigkeiten erlernt, die man in der Schule einfach nicht beigebracht bekam.

»Gute Arbeit mit dem Schaufenster«, sagte Ben.

»Danke. Bist du denn schon mit dem Dekorieren fertig?« Jason setzte eine durchsichtige Schutzbrille ab und fertigte die letzten Schnitte bei dem Schlüssel.

»Im Krankenhaus? Ja, so ziemlich. Bei mir zu Hause habe ich noch nicht angefangen, dafür brauche ich dieses Teil dann aber auch nicht.« Ben schob die Leiter zurück an die Stelle, von wo Jason sie gestern entnommen hatte, und schlenderte zum Tresen hinüber. Nachdem der Kunde mit seinen Schlüsseln gegangen war, sagte Ben: »Aber die Leiter hat beim Aufstellen des Baumes im Krankenhaus wunderbar funktioniert. Danke.«

»Kein Problem.«

»Die Mädchen hatten eine Strategie ausgetüftelt, bei dem eines auf der Leiter stand und Lichterketten aufhängte, während das andere sie um den Baum legte. Das hat eine Menge Zeit gespart. Dann haben sie den Vorgang mit dem Eimer voller Schmuck wiederholt. Ich muss zugeben, es sah so aus, als hätten sie Spaß dabei. Ich war ein bisschen neidisch.«

»Na ja, es gibt bestimmt sehr viel Schlimmeres, was man von Leuten verlangen kann, als Weihnachtsdekoration aufzuhängen. Das ist doch allemal besser als Schreibtischarbeit.«

»Stimmt. Sie waren so schnell mit dem Baum fertig, dass wir auch noch den frischen Kiefernkranz aufstellen konnten. Danke, dass du das mit deinem Rabatt bestellt hast. Die Lobby riecht jetzt großartig.«

Jason kassierte einen weiteren Kunden ab und lehnte sich dann auf den Tresen. »Kein Problem. Ich konnte dieses Jahr zwar nicht helfen, aber ich bin froh, dich wenigstens mit dem Material zu unterstützen. Diese Gerüstleiter waren die besten zwanzig Dollar, die ich je auf einer Auktion ausgegeben habe.«

Jason und er, die seit der Junior High befreundet waren, hatten mit den älteren Männern von Mars Hardware schon oft die Farm- und Geräteauktionen besucht. Ben hatte erst nicht ganz verstanden, wie solche Auktionen liefen. Einmal hatte er einen Stapel Eichen-Schnittholz gekauft. Er hatte sich Splitter in beiden Händen zugezogen und dank der hohen Luftfeuchtigkeit, die in North Carolina herrschte, ordentlich geschwitzt beim Transport. Doch das hatte ihm eine harte Lektion über das richtige Verhalten auf einer Auktion erteilt.

Im Gegensatz zu Bens Vater, der sein ganzes Leben lang mit Zahlenkolonnen zu tun hatte und kein großer Naturbursche war, war Jasons Vater Landwirt, und seinem Großvater gehörte dieser Eisenwarenladen. Sie hatten Ben wie einen Sohn behandelt und ihm alle handwerklichen Fähigkeiten beigebracht, die er besaß.

»Brauchst du noch Hilfe, um das Krankenhauses an diesem Wochenende weiter zu dekorieren?«

Ben schüttelte den Kopf. »Nein. Ist alles weitergegeben worden. Die Jungs von der Feuerwache Neun haben sich bereit erklärt, die Gebäudebeleuchtung mit dem neuen Leiterwagen aufzuhängen. Mom hat Folienspenden besorgt, um alle Türen in der Kinderstation einzupacken. Ihre Freunde vom Seniorenkreis werden das am Montag erledigen. Und Ashley leitet in diesem Jahr die Jury des *Carolina's Best Flour Extreme Gingerbread Bake-offs.*« Das war der alljährliche Backwettbewerb, in dem das extravaganteste Pfefferkuchenhaus gekürt wurde.

»Ich habe heute Morgen den Artikel im *Crystal Falls Courier* gesehen, in dem alle Teilnehmer angekündigt wurden. Ich wette, deine Mutter hat sich gefreut, dass du dieses Jahr nicht in der Jury sitzt, damit du ihr wieder beim Backen unter die Arme greifen kannst.«

»Ja, das letzte Mal, als ich ihr dabei geholfen habe, hat sie gewonnen.«

»Das war ja auch wenig überraschend. Diese abgefahrene Lebkuchenvilla mit dem Weihnachtsmann und seinen Rentieren, die über die dreistöckigen Häuser fliegen, war einfach umwerfend. Ich werde nie vergessen, wie du aufgetaucht bist, um eine neue Bohrmaschine und Dübel zu kaufen, weil du einen Kuchen backen wolltest. Ich wollte dir schon deine Mitgliedskarte für den Echte-Männer-Club abnehmen.«

»Das war ein cooler Kuchen. Warte, bis du das diesjährige Kunstwerk siehst. Ich habe letzten Monat bei einem Nachlassverkauf einen alten Plattenspieler gefunden und will das Teil für unsere Einreichung verwenden. Mit einer Zeitschaltuhr. Zur vollen Stunde, jede Stunde. Wie die Fütterungszeit im Zoo.«

»Du bist verrückt, aber ich habe keinen Zweifel, dass es etwas Großartiges wird. Ich komme mit den Kindern. Dann können wir es uns angucken und ich meine Stimme für dich abgeben«, erwiderte Jason.

»Versprich mir deine Stimme nicht, bis du nicht alles gesehen hast. Das Thema ist ›Weihnachten auf dem Land‹. Es könnte das beste Jahr bisher werden.«

Jason zuckte mit den Schultern. »Ich frage mich ehrlich, woher du die Zeit nimmst.«

»Single zu sein, schadet dabei nicht.« Jason hatte alle Hände voll zu tun mit einer Frau und den drei Kindern unter sechs Jahren. Andererseits wäre es auch nicht schlecht, ab und zu jemanden zu haben, der ihm auch zur Hand ginge. Wenn die Kinder älter waren, würde Ben derjenige sein, der sich wünschte, er hätte all diese kleinen praktischen Helfer. »Ich habe beinah Angst, es zuzugeben, aber mein Leben läuft erstaunlich glatt.«

»Sag das nicht zu laut. Das bringt Unglück, und am Ende stürzt alles zusammen und geht in Flammen auf.«

Ben klopfte vorsichtshalber dreimal auf die massive Holztheke. »Okay, ich nehme es zurück.«

»Bringst du dieses Wochenende die Lichter an deinem Haus an?«

»Da könnte ich tatsächlich Hilfe gebrauchen. Dafür braucht es zwei Personen, das ist sicher.«

Bens historisches dreistöckiges Haus wies filigrane Zierelemente auf, die er über zwei Jahre lang repariert und wofür er sogar neue Teile nachgebaut hatte, um den Originalen zu entsprechen. Sein Haus war einst als eines der prunkvollsten Häuser in drei Countys bekannt gewesen. Eines Tages würde es wieder in seinem alten Glanz erstrahlen. Leider hatte das Haus den größten Teil seines Charmes verloren, als es jahrelang leer stand und dem Verfall anheimgegeben war.

»Es dauert den ganzen Tag, um so viele Lichter anzubringen. Das ist eine Menge Arbeit, dafür, dass dieses schillernde Schauspiel nur weniger als einen Monat leuchten darf.«

»Na ja, aber du hast das recht, damit zu prahlen.«

»Okay, das auch.« Den ganzen Monat über Familien vorbeifahren zu sehen und zu wissen, dass die Kinder sich mit großen Augen ehrfürchtig an die Fensterscheiben des Autos pressten, war die Mühe auf jeden Fall wert. »Ich beschwere mich nicht wirklich. Du weißt, wie sehr ich Weihnachten liebe.«

»Mehr als jeder andere, den ich kenne. Wenn wir früh anfangen, können wir vielleicht morgen schon komplett damit fertig werden, und dann kannst du mir am Sonntag helfen, das Haus der alten Lady Watson trockenzulegen.«

»Klar doch.«

Ben hatte fast vergessen, dass die arme Witwe im letzten Monat beim Braten von Hähnchen versehentlich die Hälfte ihrer Küche abgebrannt hatte. Sie konnte sich die Reparatur nicht leisten, und so hatten sich die Bewohner zusammengetan, um das Geld für das Material aufzubringen. Jason und Ben hatten ihre Arbeit umsonst angeboten, um ihr Haus noch vor Weihnachten wieder in Schuss zu bringen.

»Wenn wir am Sonntag um sieben anfangen, können wir fertig sein, bevor Football anfängt. Ich habe ein paar Leute, die am Montag zum Ausfugen kommen können«, sagte Jason.

»Als ob du an einem Wochenende um sieben Uhr aufstehen würdest. Wem willst du was vormachen? Aber die Panthers spielen gegen die Steelers. Dann lass uns doch am besten die Sachen in meinen Truck packen, wenn ich schon mal hier bin. Auf diese Weise kann ich garantieren, dass wenigstens einer von uns früh aufsteht.«

»Willst du irgendwas andeuten?«

»Dein *früh* und mein *früh* liegen in zwei verschiedenen Zeitzonen.« Ben folgte Jason in den hinteren Teil des Ladens. Jason hatte bereits eine Schubkarre voll mit Waren für das Watson-Projekt vorbereitet.

»Ich bin nun mal eine Nachteule. Deshalb mache ich den Laden halb zehn auf und nicht schon um sieben, wie Gramps es früher getan hat«, erklärte Jason. »Ich mache halt später auf, wenn mehr Leute Zeit haben, vorbeizukommen.« Er hob einen Finger an seine Schläfe. »Man muss heutzutage smarter arbeiten.«

»Oder du willst einfach nicht früh aufstehen.«

»Stimmt. Vor allem, als Gramps nicht mehr reinkam und ich nicht in der Lage war, ihn zu ersetzen. Es scheint, dass ich jedes Jahr neue Wege finden muss, um mit weniger mehr zu erreichen.«

»Wem sagst du das? Mein Personal im Krankenhaus hat sich im Vergleich zum letzten Jahr halbiert. Ich meine, das hat schon Sinn – die Verwaltung ist in einem Krankenhaus nicht annähernd so wichtig –, aber es war keinesfalls einfach. Ich dachte, wir könnten viele Dinge auch mithilfe von Freiwilligen erledigen, aber jeder ist überall ausgelastet. Es ist eine ständige Herausforderung.«

»Wenigstens hast du einen Weg gefunden, das Krankenhaus hier in Crystal Falls zu erhalten. So wie sie dort eine Zeit lang geredet haben, hatte ich schon Angst, dass sie es für immer schließen würden. Sechzig Meilen zu fahren, nur um genäht zu werden, wäre echt zu verrückt gewesen.«

»Darüber habe ich mir auch Sorgen gemacht.« Ben spürte noch immer die Nachwirkungen dieser Tortur. Es war keine leichte Aufgabe gewesen, einen Weg zu finden, um die Dinge für alle Beteiligten zu regeln.

»Andererseits, wenn das passiert wäre, könnten wir beide jetzt zusammen Häuser renovieren und verkaufen und hätten drei Monate Urlaub im Jahr.«

Bevor Jason vor fünf Jahren den Eisenwarenladen seines Großvaters geerbt hatte, hatten er und Ben in ihrer Freizeit ein halbes Dutzend Häuser neu hergerichtet. Jeder von ihnen hatte genug Geld verdient, um Häuser zu kaufen und sie selbst zu renovieren, und das mit kaum einer Hypothek.

Diese Zeiten waren vorbei. Dad hatte darauf bestanden, dass Ben aufs College ging, und da er das Zahlentalent seines Dads geerbt hatte, war ihm der Abschluss in Finanz- und Rechnungswesen quasi zugeflogen. Dann war er zur richtigen Zeit am richtigen Ort mit dem richtigen Abschluss, als die Stelle in der Buchhaltung am Bridgewater Regional Hospital frei wurde. Er nahm den Job an und stieg schnell auf.

Jason schob die Karre vor den Laden, ein Rad wackelte und klapperte dabei wie ein alter Güterzug. Ben hielt die Eingangstür auf und half Jason dann, einen Luftkompressor, Bohrer, Kisten mit Trockenbauschrauben, ein Paar Stützen für Trockenbauwände und andere Materialien in das Heck seines Trucks zu laden.

Ben kletterte in seinen Wagen und lenkte ihn dann vom Bordstein weg. In der kurzen Zeit, in der er im Laden gewesen war, hatte der Friseurladen bereits den blauen Streifen seiner sich drehenden Friseurstange in Rot und Grün gehüllt, und im Schaufenster funkelte ein Weihnachtsbaum mit Scheren und silbernen Kämmen, die von den Ästen hingen.

Die Hebebühne der Stadt war am Straßenrand geparkt. Zwei Männer mit Schutzhelmen und orangefarbenen Sicherheitswesten befestigten eine Flagge mit »Merry Christmas« an einem Laternenpfahl. Zwischen zwei anderen Masten entlang der Straße spannten sich beleuchtete Schneeflocken. Wenn in Crystal Falls jemals so große Schneeflocken fielen, würde die Stadt sicher unpassierbar sein. Aber das war heute nicht zu erwarten, denn mit fünfzehn Grad war es für die Jahreszeit ungewöhnlich warm.

Diese Stadt hatte eine Art, Dinge aufzubauschen. Selbst der Name der Stadt war eine Übertreibung, denn die »Wasserfälle« waren nicht mehr als schlichte Stromschnellen am Fluss.

Da es der erste Donnerstag im Dezember war, war es nicht verwunderlich, dass alle Händler auf dem fünf Blocks umfassenden Stadtplatz damit beschäftigt waren, für Weihnachten zu schmücken. Es handelte sich vielleicht um kein offizielles Gesetz, aber eines, an das sich jeder hielt. Es machte Ben nichts aus, allen bei der Durchführung zu helfen, schließlich war Weihnachten sein Lieblingsfest.

In dem Jahr, als er an Heiligabend einen der Heiligen Drei Könige in der Kirche gespielt hatte, war er nachts mit dem glockenklaren Geräusch von Hufen auf dem Dach belohnt worden. Er hatte im Bett gelegen und sich nicht getraut, die Augen zu öffnen, obwohl er sich sehnlichst gewünscht hatte, Santa selbst zu sehen.

Selbst jetzt spürte er noch die Aufregung, die er als Junge in jener Nacht empfunden hatte. Er hatte so still wie möglich dagelegen und gehofft, dass Santa nicht merkte, dass er wach war, und sein Herz klopfte so schnell und heftig, dass er sicher war, dass der fröhliche alte Mann es bemerken würde.

Jahre später hatte sein Dad die Leiter gehalten, während Ben auf das Dach kletterte und mit einem Wanderschuh über die Dachrinne stapfte, um den Nachbarskindern eine magische Nacht zu bescheren. Denn ihr eigener Vater war beim Militär und in ein Land geschickt worden, von dem sie noch nie gehört hatten.

Wenn man eines über Crystal Falls sagen konnte, dann, dass Traditionen eine große Bedeutung hatten. Ein Einheimischer konnte das Datum anhand der Aktivitäten und Veranstaltungen erraten. Jeder Feiertag im Jahr war klar definiert. Keine Überschneidungen. Ganz im Gegenteil. Halloween würde nicht mit Thanksgiving kollidieren, und es würde gewiss kein einziger roter oder grüner Fleck auftauchen, bis am ersten Dezember alle Überbleibsel der anderen Feste entsorgt waren.

Nur ein Mal hatte jemand mit dieser Tradition gebrochen. Ein neuer Händler. Vor zwei Jahren. Doch die Einheimischen hatten ihn schnell eines Besseren belehrt. Natürlich auf nette Weise, indem sie ihm halfen, die Dekoration abzubauen, aber auch, sie im Dezember wieder aufzustellen.

Altmodisch? Vielleicht. Aber die Traditionen waren es, die Crystal Falls zu etwas Besonderem machten. Ben hatte nie daran gezweifelt, dass er eines Tages in dieser Stadt leben und seine Familie gründen würde.

Kapitel 3

Joy warf die Eintrittskarten für Margies Kinderweihnachtsaufführung auf ihren Schreibtisch. Zweihundert waren ein kleiner Preis, wenn es dabei half, ihren Traumjob zu bekommen. Abgesehen von Margie war MacDonald-Webber ein großartiger Arbeitsplatz, und Joy mochte es, für all jene Daten verantwortlich zu sein, die es ihr ermöglichten, Markt- und Verkaufstrends zu verfolgen und vorherzusagen.

Ein aufgeregtes Kribbeln durchströmte sie, als sie ihre Sachen zusammensuchte. Sie konnte es kaum erwarten, heute Nachmittag bei Wetherton's ein Update zu geben. Es stimmte zwar, dass diese Firmenbosse sich nicht die Bohne für Korrelationskoeffizienten und andere Statistiken interessierten, aber ihnen gefiel es sehr, wenn Joy die Bedeutung all dessen in einfaches Englisch übersetzte. Und das wiederum zauberte ein Lächeln auf ihr Gesicht.

Mit ihrer neu angepassten Einstellung konzentrierte sie sich auf ihren Kunden. Wetherton's verdiente ihr Bestes, und sie würden ihr Bestes bekommen.

Joy hatte die neuesten Statistiken ihres Projektplans zusammen mit ihrem Laptop in ihrer Ledertasche verstaut und war bereit zu gehen, als Renee ihren Kopf in Joys Kabine steckte.

»Ah, die Luft ist rein«, sagte Renee.

»Leider hast du nichts dazu beigetragen«, sagte Joy in einem neckenden Ton.

»Bereit für den ausgiebigen Lunch?« Renee rückte ihre Handtasche zurecht.

»Es gibt eine Planänderung.«

Renee ließ die Schultern hängen.

»Es ist nur ein kleiner Umweg. Erster Halt, Wetherton's, um Margie bei einem Meeting zu vertreten.«

Renees Gesicht hellte sich auf. »Das ist ja großartig!«

»Ich weiß.« Joy tätschelte ihre Tasche. Diese Art von Last-Minute-Gelegenheit war genau der Grund, warum sie so versessen darauf war, dass alle Daten und Analysen immer in berichtsfertigem Zustand waren. »Außerdem sind die Änderungen an meinem Kleid für die Gala fertig. Ich kann es abholen, während ich dort bin. Das Timing hätte wirklich nicht perfekter sein können.«

Renee richtete sich zu ihren vollen eins siebzig – in flachen Schuhen – auf. »Du hast ein Kleid bei Wetherton's gekauft und es mir nicht erzählt?«

Joy bedauerte fast, es erwähnt zu haben. »Ich hoffe, das Weihnachtsgeld reicht dafür. Das ist mein Geschenk an mich selbst. Das Treffen sollte nicht lange dauern. Dann können wir zu Mittag essen, wie wir es geplant hatten.«

»Bitte sag mir, dass wir Zeit haben, Kleider anzuprobieren, während wir dort sind.«

Joy stand auf, sie fühlte sich immer klein neben Renee, selbst auf ihren hohen Absätzen. »Du wirst genug Zeit haben, während ich in dem Meeting bin.«

»Perfekt. Wenn ich nur etwas von dort mitnehmen könnte. Bei Wetherton's ist sogar der reine Schaufensterbummel ein Genuss. Das möchte ich auf keinen Fall verpassen«, erklärte Renee.

»Dann lass uns gehen«, sagte Joy. »Wenn ich mit der Geschäftsleitung fertig bin, treffe ich dich im vierten Stock.«

Joy hielt mit ihrem roten Prius direkt am Bordstein, um Renee vor dem Haupteingang von Wetherton's abzusetzen. Die imposante Kalksteinarchitektur des achtstöckigen Gebäudes stand seit den 1940er-Jahren an dieser stark befahrenen Ecke und bildete immer noch einen beeindruckenden Kontrast zu den modernen Gebäuden in der Umgebung. »Ich treffe dich, sobald ich fertig bin.«

»Nimm dir so viel Zeit, wie du willst. Ich bin sowieso im Himmel.« Renee stieg aus dem Auto aus und ging hinein.

Joy lenkte ihren Wagen zur Ostseite des Gebäudes. Sie benutzte ihren Kurzzeitparkausweis, zog ihn an der Schranke durch und parkte dann in der Nähe des privaten Aufzugs zum Verwaltungsbereich des Gebäudes.

Es gab nicht mehr viele eigenständige Geschäfte dieser Größe, aber Wetherton's war auch nicht irgendein Geschäft. Es warb mit einem Einkaufserlebnis der Spitzenklasse und lieferte das auch. Vom Pförtner über die Aufzugsassistenten bis hin zu den hoch qualifizierten Verkäufern, die jeden Kunden mit Namen begrüßten, wenn er schon einmal dort eingekauft hatte, bot Wetherton's ein einmaliges Erlebnis.

Joy fuhr mit dem Aufzug nach oben und trat dann durch die verzierten Holzflügeltüren in die Chefetage. Die opulente Umgebung von Wetherton's Flagship Store verursachte bei ihr immer eine Gänsehaut. Es war, als würde man in eine andere Zeit eintauchen, und der Termin heute war mehr als wichtig für Joy.

Weihnachtslieder erfüllten die Luft, und ein geschmückter Baum mit einem Engel auf der Spitze füllte eine ganze Ecke des Wartebereichs. Wetherton's war stolz auf die Dekoration in allen seinen Geschäften. Kein noch so großer Druck von außen hatte die Weihnachtstraditionen verändert.

Poppy Wethertons Einfluss, ganz sicher.

Nachdem Poppy die Leitung von ihrem Vater, dem Gründer des Unternehmens, übernommen hatte, hatte sich unter ihrer Führung das gehobene Einzelhandelsgeschäft schon bald als der beste Ort zum Einkaufen etabliert. Es war Poppy egal, ob sie jemanden mit ihren Überzeugungen oder Traditionen vor den Kopf stieß. Und dass sie sich nicht entschuldigte, schien das Ganze irgendwie akzeptabler zu machen. Joy bewunderte die furchtlose Geschäftsfrau für ihre enormen Leistungen.

Joy rieb sich die Hände und versuchte, etwas von ihrer nervösen Energie abzubauen. Sie hatte schon Hunderte Male solche Vorträge gehalten, aber nun stand sie vor den Besten der Besten bei Wetherton's. Termine mit Kundenkontakt wie dieser waren ihre Chance, zu glänzen. Sie hatte hart gearbeitet, damit dieses Projekt perfekt war. Ihr Herz raste, wenn sie nur an die Möglichkeit dachte, Poppy Wetherton etwas zu präsentieren.

Der Vizepräsident für Marketing empfing Joy an der Rezeption und begleitete sie zum Besprechungsraum. Er war um die eins achtzig groß, und seine selbst im Dezember gebräunte Haut zeugte von Wochenenden, die er mit anderen Dingen verbrachte, als über einen Laptop zu kauern. Wahrscheinlich Segeln oder irgendein anderer luxuriöser Zeitvertreib.

Joy sehnte den Tag herbei, an dem sie eine Position innehaben würde, die ihr ein wenig mehr Ausgewogenheit zwischen Arbeit und Privatleben bieten würde, aber im Moment konzentrierte sie sich nur auf ihre Karriere.

Der Marketing-Vizepräsident öffnete die Tür zum Konferenzraum und hielt sie ihr auf. Sie setzten sich, und er kam gleich zur Sache. »Unsere zweite jährliche Veranstaltung ›Santa at W‹ ist bereits seit über einem Monat ausverkauft. Dank der Erkenntnisse, die wir aus Marktforschung gewonnen haben, die MacDonald-Webber im letzten Jahr durchgeführt hat, sind wir für einen noch größeren Erfolg in diesem Jahr gerüstet. Joy Holbrook ist hier, um uns ein Update zu geben.«

Joy beobachtete die Gesichter der anwesenden Führungsetage und holte tief Luft, als sie Blickkontakt mit der zierlichen Frau aufnahm, die am Kopfende des Tisches saß. *Poppy Wetherton.* »Danke.« Joy ignorierte ihren schlingernden Magen und stürzte sich auf die Daten. All die flatternden Schmetterlinge begannen sich zu beruhigen, als sie die nächsten wichtigen Meilensteine des Plans skizzierte. »Mein Team hat die Anrufe abgeschlossen, um die richtige repräsentative Stichprobe für unsere Post-Event-Fokusgruppe zu finden.«

Sie warf einen Blick auf Poppy Wetherton. Deren hochgestecktes weißes Haar mochte an jedem anderen streng aussehen, aber sie wirkte trotz ihres Alters jugendlich und lebendig. Niemand schien genau zu wissen, wie alt Poppy war, und selbst wenn sie so nahe bei der Frau stand, konnte Joy es nicht mit Sicherheit sagen.

»Die Großzügigkeit von Miss Wetherton hat es uns dieses Jahr sicherlich leichter gemacht. Es ist eine schwierige Zeit für die Rekrutierung, aber die Eltern waren hocherfreut über die Möglichkeit, den exklusiven Rabatt von zwanzig Prozent zu erhalten, wenn ihre Kinder an der Studie teilnehmen.«

Poppy nickte Joy zu.

Joy hielt inne, nicht um des Effekts willen, obwohl es sicherlich so aussah, sondern weil ein Nicken von Poppy wie ein Sturmwind unter Joys Flügeln war. *Dies könnte der beste Tag meiner Karriere sein.*

Joy fuhr mit dem Update fort und nahm mit jeder Person im Raum Augenkontakt auf. *Das hier. Das ist es, was ich tun möchte: Einfluss nehmen auf große Unternehmen und mit führenden Persönlichkeiten interagieren. Ich will nicht vor Kindern mit Schokoriegeln herumwedeln.*

»Wir haben die Fragen überarbeitet und werden uns bemühen, die Sitzung der Fokusgruppe von Anfang bis Ende auf maximal fünfzehn Minuten zu beschränken. Ich habe die Erfahrung gemacht, dass die Daten etwas unzuverlässig werden, wenn sie länger als zweiundzwanzig Minuten dauert, weil wir dann die Aufmerksamkeit der Kinder verlieren. Wir beschaffen die Informationen, die Sie brauchen, und machen es gleichzeitig zu einer unterhaltsamen und spannenden Veranstaltung für Ihre Kunden.«

»Vielleicht sollten wir versuchen, unsere Mitarbeiterbesprechungen auf zweiundzwanzig Minuten zu beschränken«, scherzte der Marketing-Vize.

Höfliches Gelächter erfüllte den Raum.

Die Führungsetage schien mit dem Lagebericht zufrieden zu sein, und diejenigen, die im letzten Jahr nicht dabei gewesen waren, warteten gespannt, wie sich die Veranstaltung entwickeln würde.

In der Hoffnung, dass sie ihre Präsentation gut hinbekommen hatte, schüttelte Joy dem Team die Hand und ging dann zur Tür.

»Joy?«, ergriff Poppy Wetherton das Wort und hob ihr Kinn.

»Ja, Ma'am.« Joys Magen sank. *Vielleicht habe ich es nicht ordentlich genug gemacht. Warum sollte Poppy mich zur Seite rufen?* Sie ging eine mentale Checkliste durch und hoffte, dass sie kein wichtiges Detail vergessen hatte. »Was kann ich für Sie tun?«

»Darf ich Sie einen Moment sprechen?«

Joys Hände zitterten. »Ja, Ma'am.« Sie ergriff ihre Tasche, um sich daran festzuhalten. »Natürlich.« Sie folgte Poppy an den Rand des Konferenzraums, während die anderen hinausströmten.

»Ich habe Sie beobachtet.« Poppy legte ihren Kopf leicht schief. »Sie haben bei unserer Veranstaltung ›Santa at W‹ im letzten Jahr hervorragende Arbeit geleistet, und ich bewundere Ihr Engagement für dieses Projekt. Ich bin sehr beeindruckt von dem, was Sie im letzten Jahr für uns getan haben. Ihre Ideen und Innovationen haben mein Team dazu gebracht, noch härter zu arbeiten. Sie haben alle meine Erwartungen übertroffen, um die diesjährige Veranstaltung noch besser zu machen. Das gefällt mir.«

Kam da noch ein »Aber«? Joy schwieg für zwei Sekunden, aber nein. *Sie ist beeindruckt!*

»Vielen Dank.« Joy hoffte, dass die Worte tatsächlich herauskamen. Sie war so überwältigt von dem Kompliment, dass sie den Blick abwandte, um sich zu vergewissern, dass sie sich wirklich noch in Wethertons Besprechungsraum befand. *Das passiert gerade wirklich.*

Poppy hielt ihr einen gold glänzenden Umschlag mit einem silbernen W darauf hin. »Von mir, aber öffnen Sie ihn nicht vor Weihnachten.« Die alte Frau zwinkerte ihr verschmitzt zu.

Joy zögerte, denn sie war besorgt über die strengen Richtlinien, die es den Mitarbeitern von MacDonald-Webber untersagten, Geschenke von Kunden anzunehmen. Trotzdem wollte sie unbedingt wissen, was in dem Umschlag war. »Was ist –«

»Ich weiß, was Sie denken. Aber nein. Das ist nichts Geschäftliches. Es ist etwas Persönliches. Sagen Sie einfach danke, Liebes.«

»Danke.« Wäre es jemand anderes gewesen, hätte Joy sich verpflichtet gefühlt, abzulehnen. Aber das hier war Poppy Wetherton! Und wie sie selbst gesagt hatte, war es etwas Persönliches. Selbst die Aufnahme in die Weihnachtskartenliste von jemandem wie Poppy war schon ein Geschenk für sich.

»Gut. Und jetzt bringen Sie weiterhin Energie und Ideen in mein Team.« Poppy legte sanft eine Hand auf Joys Arm. »Wenn Sie jemals eine Stelle hier bei Wetherton's haben wollen, kommen Sie zu mir, und reden Sie persönlich mit mir.«

Poppys Vertrauensbeweis war besser als alles, was in dem hübschen Umschlag stand, den Joy gerade in ihre Tasche gesteckt hatte. Sie versuchte, den Kloß in ihrem Hals runterzuschlucken. »Sie können sich gar nicht vorstellen, wie viel mir das bedeutet, wenn es von Ihnen kommt.«

»Sie erinnern mich an mich selbst vor etwa hundert Jahren.« Poppy lächelte und ging sicheren Schritts davon, auf Absätzen, die höher waren als die von Joy.

Anstatt den Aufzug zu nehmen, machte sich Joy auf den Weg zur Treppe. Eine aufgekratzte Sekunde lang wünschte sie sich, sie wäre mutig genug, ihren Hintern auf das glänzende Messinggeländer zu setzen und mit einem Schrei hinunterzurutschen. Sie war so aufgeregt!

Sobald sie aus dem Treppenhaus in den Laden trat, ertönte die Melodie von »Silver Bells«. Die Version von Bing Crosby war immer Moms Lieblingslied gewesen. Ein überwältigendes Gefühl von Stolz, gemischt mit Nostalgie, erfüllte Joy.

Sie blinzelte Tränen zurück, als sie durch die Regale mit den edelsteinfarbenen Kleidern zu einem schönen weißen Schreibtisch ging, der eine Antiquität aus der Jahrhundertwende zu sein schien und bis auf die einfache Registrierkasse, die nur wenig Platz einnahm, leer war. Wie aus dem Nichts tauchte eine Verkäuferin auf. »Wie kann ich Ihnen heute helfen?«

»Ich bin hier, um mein Kleid anzuprobieren«, sagte Joy. »Der Nachname ist Holbrook.«

Ohne in einem Protokoll nachzuschauen, antwortete die hochgewachsene, modelmäßige Platinblondine. »Ja, Ma'am. Wir haben es für Sie zur Anprobe bereit. Hier entlang.«

Joy folgte ihr. »Oh, und ich treffe mich mit einer Kollegin. Ihr Name ist Renee. Wenn sie nach mir sucht, würden Sie ihr sagen, wo sie mich finden kann?«

»Sie ist gerade in der Kamee-Umkleidekabine und probiert ein paar Kleider an.«

Die Verkäuferin führte Joy durch den geräumigen Salon, der mit gepolsterten Sofas ausgestattet war, auf denen die Ws von Wetherton weiß-auf-weiß eingewebt waren und die von silbernen Beistelltischen flankiert wurden. Champagnerkübel waren wie Skulpturen im Raum verteilt.

»Champagner?«, fragte die Mitarbeiterin.

Fast hätte Joy abgelehnt. Es war zwar erst kurz nach Mittag, aber heute war ein guter Tag zum Feiern, also antwortete sie mit einem einfachen »Danke«.

Mit einer Kristallflöte Champagner in der Hand wurde Joy in die Fleur-de-Lis-Umkleidekabine geführt, wo ihr Kleid auf einem glitzernden Bügel hing, der aussah, als sei er mit Swarovski-Kristallen besetzt. Ihr Herz klopfte wie an dem Tag, als sie das Kleid zum ersten Mal gesehen hatte.

Sie hatte sich vor einem Meeting die Zeit vertrieben und war durch Wetherton's geschlendert, ohne Absicht, etwas zu kaufen, als sie das smaragdgrüne Kleid erblickte. Die Farbe war satt, der Schnitt elegant und schlicht. Und als sie es heute wiedersah, überkam sie das gleiche ehrfürchtige Gefühl, als wäre es das schönste Kleid, das ihr je untergekommen war.

Joy stieg aus ihren Schuhen, dann aus ihrem tiefblauen Hosenanzug und drapierte die Hose über einen gepolsterten Bügel. Sie kratzte mit ihrem manikürten Nagel über einen Fleck auf der Hüfte ihrer Hose. *Ist das etwa Schokolade?* Sie trat näher an den Spiegel. Gott sei Dank war da nichts in ihrem Gesicht. *Wie vielen Leuten in der Besprechung ist denn wohl aufgefallen, dass ich einen Fleck auf meiner Hose hatte?*

Aber selbst wenn es jemand bemerkt hätte, hatte es die wichtigste Person im Raum dennoch nicht davon abgehalten, ihr ein Kompliment zu machen. Ein Hauch von Aufregung durchfuhr sie erneut, als Poppys Worte in ihrem Kopf wieder aufploppten. Dann drehte sie sich von der Hose weg und musterte bewundernd das Kleid, das dort hing.

Joy griff nach dem exquisiten Stoff. Das luftige Material glitt zwischen ihren Fingern hindurch, leicht wie Schnee. Und die durchscheinenden Perlen glimmerten unter dem hellen Licht der Umkleidekabine. Es kam nicht oft vor, dass sie sich etwas so Gewagtes gönnte, aber bei diesem Kleid hatte sie nicht widerstehen können.

Die Schuhe, die sie dazu gekauft hatte, waren ordentlich auf dem Boden unter dem Kleid aufgestellt. Riemchensandalen, die aussahen, als wären sie passend zu ihrem Kleid angefertigt worden. Sie waren ebenso bequem wie auch teuer.

Joy schlüpfte behutsam in das Kleid und zog den Reißverschluss zu. Ihr Herz tanzte, als sie sich im Spiegel betrachtete. Der schlichte Ausschnitt des Kleides enthüllte nichts, war aber dennoch auf eine raffinierte Weise verführerisch.

Ein vorsichtiges Klopfen ertönte an der Tür. »Wie geht es uns hier?«

»Sie können gern reinkommen.«

Die Verkäuferin trat ein und half Joy, den Reißverschluss am Rücken zu schließen. »Wunderschön. Die Farbe betont Ihre grünen Augen. Nicht jeder kann diese Grünnuance tragen.« Sie verband den kleinen Haken am oberen Ende des Reißverschlusses mit der Öse und zupfte dann an ein paar Stellen. »Es sitzt sehr schön. Wie finden Sie es?«

Joy strich mit den Fingern über den Stoff. Sie hatte sich Sorgen gemacht, dass zu viel hastig vertilgtes Junkfood zum Lunch seit der Anprobe vor zwei Wochen sich bemerkbar gemacht haben könnte. »Noch hübscher als in meiner Erinnerung.«

Sie drehte sich um und betrachtete sich in den schräg gehängten Spiegeln an der Wand. »Ich finde es ganz zauberhaft, dass das Oberteil so edel verziert ist.« Sie hob das Rockteil an, das weich fiel. »Und der Rest ist so angenehm unaufdringlich.«

Die Verkäuferin trat aus der Umkleidekabine und winkte Joy zu sich. »Kommen Sie raus.«

Joy trat in den Hauptsalon hinaus. Renee stand auf einem Podest in der Mitte des Raumes in einem kurzen, schimmernden schwarzen Kleid, das ihre nicht enden wollenden Beine zur Schau stellte.

Renees Gesichtsausdruck im Spiegel ließ Joy erröten.

»Du siehst atemberaubend aus«, sagte Renee, drehte sich um und sah sie an. »Ich glaube, ich muss zurückgehen und mir noch etwas Ähnliches suchen.« Sie stieg von der Plattform herunter und wirkte ein wenig ernüchtert. »Du siehst wunderschön und klug und gewandt aus. Und selbst wenn du von Kopf bis Fuß verhüllt bist, bist du sexy.«

»Sei nicht albern, dein Kleid steht dir großartig«, sagte Joy. »Du siehst toll aus. Ich könnte so was nie tragen.«

»Wir haben einfach unterschiedliche Stile, aber dein Kleid ist perfekt für die Gala. Ich bin so froh, dass du dieses Jahr gehen darfst.«

Joy konnte es kaum erwarten, an der Weihnachtsgala von MacDonald-Webber teilzunehmen, zu der alte, neue und potenzielle Kunden eingeladen waren. Die Veranstaltung hatte einen so guten Ruf, dass sie oft das Zünglein an der Waage war, das beeindruckende Unternehmen dazu veranlasste, MacDonald-Webber der Konkurrenz vorzuziehen.

»In diesem Jahr habe ich den Zeitplan für die Forschungsgruppen festgelegt und dafür gesorgt, dass er nicht mit der Gala kollidiert«, erklärte Joy. »Letztes Jahr habe ich Daten von Dutzenden zuckerberauschten Kindern gesammelt, die auf Santa gewartet haben. Währenddessen haben alle anderen einen superschicken Abend verbracht und fröhlich mit Kunden gefeiert. Das war echt ein mieser Deal.«

»Ich erinnere mich.« Renee schüttelte den Kopf. »Ich war so froh, dass mein Job bei dir erst in der folgenden Woche anfing. Wenn ich die Gala hätte verpassen müssen, wäre ich am Boden zerstört gewesen. Das ist einer der größten Vorteile, bei uns zu arbeiten.«

Joy zwirbelte eine lose Haarsträhne, die ihr über die Schulter gefallen war. Renees Kleiderauswahl – so kurz und eher kokett – gab Joy das Gefühl, fast overdressed zu sein. »Glaubst du, dass dieses Kleid zu schick für die Gala ist?«

»Nein. Es ist elegant und feminin«, erwiderte Renee. »Das bist absolut du.«

Joy erkannte sich im Spiegel kaum wieder. »Das Mieder erinnert mich an meinen Lieblingsweihnachtsschmuck, als ich ein Kind war.« *Deswegen hat es mich überhaupt erst zu diesem Kleid hingezogen.* »Es war so eine zarte Glaskugel mit fein geschliffenen Details, die je nach Blickwinkel die Farbe gewechselt haben – von Türkis zu tiefem Smaragdgrün.« Der Stoff fühlte sich seidig auf ihrer Haut an. »Genau wie das hier.«

»Das klingt schön«, sagte Renee. »Wir hatten immer einen Mottobaum. Der wurde mit jeder Menge Bänder geschmückt, immer in einer Farbe. Ich durfte nie mithelfen. Weihnachten war für meine Mutter immer nur eine weitere Geschäftsparty.«

»Ich kann mir gar nicht vorstellen, wie das ist, beim Baumschmücken nicht zu helfen. Als ich ein Kind war, war das fast so spannend wie der Weihnachtsmorgen selbst. Ich bin allerdings überzeugt, dass euer Weihnachtsbaum trotzdem sehr hübsch war.«

»Ja, er war auf eine Gucken-aber-nicht-anfassen-Weise perfekt, man hätte ihn locker in einer Zeitschrift abbilden können. Glaub mir. Das war kein Spaß.«

»Unser Baum war im Vergleich dazu wahrscheinlich ein heilloses Durcheinander, aber wir haben ihn gerne gemeinsam geschmückt. Mom liebte die Feiertage.« Joys Kehle fühlte sich trocken an. Sie vermisste ihre Mutter mehr als alles andere.

»Mit ihr zusammen den richtigen Platz für diese besondere Kugel am Weihnachtsbaum auszusuchen ist eine meiner schönsten Erinnerungen.« Joy war sich nicht sicher, was nach dem Tod ihrer Mutter mit all den Kisten voller Familienschmuck passiert war, aber es war auch egal. Seitdem hatte sie sich nicht mehr die Mühe gemacht, einen Baum zu holen. Weihnachten ohne Mom war einfach nicht dasselbe.

Die Verkäuferin schenkte Joy und Renee noch mehr Champagner nach.

»Nimmst du Todd mit zur Gala?«, erkundigte sich Renee.

»Todd?« Joy war überrascht, seinen Namen zu hören. »Nein, er gehört mittlerweile eher in die Kategorie ›Ex-Freund‹. Wenn es denn überhaupt so etwas wie eine Beziehung gewesen wäre.«

»Du hast ihn zwar schon lange nicht mehr erwähnt, aber ich wusste nicht, dass es zwischen euch aus ist. Tut mir leid.«

»Nein, ist schon okay. Das hat nie wirklich irgendwohin geführt. Er ist noch mehr mit seiner Arbeit verheiratet als ich. Wer hätte gedacht, dass das möglich ist?«

Aber sie würde lügen, wenn sie behauptete, dass sie ihre gemeinsamen zehnminütigen Plaudereien spätnachts nicht vermisste. Sich jemandem – ach, verflixt, *irgend*jemandem – verbunden zu fühlen, bedeutete ihr mehr, als ihr bewusst war. Aber wenn Joy ihre Ziele bis zu ihrem dreißigsten Geburtstag nächstes Jahr erreichen wollte, musste ihr Job oberste Priorität haben.

»Es ist schwierig, etwas zu beenden, wenn es nie richtig angefangen hat.«

»Er schien sowieso nie wirklich dein Typ zu sein. Er war immer so aalglatt.« Renee trank ihr Glas Champagner aus.

»Warum hast du nichts gesagt?«

»Das hätte ich getan, wenn ich bemerkt hätte, dass es dir ernster mit ihm wird. Aber ich dachte mir schon, du würdest hinter die Fassade schauen. Wie auch immer, das ist jetzt nicht wichtig. Sag schon! Wie ist das Meeting gelaufen?«

»Unglaublich.«

»Ich wusste es, und wenn du zur Leiterin befördert wirst, kann Margie ihre Kinder nicht mehr bei dir abliefern.« Renee verdrehte die Augen. »Und wenn du dein neues Team zusammenstellst, denk bitte daran, dass ich mit dieser Verrückten weiter zusammenarbeiten muss.« Renee presste die Hände aneinander. »Das würdest du mir doch nicht antun, oder?«

»Du meinst, so wie du mich vorhin zurückgelassen hast, als Margie mir die Tickets für die Weihnachtsaufführung ihrer Kinder aufgedrängt hat?«

Renee hob die Hand zum Mund. »Ich habe dich echt hängen lassen. Aber ich musste es tun. Ich konnte auf keinen Fall zulassen, dass sie mir ein schlechtes Gewissen macht, damit ich Karten kaufe. Außerdem bin ich nicht so nett wie du. Ich wäre gefeuert worden, weil ich sie wegen der Sache mit ihren Kindern angemotzt hätte.«

»Hat mich zweihundert Dollar gekostet«, sagte Joy.

»Mit der Gehaltserhöhung, die mit der Beförderung einhergeht, holst du das wieder raus.«

»Diese Beförderung ist noch nicht sicher.«

»Alle sagen, dass du die beste Kandidatin bist. Ich glaube, das Vorstellungsgespräch war reine Formalität.« Renee stellte ihr leeres Glas auf einen Beistelltisch in der Nähe.

»Ich hoffe, dass du recht hast. Ich drück die Daumen. Okay, aber ich ziehe mich besser um, damit wir wieder an die Arbeit gehen können. Es ist jetzt nicht die Zeit, um nachlässig zu wirken.« Joy ging in die Fleur-de-Lis-Kabine, um sich umzuziehen.

Zurück in ihrer Geschäftskleidung, schaute sich Renee eine Auslage mit Schals in Weihnachtsmustern an, während Joy ihre Änderungsrechnung beglich.

Joys Telefon klingelte. Sie warf einen Blick auf die unbekannte Nummer und stellte den eingehenden Anruf schnell auf stumm, während sie den Kassenbon unterschrieb. Gerade als Joy die durchsichtige Plastiktüte mit den Kleidern von der Verkäuferin entgegennahm, ertönte wieder die Melodie, die einen Anruf signalisierte. »Da ist jemand aber hartnäckig. Ich gehe da besser ran. Vielen Dank für Ihre Hilfe.«

»Gern geschehen, Ms Holbrook.«

Joy nahm den Anruf entgegen.

»Joy, Liebes, hier ist die Freundin deiner Tante Ruby. Shirley.«

Joys Gedanken rasten, als sie sich hundert schreckliche Situationen ausmalte. »Ja. Ist alles in Ordnung?« Joy drückte das Kleid eng an sich.

»Ruby ist gestürzt und hat sich den Fuß gebrochen. Ihr Knöchel … nun, ich weiß nicht genau, was es ist, aber es hört sich nicht gut an. Sie haben deine Tante gerade operiert. Ich dachte, ich rufe besser an und sage dir Bescheid.« Shirleys Worte waren hastig und leise. Joy stellte sich vor, wie die ältere Dame im Wartezimmer des Krankenhauses telefonierte.

Als die Neuigkeit vollständig bei ihr angekommen war, fühlte sich Joys Körper schwach an. Sie ging hinüber zu einer gepolsterten Bank und setzte sich.

»Ist alles in Ordnung?«, flüsterte Renee mit besorgtem Blick.

Joy hielt einen Finger hoch. »Weiß man, wie sie gefallen ist? War es ein Unfall, oder hat sie aus irgendeinem Grund das Gleichgewicht verloren?«

»Ich kann es nicht genau sagen. Ruby war ziemlich durcheinander und nicht ganz bei sich. Ich bin mir nicht ganz sicher, was passiert ist oder wie lange sie schon verletzt da draußen lag, als ich sie fand. Sie sagte, ich solle dich nicht stören, aber …«

Joy schüttelte den Kopf. »Nein. Ich bin froh, dass du nicht auf sie gehört hast und mich angerufen hast, um mir Bescheid zu sagen. In welchem Krankenhaus ist sie?« Als sie die Antwort gehört hatte, beendete Sie den Anruf und stand einfach nur da. Es war ihr fast unmöglich zu atmen. »Es geht um meine Tante.«

»Ruby?«

Joy presste das Handy an ihre Brust. »Sie haben sie mit

dem Krankenwagen ins Bridgewater Regional Hospital in Crystal Falls gebracht.«

»Ist es etwas Ernstes?« Renee trat näher heran.

»Das hätte ich zuerst nicht gedacht. Sie hat sich den Knöchel gebrochen, aber man operiert sie sofort. Das ist doch immer etwas Ernstes, oder? Besonders für jemanden, der siebzig ist.«

Die Ereignisse an diesem Tag hatten ihre Gefühle wie ein Pendel hin- und hergeschwungen – von schrecklich zu wunderbar. Sie hatte sich wie eine Prinzessin gefühlt, und nun drohte Unheil. Wenn jemals das Risiko eines Herzinfarkts für sie bestanden hätte, dann hätte der heutige Tag sie mit Sicherheit umgebracht.

»Ich kann mit der Metro zurück zum Büro fahren«, sagte Renee, »und ich werde Margie Bescheid geben. Du gehst jetzt besser.«

Schweiß benetzte Joys Stirn, sodass sich ihr Pony schwer anfühlte. »Das ist eine Fahrt von über fünf Stunden. Ich werde es niemals rechtzeitig für die Präsentation morgen bei der Betriebsversammlung zurück schaffen.« Panik überrollte sie und ließ den Refrain von *Rudolph, the red-nosed Reindeer*, der im Laden lief, wie weißes Rauschen klingen, während sie versuchte, die Neuigkeiten zu verarbeiten.

»Das kann ich übernehmen. Außerdem hast du so das ganze Wochenende Zeit, dich um deine Tante zu kümmern und nach Hause zu kommen.«

»Richtig. Ja, genau. Ach, du meine Güte.« Joy wischte sich die Träne weg, die ihre Wange hinunterlief.

Renee legte ihre Hand auf Joys Arm. »Bist du sicher, dass du fahren kannst?«

Joy griff nach ihren Schlüsseln. »Ja. Mir geht's gut.«

»Dann steh nicht einfach nur so da. Fahr. Mach dir keine Gedanken über die Arbeit.« Renee umarmte Joy und trat einen Schritt zurück, um sie zum Gehen zu bewegen.

Joy lief so schnell sie konnte zum nächstgelegenen Aufzug, der sie zum Parkdeck brachte, und rannte dann den ganzen Weg zu ihrem Auto, wobei sich die Kleidertasche auf ihrer Schulter bauschte.

Kapitel 4

Ben bückte sich, um Schmuck aufzuheben, der vom Weihnachtsbaum im Atrium des Bridgewater Regional Hospital gefallen war. Er arbeitete mittlerweile seit zehn Jahren in diesem Krankenhaus – zehn Weihnachten –, und dies musste der schönste Baum bisher sein.

Er warf die Weihnachtskugel in die Luft und fing sie auf.

Er hatte drei Touren gebraucht, um die perfekten Fraser-Tanne zu finden, die dem glasüberdachten zentralen Lichthof gerecht werden würde. Er hatte genau berechnet, wie hoch die Tanne sein musste, damit sie – sobald sie sich im Ständer befand – gerade mit der Baumkrone die Decke berührte. All seine Mühe hatte sich gelohnt. Es fehlte nicht ein Zentimeter.

Die Feiertagsdekoration war eigentlich nicht im Budget gewesen, aber seine Mitarbeiter hatten die Gelegenheit genutzt, um kreativ zu werden. Girlanden aus Plastik-Patientenarmbändern säumten die Äste in einem Kaleidoskop aus Farbe. Recycling in seiner Reinform. Das Team hatte sich auch freiwillig bereit erklärt, alles selbst zu schmücken, statt jemanden zu engagieren, der diese Arbeit normalerweise erledigte. Die Menschen in dieser Stadt lebten den Geist der Weihnacht an jedem Tag.

Ben bewunderte den Schmuck, den er soeben gerettet hatte, dessen schimmernder Stoff mit Pailletten in Rot, Weiß und Grün bestickt war. Jede Kugel war mit dem Namen eines Patienten versehen, und auf dem glänzenden Band an diesem stand »Sara«. Ben hängte den Schmuck vorsichtig an einen Zweig in der Nähe eines hellblauen Lämpchens und hoffte, dass Sara bis zum Weihnachtstag wieder zu Hause sein würde.

In Bridgewater war es Tradition, dass jeder Patient, der sich über die Feiertage im Krankenhaus aufhielt, einen Baumschmuck bekam; eine Tradition, die seine Mutter vor Jahren, als sie als Candy Striper – jemand, der ehrenamtlich in einem Krankenhaus arbeitete –, begonnen hatte. Wenn ein Patient entlassen wurde, nahm er seinen Schmuck mit nach Hause oder brachte ihn zum Gemeindebaum, der auf der Wiese vor der Notaufnahme stand.

Ben hatte immer gehofft, dass am Weihnachtstag nur noch die glänzenden roten Kugeln am Baum hängen würden. Das war zwar nicht realistisch, aber es hielt ihn nicht davon ab, zu hoffen. Denn jedes Herz verdiente es, mit Hoffnung erfüllt zu werden, egal, was logisch erschien. Schließlich geschahen Wunder zu den unerwartetsten Zeiten.

Leise Weihnachtsmusik erfüllte den Korridor, und der Duft von Tannengrün, das den Eingang des Krankenhauses schmückte, lag in der Luft und überdeckte den üblichen Geruch von Antiseptika und Lösungsmitteln.

Nur eine einzige Familie saß im Moment im Wartebereich. Das war zwar nicht gut für das Geschäft, aber ein fast leerer Warteraum hatte auch seine Vorteile. Besonders um diese Jahreszeit.

Ben lächelte der Familie zu, die darauf wartete, aufgerufen zu werden, um die Aufnahmepapiere auszufüllen. Er fragte sich, welches Mitglied dieser Familie morgen einen Schmuck am Baum haben würde. Die Mutter, der Vater oder eines der Kinder?

Sein Telefon klingelte, als er den Flur zu seinem Büro hinunterging. »Hi, Mom.«

»Honey, deine Großmutter hat gerade angerufen. Ruby ist gestürzt, sie ist gerade aus dem OP gekommen. Wenn du Zeit hast, könntest du vorbeischauen und Ruby einen kurzen Besuch abstatten, während deine Großmutter bei ihr ist? Sie würde sich freuen, wenn sie ein bisschen mit dir angeben könnte. Und ich dachte, du könntest vielleicht ein paar Strippen ziehen, um ihr den Aufenthalt etwas angenehmer zu machen.«

»Na klar.« Ben musste immer darüber lachen, dass Mom Bridgewater *sein* Krankenhaus nannte. Er verzichtete darauf, sie zu fragen, was mit Ruby passiert war, sonst hätte er gut dreißig Minuten am Telefon gehangen.

»Danke, mein Junge.«

»Das dauert ja nicht lange. Kein Problem.«

»Prima. Oh, und ich wollte mit dir über das Weihnachtsessen sprechen. Ich habe *endlich* von deinen Brüdern gehört. Alle werden dieses Jahr hier sein. Kendra und ich haben eine Idee. Kann ich sie mit dir besprechen? Hast du ein paar Minuten Zeit?«

»Tut mir leid, Mom, ich kann nicht.« Wenn er zu lange mit ihr am Telefon blieb, musste er erwähnen, dass sie dieses Jahr vielleicht aus dem Extreme-Lebkuchen-Backwettbewerb aussteigen mussten. Er würde lieber einen Ersatz für Ashley finden, als Mom zu enttäuschen. Wie auch immer, es war besser, dieses Gespräch persönlich zu führen. »Sag Kendra, sie soll dableiben. Ich komme nach der Arbeit im Laden vorbei und unterhalte mich mit ihr. Wäre das okay für dich?«

»Ja. Das kann warten. Aber vergiss nicht, bei Ruby vorbeizuschauen.«

»Verstanden. Wir sehen uns später.« Er steckte sein Telefon in die Tasche, drehte sich um und ging zum Aufzug. Das konnte er genauso gut jetzt erledigen. Er fuhr mit dem Aufzug in die oberste Etage. Das Gebäude hatte nur drei Etagen, von denen die erste der Notaufnahme, dem Geschenkeladen, der Cafeteria, den ambulanten Diensten und der Verwaltung vorbehalten war. Der ehemalige Physiotherapietrakt wurde jetzt als Arztpraxis vermietet, um mehr Geld in die Klinik zu spülen.

Als sich die Türen des Aufzugs im dritten Stockwerk öffneten, war der beruhigende Weihnachtsduft der ersten Etage verschwunden, und die Weihnachtsmusik wurde durch die Geräusche der Krankenschwestern und -pfleger ersetzt, die ihrer Arbeit nachgingen.

Eine Krankenschwester im ersten Jahr blickte von dem piepsenden Monitor im Schwesternzimmer auf. »Guten Abend, Ben. Was führt Sie denn hierher?«

»Ich wollte nach einer Bekannten sehen, die vorhin eingeliefert wurde. Ruby Johnson.«

»Sie hat die Operation gut überstanden. Sie ist noch benebelt wie ein Leuchtturm im Herbst, aber Sie können sie besuchen. Sie ist ja 'ne echte Nummer.«

»Das ist noch eine Untertreibung. Was ist denn passiert? Ich hoffe, es ist nichts Ernstes.«

»Sie ist böse gestürzt, aber sie wird wieder.« Sie deutet auf den Flur hinter sich. »Ich hoffe, ich bin in ihrem Alter genauso wie sie. Zimmer dreihundertsechsundzwanzig.«

Ben grüßte ein paar andere Krankenschwestern, die Geräte den Flur hinuntertrugen. Er kannte fast jeden, der im Krankenhaus arbeitete, wenn nicht vom Gesicht, so doch vom Namen her, denn er war für die gesamte Buchhaltung des Krankenhauses zuständig, einschließlich der Gehaltsabrechnungen.

Er schob die halb geschlossene Tür von Zimmer 326 vorsichtig auf und klopfte dabei an, als er Rubys Zimmer betrat. Sie lag mit hochgelagertem Bein gegen Kissen gestützt, und ihre Zehen ragten aus dem Gips heraus. »Was ist denn hier passiert, Miss Ruby?«

»Ben.« Ruby zog seinen Namen in die Länge, als wäre er drei Silben lang. »Hat Shirley dich angerufen, damit du mir hilfst, aus diesem Loch zu entkommen?«

Seine Großmutter saß auf dem Stuhl neben dem Bett.

»Wohl kaum.« Bens Lippen zitterten von dem Bedürfnis, darüber zu lächeln. Er legte seine Hand auf die Schulter seiner

Großmutter. »Aber du und meine Großmutter, ihr benehmt euch besser.«

Ruby schlug sich die Hand vor den Mund. »Deine Großmutter und ich benehmen uns immer.«

»Ich wünschte, ich könnte das glauben«, sagte er liebevoll neckend. »Behandeln sie dich gut, Ruby?« Er drückte die Schulter seiner Großmutter. »Wie geht es dir, Grandma Shirley? Hältst du Ruby im Zaum?«

Ruby hob ihren Arm und ließ den Plastikschlauch der Infusion wie ein Springseil herumfliegen. »*Mich* im Zaum halten? Wenn sie eine gute Freundin wäre, würde sie mich aus diesem Ort herausrollen!« Sie verschränkte die Arme über ihrem üppigen Busen und prustete empört. »Ich kann nicht glauben, dass ich mir so leicht etwas gebrochen habe, ich hatte schon viel schlimmere Stürze. Diesmal bin ich einfach in ein Loch getreten. Das Lustige daran ist, dass der Knöchel nicht mal auf der Seite gebrochen ist, mit der ich in das Loch getreten bin. Frag mich, wie das passieren konnte.«

Shirley schüttelte ihre blonden Locken und lächelte. »Ich sage ihr immer wieder, dass sie in diesem Haus Hilfe braucht. Wenn nicht gerade Bridge-Tag gewesen wäre, wer weiß, wie lange sie dort gelegen hätte, bis jemand sie gefunden hätte.« Shirley zupfte an Bens Ärmel. »Sie verpasst nie Bridge. Als sie nicht aufgetaucht ist, wusste ich, dass etwas nicht stimmt.«

»Du hast bloß meinen berühmten Spinat-Artischocken-Dip vermisst.« Ruby sprach ihre Sätze weder schnell noch deutlich aus. »Mir geht's gut. Sei ein lieber Junge, Ben, und hol mir ein paar Krücken, damit ich mich um meine Arbeit kümmern kann.«

»Für jemanden, der gerade erst operiert wurde, sind das große Worte«, sagte Ben. »Ich glaube, durch die Schmerzmittel fühlst du dich wie zwei Meter groß und kugelsicher, aber ich glaube nicht, dass du in nächster Zeit irgendwo hingehen kannst. Was kann ich tun, um dir den Aufenthalt so angenehm wie möglich zu machen?«

»Bring mich nach Hause.«

»Davon mal abgesehen.«

»Sonst nichts. Aber es war nett von dir, dass du vorbeigekommen bist, um nach mir zu sehen«, sagte sie mit einem schiefen Lächeln.

Shirley schüttelte abermals den Kopf. »Eigentlich *gibt es* etwas, was er für dich tun kann.«

Rubys Augenbrauen schossen in die Höhe. »Was?«

»Hast du vergessen, wie viel Arbeit es ist, dein Haus für den *Crystal Christmas Cookie Crawl* vorzubereiten? Es wäre eine Schande, wenn ich dein Haus als Stopp absagen müsste. Meine Güte, wir haben nicht mehr viel Zeit, um das zu regeln. Die Tickets werden diese Woche gedruckt!«

Ruby starrte Shirley an. »Absagen? Du wirst nichts dergleichen tun. Dies hier ist bloß ein vorübergehender Rückschlag. Ich werde mein Haus vorbereitet haben, so wie immer in all den Jahren, in denen du auch die Feiertagstour veranstaltet hast.«

»Hast du überhaupt schon angefangen?«

»Nein, aber ich werde es schon schaffen, und Ben hatte bereits für nächsten Donnerstag einen Termin vereinbart, um die Außenbeleuchtung in Angriff zu nehmen.«

»Dann solltest du dir überlegen, ob du Ben nicht auch mit der Inneneinrichtung anfangen lässt.«

»Das kann ich gerne übernehmen«, warf Ben ein. »Mach dir keine Sorgen.«

Rubys Gesicht verfinsterte sich. »Du weißt, wie sehr ich es schätze, dass du mir ab und zu hilfst, aber das musst du nicht tun. Ich kann mich immer noch um mich selbst kümmern. Ich bin keine hilflose alte Dame«, beharrte sie. »So wird mich auch kein Arzt behandeln. Morgen bin ich schon wieder auf den Beinen. Nehmt mich beim Wort.« Ihre Lippen zogen sich zu einem schmalen Strich zusammen. »Ich kann mit einem Gips durchaus ein paar Bäume schmücken und backen. Es ist ja nicht so, als ob meine Arme gebrochen sind. Keine große Sache also.«

»Nicht so schnell, Ruby.« Ben wählte seine Worte sorgfältig. »Du musst die Anweisungen des Arztes befolgen, sonst könnte dein Aufenthalt noch länger werden.«

Pffft. Ruby verzog das Gesicht und verwarf somit den bloßen Gedanken.

»Nach sieben Jahren weiß ich genau, wo alles aufbewahrt wird und wo es hingehört. Ich kümmere mich um die Dekoration, Ruby.«

Ruby strich sich das Haar aus dem Gesicht, schniefte und sagte: »Ich finde es wirklich zuvorkommend von dir, dass du mir bei den Handwerksangelegenheiten hilfst, aber ich werde dich nicht fragen, das alles allein zu machen. Außerdem hast du ein eigenes Heim, um das du dich kümmern musst.«

»Du brauchst nicht zu fragen. Ich habe mich freiwillig gemeldet. Außerdem steht mein Haus nicht auf dem *Cookie Crawl*-Plan. Es ist für mich genauso wichtig wie für dich, ich gewinne gern.« Und da war es. Eine weitere Portion auf seinem bereits viel zu schweren Teller, mit dem er jonglieren musste. »Außerdem weißt du doch, wie sehr mir diese Projekte gefallen.«

Ihre Miene wurde weicher. »Das ist wahr. Du kannst schließlich Weihnachtslieder pfeifen wie kein Zweiter. Du sprengst sozusagen alle langweiligen Buchhalter-Stereotypen.«

»Danke. Oder so.«

Er musste zugeben, dass er mit den anderen Studenten, die an der NC State Buchhaltung studierten, nicht viel gemeinsam hatte. Tatsächlich waren die meisten seiner Freunde dort auf der Tierarztschule gewesen oder arbeiteten bereits außerhalb des Campus in einfachen Jobs. Und sosehr diese Jungs auch über ihre Jobs gemeckert hatten, Ben liebte diese Art von Arbeit.

Seine Stelle in der Verwaltung des Krankenhauses war zwar gut bezahlt, aber es hatte schon etwas für sich, ab und zu nach draußen zu gehen und die Sonne zu sehen.

»Deine Farm wird auch dieses Jahr wieder die schönste Station auf dem *Crystal Christmas Cookie Crawl* sein. Das verspreche ich. Ich werde alles rechtzeitig fertig haben.«

Ruby richtete sich in ihrem Bett auf. »Ich bin hoffentlich schon lange vorher zu Hause!«

»Das hoffe ich auch, aber überanstreng dich nicht, und mach den Krankenschwestern keine Schwierigkeiten.« Ruby war in dieser Stadt für ihr feuriges Temperament bekannt.

»Ich werde nicht lange genug hierbleiben, um jemandem das Leben schwer zu machen.«

Irgendwie kamen Ben Zweifel daran. Wenn er raten müsste, hatte man bereits alle Hände voll mit Ruby zu tun, und sie war noch nicht einmal eine Nacht hier gewesen. »Ich werde morgen nach dir sehen.«

Er spähte auf seine Uhr. Es würde ein langer Abend im Büro werden, aber er hatte auch noch andere Dinge zu erledigen. Am besten würde er jetzt losfahren, sich um ein paar Sachen kümmern, etwas zu Abend essen und dann zurückkehren. Wahrscheinlich würde es nicht schaden, später auch noch einmal nach Ruby zu sehen.

Er hoffte für sie, dass sie bald wieder auf die Beine kam und nach Hause konnte, sonst musste er Ruby Johnson zum Schutz des Personals mit einem Warnhinweis versehen.

Kapitel 5

Joy klammerte sich so fest an das Lenkrad, dass ihr die Arme wehtaten. Die letzte Stunde hatte sie mit ihren Emotionen gerungen, ohne zu wissen, was gewonnen hatte – die Sorge um ihre Tante oder das Bedauern darüber, dass so viel Zeit seit ihrem letzten Besuch bei ihr vergangen war. Okay, und das schlechte Gewissen, dass sie eigentlich im Büro hätte bleiben sollen. Doch es musste schon über zwei Jahre her sein, dass Joy nach Crystal Falls in North Carolina gefahren war.

Ruby hatte sie in dieser Zeit zweimal in D.C. besucht.

Joy streckte sich auf dem Sitz und versuchte, die Verkrampfungen, die das lange Stillsitzen verursachten, zu lösen.

Wie konnte ich eine siebzigjährige Frau auf diese Reise schicken? Vielleicht, weil Ruby immer so wirkte, als sei sie nicht kleinzukriegen. Jetzt allerdings hätte sich Joy am liebsten dafür selbst in den Hintern getreten, dass sie sich keine größere Mühe gegeben hatte. Joy lehnte sich mit dem Rücken gegen den Fahrersitz. Es war eine lange Fahrt, selbst für sie.

Als sie endlich die Ausfahrt der Interstate erreicht hatte, wurden die Straßen schnell schmal und dunkel. Am Straßenrand sammelte sich das Wasser von einem kürzlichen Regenguss, das unter den Rädern des Autos spritzte und sich anhörte, als ob jemand »Schhhh« rufen würde. Joy wünschte sich, das weiße Rauschen würde die negativen Gedanken, die in ihrem Kopf wirbelten, ausschalten.

Mom hätte es furchtbar gefunden, dass ich mich nicht mehr bei Tante Ruby gemeldet habe. Und was ist, wenn Rubys Verletzung ernst ist? Ich darf sie nicht verlieren. Sie ist alles, was ich noch habe. Ruby ist so ganz anders als Mom, warum bricht es mir dann immer wieder das Herz, wenn ich bei ihr bin?

Kurz vor neun hielt Joy endlich vor dem kleinen Bridgewater Regional Hospital.

Sie bog in eine Parklücke vor dem Gebäude und eilte dann hinein. Ihre Schritte hallten im Atrium wider, das bis auf die Möbel und einen riesigen Weihnachtsbaum leer war. Hinter dem Empfangstresen saß ein uniformierter Wachmann, der selbst auf die siebzig zugehen musste, und blätterte in einer Zeitschrift.

»Ruby Johnson wurde vorhin eingeliefert. Ich bin ihre Nichte, Joy Holbrook. Kann ich sie sehen?« Sie schob ihren Führerschein über den Schreibtisch und versuchte dadurch, den Prozess zu beschleunigen.

»Das ist nicht nötig, junge Dame.« Der alte Mann nahm seine Brille ab und putzte sie mit seinem Hemd. »Die Besuchszeit ist zwar schon vor einer Weile zu Ende gegangen, aber lassen Sie mich sehen, was ich für Sie herausfinden kann.«

Sie schaute sich in dem vertrauten Atrium um und versuchte, ruhig zu bleiben. Dieser Ort weckte noch immer eisige Erinnerungen in ihr.

Das letzte Mal war sie in einem Krankenhaus gewesen, um Renee zu besuchen, nachdem ihrer Tochter Cassie die Mandeln entfernt worden waren. An diesem Tag war sie fünf Minuten vor Anfang der Besuchszeit da gewesen, und man wollte sie trotzdem nicht nach oben lassen.

Während der fünfstündigen Fahrt hatte sich ihre Sorge um ihre Tante nur noch verstärkt, als ihre Versuche, Rubys Freundin anzurufen, um ein Update zu erhalten, unbeantwortet blieben. *Lass es bitte keine schlechten Nachrichten sein.*

Das Foyer des Krankenhauses war mit frischem Grün für die Feiertage geschmückt, was dem Ort auf eine seltsame Art und Weise Fröhlichkeit verlieh. Nicht so, wie sie es in Erinnerung hatte. Vielleicht war es also nicht genau so wie beim letzten Mal, als Joy hier gewesen war, aber die Eindrücke verfolgten sie immer noch.

Der Wachmann telefonierte, dann schnippte er mit den Fingern, um ihre Aufmerksamkeit zu erregen. »Sie können gleich diesen Gang hinuntergehen und mit dem Aufzug in den dritten Stock fahren. Die Empfangsschwester wird Ihnen helfen.«

Die Flut der Erleichterung, die diese Worte in ihr auslösten, brachte sie beinah dazu, über den Schreibtisch zu springen und den Kerl zu umarmen. Wenn sie Ruby heute Nacht nicht hätte sehen können, hätte sie auf keinen Fall ein Auge zu machen können. »Ich danke Ihnen vielm…« Sie wirbelte herum und stieß beinahe mit einem vorbeilaufenden Herrn zusammen. »Oh, es tut mir leid. Ich …«

Der dunkelhaarige Mann griff sie am Arm, ihre Autoschlüssel waren nur wenige Zentimeter von seiner Schulter entfernt. »Whoa, Vorsicht.«

Sie wich zurück, um ihn nicht mit ihren Schlüsseln zu erstechen. Aus Gewohnheit hatte sie die Schlüsselbärte wie kleine Speere durch ihre Finger geschoben. Für das Stadtleben musste die Frau von heute schon ordentlich auf Zack sein.

»Oh, ja. Entschuldigung. Ich bin hier, um ein Familienmitglied zu besuchen.« Sie riss ihre Hand zur Seite und schüttelte die Schlüssel aus ihren Fingern.

Sein Lächeln war mild. Sein Griff war fest. Obwohl er keinen Arztkittel trug, hatte er diesen »Ich gehöre hierher«-Blick. »Tut mir leid, das zu hören. Zu den Aufzügen geht es da lang.« Er wies den Flur hinunter, obwohl sie den Weg bereits kannte. Kannte ihn nur zu gut.

»Ja. Entschuldigen Sie mich.« Joy machte einen Schritt zur Seite und marschierte dann vorwärts. Sie drückte auf den Aufzugknopf, dann blickte sie zurück. Der Mann ging zielstrebig zum anderen Ende des Flurs.

Die Tage, die sie mit Mom hier verbracht hatte, kamen ihr plötzlich vor, als seien sie erst gestern gewesen. Sie kämpfte gegen die Verzweiflung an, die sie überkam, und suchte in ihrem Kopf nach etwas weniger Persönlichem.

Studien haben bewiesen, dass die herkömmliche Beleuchtung in Krankenhäusern nie hell genug ist, um dem Gehirn mitzuteilen, dass es Zeit ist, wach und aufmerksam zu sein, und auch nicht dunkel genug, um den Schlaf zu erleichtern, was die Heilungsfähigkeit des Patienten beeinträchtigen könnte.

Sie kannte mehr Details über Dinge, zu denen sie Marktforschung betrieben hatte – von der Landwirtschaft über das Gesundheitswesen bis hin zum Zoo –, als je ein Mensch wissen sollte. Normalerweise war dieses Wissen ihr Sicherheitsnetz, aber im Moment fühlte es sich höchst unpassend an. Hoffentlich war ihre Tante nicht so lange hier, dass die Beleuchtung einen Unterschied machte. *Bitte sei in Ordnung.*

Joy drückte wieder auf den Aufzugknopf und wartete. Dann drückte sie erneut. Endlich kam der Lift an. Die Türen öffneten sich so langsam, dass sie praktisch dagegenlief, als sie einstieg. Nach einer schmerzhaft langsamen Fahrt in den dritten Stock stieg sie aus, und die Empfangsschwester, eine üppige Frau, lächelte und winkte sie heran. »Sie müssen die Nichte von Mrs Johnson sein.«

»Ja, Ma'am. Ich bin gerade aus D.C. angekommen. Ich habe mir solche Sorgen gemacht. Kann ich sie sehen?« Die letzten Worte brachte Joy kaum noch heraus. Sie atmete tief ein und presste die Hände zusammen. »Bitte?«

»Oh, Liebes, Sie sollten sich besser beruhigen, sonst enden Sie noch als Mitbewohnerin von Mrs Johnson. Und ich habe zu viel zu tun und keine Zeit für noch mehr Patienten auf dieser Etage.« Ein herzhaftes Lachen erfüllte die Luft, als die Frau sich aus dem Stuhl hochstemmte. Ihre blendend weißen Schuhe quietschten bei jedem Schritt, als sie die Schwesternstation umrundete und sich an Joys Seite stellte. »Ihrer Tante wird es bald schon wieder gut gehen. Kommen Sie mit mir.«

Einen Moment lang war Joy wie erstarrt. Sie war unsicher, ob sie den Flur hinuntergehen konnte. Das Piepen der Maschinen und das Geplapper auf dem Krankenhausflur nahmen ihr den Atem und machten es ihr schwer, ihre Erinnerungen von der Gegenwart zu unterscheiden.

»Geht es Ihnen gut?«, fragte die Krankenschwester.

Joy starrte den Flur entlang in Richtung Zimmer 304. Sie hatte bis eben nicht bemerkt, dass sie sich sogar an die Zimmernummer ihrer Mutter erinnerte. Ihre Handfläche um ihre Schlüssel schwitzte.

»Kommen Sie mit. Ich bringe Sie zu Ihrer Tante. Wenn Sie sie sehen, wird es Ihnen gleich besser gehen«, sagte die Schwester.

Joys Lippen fühlten sich taub an, als der Geruch des Krankenhausreinigers, gemischt mit dem Kirschwackelpudding, der hier immer auf den Essenstabletts vorhanden zu sein schien, an alten Wunden riss.

Die Krankenschwester winkte. »Sie liegt am Ende des Flurs.«

Joy passte ihren Schritt der Krankenschwester an, die sich so langsam bewegte wie der Aufzug. Wenn Joy ihren Mund zum Funktionieren hätte bringen können, hätte sie die Schwester einfach gebeten, ihr die Zimmernummer zu geben, damit sie hinsprinten und sich selbst davon überzeugen konnte, dass alles in Ordnung war.

»Sie hat die Operation gut überstanden«, sagte die Krankenschwester. »Gebrochener Knöchel, schlimmer Bruch.« Die Schwester schüttelte den Kopf und presste die Lippen zusammen. »Wirklich schlimm. Es hat ein paar Schrauben und einen Stab gebraucht, um sie wieder zusammenzuflicken, aber sie ist wach und macht schon ordentlich Wirbel. Ich halte das immer für ein gutes Zeichen.«

Ein Lachanfall flutete den Flur. Das Lachen von Tante Ruby brachte Joy immer zum Schmunzeln. Rein theoretisch hätte Joy sie auch ohne die Zimmernummer oder die Begleitung finden können. *Gott sei Dank.*

Die Krankenschwester blieb kurz vor der Tür stehen. »Sie sind schon eine Weile da drin. Machen Sie es schnell. Die Besuchszeit ist eigentlich vorbei. Wir sehen keinen Grund, die Leute zu sehr zu hetzen, aber Ihre Tante braucht ihre Ruhe.«

Joy zögerte an der Tür. Zwei Frauen, die sie nicht kannte, standen neben Shirley, Rubys bester Freundin, und versperrten ihr praktisch die Sicht. Aber selbst von hier aus sah der Umriss von Rubys Körper winzig aus, wie er da im Bett lag. Andererseits wirkte Ruby immer klein neben Shirley, die mindestens ein Meter fünfundsiebzig sein musste, wilde Shirley-Temple-Locken hatte und die Fähigkeiten eines Drill-Sergeants mit einem Südstaaten-Anstrich besaß, der einen unbemerkt manipulieren konnte.

Ganz im Gegensatz zu Tante Ruby, die wie Joy erdbeerblond und mit hitzigem Temperament gesegnet war und ebenfalls nur etwas mehr als einen Meter fünfzig maß.

Ruby ratterte die Einzelheiten ihres Unfalls herunter, als wäre er jemandem in einem Fernsehfilm passiert. Ihre vertraute Stimme erinnerte Joy an die vielen langen Nächte, in denen Ruby sie mit ihren Geschichten unterhalten hatte.

Joy hörte zu, und ihre Sorge verflog mit jedem Wort. Erst als eine der Frauen sich bewegte, um etwas aus ihrer Handtasche zu fischen, erhaschte sie endlich einen vollständigen Blick auf ihre Tante. Und hätte sie die Stimme ihrer Tante nicht schon gehört, wäre sie sich nicht sicher gewesen, ob Joy sie erkannt hätte.

Ruby musste den Friseur gewechselt haben, denn ihr rotes Haar war jetzt eher tomatenrot als erdbeerblond. Seit ihrem letzten Besuch war ihre Tante auch deutlich gealtert. *Hör auf damit. Sie kommt gerade frisch aus dem OP. Sei dankbar, dass*

Ruby sich wie ihr altes Ich anhört … auch wenn sie nicht so aussieht. Joys Lippen zitterten, als sie sich zu einem dankbaren Lächeln zwang.

»… und ich bin in ein Loch getreten. Es tat höllisch weh, als ich hinfiel. Aber das war nicht einmal der Knöchel, den ich mir am Ende gebrochen habe, sondern der andere. Ich weiß nicht, wie ich das geschafft habe. Ich muss ein toller Anblick gewesen sein, wie ich da hingeplumpst bin. Jedenfalls stand ich mit einem Fuß im Loch, und der andere war nach hinten verdreht, sodass ich mich nicht mehr hochziehen konnte.«

»Wie lange hast du da gelegen?«, erkundigte sich eine Frau.

»Fast den ganzen Vormittag. Zum Glück hat es nicht geregnet. Das hätte übel enden können. Ich glaube, meine Tiere dachten, ich würde hier übernachten, denn sie kamen alle rüber und liefen im Kreis um mich herum, als wollten sie Ringelreihen spielen. Alles, was Sie wollten, war, dass ich aufstehe und ihnen ein Leckerli gebe.«

»Du hast wirklich Glück gehabt«, sagte eine andere Dame. »Du hättest auch direkt in deinem Garten sterben können.«

»Ernsthaft? Es ist ein gebrochener Knöchel, und es waren über fünfzehn Grad. Sei mal nicht so dramatisch!«, blaffte Ruby.

»Vielleicht brauchst du eine dieser medizinischen Alarm-Halsketten. Mein Sohn hat mir von denen erzählt.«

Ruby stopfte das Laken um sich herum fest. »Hör auf damit. Es war nur ein Unfall. Ein winziges Missgeschick. Mir geht's gut.«

Da schaltete sich Shirley ein. »Als Isabelle sich den Fuß gebrochen hatte, war sie tagelang im Krankenhaus und musste dann zur Physiotherapie ins Reha-Zentrum.«

»Na ja, das ist Isabelle. Das bin nicht ich. Ich habe denen gesagt, dass ich auf der Farm etwas zu tun habe. Gebt mir einen Gehgips und ein paar Krücken, dann kann ich meine Aufgaben erledigen.«

»Also, Ruby, du hast Ben gehört …«

»Fang gar nicht erst an …« Rubys Stimme ging zwei Oktaven höher.

Selbst nach so langer Zeit erkannte Joy noch den Tonfall, den Ruby anschlug, wenn sie sich bereit machte zum Streiten. »Ich bin sofort gekommen, als ich es gehört habe«, fuhr Joy unvermittelt dazwischen, in der Hoffnung, einen Streit zwischen ihrer Tante und Shirley zu verhindern.

»Joy?«

Der Ausdruck auf Rubys Gesicht brachte Joy fast dazu, an den Tränen, die sie mühsam wieder hinunterschluckte, zu ersticken. »Ja, Ma'am.«

»Du bist den ganzen Weg hierhergefahren? Das wäre doch nicht nötig gewesen. Woher wusstest du das? Wer hat dich angerufen?«, verlangte Ruby zu wissen.

Shirley rutschte unruhig hin und her, sagte aber nichts, und Joy hatte auf keinen Fall vor, sie zu verraten.

»Ich bin wahrscheinlich als deine nächste Angehörige aufgeführt. Außerdem habe ich ein Recht darauf, diese Dinge zu erfahren. Wir sind eine Familie.«

Joy wusste jedoch, dass sie Ruby nicht wie echte Familie behandelt hatte. Während sie ihre eigene schmerzhafte Vergangenheit verdrängte, hatte sie auch Ruby beiseitegeschoben und der Arbeit immer den Vortritt gelassen. Es sei denn, Ruby tauchte von selbst auf. Und sogar dann musste Ruby fast unangekündigt erscheinen, damit Joy sich nicht aus dem Besuch herauswinden konnte.

»Puuuh. Das ist wirklich keine große Sache. Der nächste Angehörige ist dafür da, wenn man stirbt. Ich bin noch lange nicht tot. Aber komm mal her zu mir. Es tut wirklich gut, dich zu sehen.« Ruby breitete ihre Arme aus, und ihre Freundinnen traten zurück, um Joy an das Bett heranzulassen.

»Mädels, das ist meine Nichte, Joy«, sagte sie stolz.

»Es ist schön, dich zu sehen. Es tut mir leid, dass es so lange gedauert hat. Der Unfall hätte nicht der Grund sein sollen, um dich mal wieder zu besuchen.« Joy beugte sich hinunter, um Ruby zu umarmen, deren kräftiger Griff nicht im Geringsten gelitten hatte.

»Du bist beschäftigt, Süße. Mach dir keine Sorgen. Ich verstehe das.« Rubys Augen glitzerten, und die Schuldgefühle blieben Joy im Hals stecken wie eine Pille, die zu groß war, um sie zu schlucken. Wie Ruby hier im Krankenhausbett lag, schien ihre Tante nicht mehr die lebhafte, nicht kleinzukriegende Frau zu sein, die Joy immer gekannt hatte. Lag es an der Operation, oder hatte sie sich wirklich so wenig gekümmert?

Eine blonde Krankenschwester klopfte an die Tür. »Ich störe die Party nur ungern, aber unsere Patientin braucht ihre Ruhe. Morgen ist sie wieder für Besuche bereit.«

Alle Freundinnen von Ruby gingen, aber Joy blieb zurück. »Ich bin morgen früh wieder da.«

Ruby ergriff Joys Handgelenk. »Liebes, es tut mir leid, dass sie angerufen und dich beunruhigt haben, aber ich danke dir so sehr, dass du hier bist. Dich zu sehen, hat alles fast wieder wettgemacht.«

Diese Worte stachen wie ein Messer in Joys Bauch. »Sag so etwas nicht.« Aber ihre Stimme klang so leise, dass sie nicht einmal sicher war, ob Ruby sie überhaupt gehört hatte. Joy räusperte sich. »Bitte, mach dir keine Sorgen, dass ich mir Sorgen mache. Ich bin hier. Da, wo ich heute Abend sein sollte.« Sie stützte ihre Arme auf das Geländer von Rubys Bett und ließ sich in einen Stuhl sinken, der neben dem Bett stand.

Ruby legte ihre Hand an Joys Wange. »Du schläfst doch auf der Farm, oder?«

»Das hatte ich vor.«

»Du siehst erschöpft aus. Arbeitest du zu viel?« Ruby wedelte mit einer knochigen Hand. »Du musst nicht antworten. Das tust du sowieso immer. Ich kenne dich besser, als du denkst, junge Dame.«

Natürlich tat Ruby das. Sie war Moms Schwester und hatte die schwersten Zeiten in Joys Leben mitbekommen. »Ich kann dich unterstützen, bis du zurück auf den Beinen bist.«

»Morgen bin ich wieder zu Hause. Heutzutage behalten sie niemanden lange im Krankenhaus. Die Versicherung regelt das, nicht die Ärzte. Aber du kannst mir bei einer Sache helfen.«

»Alles, was du willst.«

»Könntest du heute Abend die Tiere für mich füttern? Das wäre mir eine große Hilfe. Ich weiß, dass sie wahrscheinlich einen Aufstand machen werden. Sie sind an ihre Sechs-Uhr-Fütterung gewöhnt. Ich habe noch ein paar mehr aufgenommen, seit du das letzte Mal hier warst. Ich kann den Gedanken nicht ertragen, dass Tiere geschlachtet werden. Also bin ich sozusagen die Retterin geworden. Oh, und Molly, dieses verflixte Kaninchen, sitzt jetzt in einem Käfig auf der Veranda. Sie verträgt die Kälte einfach nicht mehr, seit Mr. Bugs über die Regenbogenbrücke gegangen ist. Aber wenigstens gibt es keine Babyhäschen mehr.«

»Kein Problem.«

Plötzlich runzelte Ruby die Stirn und begann, die Bettdecke wegzuschieben und an den Rand des Bettes zu rutschen. »Das ist zu viel verlangt. Ich muss wirklich nach Hause. Hilf mir, aus diesem Bett aufzustehen und mich anzuziehen.«

»Leg dich wieder hin. Du fühlst dich nur gut wegen dem ganzen Medikamenten-Cocktail, den sie dir in die Infusion gegeben haben.« Sie legte ihre Hand auf Rubys Schulter. »Entspann dich. Ich sorge dafür, dass jedes einzelne Tier heute Abend etwas zu essen bekommt. Unter meiner Aufsicht wird niemand hungern müssen.« Sie hob zwei Finger. »Großes Pfadfinderehrenwort.«

Ruby sackte zurück in die Kissen. »An der Scheunenwand hängt eine Liste mit allem, was zu tun ist. Die Ziegen, Nanny und Waddles, und der Esel … Du erinnerst dich doch an Jack, oder?«

Dieser störrische Esel musste inzwischen fünfzehn Jahre alt sein.

»Sie hätten heute einen neuen Heuballen bekommen sollen. Mach dir keine Sorgen um die Kuh. Sie gehört Tommy, einem 4-H-Mitglied aus der Stadt, der sie bis zur Ausstellung irgendwo unterbringen musste. Er ist ein kleiner Junge. Er kommt jeden Tag, aber überprüf besser das Tor. Er verriegelt es nicht immer richtig.«

»Verstanden.«

»Die Hühner haben bestimmt ihr Wasser ausgekippt, das tun sie immer. O Gott, sie sind wahrscheinlich alle verhungert.«

»Ich krieg das schon hin. Mach dir keine Sorg…« Joy drehte sich um, als die Tür aufschwang.

»Meine Damen, es tut mir leid. Ich muss Sie wirklich bitten, das hier zu Ende zu bringen.« Die Krankenschwester, die Joy vorhin hierherbegleitet hatte, neigte den Kopf in einer Weise, die Joy sagte, dass sie es ernst meinte.

»Ich bin schon auf dem Weg.« Joy stand auf, löste sich von Rubys Bett und ging zur Tür. »Ich komme morgen wieder vorbei.«

»Molly!«, rief Ruby und winkte hektisch mit der Hand. »Das hätte ich fast vergessen. Du musst dich um Molly kümmern. Sie darf morgen früh nicht allein sein.«

»Ihr könnt morgen reden«, wandte die Krankenschwester ein.

Joy lief weiter. »Kein Problem. Ich habe alles unter Kontrolle. Schlaf gut.« Joy trat in den Flur, und die Schwester zog die Tür hinter ihnen zu. »Es tut mir leid. Ich habe meine Tante nicht gesehen seit –«

»Ich verstehe schon. Sie wird morgen auch noch hier sein.« Die Krankenschwester huschte in den Raum nebenan, um einen piepsenden Monitor neu einzustellen.

Einsamkeit legte sich über Joy, als sie den leeren Flur entlangschritt. Sie hatte die feste Absicht, die verlorene Zeit mit Ruby nachzuholen. Koste es, was es wolle.

Kapitel 6

Joy stieg in ihr Auto und ließ den Motor an. Sie war unglaublich erleichtert, dass ihre Besuche im Bridgewater Hospital dieses Mal nur von kurzer Dauer sein würden und das Ergebnis anders ausfallen würde als bei Mom. Rubys Verletzungen waren nicht lebensbedrohlich. Gott sei Dank.

Sie beugte sich vor und blickte hinauf zum dritten Stock. Nicht zu Rubys Zimmer im Ostflügel, sondern zu dem Zimmer, in dem ihre Mom die letzten Wochen verbracht hatte. Warum fühlte es sich heute Nacht immer noch genauso schmerzhaft an wie vor über zwölf Jahren? Sie nahm eine Serviette aus dem Handschuhfach und tupfte sich die Tränen ab.

Der Schmerz hatte sie überrollt. Damals hatte sie zumindest noch Ruby gehabt, an die sie sich anlehnen konnte. Jetzt hing alles allein an Joy, und wenn sie diese Tränen freiließ, war sie nicht sicher, ob sie jemals wieder damit würde aufhören können.

»Diesmal wird es gut gehen.« Sie stopfte die Serviette oben in ihre Handtasche und schaute in den Rückspiegel. »Alles ist okay.«

Sie fühlte sich einsam und nahm ihr Telefon in die Hand. Es war zu spät, um Renee anzurufen. Ihre Kinder würden schon im Bett sein. Ein Druck auf die Rückruftaste, mehr brauchte sie nicht, um eine freundliche Stimme zu hören. Sie überprüfte die Anrufliste. Todds Nummer war seit über drei Wochen nicht mehr aufgetaucht.

Sie hatte gar nicht bemerkt, dass es schon so lange her war.

Es war ja nicht so, dass sie und Todd jemals eine feste Beziehung hatten. Sie hatte von einem Freund gehört, dass er mit anderen Frauen in der Stadt gesehen worden war. Er wirkte definitiv nicht so, als wäre er auf der Suche nach einer dauerhaften Beziehung. Für sie war das in Ordnung, denn sie suchte ja ebenfalls nicht danach.

Sie hatte niemanden, den sie anrufen konnte, also wählte sie die Nummer des Büros und hinterließ eine Nachricht für Margie. Joy fühlte sich schlecht, weil sie Renee morgen Nachmittag mit der Präsentation allein lassen musste, aber Joy wusste, selbst wenn sie jetzt wieder fahren würde, wäre sie so erschöpft, dass sie sowieso keinen guten Eindruck hinterließe.

Der Anrufbeantworter von Margie meldete sich. »Margie, ich bin's, Joy. Ich wollte dich über einen Notfall in meiner Familie informieren. Ich bin in North Carolina. Ich werde nicht rechtzeitig zur Präsentation zurück sein. Mein Team ist gebrieft und vorbereitet. Renee hat alle Unterlagen. Du hast meine Nummer, falls es noch Fragen gibt, und ich habe Zugriff auf meine Mails, falls du mich brauchst. Ich sollte am Montag wieder zurück im Büro sein.«

In ihrem Herzen wusste sie, dass sie das Richtige tat, aber der Zweifel nagte an ihrem Hirn mit einer Endlosschleife aus *versau dir jetzt nicht deine Chance auf die Beförderung*, und *ich habe so hart dafür gearbeitet, werden sie es mir übel nehmen, dass ich weg war?*

Diese kleinen Stimmen nagten an ihr.

»Stopp. Es ist nur ein Tag«, sagte sie laut, um sich selbst zu beruhigen, dann legte sie den Rückwärtsgang ein und drückte aufs Gaspedal.

Kaum hatte Joy ihren Kopf so gedreht, dass sie in den Rückspiegel schauen konnte, als das durchdringende Kreischen von Metall, das auf Metall traf, einen Ruck durch sie fahren ließ. Sie trat mit dem Fuß so fest auf die Bremse, dass sich ihr Hintern vom Sitz abhob und der Sitzgurt an ihr zerrte.

Der Wagen kam abrupt zum Stehen. »Nein!« Sie stellte

den Wagen auf Parken, sprang heraus und lief zum Heck ihres Wagens, um den Schaden zu überprüfen.

»Das darf doch nicht wahr sein!« Aber es war passiert, und niemand hatte Schuld daran, außer sie selbst. Sie war rückwärts in die offene Heckklappe eines Pick-ups gefahren. Die hintere Seitenwand ihres Wagens war aufgerissen worden wie eine leere Getränkedose. Sie streckte die Hand aus und berührte die gezackten Kanten.

»Woraus ist dieses Ding denn bitte schön gemacht?« Sie schloss die Augen und warf einen Blick zurück auf ihren Parkplatz. Es war genug Platz zum Ausparken, aber sie hatte nicht bemerkt, dass die Heckklappe des gegenüberstehenden Trucks heruntergeklappt war. Trotzdem wäre das alles nicht passiert, wenn sie besser aufgepasst hätte.

»O nein.« Joy ließ ihr Gesicht in die Hände sinken. »Einfach nein.« Dieser Ort brachte ihr nur Pech.

Sie stieg wieder ins Auto und fuhr langsam vorwärts, aber das Auto war mit dem großen blauen Truck fest ineinander verhakt. Ihr Auto bewegte sich keinen Zentimeter, und das hochtourige Geräusch war alles andere als beruhigend.

»Kann dieser Tag noch schlimmer werden?« Joy lehnte den Kopf gegen das Lenkrad und schaute dann zu dem dritten Stockwerk hinauf. Zimmer 304. Sie wusste genau, dass es viel schlimmer hätte sein können, und wahrscheinlich war es das auch für gewisse Familienmitglieder.

Behalte den Überblick.

Joy stieß die Autotür auf und ging nach hinten, in der Hoffnung auf eine Lösung, die alles nicht noch schlimmer machen würde.

Es sah aber noch schlimmer aus. Sie holte ihr Telefon heraus und suchte nach der Nummer für einen Abschleppwagen.

Schritte, die sich näherten, ließen sie innehalten. Ein großer Mann ging über den Parkplatz in ihre Richtung.

»Was ist passiert? Ist alles in Ordnung bei Ihnen?« Atemwölkchen kondensierten vor seinem Mund, als er sprach.

»Mir geht's gut«, erwiderte sie. Als er näher kam, erkannte sie ihn von vorhin aus der Lobby wieder. Natürlich war er es. Sie hatte immer so ein Glück. Es war derselbe gut aussehende Typ, den sie vorhin fast mit ihren Schlüsseln aufgespießt hatte. »Besser als meinem Auto.« Sie wünschte, sie könnte einfach verschwinden.

Er hob eine Hand an seine Wange und rieb sich über die Bartstoppeln. Sie zuckte zusammen, als sie hörte, wie er verblüfft Luft einsog. Das hätte sie nicht überraschen dürfen. Das war schließlich auch ihre Reaktion gewesen.

»Sind Sie sicher, dass es Ihnen gut geht?«, hakte er nach und sah zu ihr hinüber. »Das ist ein anständiger Schaden. Was haben Sie denn gemacht? Doughnuts beim Ausparken gegessen?«

»Nein. Ich wollte nur rückwärts rausfahren. Gott sei Dank sieht der Truck besser aus als mein Auto«, murmelte Joy.

»Ich sehe überhaupt keine Schäden am Truck.«

Er hatte ein tolles Lächeln, aber jetzt war nicht der Zeitpunkt für Witze. »Das ist nicht lustig«, erwiderte sie. Er konnte hier stehen und lachen, solange er wollte, aber sie hatte etwas zu tun. »Ich mache mich am besten auf die Suche nach dem Besitzer von dem Truck.«

»Immer mit der Ruhe. Ich wette, dass der Truck nicht einmal einen Kratzer hat, wenn Sie Ihr Autor erst einmal wegbewegt haben.«

»Ich muss es demjenigen, dem der Wagen gehört, trotzdem noch sagen.« Sie stieß einen Seufzer aus, der einen Luftballon hätte füllen können. »Das ist nicht mein Tag. Ich hätte es besser wissen müssen, als an diesen Ort zurückzukehren.«

»So schlimm ist es nicht.«

»Sie haben leicht reden. Sie haben ihr Auto ja nicht gerade geschreddert.«

»Stimmt, aber ich habe eigentlich *diesen Ort* gemeint. Crystal Falls.« Er zuckte mit den Schultern. »Es ist nicht so schlimm. Und ehrlich gesagt, der Schaden an Ihrem Auto hätte schwerwiegender sein können.«

»Danke für Ihre Besorgnis, aber ich muss jetzt weiter.« Sie drehte sich um und ging auf das Gebäude zu.

Er trabte neben ihr her und hielt ihren Ellbogen fest. »Wo wollen Sie hin?«

Sie drehte sich um, bereit zu explodieren. »Um. Den. Besitzer. Dieses Trucks. Zu finden.« Sie spuckte die Worte aus. *Wie oft muss ich es denn noch erklären? Ist der Typ ein Idiot, oder was?* »Ich verstehe, dass Sie nett sein wollen, aber ich bin müde, und hier zu stehen und mit Ihnen zu plaudern, macht die Sache nicht besser.« Das amüsierte Glitzern in seinen Augen machte sie nur noch wütender. »Sie können jetzt gern gehen. Gute Nacht.« Sie drehte sich um und marschierte zur Eingangstür des Krankenhauses.

»Stopp.«

»Was denn noch?« Sie bedauerte ihren kurz angebundenen Tonfall sofort, aber konnte er denn wirklich den Wink nicht verstehen?

Er neigte den Kopf in Richtung der Fahrzeuge. »Das ist mein Truck.«

Irgendetwas an seiner nonchalanten Antwort traf bei Joy den falschen Knopf. »Warum haben Sie das nicht früher gesagt?«

»Sie waren aufgebracht.«

»Ja, ich bin aufgebracht. Warum sind Sie es denn nicht?«

»Ich habe nur versucht, herauszufinden, was passiert ist, und wollte die Situation für Sie nicht noch schlimmer machen.«

»Ich habe einfach nicht aufgepasst. Das ist es, was passiert ist.« *Das klang ziemlich dürftig.* »Ich war mit meinen Gedanken woanders. Was wollen Sie von mir hören? Ich weiß nur, dass ich bei der Suche nach einem Abschleppunternehmen in dieser Stadt auf meinem Handy nichts gefunden habe, und ich habe versucht, mein Auto zu bewegen, aber es hängt fest.«

Sein Lächeln wurde noch ein Stück breiter und offenbarte ein Grübchen. »Es hängt fest?«

»Ja, es hängt fest, so wie in ›ich habe versucht, mein Auto zu bewegen, aber es hat nur Krach gemacht und sich nicht vom Fleck gerührt‹. Hätten Sie zufällig einen Vorschlag, wie ich uns wieder frei bekomme?«

»Nun, da sich mein Truck und Ihr Auto so nahegekommen sind, scheint es nur richtig zu sein, dass wir uns zumindest vorstellen.« Er streckte seine Hand aus, und da war wieder dieses Lächeln. »Ich bin Ben.«

Sie reichte ihm zögernd die Hand. *Ich hoffe, er denkt nicht, dass wir uns so nahe wie unsere Autos kommen werden.* »Ich bin Joy, so wie Freude, obwohl ich heute offensichtlich nicht viel davon verbreite.«

Ihre Antwort schien ihn zu amüsieren. »Entspannen Sie sich. Es ist nur ein Auto.« Er schlüpfte aus seinem Jackett und legte es ihr um die Schultern.

»Hier, Sie zittern ja.«

Sie zog das Wolljackett eng um sich. Wärme umhüllte sie, und der dezente Duft seines Eau de Cologne stieg ihr wohlig in die Nase. Doch obwohl ihr das Jackett willkommen war, lag es an ihren Nerven, nicht am Wetter, dass sie heute Abend so zitterte.

»Geben Sie mir eine Minute.« Er ging zur Beifahrerseite seines Trucks und kam mit einer Taschenlampe zurück.

Jetzt, da er seine Jacke nicht mehr trug, war es schwer, seinen durchtrainierten Bizeps und die V-Form, zu der sich seine schlanken Hüften verjüngten, zu übersehen. Wahrscheinlich war er der bestaussehende Mann in der ganzen Stadt. Und ein Arzt? Wenngleich er nicht gesagt hatte, dass er einer war, und warum sollte ein Arzt einen Pick-up fahren? Er log besser nicht, wenn er sagte, dass das sein Wagen war.

»Ich *glaube,* ich kann meinen Truck einfach nach vorne bewegen. Das sollte Ihrem Auto nicht noch mehr Schaden zufügen, als Sie es schon getan haben.«

»Es ist einen Versuch wert. Wie kann ich helfen?«

»Bleiben Sie genau dort stehen und schauen Sie zu. Sagen Sie mir Bescheid, sobald sich Ihr Auto in Bewegung setzt, wenn ich meinen Truck vorwärtsfahre. Winken Sie mit den Armen, wenn sich das Auto bewegt, okay?«

»Verstanden.« Joy positionierte sich auf der Fahrerseite nahe der Heckklappe und war erleichtert, als Ben einen Schlüsselbund aus seiner Tasche zog und den Truck startete. Wenigstens hatte er nicht gelogen, dass es sich um seinen Truck handelte. Aus den Lautsprechern dröhnten Weihnachtslieder. Er drehte die Musik leiser und legte den Gang ein.

Die Bremslichter glommen schwächer. Als er sich vorwärtsbewegte, gab es nur ein minimales Schaben, und dann gab die Heckklappe ihr Auto frei.

»Das ist gut!«, rief sie und fuchtelte mit den Armen.

Er stieg aus dem Truck aus, und der Klang von Schlittenglocken und der fröhliche Refrain von »Jingle Bells« dröhnte aus dem Fahrerhaus, als er zum Heck ging und die Klappe zuknallte. »Der Truck ist okay. Leider sieht Ihr Auto aus diesem Blickwinkel noch schlimmer aus.«

Mit dem Lichtstrahl auf die Rückseite ihres Autos gerichtet traten sie näher.

Als Joy neben ihm stand, schien Ben viel größer zu sein, als sie zuerst gedacht hatte. Sicherlich weit über einen Meter achtzig. »Ich glaube, mein Auto braucht bald lebenserhaltende Maßnahmen.«

Er schaute auf den Rücksitz des Wagens. »Hübsches Kleid.«

Die Pailletten auf ihrem Kleid tanzten in dem Lichtstrahl. »Danke. Ich … ach, egal. Das sieht ziemlich schlimm aus. Wahrscheinlich werde ich mir wünschen, ich hätte nicht so viel Geld für das Kleid ausgegeben, wenn ich den Kostenvoranschlag für den Schaden bekomme.«

Er legte seinen Arm um ihre Schulter. »Sie sollten damit fahren können. An den Reifen ist nichts kaputt, und es schleift nichts. Eine kleine kosmetische Operation wird eine Menge bringen.«

»Ist es das Ihr Job? Sind Sie ein plastischer Chirurg?« Er besaß diesen übermäßig gut aussehenden Schönheitschirurgen-Look, mit tiefblauen Augen und dunklem Haar. Wahrscheinlich farbige Kontaktlinsen. Nicht viele Leute hatten *so* blaue Augen.

Er grinste. »Nein. Ich rette nur Frauen, die in Schwierigkeiten geraten sind.«

»Wie ein Superheld?«

»Ja. So was in der Art.«

Er hatte gut lachen. Sein Truck war unbeschadet davongekommen. »Lassen Sie mich Ihnen meine Versicherungsinformationen geben, falls Ihnen noch Beschädigungen an Ihrem Truck auffallen, wenn Sie ihn bei Tageslicht sehen.«

Ben schüttelte den Kopf. »Nein. Der Wagen sieht gut aus.« Er holte einen Block Papier aus seiner Tasche und kritzelte darauf herum. »Hier sind die Kontaktinfos zu dem Besitzer der Autowerkstatt die Straße hoch. Sagen Sie ihm, dass Ben Sie geschickt hat. Er wird sich gut um Sie kümmern.«

»Danke. Das alles tut mir sehr leid.« Sie gestikulierte in Richtung seines Trucks. »Das mit dem Unfall und dass ich Sie angeschrien habe.«

»Vergessen Sie's.« Er stieg wieder in seinen Wagen und winkte, als er davonfuhr.

War er in jeder schlimmen Situation so unbekümmert? Sie hatte sich wie eine Verrückte benommen, und jetzt war ihre

Verlegenheit fast so groß wie der Schaden an ihrem Auto. Sicher, ihr Auto konnte repariert werden, aber die Art und Weise, wie er sich gerade verhalten hatte, gab ihr das Gefühl, dass sie wiederbelebt werden musste. Bei ihrem Glück würde allerdings ausgerechnet Mr Superheld-mit-den-blauen-Augen auftauchen, um sie zu retten.

Kapitel 7

Joy hatte ganz vergessen, wie dunkel Crystal Falls im Winter sein konnte. Entlang der alten, gewundenen Straßen waren jenseits der Main Street nicht viele Lichter aufgestellt. Es gab eine Zeit, in der sie mit hoher Geschwindigkeit sorglos die Nebenstraßen zu Rubys Farm entlanggeprescht war – außer während der Jagdsaison, wenn sie sich vor Wild in Acht nehmen musste, das plötzlich vor ihr auftauchen konnte. Aber das war vor langer Zeit gewesen, damals, als sie leichtsinnig und wütend gewesen war.

Heute Nacht lenkte sie vorsichtig um jede Kurve, wobei ihre hellen Lichter den Weg leuchteten.

Sie fuhr zu dem alten Gehöft, in dem Ruby lebte, und parkte in der sandigen Kiesauffahrt neben dem Seiteneingang. Die weiße Säulenveranda hatte das Haus für Joy immer wie ein Herrenhaus aussehen lassen. Das zweistöckige Gebäude war jedoch nicht schick. Es war nur ein altes, mit Zedernholzschindeln gedecktes Haus im Kolonialstil, aber Onkel George hatte in dem Sommer, in dem Joy und Mom dort wohnten, die hübsche umlaufende Veranda hinzugefügt.

Joy stieg aus ihrem Auto aus und erklomm die Verandatreppe, wobei ihre Absätze auf den Holzbohlen klackten. Sie lehnte sich an eine der dicken Säulen und umarmte sie wie einen alten Freund und hieß die Dunkelheit willkommen, die über dem Grundstück hing. In diesem alten Haus steckten eine Menge Erinnerungen.

Die Tiere wieherten und blökten, was sich wie eine Begrüßung anhörte, aber wohl eher ihre Hoffnung auf eine Mahlzeit heute Abend ausdrückte. Ohne das einzelne Licht in der Scheune wäre es hier draußen stockdunkel.

Joy blieb noch einen Moment länger stehen und genoss die Ruhe und die frische Nachtluft. Als sie eintrat, fiel ihr auf, dass es ihr nicht mal in den Sinn gekommen war, nach einem Schlüssel zu fragen. Wenn sie zurückdachte, war sie sich ziemlich sicher, dass diese Tür in der ganzen Zeit, in der sie hier gelebt hatte, nie verschlossen gewesen war. Aber das war schon sehr lange her.

Sie fuhr mit der Hand an der Wand entlang und knipste das Licht an. Alles sah so ziemlich so aus wie immer, nur dass Onkel Georges alter Sessel, der vor dem Kamin gestanden hatte, durch einen neuen Zweisitzer mit Blumenmuster ersetzt worden war. Sie schlenderte zurück in die Küche und öffnete den Kühlschrank. Wie in alten Zeiten war der goldene Glaskrug mit süßem Tee gefüllt. Joy schenkte sich ein Glas ein und setzte sich an den Küchentisch.

Das Koffein würde nicht ausreichen, um sie wach zu halten, so müde wie sie heute Abend war.

In den letzten zehn Jahren schien sich hier nichts verändert zu haben. Die Küche war immer noch in einem altmodischen Grün gestrichen, aber sie war blitzsauber. Joy spülte ihr Glas aus und stellte es auf die Arbeitsplatte, dann ging sie zu Rubys Zimmer. Da sie sich vor ihrer Abreise aus Washington nicht die Zeit genommen hatte, sich umzuziehen, musste sie sich Kleidung suchen, um die Tiere zu füttern. In High Heels und ihrem Lieblingshosenanzug konnte sie das sicher nicht tun.

Der Flur, der zu Rubys Zimmer führte, war mit Familienbildern gesäumt. Das Bild von Joys Highschool-Abschluss hing immer noch an derselben Stelle wie vor über zehn Jahren. Bilder von Menschen, die sie nie kennengelernt hatte, so wie von ihrer Großmutter und ihrem Großvater, waren hier zu finden, genauso wie Bilder aus Rubys und Moms Kindheit, die durch die jahrelange Zurschaustellung ausgeblichen waren. Bei einigen von den Fotos war Joy sich nicht sicher, ob sie sie jemals zuvor gesehen hatte.

Sie hob ein Bild von ihnen dreien – Mom, Tante Ruby und Joy selbst – vom Haken. Joy erinnerte sich an den Tag, an dem das Bild aufgenommen worden war. Es war der Herbst gewesen, bevor Mom ihr offenbart hatte, dass sie krank war. Es tat immer noch weh, dass Mom es so lange für sich behalten hatte. Sie hatte behauptet, es hätte keinen Grund gegeben, Joy zu beunruhigen. War es aber nicht ihr gutes Recht, sich Sorgen zu machen, wenn jemand, den sie liebte, krank war?

Sie hatten den Nachmittag damit verbracht, im örtlichen Ruritan Club – einem nationalen Wohltätigkeitsverein – Kürbisse zu verkaufen, um Geld für die Weihnachtsaktion zu sammeln, und waren dann in das kleine Diner an der Ecke der Main Street gegangen. Ruby hatte den Kellner gebeten, das Foto als Andenken zu schießen. Joy konnte sich beim besten Willen nicht mehr an den Namen des Lokals erinnern. *Ich frage mich, ob es noch existiert.*

Joy nahm das gerahmte Bild mit in Rubys Zimmer. Sie streckte sich auf der gemusterten Patchworkdecke aus, die schon immer auf Rubys Bett gelegen hatte, die Matratze war weich unter ihr. Sie studierte das Bild und ließ ihre Finger über das dünne Glas gleiten.

Joy hatte nie gedacht, dass sie wie ihre Mutter aussah. Aber jetzt, da sie näher an das Alter heranreichte, in dem Mom auf diesem Foto gewesen war, konnte sie die Ähnlichkeit zwischen ihnen nicht verleugnen. Joy strich mit der Fingerspitze über das Lächeln ihrer Mutter, das zurückhaltend und ernst war – ein Kontrast zu ihrer geselligen Schwester Ruby.

Joy stellte das Bild auf den Nachttisch, durchquerte dann den Raum und trat zu der großen Kommode. Die oberste

Schublade war schwer und ächzte, als sie sie aufschob, um nach etwas zum Anziehen zu kramen.

Der Winter war zwar laut Kalender noch nicht offiziell da, aber heute Nacht war es kalt, und sie musste noch die Tiere füttern. Eine Jogginghose und ein Sweatshirt mit Kapuze würden ausreichen. Zum Glück hatten sie und Ruby ungefähr die gleiche Größe.

Sie hatte Glück, dass sie genau so ein Outfit in den Schubladen der Kommode fand. Nachdem sie sich umgezogen hatte, schlüpfte sie in die Gummistiefel, die sie neben der Hintertür bemerkt hatte. Joy schnappte die Taschenlampe von der Arbeitsplatte in der Küche auf und ging zur Scheune.

Das Gebäude war nicht immer eine Scheune gewesen. Ruby und Onkel George hatte keine gebraucht, als er noch lebte. Damals hatte dieses Gebäude als Onkel Georges Garage und Werkstatt fungiert. Er war immer da draußen gewesen und hatte an irgendetwas herumgebastelt.

In vielen Nächten war Joy zu dem Brummen seiner Säge eingeschlafen, und der Duft von feuchtem Kiefernholz war durch den Raum geweht. Das frisch geschnittene Kiefernholz aus dem örtlichen Sägewerk hatte immer so gut gerochen.

In der Scheune gab es keine Werkzeuge mehr. Die alten Werkbänke waren verschwunden und durch vier Ställe ersetzt, die eine ganze Seite des Raumes säumten. Wie Ruby gesagt hatte, hing eine Liste mit Aufgaben an einem Klemmbrett, das an einem Nagel neben der Tür baumelte. Es war aber nicht irgendein Klemmbrett, sondern eines, das Ruby irgendwann einmal mit der Aufschrift »Tiere füttern« versehen und dann mit Perlen verziert hatte. Daneben prangte eine Kuh mit Wackelaugen.

- *Täglich morgens: eine Handvoll Schrot für die Hühner auswerfen.*
- *Täglich morgens: 1 Karotte und 1/4 Tasse Hasenfutter für das Kaninchen.*

- *Bitte das Wasser im Hühnerstall und im Kaninchenkäfig wechseln.*
- *Bitte das Wasser auf der Weide kontrollieren.*
- *Täglich abends: Heu.*
- *Täglich abends: pelletiertes Futter für das Vieh. Die Behälter sind beschriftet.*

Joy blätterte auf die zweite Seite des gelb linierten Papiers. Dort fand sie eine detaillierte Auflistung der einzelnen Ställe der Tiere, ihre Namen, die Art des Futters, das sie fraßen, und ihre Fütterungspläne. Die dritte Seite wiederholte, was auf den einzelnen Futterbehältern stand.

»Einfach genug.« Joy folgte der Liste, eine Aufgabe nach der anderen.

Sie fütterte zuerst das Kaninchen Molly auf der Veranda, um sicherzugehen, dass sie es nicht vergaß, dann die Ziegen, die Hühner, das Pferd und den Esel. Tommys Kuh lief immer wieder zum Zaun hinüber.

»Ruby hat gesagt, ich soll dich nicht füttern«, sagte Joy zu der Kuh. »Tut mir leid, Kleines.« Als Joy über den Zaun griff und ihren Kopf kraulte, wurde sie mit einer überdimensionalen Zunge belohnt, die über ihren Pulloverärmel leckte und ihn vollkommen durchnässte. »Wie soll ich diesen großen braunen Augen widerstehen?« Die Kuh hob die Nase. »Ich wette, Tommy hat nichts dagegen, wenn ich dir einen Snack gebe. Aber nur einen ganz kleinen.«

Joy schnappte sich eine Schaufel Viehfutter und trug sie in den Pferch. »Verrat mich nicht.«

Die Kuh trottete hinter ihr her. Gerade als Joy das Futter in den Trog schüttete, begann die Kuh aufgeregt zu tänzeln, und das machte Joy nervös. Sie eilte zum Gatter – und trat mitten in einen riesigen stinkenden Kuhfladen. Sie rutschte mit der Ferse gute zwanzig Zentimeter nach vorn und landete dabei fast auf ihrem Hintern. Sie fing sich wieder, aber ein kleiner Schrecken blieb. Sie rümpfte die Nase über den ekelhaften Geruch, der aus dem Haufen emporstieg.

Das sollte mich lehren, Anweisungen nicht zu befolgen.

Sie schabte mit ihrem Stiefel über den Boden, um den Gestank loszuwerden, und machte sich direkt wieder an die Arbeit. Alle Wassereimer waren ausgetauscht worden, bis auf den der Hühner. Sie konnte nicht herausfinden, wie man diese rot-weiße Vorrichtung öffnete, und gab schließlich auf und nahm stattdessen eine Schüssel aus dem Stall. Das würde bis zum Morgen reichen.

Nun zum Heu. Die Heuballen, die in der Scheune gestapelt waren, waren viel schwerer, als sie erwartet hatte. Joy griff nach dem untersten Ballen, bekam ihn aber nicht zu fassen. Wie zum Teufel hatte Ruby die Ballen denn bloß herumgeschoben?

Joy schnappte sich eine nahe gelegene Heugabel und versuchte, auf das Heu einzustechen, aber der Ballen rührte sich nicht. Nicht willens, die Niederlage zu akzeptieren, kletterte sie auf die dritte Ballen-Ebene, setzte sich hin und stieß mit ihren Füßen einen Ballen an, der daraufhin zu Boden fiel. Er hüpfte, rollte und landete schließlich in der Mitte der Scheune, etwa einen Meter entfernt.

Sie kletterte hinunter, griff unter die leuchtend orangefarbenen Schnüre, mit denen der quaderförmige Ballen zusammengehalten wurde, und zog daran.

Licht flutete die Scheune, als ein Fahrzeug in die Einfahrt bog, und die Hühner in ihrem Stall flatterten aufgeregt gackernd umher. Der unerwartete Besucher hatte wahrscheinlich gesehen, dass im Stall Licht brannte, und da er wusste, dass Ruby im Krankenhaus lag, wollte er nach dem Rechten sehen.

So waren die Nachbarn hier. Das war schon immer so gewesen.

Joy machte sich an die Arbeit und versuchte, das Heu zu

bewegen, aber als sie daran zog, riss eine der Schnüre und sie geriet ins Taumeln. Der Heuballen entrollte sich vor ihr wie ein Kartenspiel.

Shirley ging an ihr vorbei und hob einen Block Heu auf. »Es ist einfacher, wenn man die Schnüre durchschneidet, während es noch auf dem Stapel liegt. So macht es Ruby.«

»Gut zu wissen. Diese Anweisungen standen nicht auf der Liste. Danke, dass du mich angerufen hast, um mir zu sagen, dass Ruby sich verletzt hat.«

»Danke, dass du mich nicht verpetzt hast.«

»Das würde ich nie tun. Aber ich bin sicher, Ruby vermutet, dass du es warst. Wie ist es dir ergangen, Shirley?«

»Gut, meine Liebe. Ich bin froh, dass du hergekommen bist. Ruby kann so viel vermuten, wie sie will. Wir müssen es ihr trotzdem nicht sagen. Außerdem hat sie sich so gefreut, dich zu sehen.«

Joy stand auf und klopfte den Schmutz von ihrer Hose. »Ich kann nicht glauben, dass Ruby das jeden Tag macht.«

Shirley schürzte die Lippen und schüttelte den Kopf. »Ich auch nicht. Und manche von diesen Viechern werden zweimal am Tag gefüttert. Ich sage dir, es grenzt bei deiner starrköpfigen Tante fast an Wahnsinn, wenn es um diesen Ort geht. Die Tiere machen mehr Arbeit als eine Kita mit Kleinkindern, und es ist nicht billig, diese Meute zu füttern.«

»Ja, sie war zutiefst besorgt um sie und hat noch Anweisungen gebrüllt, als ich vorhin ihr Zimmer verlassen habe.«

»So ist sie nun mal. Dabei sollte sie sich mehr Sorgen um ihren gebrochenen Knöchel machen. Mädels in unserem Alter erholen sich nicht mehr so schnell wie früher. Egal. Jedenfalls wollte ich dir mitteilen, dass mein Enkelsohn vorbeikommt. Er schleppt den ganzen Weihnachtsschmuck nach unten und beginnt mit der Dekoration für Ruby. Ihr Haus ist der erste Stopp beim *Crystal Christmas Cookie Crawl*, also müssen sie sich beeilen.«

»Ich bin sicher, das kann ein oder zwei Tage warten.« *Oder für immer. Ist es im Licht der aktuellen Ereignisse wirklich so wichtig, für die Feiertage zu dekorieren? Vielleicht sollte man sich einfach darauf konzentrieren, dass Ruby gesund wird.*

Shirley blinzelte. »Du glaubst doch nicht wirklich, dass sie morgen nach Hause kommt, oder?«

»Sie sagte –«

»Das ist Ruby, die verrücktspielt. Sie werden sie nicht nach Hause lassen. Da sind Schrauben und Stäbe, die ihren Knöchel zusammenhalten. Die Reha wird wahrscheinlich wochenlang dauern.«

Joy griff nach der Stalltür und stützte sich ab, dann trat sie über einen Strohballen, der danebenlag, und ließ sich darauf sinken. »Bist du sicher?«

»Ziemlich sicher. Das hat der Arzt auch gesagt, als er sie nach der Operation untersucht hat. Sie war noch beduselt von der Narkose, also erinnert sie sich vielleicht nicht unbedingt daran, dass er das gesagt hat. Wobei … wenn ich es mir recht überlege, reden wir hier über Ruby. Manchmal hat sie ein ziemlich selektives Gehör.«

Wochenlange Reha? Der Zeitpunkt könnte nicht schlechter gewählt sein. Joy hatte wichtige Projekte, die bald abgeschlossen werden sollten, und ein einziger Patzer könnte ihre Chance auf eine Beförderung zunichtemachen. Sie hasste es, nicht im Büro sein zu können, wenn so viel auf dem Spiel stand. Allerdings war Ruby alles, was sie an Familie hatte.

»Morgen erfährt sie mehr Einzelheiten.« Shirleys Stimme war sanfter geworden. »Ich überlasse es euch, das zu klären, aber wenn ein großer, dunkler Fremder auftaucht, erschieß ihn nicht. Er ist nur die helfende Hand.«

Joy musste lachen. Sie konnte sich gut vorstellen, wie Tante Ruby mit einer Schrotflinte auf einen Eindringling zielte. Sie stand auf und ging zu Shirley hinüber. »Ich bin durchaus fähig, ich brauche keine Hilfe. Du kannst deinem Enkelsohn sagen, dass ich alles unter Kontrolle habe.«

»Oh, Joy. Es gibt so viel zu tun. Ich glaube nicht, dass du weißt, worauf du dich einlässt, und mein Enkel …«

»… hat wahrscheinlich Besseres zu tun«, wandte Joy ein. »Ich verspreche, dass ich dir Bescheid sage, wenn ich in Schwierigkeiten gerate. Was sagst du?«

Shirley umarmte Joy. »Ja, du bist deiner Tante sehr ähnlich.«

»Danke schön.«

»Das war nicht zwangsläufig ein Kompliment. Ich meinte eher, dass du hartnäckig bist, wenn du dir etwas in den Kopf setzt.«

»Einer meiner besten Charakterzüge.« Joy hob einen Arm voll Heu auf und ging mit Shirley zum Zaun. Shirley warf ihr Heu zu den Ziegen hinüber. Joy folgte ihrem Beispiel und warf auch etwas zu dem Esel.

»Ruh dich aus.« Shirley winkte, als sie zu ihrem Auto ging. »Oh, und weißt du das mit Molly?«

»Ja, ich bin im Bilde. Molly ist morgen früh zuerst dran.«

»Genau«, sagte Shirley.

Joy schob ihre Hände in die Taschen von Rubys Kapuzenpulli. Shirley fuhr rückwärts aus der Einfahrt, und Joy sah zu, wie die roten Rücklichter hinter der Kurve verschwanden.

Sie war bei der Hausarbeit ins Schwitzen gekommen und hätte gern den Hoodie ausgezogen, aber es war viel zu kühl für das T-Shirt, das sie darunter trug.

Sie löschte alle Lichter und schaltete die Taschenlampe ein. Sie beleuchtete den schmalen Weg zum Haus und atmete die frische Luft ein, als sie sich auf die Treppe setzte.

Der Gestank an ihrem Stiefel stieg ihr in die Nase und ließ sie fast würgen. Sie trat den Stiefel weg und warf ihn auf die andere Seite der Veranda. Dieser Tag hatte sich in Windeseile von glamourös zu grässlich verändert.

Sie zog ihre Füße unter sich und entspannte bei der Ruhe. Es war keine stille Ruhe, sondern eine ländliche Ruhe. Das Vieh muhte und stampfte leise im Takt mit dem Rascheln der kahlen Äste in der Brise.

Joy schloss ihre Augen und schickte einem Stern einen Wunsch. Sie hatte vergessen, wie sehr sie es liebte, in den nächtlichen Sternenhimmel zu schauen. Sie hatte gebetet und eine Million Wünsche und Versprechen an diese Sterne gerichtet. Diese Aussicht gab es in der Stadt einfach nicht.

Dann fiel ihr das Kleid im Kofferraum ihres Autos ein und sie ging hinüber, um es zu retten. Vorsichtig hielt sie den langen Kleidersack in die Luft und nahm ihn mit hinein. Sie verriegelt das Schloss hinter sich. Ruby mochte sich sicher fühlen, ohne abgeschlossen zu haben, aber D.C. hatte Joy ein bisschen weniger vertrauensselig gemacht.

Sie trug das Kleid die Treppe zum Zimmer hinauf, in dem sie als kleines Mädchen immer geschlafen hatte, als sie und Mom noch hier wohnten. Sie hängte das Kleid über die Leiste, die die Tür im Flur einrahmte.

Der heutige Morgen schien schon so lange her zu sein.

Joy trat zu der halb geöffneten Tür hinüber. Sie schaltete das Licht an, und der Deckenventilator drehte eine träge Runde über dem Licht.

Das Zimmer war noch genau so, wie sie es verlassen hatte, als sie umgezogen war. Alles hier. Sogar der Füllfederhalter, den Onkel George ihr in ihrem Abschlussjahr geschenkt hatte. Obwohl sie die Feder ruiniert hatte, war sie nie in der Lage gewesen, ihn wegzuwerfen. In diesem Zimmer zu stehen, gab ihr das Gefühl, wieder ein Teenager zu sein.

Es war immer noch ein hübsches Zimmer. Die Poster und Erinnerungsstücke würden einen zufälligen Beobachter dazu verleiten, es für das Zimmer eines glücklichen Teenagers zu halten, aber hinter dieser Fassade war es nach Moms Tod so schlimm gewesen. Ihre ganze Welt schien danach in Dunkelheit versunken zu sein.

Im Schrank hingen noch immer ihr Abschlusshut und ihr Kleid in den Farben der Highschool, ihr Abschlussballkleid und andere Klamotten, die sie für ihren großen Ausflug in die Stadt wohl für ungeeignet gehalten hatte. Das Flanellhemd und die langärmeligen T-Shirts würden sich als praktisch erweisen, und vielleicht passte sie sogar noch in eine alte Jeans. Dann hätte sie immerhin etwas zum Anziehen, solange sie hier war. Hoffentlich würde wenigstens eine dieser Hosen groß genug sein, sonst müsste sie auf Rubys Alte-Damen-Stretchhosen zurückgreifen.

Sie erhaschte einen Blick auf sich im Ganzkörperspiegel. Direkt hinter ihr schillerte und funkelte das Kleid. Sie sah ganz sicher nicht mehr wie die Frau aus, die das extravagante Teil erst heute Morgen anprobiert hatte. Es kam ihr wie Tage vor, seit sie bei Wetherton's gestanden und die Perlenstickerei im Licht der mondänen Umkleidekabine geschimmert hatte.

Sie öffnete den Reißverschluss des schicken durchsichtigen Beutels und zog das Kleid heraus. Die Pailletten leuchteten besonders hell, als würden sie sich freuen, befreit zu werden. Joy hielt einen Augenblick inne und stellte sich vor, wie sie in diesem Kleid auf der Gala tanzte.

Sie knipste den Schalter aus, und der Raum wurde dunkel. Der Tag heute hatte sie sehr deutlich daran erinnert, wie schnell sich das Leben ändern kann.

Auf der anderen Seite des Flurs war die Tür zu dem Zimmer, geschlossen, in dem Mom geschlafen hatte. *Hatte Ruby auch dieses Zimmer unberührt gelassen?* Wenn Joy ihre Tante über die Jahre hinweg besucht hätte, wie sie es hätte tun sollen, würde sie die Antwort auf diese Frage wahrscheinlich schon kennen.

Joy stand einen Moment lang da, konnte sich aber nicht dazu durchringen, hineinzuschauen.

Vielleicht würde sie heute Nacht im Gästezimmer schlafen.

Nachdem sie die Tür zu ihrem alten Zimmer hinter sich zugezogen hatte, stieg sie die Treppe hinunter und ging in den Wintergarten hinaus. Das Kaninchen huschte aufgeregt in seinem Käfig herum. »Tut mir leid, Molly. Ich wollte dir keinen Schreck einjagen.«

Joy trat nach draußen, setzte sich auf die hintere Treppe und reckte ihr Kinn gen Himmel. Für den Bruchteil einer Sekunde war es so, als ob ihre Mutter neben ihr sitzen würde. Sie konnte sogar fast das Parfüm riechen, das sie immer getragen hatte.

Mom hatte immer auf den Kleinen Wagen und den Nordstern gezeigt. Es war nicht so, dass Joy die Sternbilder nicht selbst finden konnte, aber sie liebte es, wenn Mom ihre Hand hielt und ihr die Sterne zeigte. Das hatten sie so oft gemacht. Und Wünsche ausgesandt. Gemeinsam. So viele Male. Jeden Abend, an dem Mom nach draußen gehen konnte.

Tränen liefen Joy über die Wangen. Sie vermisste Mom heute Abend wirklich sehr. Dieses Gefühl, jene Schwere in ihrer Brust, war der Grund, warum sie so selten hierherkam.

Ihr Telefon vibrierte in der Tasche. Sie brauchte nicht einmal hinzusehen, um zu wissen, dass es eine Erinnerung von der Arbeit war. Sieben Tage in der Woche ertönte dieser Alarm, um ihr mitzuteilen, dass die Berichte des Tages fertiggestellt waren und zur Überprüfung zur Verfügung standen.

Joy klickte sich durch den automatischen Dashboard-Bericht. Alles war heute aktualisiert worden. Zum Glück gab es Renee. Sie hatte nichts versäumt. Die Projekte waren alle noch im grünen Bereich, und Joy vertraute darauf, dass ihr Team auch während ihrer Abwesenheit gute Entscheidungen treffen würde.

Eine E-Mail von Renee war die letzte, die eingegangen war:

Ich halte dir den Rücken frei. Ich hoffe, Ruby geht es gut, aber nimm dir alle Zeit, die du brauchst. Alles geschieht aus einem bestimmten Grund. Das sagst du mir zumindest immer. Vielleicht war das auch der einzige Weg, dich mal dazu zu bringen, eine Pause zu machen, bevor du befördert wirst und alles noch hektischer wird. Es wird gemunkelt, dass die neue Leitung nicht nur den gesamten Wetherton-Etat bekommen wird, sondern auch den für den Vergnügungspark, den wir gerade an Land gezogen haben. Das bedeutet viele Reisen und jede Menge Arbeit. Vergiss mich nicht!
Viele Grüße
Renee

Joy schob das Telefon zurück in ihre Tasche. Vielleicht hatte Renee recht. Selbst für den unwahrscheinlichen Fall, dass Ruby morgen nach Hause kam, in Summe bedeuteten all diese kleinen Farmarbeiten harte Arbeit. Ein paar Tage hierzubleiben, war das Mindeste, was Joy für sie tun konnte.

Nachdem sie den Nachthimmel nach dem hellsten Stern abgesucht hatte, kniff sie die Augen zu, um dann ihre Hände ineinanderzuschlingen und so zu tun, als gehöre die eine zu ihrer Mutter, während sie sich etwas wünschte. Sie wollte die Beförderung so sehr.

Sie sandte den Wunsch in den Nachthimmel und wisperte: »Bitte lass das das Sprungbrett für meine Karriere sein.«

Am nächsten Morgen stand Joy an der Küchenspüle und nippte an einer Tasse Kaffee. Im Haus war es kühl. Eine alte Sweatshirtjacke mit Kapuze, die schon bessere Tage gesehen hatte, war über die Lehne eines der Küchenstühle drapiert. Sie schlüpfte hinein und zog ihren Zopf aus dem Rücken. In vielerlei Hinsicht war dieser Ort genau derselbe; er gab ihr das Gefühl, wieder ein Teenager zu sein.

Sie starrte durch das Fenster auf das vertraute Anwesen. Ruby war schon immer eine Tierliebhaberin gewesen, aber Onkel George wäre ausgeflippt, hätte er gewusst, dass sie all diese eigenwilligen Tiere adoptiert hatte.

Sie blickte auf die abgenutzten Säume der übergroßen Sweatshirtjacke. War es eine von Onkel George gewesen? Vielleicht waren die Tiere Rubys Art, die Lücke zu füllen, die Onkel George hinterlassen hatte. Das konnte man ihr nicht verübeln. Sie fühlte sich hier draußen sicherlich einsam, aber es sah hier langsam wie ein Streichelzoo aus. Auch der Geruch war ebenfalls recht rustikal. Und im Moment stand jedes einzelne Tier der kunterbunten Truppe nebeneinander, als hätten sie die Nacht über die Choreographie geprobt.

Sieben Uhr war nicht früh. Normalerweise wäre Joy jetzt schon angezogen und zur Tür hinaus, aber die Aufgaben auf der Farm gestern Abend hatten sie ganz schön geschafft, und sie hatte ein wenig Mühe, sich zu bewegen. Weitere zwanzig Minuten Kaffeetrinken würden die Tiere nicht umbringen.

Sie drehte ihnen den Rücken zu und hielt die warme Tasse zwischen ihren Händen.

Das Füttern der Tiere hatte sich wie ein Kinderspiel angehört, aber Joy spürte ihre Muskeln deutlich. Tatsächlich war es heute Morgen schmerzhafter als damals, als sie übermütig gewesen war und Renee zu der neunzigminütigen Hot-Yoga-Sitzung begleitet hatte.

Als Joy auf einmal das Geräusch der aufschwingenden Haustür vernahm, blieb ihr der heiße Kaffee im Hals stecken. Die Tiere wurden zweifellos langsam unruhig, doch ohne Daumen war es unwahrscheinlich, dass eines von ihnen hereinkam, um sie nach draußen zu zerren. Was – oder wer –

war es also? Aber das hier war Crystal Falls. Und sie hatte kein Auto gehört.

»Ruby-rooo-roooo.«

Das war entweder ein kranker Hahn, oder jemand wollte ihr einen Streich spielen. Sie entspannte sich ein wenig, denn sie war sich ziemlich sicher, dass nach der Imitation eines sprechenden Bilderbuchs noch niemand je ermordet wurde.

Hastiges Getrappel kam den Flur entlang und näherte sich der Küche.

Das einzige Bild, das Joy neben dem riesigen Hahn Foghorn Leghorn aus den Zeichentrickfilmen in den Sinn kam, war die lästige Ziege Waddles, die durch den Flur galoppierte. Okay, das könnte eine Sauerei geben.

Joy eilte auf den Tumult zu, um den Schaden in Grenzen zu halten, und hielt beim Anblick eines kleinen Mädchens abrupt an, das im Flur stand und nicht wusste, ob es schreien oder wegrennen sollte.

Nur etwa zwei Meter trennten Joy von dem blondhaarigen Kind. »Oh, wer bist du denn?«

Das kleine Mädchen presste mit einer Hand eine schwarze Brottasche gegen ihren blauen Pullover, auf dessen Vorderseite ein schickes *M* eingestickt war, und an der anderen hingen zwei dicke orangefarbene Haargummis. Das sommersprossige Kind sah so zerbrechlich aus, wie es da stand.

»Wie ist denn dein Name?«

»Ich bin … ich bin Molly.«

»Du heißt …« *Wie das Kaninchen?* Joy bemerkte das handgemalte Kaninchen auf der Brottasche der Kleinen, das Molly, Rubys Kaninchen, sehr ähnlich sah. *Das darf doch nicht wahr sein.*

Dem Mädchen Molly stand der Mund offen, und ihr Blick huschte so unruhig umher wie der eines wilden Tieres. In die Enge getrieben und verzweifelt. »W-wo ist Ruby?«

»Sie ist nicht da. Sie ist im Krankenhaus und hat einen verletzten Knöchel.«

»Aber ich komme jeden Tag hierher. Ruby macht mir das Mittagessen, und wir gehen zum Bus.« Tränen traten in Mollys Augen.

Vielleicht wäre die Ziege, die den Flur hinunterstürmt, besser gewesen als das hier.

O nein, bitte nicht weinen. »Wo ist deine Mommy?«

Das kleine Mädchen zeigte mit zitternder Hand auf die Tür.

»Ist schon gut. Ich bringe das in Ordnung.« Joy eilte um Molly herum zur Haustür, gerade noch rechtzeitig, um einen blauen Kleinwagen vom Grundstück wegfahren zu sehen. Sie fuchtelte wild mit den Armen, während sie zwei Verandastufen auf einmal nehmend hinunterraste. »Entschuldigung. Hallo!« Sie rannte über den Vorgarten hinaus, aber der Fahrer des Wagens schien ihr Rufen und Winken gar nicht zu bemerken. Als Joy das Ende der Einfahrt erreichte, war das Auto schon ein Punkt in der Ferne, dann war es gar nicht mehr zu sehen.

Völlig außer Atem und verwirrt, drehte sie sich um und ging langsam zum Haus zurück.

Was soll ich mit einem kleinen Mädchen machen? In der Scheune hängen dazu sicher keine Anweisungen.

Kapitel 8

Ben konnte sich nicht erinnern, wann er das letzte Mal im Bett gefaulenzt hatte. Außer an einem Samstag. Oder vielleicht erinnerte er sich doch, aber da hatte er eine Frau in seinem Bett gehabt. Es hatte keinen Sinn, sich allein zu aalen.

Andererseits beschwerte er sich auch nicht. Denn das Alleinsein kam ihm gerade recht. Dass er keine Grundstücksgrenzen auf seiner Matratze abstecken musste, war nur einer der Vorteile des Junggesellendaseins.

Zwischen den ganzen To-dos, die sich stapelten, und den Gedanken an die Frau vom Krankenhausparkplatz letzte Nacht hatte er vielleicht insgesamt drei Stunden Schlaf bekommen – mit viel Glück.

Sie war hübsch. Ihr Haar hatte im Mondlicht geschimmert, und ihre Taille war so schmal, dass er sicher war, er hätte sie mit seinen Händen umschließen können. Er fragte sich, ob ihre Augen auch dann so funkelten, wenn sie nicht aufgeregt war. Waren sie grün? Vielleicht blau? Es war schwer zu sagen, aber die Art, wie sich ihre dichten Wimpern auf ihre Wangen legten, wenn sie nach unten schaute … Er hätte am liebsten ihr Kinn nach oben geneigt und sie an sich gezogen.

Heute Morgen neben ihr aufzuwachen, wäre vielleicht auch nicht schlecht gewesen. Aber die Sonne, die durch sein Fenster schien, war der einzige Weckruf, den er an diesem Freitagmorgen gebraucht hatte.

Er schwang die Laken kraftvoll zurück, sodass sie in die Luft flogen und sich dann sanft über den schwarzen Labrador ausbreiteten, der immer noch auf der anderen Seite des Bettes schnarchte.

»Habe ich dich letzte Nacht wachgehalten, P?«

Profit kroch bäuchlings unter der Decke hervor und schüttelte seine Ohren. Der Spitzname P passte besser zu ihm, nachdem Ben gemerkt hatte, dass die Leute dachten, er hätte den Hund *Prophet* genannt. Das war etwas völlig anderes. *Profit* hatte wie ein cooler Hundename bei einem Buchhalter gewirkt, aber vielleicht war er der Einzige, der den Witz lustig fand.

»Das tut mir leid.« Ben duschte, und P war immer noch genau da, wo er ihn zurückgelassen hatte – mit dem Kinn auf seinen Pfoten, als würde er dabei zusehen, wie Ben in seine Klamotten schlüpfte. Ben zog seinen Gürtel durch die Schlaufen seiner Jeans, dann griff er hinüber und kraulte den Kopf des Hundes.

Nachdem er sich ausgiebig gedehnt hatte, hopste der Hund auf den Boden und lief hinter Ben her in die Küche. Ben machte sich eine Tasse Kaffee und schob drei Scheiben Weizenbrot in den Toaster.

Er warf einen Blick auf seinen Terminkalender und trank einen Schluck Kaffee, bis das Brot aus dem Toaster sprang. Er bestrich alle drei Scheiben mit stückiger Erdnussbutter, stellte sich an den glatten Granittresen und kaute, während er Stücke von der dritten Toastscheibe abzupfte und sie für seinen Kumpel einzeln in die Luft warf. P verpasste keinen einzigen Happen.

Ben stopfte sich den letzten Bissen in den Mund. »Sorry, Mann. Alles weg.«

P sah nicht überzeugt aus.

»Ich würde dich niemals darum bitten, dein Trockenfutter mit mir zu teilen.« Ben streckte seine Hände aus wie ein Blackjack-Dealer, der sich beweisen muss. *Warum muss ich meinem Hund eigentlich etwas beweisen? Wer ist hier der Boss?* »Es ist Baumtag. Bist du bereit?«

P drehte sich in freudigem Galopp, sprang dann in die Luft und schnupperte an Bens Ärmel.

»Ich dachte mir schon, dass du mir verzeihen würdest.«

Der Hund hüpfte und tänzelte und passte sich Bens Tempo bis zur Haustür an.

Ben schnappte sich seine Schlüssel vom Flurtisch und schloss die Tür hinter ihnen ab. P flitzte durch den Garten und wirbelte knirschende, trockene Blätter auf, während Ben zum Schuppen ging.

Als Ben zum Truck kam, wartete P bereits und scharrte ungeduldig mit den Pfoten an der Fahrertür. Nachdem die Kettensäge sicher auf der Ladefläche verstaut war, öffnete Ben die Trucktür. P sprang auf den Vordersitz, hüpfte über die Konsole und hockte sich auf den Beifahrersitz. Ben startete den Wagen und ließ das Beifahrerfenster für Profit herunter.

Mit einer Drehung des Reglers beschallten die Radiolautsprecher das Fahrerhaus mit Weihnachtsmusik. Ben steuerte aus seiner Einfahrt und dann auf die Nebenstraßen in Richtung Murfees Corner. Er kannte diese Straßen gut. Er war so viele Jahre darauf gefahren, dass er wusste, wo er die vorgeschriebene Höchstgeschwindigkeit überschreiten konnte und wo er es nicht wagen durfte, auch nur fünf darüber zu fahren. Ps glänzende schwarze Ohren flatterten, als er gegen den Wind anbiss und die Augen im Luftzug zusammenkniff.

Wenn sie die einstündige Fahrt nach Westen hinter sich hatten, um Bäume auszusuchen, wäre P schon lange von der vielen frischen Luft eingeschlafen.

Ben pfiff die Weihnachtslieder im Radio mit, und seine Gedanken wanderten zu dem ersten Jahr, in dem er mit Cecilia verheiratet gewesen war. Sie hatte gefordert, dass sie einen künstlichen Baum haben sollten. Sein erster überhaupt. Das verdammte Ding war immer noch auf dem Dachboden. Das hätte ihm eine Warnung sein sollen, dass es von da an nur noch bergab gehen konnte. Und das tat es dann auch – mit der Geschwindigkeit eines olympischen Abfahrtsrennens.

P war das Beste, was er aus dieser Beziehung mitnehmen konnte.

Er streckte die Hand aus und streichelte P den Hinterkopf. Die Frau von gestern Abend sah aus, als ob sie Bäume bevorzugen würde, auch wenn sie einen Hybrid fuhr. Mit Kennzeichen aus Washington, D.C. Was bedeutete, dass sie entweder zu Besuch oder neu in der Stadt war.

Hoffentlich war sie neu in der Stadt.

Woher, zum Teufel, kam dieser Gedanke? Er nahm seine Sonnenbrille von der Blende und setzte sie auf. Vielleicht, um die Helligkeit abzuschirmen, aber wohl eher, um die Gedanken an Joy abzulenken, die ihm immer wieder in den Sinn kam. Nach dem Debakel mit Cecilia war das Letzte, woran er Interesse hatte, eine Frau.

Aber warum hatte er dann bemerkt, dass ihr Ringfinger nackt war?

Er suchte sich immer die falschen Frauen aus, weshalb er beschlossen hatte, besser allein zu bleiben. Aber mit Joy ein paarmal zu Abend zu essen war sicherlich ein netter Zeitvertreib. Jeder brauchte Freunde, oder?

Er verdrängte auch diesen Gedanken und schob die Schuld auf die Tatsache, dass die Feiertage näher rückten. Keine Frage, dass Weihnachten mehr Spaß machte, wenn man es mit jemandem teilen konnte.

Die Weihnachtsbaum-Farm der Whites gab es schon, als Bens Vater noch ein Junge gewesen war. Sie wurde von Generation zu Generation weitergegeben, mit alten Zaunpfählen aus Zedernholz und rostigem Stacheldraht, der das riesige Gelände umgab.

Nicht, dass es für Weihnachtsbäume nötig gewesen wäre, aber der ursprüngliche Farmer White war ein Kuhzüchter gewesen. Und jedes Mal, wenn er in die Stadt gefahren war, hatten seine Kühe einen Weg durch den Zaun gefunden. Seiner Frau blieb daraufhin nichts anderes übrig, als das Vieh wieder zusammenzutreiben.

Irgendwann hatte sie die Nase voll davon und verlangte, dass sie sich etwas anderes für die Farm aussuchen sollten; etwas, was weniger lästig sein würde. Da Mrs White eine Weihnachtsfanatikerin war und selbst immer mehrere Bäume schmückte, hatten sie sich letzten Endes für Bäume entschieden.

Ben wurde langsamer, als er sich der Abzweigung näherte.

Das Hinweisschild, die motorlose Hülle eines roten Chevrolet Pick-ups aus den 1950er-Jahren, an dessen sanften Kurven entlang Blockbuchstaben prangten, markierte den Eingang nahe der Straße. Auf der Ladefläche befanden sich mindestens zwanzig Meter hohe Bäume, die übereinandergestapelt waren. In der Mitte ragte ein zweigloser Baumstamm auf, an dessen Spitze ein Schild in Form eines Sterns genagelt war. Darauf stand ein Preis von zehn Dollar pro Stück, zahlbar auf Vertrauensbasis. Man warf sein Geld einfach in den Schlitz im Handschuhfach des Trucks.

Ben fragte sich, wie viele Leute diese Möglichkeit wohl ausnutzten. So oder so, es war eine glänzende Idee und ein ziemlich genialer Deal. Er lenkte seinen Truck auf die Straße und zuckelte durch die offenen roten Tore, wobei er eine Staubwolke aufwirbelte.

Er kam an zwei lackierten Milchkannen vorbei, die dieselbe Farbe und denselben Schriftzug wie der Pick-up trugen und den Weg zum Parkplatz wiesen.

Das alte Farmhaus stand einst an der Stelle, an der sich jetzt die Baumverkäufer wärmten. Der gemauerte zweigeschossige Schornstein und der Kamin waren alles, was davon übrig war. Die Konstruktion war solide und stark und diente noch immer dazu, das Feuer für diejenigen zu schüren, die im Winter in der Fällstation arbeiteten. Heute würden sie kein

Feuer brauchen. Der Himmel war so blau wie das Wasser vor der Karibik-Küste, und es fühlte sich eher so an wie Fußballwetter an einem Septembernachmittag als wenige Wochen vor Weihnachten.

Ben und P kletterten aus dem Truck.

Dave White kam ihnen auf halbem Weg entgegen. »Schön, dich zu sehen, Ben. Mit dem Baum, den ich euch für das Krankenhaus geschickt habe, hat alles geklappt, oder?«

»Alles perfekt. Ich habe ihn sogar schon dekoriert. Warte nur, bis du ihn siehst.«

»Ausgezeichnet. Ich habe auch zweimal nachgemessen, um wirklich sicherzugehen.«

»Er passt punktgenau bis kurz unters Dachfenster.«

»Super. Ich glaube, du kennst meinen Enkelsohn noch gar nicht. Das ist sein erstes Jahr hier draußen bei mir. Mike, das ist Ben Andrews. Er holt seine Bäume jedes Jahr bei mir. Er war nicht größer als du, als sein Daddy ihn das erste Mal mitgebracht hat.«

»Leg sie hierhin, Mike.« Ben schüttelte die Hand des Jungen, der nicht älter als elf oder zwölf sein konnte. Aber er sah aus, als wäre er bereit für alles Geschäftliche, wie er so stolz neben seinem Großvater stand.

»Ich dachte, du kommst erst dieses Wochenende, um deine eigenen Bäume zu holen«, sagte Dave.

»Das war der Plan. Aber es ist so viel los, dass ich besser vorbeischaue, solange ich noch kann. Außerdem hatte ich gedacht, dass an einem Freitag hier nicht so viel los sein würde.«

»Richtig gedacht. Das Übliche?«

»Ja. Eine Tischgröße für Mom. Für Miss Ruby drei Stück in eins fünfzig hoch und zwei Bäume, die gute zwei Meter sind. Und natürlich einen Wolkenkratzer für mein Haus.«

Daves weißer Weihnachtsmann-Bart wippte gegen seine Brust, als er lachte. »Genau. Das mit der drei Meter sechzig hohen Decke. Ich erinnere mich.« Der riesige Mann beugte sich vor und tätschelte P den Kopf. »Wirst du dieses Jahr wieder bei dem Versuch ausdörren, jeden Baum zu taufen, an dem wir vorbeikommen?« Mike kicherte über die Bemerkung seines Großvaters.

P bellte.

»Das ist Tradition.« Ben hob seine Kettensäge von der Ladefläche und schob sich ein Paar Handschuhe in die Gesäßtasche.

»Es ist ruhig hier heute Morgen. Mike und ich werden dir helfen.« Dave ging hinüber zu seinem Quad, einem John Deere Gator. Mike setzte sich nach vorn, während Ben und P auf den Rücksitz rutschten. Sie fuhren die Pfade zwischen den präzise gepflanzten Bäumen entlang. »Hier hinten stehen ein paar tolle Bäume!«, brüllte Dave über seine Schulter. »Dieses Jahr haben wir das Gelände noch nicht für andere geöffnet.«

»Danke. Es gibt nichts Besseres, als meine eigenen Bäume auszuwählen und zu fällen. Ich freue mich schon das ganze Jahr darauf.«

»Ich weiß, was du meinst«, erwiderte Dave. »Selbst nach all den Jahren liebe ich das Geräusch der Kettensäge, wenn sie anspringt. Die Mischung aus Kiefernharz, Benzin und Sägemehl. Wenn sie daraus ein Männerparfüm machen … dann hätten sie echt was Ordentliches geliefert.«

Ben war nicht gerade klein, aber neben Dave fühlte er sich immer wie ein Kind. Und das nicht nur wegen des Altersunterschieds. Dave musste mindestens eins fünfundneunzig groß sein und hatte Schultern so breit wie ein Linebacker, nur dass er keine Polster brauchte. Und die vielen Hektar voll mit Bäumen machten schnell deutlich, wie sich der Mensch in das Gesamtbild der Natur einfügte. Nur ein winziger Teil in einer riesigen Landschaft.

Zweieinhalb Stunden später hechelte P heftig, und der Gator war mit den Bäumen, die Ben ausgesucht hatte, vollgestapelt. Dave fuhr sie zurück zum Parkplatz. Einer der Jungs hievte die Bäume einen nach dem anderen von dem Quad auf die Ladefläche von Bens Truck, während P gierig aus einem riesigen Trog mit Wasser schlabberte, der für die Ziegen gedacht war.

Zwölf Ziegen meckerten und kletterten aufmerksamkeitsheischend den Zaun des behelfsmäßigen Streichelzoos hoch, den Dave für Besucher errichtet hatte. In Wahrheit jedoch waren diese Ziegen eine der schnellsten Lösungen der Natur, um Bäume für den Häcksler kleinzukriegen. Ein Ziegenzüchter aus dem Nachbarort tauschte die kleine Herde alle paar Tage aus, um ihnen zu dieser Jahreszeit etwas Grünes zu bieten. Die Ziegen fraßen die abgeschnittenen Äste und schälten die Rinde bis auf das rohe Holz ab.

Ben zog Bargeld aus seiner Tasche und bezahlte Dave. »Bis zum nächsten Jahr.« Er wandte sich an Mike, der neben dem Tresen aus alten, mit Zuckerstangen bemalten Paletten eine Cola trank. »Schön, dich kennenzulernen, Mike. Vielleicht sehen wir uns ja nächstes Jahr wieder.«

»Das hoffe ich, Mr. Andrews.«

Ben drückte dem Jungen einen Fünfdollarschein in die Hand, als sie sich die Hände schüttelten.

Mike schaute auf seine Finger, und seine Augen wurden groß. »Danke schön, Mr Andrews.«

»Gern geschehen, Mike. Mach weiter so gute Arbeit.«

Netter Junge. Gute Manieren. Er hoffte, dass sein Kind ihn eines Tages genauso stolz machen würde, aber verdammt, wenn man ihn »Mister« nannte, fühlte er sich plötzlich so alt. »Bis zum nächsten Jahr, alter Mann«, sagte er zu Dave, und sei es nur, um sich selbst ein bisschen besser zu fühlen.

»Ich verlass mich drauf. Vergiss nicht, mir ein Foto von der Baumbeleuchtung für die Website und Facebook zu schicken.«

»Geht klar.« Ben öffnete die Tür seines Trucks, schlug sich

mit der Hand auf den Oberschenkel, und P sprang ins Innere und nahm seinen Platz ein.

Während der Fahrt öffnete Ben das Fenster und genoss die frische Luft und den gelegentlichen Geruch von Kiefernholz, wenn er an den Stoppschildern langsamer wurde.

Bens Telefon brummte auf der Mittelkonsole seines Trucks. Da er die Nummer nicht erkannte, stellte er den Lautsprecher an und antwortete mit einem schnellen Hallo, während er das Fenster hochfuhr, um besser hören zu können.

»Mr Andrews, meine Tochter Ashley arbeitet für Sie.«

Besorgt hielt Ben am Straßenrand. Ashley war im achten Monat schwanger. Er hoffte, dass alles in Ordnung war. Sie arbeitete seit fast fünf Jahren für ihn, und seit er sie kannte, hatte sie immer versucht, ein Kind zu bekommen. *Bitte lass nichts schiefgegangen sein.*

»Sie werden es nicht glauben«, fuhr Ashleys Mutter fort, »aber keine zwanzig Minuten, nachdem Ashley gestern Abend in der Stadt angekommen war, haben die Wehen bei ihr eingesetzt.«

Er stieß den Atem aus, den er angehalten hatte. »Die Wehen? Es geht ihr doch gut, oder? Ich meine, es ist noch sehr früh.«

»Einen Monat zu früh. Ich war mir sicher, dass es sich um Braxton-Hicks-Kontraktionen handelte, Sie wissen schon, falsche Wehen, aber da hat Ashley mich an der Nase rumgeführt. Gut, dass ich ihr nachgegeben und sie ins Krankenhaus gebracht habe. Keine Stunde später hat sie mich zur stolzen Großmutter eines zuckersüßen und schmuseweichen kleinen Kerlchens gemacht. Das wird die Mutter ihres Mannes lehren, zu versuchen, einen Besuch bei der Entbindung mit meiner Tochter zu vereinbaren. Es ist nur angemessen, wenn die Mutter der Mutter dabei ist – und nicht die Schwiegermutter! Wie auch immer, bitte sagen Sie gern allen Bescheid. Ich schätze auch, Sie müssen ihren Mutterschaftsurlaub sofort in

Kraft setzen. Sie wird in den nächsten Wochen hierbleiben müssen. Und wenn es nach mir geht, werden sie alle vielleicht auch Weihnachten hier verbringen.«

»Na, das ist ja eine Überraschung.« Und keine besonders gute, wenn er bedachte, was das für sein Arbeitspensum bedeutete, obwohl er sich für die junge Frau freute. »Und es geht ihr gut?«

»Oh, sie hat sich gut geschlagen. Sie sind beide stark, auch wenn sie sich offenbar nicht für einen Namen für ihn entscheiden kann. Jedenfalls werden sie hier im örtlichen Krankenhaus bleiben. Der Arzt will sie ein paar Tage dabehalten, um ein Auge auf den kleinen Kerl zu haben. Er wiegt nur knapp fünf Pfund, ein kleines Böhnchen ist er. Aber keine Sorge. Sie werden beide wieder ganz gesund.«

»Ich gratuliere von Herzen.«

Und da war es, das Unglück, vor dem ihn sein Kumpel Jason gewarnt hatte. Jetzt musste er eine Ersatzperson finden, die die Details des jährlichen Pfefferkuchen-Backwettbewerbs koordinierte. Er hatte die ehrenamtliche Tätigkeit für das Krankenhaus übernehmen können, weil er Ashley damit betraut hatte, alles für den Wettbewerb zu organisieren. Sie sollte erst im Januar in den Mutterschaftsurlaub gehen, also war es der perfekte Zeitpunkt gewesen, dass sie für ihn einspringen konnte. Zumindest hatte er das gedacht.

Aber nun? Einen Monat zu früh? Wer hätte gedacht, dass er einen Notfallplan wegen eines zu früh geborenen Babys brauchte?

Ben lächelte, um seine Frustration zu verbergen, während er sprach. »Richten Sie Ashley aus, sie soll sich keine Sorgen machen. Ich gratuliere ihr zu der unerwarteten Niederkunft. Und danke für den Anruf.«

»Gern geschehen. Oh, und sie sagte, dass die Unterlagen für den Backwettbewerb in ihrer obersten rechten Schublade liegen, und entschuldigte sich, dass sie nicht weiter gekommen ist.«

Er bezweifelte, dass das Lächeln jetzt die Anspannung in seinen Worten verbergen würde. »Keine Sorge.« Er hatte kein Recht, sich aufzuregen. Ashley leitete das Projekt als Freiwillige. Und was noch schlimmer war: Die Teilnehmer waren letzte Woche in der Zeitung angekündigt worden, und er war im Team seiner Mutter. Das bedeutete einen ziemlichen Interessenkonflikt für ihn, wenn er die Veranstaltung organisieren und auch noch als Juror auftreten musste.

Gut, dass Weihnachten sein Lieblingsfest war, denn er stand kurz davor, bis zu den Achseln in Lichterketten, Weihnachtsliedern und Pfefferkuchenhäusern zu versinken.

Kapitel 9

An diesem Morgen hatte TGIF – Thank God it's Friday!; endlich Freitag! – ein ganz neues Level erreicht, denn wenn Joy zwei Tage hintereinander auf Molly aufpassen müsste, würde sie recht schnell ihren Verstand verlieren. Kinderbetreuung war eine Fähigkeit, die nicht in ihrem Lebenslauf stand.

Als sie irgendwann herausgefunden hatte, was für Molly zu tun war – sie in den Schulbus setzen und ihr am Bordstein zum Abschied winken –, hatte Joy bereits eine Stunde ihres Vormittags verloren. Und zum ersten Mal empfand sie ein wenig Mitleid für Renee, wenn sie an manchen Morgen dreißig Minuten zu spät zur Arbeit kam, erschöpft und um Entschuldigung bittend. Es schien Joy wie ein Wunder, dass Renee nicht viel öfter zu spät kam.

Joy hatte sich vorgenommen, zum Krankenhaus zu fahren und nach Ruby zu sehen. Sie hielt sich gern für flexibel, aber wenn es etwas gab, was sie in den Wahnsinn trieb, dann war es ein Tag, der mit unerwarteten Pannen begann. Okay, gut, vielleicht mochte sie es nicht, wenn man *grundsätzlich* von ihrem Plan abwich, aber war das so eine Sünde? Aus der Sicht des Unternehmens hatte es sich auf jeden Fall als vorteilhaft erwiesen.

Jeder Plan brauchte einen Risikominderungsplan, und normalerweise war sie bestens vorbereitet. Aber die unerwartete Verkettung von Ereignissen an diesem Morgen, als Molly aufgetaucht war, hatte Joy erschöpft zurückgelassen. Dieses nervige Kikeriki, das klang, als käme es aus einem sprechenden Bilderbuch, bei dem die Batterien bald leer wären, hallte in ihrem Kopf wider.

Für einen kurzen Moment überlegte sie, ob sie sich wieder ins Bett verkriechen und einfach von vorn anfangen sollte, doch ihre vernünftige Seite wollte nicht zulassen, dass sie ihrem Ärger nachgab.

Außerdem wartete Ruby todsicher schon und brannte darauf, nach Hause zu kommen.

Die Morgensonne wärmte alles auf. Über dem taufeuchten Gras trieben sanfte Nebelschwaden, und die Kälte, die Joy am frühen Morgen begrüßt hatte, war vertrieben worden. Eine Kapuzenjacke würde sie jetzt nicht mehr brauchen.

Sie zog sie aus, hängte sie über den Stuhl in der Eingangshalle und marschierte durch die Küche, wo sie sich eine der Brotrinden schnappte, die sie von dem Erdnussbutter- und Traubengelee-Sandwich abschneiden musste, das sie für Molly geschmiert hatte. *Und kannst du es das nächste Mal in Quadrate schneiden?*, hatte sie gefragt. *Ernsthaft?*

Joy stopfte den Bissen in ihren Mund. Es war lange her, dass Joy ein Erdnussbutter-Gelee-Sandwich gegessen hatte, und es schmeckte viel besser, als sie es in Erinnerung hatte. Die weiß getünchte Fliegengittertür krachte hinter ihr so laut wie ein Pistolenschuss gegen den Rahmen. Der Esel schlug mit den Hufen in der Luft aus und rannte über die Weide, als wären Schrotkugeln an ihm vorbeigerauscht.

Sie griff sich Rubys Gummistiefel und spritzte sie mit dem Schlauch ab, um sie von der stinkenden Sauerei der letzten Nacht zu reinigen. Sie vergrub ihre Nase im Ärmel ihres Shirts, um nicht zu würgen, aber als sie sich bewegte, ergoss sich das eiskalte Wasser des Schlauchs über ihre Socken.

Rasch schlüpfte sie aus den nassen Socken und setzte sich auf die Treppe, um sich mit feuchten Füßen in die Gummistiefel zu zwängen. Sie warf Molly, dem Kaninchen, einen spöttischen Blick zu. »Du hast mich reingelegt. Ich dachte, du wärst die Molly, um die sich alle so große Sorgen machen.«

Das flauschige Kaninchen setzte sich auf seine Hinterpfoten und wackelte mit der Nase.

»Ja, du willst, dass ich dich füttere. Ich weiß.« Joy füllte die Schaufel mit Futter und streute es in den Napf, dann säuberte sie die Wasserschale. »Ich wette, du magst auch keine Kruste.«

Das Füttern der Tierbande schien nachts schon eine langwierige und mühsame Aufgabe zu sein, aber tagsüber, wenn die Tiere hellwach waren und um Aufmerksamkeit bettelten, war es noch viel schwieriger. Die Ziegen wuselten die ganze Zeit zwischen ihren Beinen herum, wenn sie versuchte, das Futter in den Trog zu schütten. Wenn Joy nicht aufpasste, würde sie auch einen Gips verpasst bekommen.

»Lass das!« Sie schlug nach dem Esel. »Hör auf, an meinem Zopf zu kauen!« Sie war sich nicht sicher, ob er an ihrem Haar oder an dem Band kaute, aber sie mochte das ganz und gar nicht.

Als sie den letzten Punkt auf der morgendlichen To-do-Liste abhakte, verriet ein Blick in die Runde, wie gut sie sich geschlagen hatte.

Selbst mit vielen Augenzudrücken bekam sie wahrscheinlich bestenfalls eine 4+.

In der Scheune herrschte völliges Durcheinander, und Ruby war noch nicht einmal vierundzwanzig Stunden weg. Joy stapfte zur hinteren Wand der Scheune und kramte in den Werkzeugen, bis sie eine Harke entdeckte. Mit den breiten Zinken begann sie, über den schmutzigen Boden der Scheune zu fegen. Das Geräusch von Metall auf Erde beruhigte sie, und die Anspannung des Morgens begann sich zu lösen.

Mit langsamen, bedächtigen Strichen arbeitete sie sich von einem Ende zum anderen vor, bis die Scheune wie ein Tanzboden aussah. Genau so, wie Ruby es verlassen hatte. Joy sammelte das zusammengefegte Heu auf und ließ es in den leeren Stall fallen. Es würde zwar nicht als Futter taugen, weil es schmutzig war, aber als Einstreu würde es sich trotzdem gut eignen.

Sie überprüfte noch einmal alle Tore und ging dann hinein, um sich zu waschen, damit sie zum Krankenhaus fahren konnte. Hoffentlich durfte Ruby mit nach Hause kommen, dann konnten sie von hier aus überlegen, was zu tun war. Joy würde ihrer Tante helfen, sich wieder einzugewöhnen, und konnte noch vor dem Ablauf des Wochenendes wieder in New York sein. Sie würde sogar noch Zeit haben, ihre Mails durchzugehen, bevor sie sich am Montagmorgen wieder in den willkommenen Trubel im Büro stürzen würde.

Joy bog in dieselbe Parklücke am Bridgewater Regional Hospital ein, in der sie gestern Abend gestanden hatte. Sie überprüfte den Parkplatz kurz, als sie aus ihrem Wagen ausstieg. Es gab keine Spur von dem Pick-up, mit dem ihr Auto so intim geworden war. Wäre das doch nur ein Traum gewesen. Leider wurde sie ständig daran erinnert, wie echt alles gewesen war. Sie warf einen Blick zurück auf die Furche an der Seite ihres Wagens.

Wie sie es geschafft hatte, das Rücklicht nicht kaputt zu machen, würde sie wohl nie erfahren, aber wenigstens war der Schaden nur kosmetisch. Dafür musste sie dankbar sein. Ohne Auto oder schlimmer noch, mit Tante Rubys Lincoln, dem alten Benzinschlucker, zu fahren, wäre eine Qual gewesen. Das Auto war fast so alt wie Joy.

Hoffentlich würde sie Mr Unverwüstlicher-Pick-up nicht noch einmal über den Weg laufen, während sie in der Stadt war, auch wenn er so furchtbar gut aussah, ihr seine Jacke gegeben hatte, um sie warm zu halten, und ihre Versicherungsdaten ablehnte. Aber sie würde bald wieder wegfahren. Es hatte keinen Sinn, sich mit jemandem anzufreunden, den sie wahrscheinlich nie wiedersehen würde. Sie hatte viel zu tun, und dieser Ausflug war nicht geplant gewesen.

Sie eilte ins Krankenhaus. Ruby schlug wahrscheinlich schon ordentlich Krach und wartete auf sie. Eine Frau lief mit Blumen und einem Luftballon vorbei. Einen Moment lang zögerte Joy, überlegte, ob sie in den Geschenkeladen gehen sollte, um etwas zu kaufen, aber so wie sie ihre Tante kannte, wollte sie lieber keine fünf Minuten länger warten.

Zeit ist kostbar, hatte sie immer gesagt.

Joy erwischte die Aufzugtür, bevor sie sich schließen konnte, und trat an die Rückwand. Die Frau mit den Mitbringseln stand neben der Tür. Der Ballon schien ein Eigenleben zu führen und wippte mit seinem riesigen Smiley-Gesicht in ihre Richtung, während er mit einem *swump, swump, swump* gegen die Tür prallte. Als der Aufzug sich öffnete, hüpfte der lächelnde Ballon hinter der Frau her und verhöhnte Joy mit jedem Schritt in Richtung Flur. *Nah-nah-nah, du hast kein Geschenk mitgebracht. Und du bist zu spät.*

In einigen der Zimmer standen zwei Betten. Joy war froh, dass Ruby ein Einzelzimmer zur Verfügung stand. Es wäre ärgerlich, eine Mitbewohnerin zu haben, bei der den ganzen Tag über Besucher ein- und ausgingen. Natürlich würde in dieser Konstellation Ruby wahrscheinlich diejenige sein, die für Unruhe sorgte. Sie hatte ihr ganzes Leben lang in Crystal Falls gelebt. Es gab niemanden in dieser Stadt, der sie nicht kannte. Und wenn man nach gestern Abend ging, hatte sie viele Freunde.

Joy klopfte an die Tür, als sie Rubys Zimmer betrat. »Guten Morgen, Tante Ruby.« Joy hoffte, dass ihre Tante ausgeschlafen war und nicht zu lange auf sie gewartet hatte. »Wie geht es dir?«

Ruby drückte die Decke gegen ihren kleinen Körper. »Ehrlich gesagt, hatte ich eine ziemlich harte Nacht. Du hattest recht. Sobald das gute Zeug nachgelassen hat, wurde es schlimm.«

»O nein. Hast du Schmerzen?« Kein Wunder, dass Ruby nicht wütend angerufen hatte, weil Joy so lange gebraucht hatte, um zu erscheinen.

»Ein bisschen, aber sie haben mich wieder unter Schmerzmittel gesetzt. Mir geht's bald wieder gut, Liebes. Hast du Molly getroffen?«

»Ja, habe ich.« Joy stemmte die Hände in die Hüften. »Ich dachte, Molly wäre das Kaninchen. Sie hat mich fast zu Tode erschreckt, als sie heute Morgen auftauchte. Sie ist einfach reingestürmt, ohne zu klopfen.«

»Da habe ich mich wohl nicht klar genug ausgedrückt. Es tut mir leid. Diese Medikamente haben mich total high gemacht. Molly ist ein kleiner Engel, und ihre Mutter macht gerade eine schwere Zeit durch. Danke, dass du dich um sie gekümmert hast.«

»Ich habe dafür gesorgt, dass sie abmarschbereit ist.«

»Molly macht keinen Ärger, und ihre Mutter Ginny zählt auf mich. Ich kann sie nicht im Stich lassen.«

Joy konnte sich kaum vorstellen, wie wichtig es war, sich in Rubys Alter noch gebraucht zu fühlen. »Na ja, ich denke, sie wird ganz froh sein, dich wiederzuhaben. Sie war nicht sehr zufrieden damit, wie ich die Kruste von dem Sandwich abgeschnitten habe, das ich für sie gemacht habe.«

»Ohne Kruste und dann in Viertel. So, wie du es immer gemocht hast.« Rubys Gesicht verzog sich auf eine Weise, die zu sagen schien: *Geht es noch anders?*

»Wirklich?«

»O ja. Du hast nie eine Kruste essen wollen. Und nur Weißbrot. Ist schon ein Weilchen her.« Ruby tippte sich an den Kopf. »Ich weiß vielleicht nicht mehr, was ich gestern Abend gesagt habe. Vielleicht weiß ich nicht einmal mehr, was ich zum Frühstück gegessen habe, aber ich erinnere mich an diese Art von Details. Das sind besondere Erinnerungen.« Ein träges Grinsen breitete sich auf Rubys Gesicht aus. Ihre Pupillen waren von der Wirkung der Schmerzmittel geweitet, was sie ein bisschen wahnsinnig aussehen ließ.

»Jedenfalls habe ich ihr Mittagessen eingepackt und sie in den Bus gesetzt.«

»Gott segne dich.«

So, genug von Kindern. Das habe ich jetzt hinter mir.

Joy setzte sich auf den einzigen Stuhl im Raum. Ein riesiges Monstrum von einem Stuhl, der mit einem Kunststoff überzogen war, den man am besten als strapazierfähig und entsetzlich hässlich bezeichnen konnte. »Und wie können wir dich hier rausholen?«

Ruby hob eine schmale Hand. »Ich warte auf den Arzt. Er war noch nicht da. Es ist ja nicht so, dass es hier einen Golfplatz gibt, auf dem er seinen Vormittag verbringen könnte. Ich habe keine Ahnung, was ihn aufhält.«

»Wenigstens hast du nicht auf mich gewartet. Ich habe mir schon Sorgen gemacht, als ich so spät dran war.« Joy zog den Stuhl näher an das Bett heran. »Ich weiß nicht, wie du das alles jeden Tag schaffst. Du brauchst doch Hilfe.«

»Nein. Ich brauche keine Hilfe. Ich habe eine Routine. Ein System.«

»Es gibt jede Menge zu tun.«

»Es macht mir Spaß und hält mich in Form.«

»Na ja, das Bein hat schon bessere Tage gesehen.« Der Arzt kam mit weißem Kittel, Tablet und Stethoskop um den Hals ins Zimmer geschlendert. Er sah aus, als hätte er es noch nie in seinem Leben eilig gehabt. Er ging um das Bett herum auf Rubys Seite. »Wie geht es Ihnen?«

»Ich kann es kaum erwarten, hier rauszukommen«, antwortete Ruby. »So geht es mir. Warum haben Sie so lange gebraucht? Sie wissen doch, dass ich noch viel zu tun habe.«

»Haben wir das nicht alle?«, fragte er.

»Sie werden Ihre Eier nicht bekommen, wenn ich nicht nach Hause komme und sie einsammle. Meine verflixten Hühner würden lieber darauf sitzen bleiben und einen Haufen Küken ausbrüten, würde ich sie lassen.«

Der Arzt griff über das Bett, um Joys Hand zu schütteln. »Ich bin Dr. Davis.«

»Joy.« Sie erwiderte den Händedruck. »Ich bin die Nichte von Ruby.«

»Emmas Tochter. Jetzt sehe ich es. Schön, Sie wiederzusehen.«

Joy hatte ihn nicht einmal wiedererkannt. Er war schon steinalt gewesen, als sie noch ein kleines Mädchen gewesen war.

Der Arzt zog das Laken am Fußende des Bettes zurück und berührte Rubys Zehen. »Spüren Sie das?«

»Natürlich spüre ich das. Ihre Hände sind eiskalt.«

Der Arzt lachte. »Machen es Ihnen die Schwestern schön?«

»Na ja, Doc, Sie wissen, dass ich mich nicht wohlfühlen werde, bevor ich nicht zu Hause in meinem eigenen Bett liege. Also, warum entlassen Sie mich nicht, damit ich meiner Arbeit nachkommen kann.«

»Sollten Sie weiterhin stabil sein, wenn ich Sie morgen früh besuche, sehe ich keinen Grund, warum wir Sie nicht morgen ins Dixon-County-Reha-Center verlegen können. Dort bekommen Sie die Physiotherapie, die Sie brauchen, um wieder auf die Beine zu kommen, und um zu lernen, wie Sie sich mit dem Gips bewegen können. Diese Art von Bruch braucht Zeit, um zu heilen. Besonders für eine Dame Ihres Alters.«

»Ich muss Ihnen mitteilen, dass diese Dame genauso viel zu tun hat wie die meisten anderen Ladys in der Stadt, die halb so alt sind wie ich, vielleicht sogar mehr.«

Joy nickte. »Ich muss zugeben, dass sie in besserer Verfassung sein muss als ich. Ich konnte kaum die ganze Liste mit ihren Aufgaben abarbeiten.«

»Regen Sie sich nicht auf. Ich weiß, dass Sie fit sind, und ich zweifle nicht daran, dass Sie sich gut erholen werden, wenn Sie meine Anweisungen befolgen. Sie müssen wirklich eine Reha machen.«

»Warum kann ich dieses dumme Trainingsprogramm nicht zu Hause machen?«

»Weil wir nicht die Geräte dafür haben, und es geht um mehr als nur Bewegung. Ihre Versicherung wird diese Art von Pflege zu Hause nicht abdecken. Ihre Genesung wird viel schneller verlaufen, wenn wir das Dixon County Center das machen lassen, was es am besten kann.«

»Das ist alles nur ein Plan, um uns das Geld aus der Tasche zu ziehen.«

»Ich kann Ihnen versichern, dass Sie dort gut aufgehoben sind. Genießen Sie die Auszeit.«

Rubys Gesicht wurde blass, und sie kniff die Lippen zu einem schmalen Strich zusammen. »Ich habe Tiere auf dem Hof, die versorgt werden müssen.«

»Ich bin sicher, jemand kann dort aushelfen.« Dr. Davis warf einen Blick in Joys Richtung.

Shirley hatte die ganze Zeit recht gehabt. Dies würde nicht so ablaufen, wie Ruby es vorausgesagt hatte. Joy spürte den Druck von Dr. Davis' Blick. »Wir werden jemanden finden, der hilft.«

»Ich lasse nicht zu, dass irgendjemand in meinen Sachen herumschnüffelt.« Ruby griff nach den Gitterstäben an der Seite des Bettes, drehte und wand sich, um sich in eine sitzende Position zu bringen, wobei ihr Gips sie fast wie ein Anker nach unten vom Bett zog.

Dr. Davis trat zurück und ließ sie einen Moment lang zappeln. »Sind Sie fertig mit der Empörung? Die Versicherung wird für Ihren Aufenthalt aufkommen. Haben Sie jemanden, der Sie in das Reha-Center bringen kann?«

»Ich fahre sie«, sagte Joy.

»Joy, du hast bereits die Arbeit liegen lassen. Und du versäumst nie die Arbeit. Ich kann das nicht von dir verlangen.«

»Ich bin ja schon da. Es ist Wochenende, außerdem will ich hier sein. Lass das ruhig meine Sorge sein, was ich mit meiner Zeit anfangen kann oder nicht.«

Dr. Davis hob Rubys Gipsbein wieder auf das Bett und richtete dann seinen Kittel. »Konzentrieren Sie sich einfach darauf, gesund zu werden, damit wir Sie bis Weihnachten nach Hause bringen können.«

»Weihnachten? Das sind noch fast drei Wochen! Ich kann nicht so lange von meiner Farm weg sein. Nein, Sir.«

»Wahrscheinlich sind Sie viel früher zu Hause. Wenn alles gut läuft, können Sie viel schneller zurückkommen.«

»Versprechen Sie mir das?« Rubys Augenbraue wölbte sich so hoch, dass sie fast unter ihren Haaren verschwand.

Der Arzt atmete tief durch. »Sie wissen, dass ich das nicht kann. Aber was ich Ihnen versprechen kann, ist, wenn Sie Ihre Rolle in der Reha ernst nehmen und die Anweisungen befolgen, wird alles viel schneller gehen.«

Ruby warf Joy einen besorgten Blick zu. »Aber es geht nicht nur um die Tiere. Es geht auch um die Dekoration für das große Weihnachtsevent und um Molly. Molly zählt auf mich. Ich bin Verpflichtungen eingegangen. Du kannst das nicht alles übernehmen. Das ist zu viel.«

»Tante Ruby, ich bin erfahren darin, Millionen-Dollar-Projekte zu leiten. Ich bin sicher, dass ich die Dinge, die du geplant hast, bewältigen kann.«

»Du wirst deine Arbeit verpassen.«

»Ich habe noch ganz offiziell Urlaubstage übrig. Ich werde sie einfach nehmen. Kein Problem.«

»Das ist zu viel.«

»Trau mir ruhig etwas zu. Du bist schließlich meine Familie.« Joy legte ihre Hand auf die von Ruby. »Bitte lass es mich tun, ich möchte das. Und wenn du dir Sorgen machst, dass das alles zu viel ist, dann werde ich mit Mollys Mutter sprechen. Ich bin sicher, sie kann andere Vorkehrungen treffen, bis du wieder auf die Beine kommst. Siehst du, schon eine Sache weniger.«

»Nein!« Ruby schoss sofort hoch. »Ich kann den beiden nicht das Gefühl geben, dass sie eine Last sind. Unter keinen Umständen sollte ich die Pflege von Molly vernachlässigen. Ich darf sie nicht im Stich lassen. Sie zählen genauso auf mich wie du damals, als deine Mom schwere Zeiten durchmachte. Sie braucht den sicheren Hafen, den ich ihr bieten kann.« Rubys Gesicht erhitzte sich, ihre Augen blickten besorgt.

»Okay, okay. Beruhige dich. Ich kriege das hin.«

Ruby ließ sich in die Kissen zurückfallen. »Da nimmst du dir endlich eine Auszeit, und ich bekomme dich nicht einmal zu Gesicht dabei.«

»Man kann dich heute einfach nicht glücklich machen, oder? Du weißt doch, dass in so einer Reha-Klinik Besucher erlaubt sind. Ich schaue dann bei dir vorbei.«

»So, wie ich Sie kenne, Ruby, werden Sie dort direkt ein paar neue Freunde finden.« Dr. Davis klopfte Ruby auf das Gipsbein. »Lagern wir das Bein am besten auf diesem Kissen hoch. Das wird helfen, die Schwellung zu reduzieren.«

Als er Ruby half, sich im Bett zurechtzulegen, murmelte Ruby etwas von »hilflos sein«, aber weder Dr. Davis noch Joy schenkten dem Beachtung. Manchmal war es einfach besser so.

»Wir haben also einen Plan, richtig?«, fragte Dr. Davis, nach Zustimmung suchend.

Rubys Stirnrunzeln war so energisch, dass sich ihre Augenbrauen fast berührten. »Wir können Molly nicht im Stich lassen, Joy. Du musst es mir versprechen. Das ist das Wichtigste, was ich da draußen tue. Bitte gib ihnen nicht das Gefühl, dass sie eine Last sein könnten. Es ist wichtig. Es ist nicht an mir, dir ihre Geschichte zu erzählen, aber glaub mir, sie brauchen meine Hilfe. Unsere Hilfe. Bitte.«

»Ich verspreche es.« Doch Joys Verstand war schon dabei, die Aufgaben zu sortieren. Sicherlich konnte sie ein paar Wochen lang eine Farm führen, und das Schmücken für die Feiertage würde sogar Spaß machen. Auch wenn sie es nicht mehr gemacht hatte, seit sie als Teenager bei Ruby gewohnt hatte. Aber wie schwer konnte es schon sein? Dieses kleine Mädchen Molly war jedoch eine ganz andere Geschichte.

Irgendetwas in ihrem Bauchgefühl sagte ihr, dass sie sich vielleicht zu viel zumutete. Denn Kinder zu unterhalten war etwas, mit dem sie sehr wenig Erfahrung hatte, außer in der kontrollierten Umgebung der Marktforschung – mit einem Team, das ihr dabei half.

Kapitel 10

Es hätte Joy nicht überraschen dürfen, dass Ruby bei ihrer Ankunft im Krankenhaus bereits in einem Rollstuhl saß und wartete. Wenigstens musste sie nicht einparken und hineingehen, aber selbst vom Fahrersitz aus konnte sie sehen, dass Ruby schlecht gelaunt war. Sogar die junge Krankenschwester stand eine gute Armlänge von ihr entfernt. Das arme Ding musste den kürzesten Strohhalm gezogen haben.

Joy holte tief Luft und stürmte aus dem Auto, um der verängstigten Frau mit ihrer Tante zu helfen.

»Bereit loszulegen?«

Ruby warf ihr einen verächtlichen Blick zu. »Ich bin schon lange genug bereit, um mich zu fragen, ob du überhaupt auftauchen würdest oder nicht.«

Die Krankenschwester schürzte vielsagend die Lippen und schüttelte den Kopf. Nicht dass Joy eine Warnung gebraucht hätte.

Das störrisch gereckte Kinn von Ruby war ein sicheres Zeichen, und jede Bemerkung, die sie machte, während sie vom Rollstuhl in Joys Auto – das sie als Matchbox-Auto bezeichnete – stieg, war ein Murren. Joy war entschlossen, nicht zu diskutieren oder zu versuchen, sie vom Gegenteil zu überzeugen. Es würde sowieso nichts nutzen. Das wusste sie, denn sie hatte die gleiche sture Ader.

Als Ruby dann endlich saß, glitt Joy hinter das Lenkrad und fuhr vom Parkplatz weg. Sie drückte auf die Knöpfe des Radios, bis sie einen Sender fand, der Weihnachtsmusik spielte. Wenn Ruby anfinge zu singen, würde wenigstens der finstere Blick verschwinden.

Aber selbst die fröhlichen Klänge der Musik und die vertrauten Melodien reichten nicht aus, um Ruby zu besänftigen. Das war die längste Stunde Autofahrt, die Joy je hatte hinter sich bringen müssen. Der Verkehr in D.C. an einem Freitagnachmittag war besser als das hier.

Crystal Falls verschwand aus ihrem Rückspiegel, und Joy musste zugeben, dass die Gegend wunderschön war. Der Weg führte durch Felder, die von den letzten Ernten befreit waren. Die Landschaft war weit und die Luft klar. Das Herbstlaub war von den Bäumen verschwunden, und nun warteten sie kahl darauf, den eisigen Temperaturen zu trotzen, die der Winter bald bringen würde.

Auf dieser Strecke waren nur wenige Häuser zu sehen, aber als die Geschwindigkeitsbeschränkung von fünfundfünfzig auf fünfunddreißig Stundenkilometer sank, leuchteten in der nächsten Stadt rote und weiße Zuckerstangen von jedem Laternenpfahl. Ein Polizist saß am Stadtrand und ließ Radargeräte laufen. Jemanden anzuhalten, wäre hier an den Feiertagen irgendwie unangebracht gewesen, aber da er einen Kranz an der Vorderseite des Streifenwagens befestigt hatte, machte das die Sache vielleicht ein wenig wett.

Sie wagte es nicht einmal, die erlaubten fünf Meilen über dem Tempolimit zu fahren. Sie war zwar schon lange nicht mehr in dieser Gegend gewesen, aber sie erinnerte sich immer noch an die Witze über die Strafzettel, mit denen sich die Kleinstädte in dieser Ecke finanzierten.

Ein leicht übermütiges Gefühl zauberte ein Lächeln auf Joys Lippen, als sie an dem Polizisten vorbeifuhr und begann, in Richtung des Schildes mit dem erhöhten Tempolimit zu beschleunigen. *Falalala-lala-la-la.*

Schließlich kam das Dixon-County-Reha-Center in Sicht. Das Gebäude aus Stahl und blauem Glas schimmerte im Sonnenlicht und lag auf einem Gelände, das so üppig und schön war wie der Golfplatz eines exklusiven Country Clubs. »Wow. Das ist ja mal todschick hier.«

Ruby spitzte die Lippen. »Hübsch ist nicht alles. Wenigstens ist unser kleines Krankenhaus mit Herz. Ich wäre lieber dortgeblieben. In der Nähe von zu Hause.«

»Ich weiß, aber wenn du dadurch schneller wieder auf die Beine kommst, ist es das wert. Und ich werde dich jeden Tag besuchen oder anrufen.«

»Ich bin schon ein großes Mädchen. Du musst nicht jeden Tag diese Fahrt auf dich nehmen. Du hast schon genug damit zu tun, die Dinge im Haus für mich zu regeln. Ich will dir nicht zur Last fallen …«

»Sei nicht albern. Ich wünschte nur, ich wäre zu Besuch gekommen, bevor du mich gebraucht hast.« Joy spürte, wie ihr die Schuld in der Kehle stecken blieb. Eine plötzliche Welle der Traurigkeit überrollte sie unvorbereitet. Sie war selbstsüchtig gewesen, und das gefiel ihr nicht.

Joy brachte das Auto in der kreisrunden Auffahrt vor einer Reihe von Doppeltüren zum Stehen. In die steinähnliche Struktur war das Wort ANMELDUNG gemeißelt worden. Ziemlich mondän für eine Kleinstadt. Der überdachte Eingang schützte die Patienten und Besucher vor Wind und Wetter, und Bänke säumten den extrabreiten Gehweg.

Ein Team aus drei blauhaarigen Frauen schwärmte aus als Empfangskomitee. Jede von ihnen trug einen pinkfarbenen Kittel, auf dessen linker Tasche in silberner Schrift eingestickt war, dass sie als Freiwillige arbeiteten. Mit ihren strahlend weißen Turnschuhen huschten sie um das Auto herum wie eine NASCAR-Boxencrew. Eine begrüßte Joy und fragte nach dem Gepäck der Patientin, während die beiden anderen Rubys Tür öffneten und sie in Richtung Rollstuhl bewegten.

»Ich bin durchaus selbst in der Lage«, sagte Ruby als Antwort auf ihr Verhalten.

»Natürlich sind Sie das, aber wir haben einen Job zu erledigen. Kommen Sie schon, lassen Sie uns einfach gut aussehen.«

Joy respektierte ihre Bemühungen. Sie taten so, als wäre Ruby die süßeste alte Frau, die sie je getroffen hatten. Wenn es dem Team aus blauhaarigen Freiwilligen gelänge, Rubys schlechte Laune zu verdrängen, wäre Joy ihnen mehr als nur ein Dankeschön schuldig.

Ruby faltete die Hände in ihrem Schoß und ließ sich von den beiden Frauen ins Haus rollen. Die Freiwillige, die Rubys Tasche an sich genommen hatte, war bereits dabei, Dinge auf ihrem Klemmbrett zu überprüfen und den beiden anderen Anweisungen zu geben. »Sie ist von Bridgewater Regional voruntersucht.«

Ruby drehte sich auf dem Stuhl, Panik flackerte in ihren Augen.

Joy konnte nicht anders, als Mitleid mit ihrer Tante zu haben. Joy beeilte sich, um mit dem blauhaarigen Empfangskomitee Schritt zu halten. »Ich bin hier bei dir«, sagte sie, in der Hoffnung, Ruby zu beruhigen.

Das Dixon-County-Reha-Center war zwar schön, aber Ruby hatte nicht ganz unrecht. Es war nicht so einladend wie das Bridgewater Regional. Der Weihnachtsbaum in der Lobby hier war nicht echt. Nein, es war einer von diesen Metallkonstruktionen mit den LED-Lichtern. Es gab Kwanzaa-Kugeln, Dreidel und riesige Güterzug-Anhänger, die Weihnachten auf der ganzen Welt darstellten. Es fanden sich Feliz Navidad, Joyeux Noël, God Jul und »Frohe Weihnachten« in noch mehr als ein Dutzend anderer Sprachen, die sie nicht entziffern konnte.

Auf dem Weihnachtsbaum waren alle Religionen und Sprachen vertreten, die Joy kannte, und einige, die sie nicht zuordnen konnte. Aber zumindest hatten man hier versucht, alle zu berücksichtigen. Es war fast wie eine kleine Lehrstunde über Feste auf der ganzen Welt.

Die älteste Blauhaarige blieb auf der Schwesternstation stehen und legte Ruby ein weiteres Plastikarmband um das linke Handgelenk. »Wie lautet Ihr Geburtsdatum?«

»Genauso wie bei den anderen vier Malen, die Sie gefragt haben.« Ruby rutschte unruhig in dem Stuhl umher. »Sechsundzwanzigster Juli. Um Himmels willen. Können Sie es sich nicht aufschreiben? Ich bin es leid, es jedes Mal wieder zu erzählen.« Ruby schüttelte ihr Handgelenk in der Luft. »Und ich bin mir verdammt sicher, dass es auf allen drei Armbändern steht, die ich Ihrer Meinung nach tragen soll.« Sie warf einen Blick auf das letzte, das man ihr angelegt hatte. Ein leuchtend gelbes. »›Sturzgefahr‹? Ich bin nicht gestürzt und habe es auch nicht vor.«

»Wie haben Sie sich denn das Bein gebrochen?«, fragte die größte der Freiwilligen.

O weh, diese Frau hatte keine Ahnung, in welches Hornissennest sie gerade stieß.

Dieser Freiwilligen stand der Begriff »Unruhestifterin« ins Gesicht geschrieben.

Ruby richtete ihren Blick auf die Frau, ihre Augen waren durchdringend und dunkel. »Das war ein Unfall und geht Sie nichts *an.*«

Aber diese Crew ließ sich nicht aufhalten. Eine Frau löste die Bremsen des Rollstuhls und brachte Ruby zur Tür, während eine andere den Code eingab, der die automatischen Türen aktivierte. Sie brausten mit der Geschwindigkeit eines Rennfahrers auf seiner letzten Runde durch die Flure.

Schließlich stellten sie Ruby in einem privaten Wartezimmer ab. Die Unruhestifterin wedelte mit einem Finger in Richtung Ruby. »Sobald Sie in Ihrem Zimmer sind, ziehen Sie sich Ihre Turnschuhe und Jogginghose an. Die Krankengymnastik beginnt zur vollen Stunde.« Die Frau drehte sich um und ging davon, bevor Ruby etwas erwidern konnte.

Joy bewunderte die Hartnäckigkeit der Frau.

»Bist du sicher, dass du mich nicht in einem Boot-Camp abgesetzt hast?« Ruby wirkte, als hätte man sie durch die Mangel gedreht, dabei waren sie noch nicht einmal fünfzehn Minuten dort.

»Das wird schon alles funktionieren. Ich habe deine Schuhe und die Jogginghose eingepackt. Ich helfe dir, dich umzuziehen.«

»Das ist wirklich unangenehm. Woher wusstest du, dass du die Sachen mitbringen musst?«

»Die Krankenschwester hat mir gestern Abend gesagt, als ich gegangen bin, dass du sie für die Reha brauchst. Ich habe im Laden angehalten und dir welche gekauft.«

»Ich zahle es dir auf jeden Fall zurück.«

»Sei nicht albern. Es war nicht der Rede wert.«

»Warum wollen die, dass ich ein Paar Schuhe habe? Ich kann ja nur einen davon tragen.«

Da hatte sie recht. Aber die Turnschuhe waren die geringste ihrer Sorgen, denn Ruby mit diesem Gips in die Hose zu bekommen, stellte eine größere Herausforderung dar, als sie gedacht hatte.

»Sind alle bereit?« Eine zierliche brünette Krankenschwester betrat das Wartezimmer. »Sie müssen Ruby Johnson sein. Ich bin Carolyn. Ich werde Ihre Krankenschwester sein, solange Sie hier bei uns sind. Wie geht es uns denn?«

»*Ihnen* scheint es zumindest gut zu gehen«, sagte Ruby.

»Darf ich Sie Ruby nennen?«

Ruby nickte, sparte sich allerdings sämtliche Höflichkeiten.

Okay, es wird also einer dieser Tage werden. »Ich bin ihre Nichte Joy.« Sie stand auf, um der Krankenschwester die Hand zu schütteln. »Ich dachte, wir kämen gut zurecht, aber ich glaube, wir brauchen eine Schere, um den Saum der Jogginghose aufzuschneiden. Ich habe nicht an den Gips gedacht, als ich sie gekauft habe, und sie hat einen Gummizug an den Knöcheln.«

Carolyn lachte. »Man sollte meinen, sie würden die Gipse kleiner machen, nicht wahr? Was meinen Sie, wie viel das Ding wiegt, Miss Ruby?«

»Eine Tonne.«

»Davon bin ich auch fast überzeugt. Anstatt die neue Jogginghose zu zerschneiden, kann ich Ihnen doch einfach ein Paar dieser weiten Hosen überlassen, die wir hier haben. Sie wird ein bisschen zu lang sein, aber ich bin eine Expertin im Säumerollen. Sie sind ja von der Größe auch so komprimiert wie ich. Unsereins wird immer unterschätzt, nicht wahr?«

»Da haben Sie vollkommen recht«, erwiderte Ruby.

»Hoffentlich kriegen wir Sie bald wieder auf die Beine, damit sie sich wieder bewegen können. Vielleicht bekommen Sie auch bald einen weichen Gips, sodass Sie Ihre eigenen Sachen tragen können. Dann fühlen sich unsere Patienten immer besser.«

Die tiefen Falten in Rubys Gesicht lösten sich ein wenig. »Ich glaube, ich fange an, Sie zu mögen, Carolyn.«

»Ach, danke, Miss Ruby.« Carolyn blinzelte kurz in Joys Richtung. »Ich mag Sie jetzt schon.«

Die Krankenschwester war so klein, dass sie wie eine Sechzehnjährige aussah, aber Ruby hatte das Mädchen sofort ins Herz geschlossen. Ein gutes Zeichen.

Carolyn schob den Rollstuhl, und Joy folgte ihr. »Und jetzt bringen wir Sie in Ihr Zimmer, Miss Ruby. Wir haben für heute Mittag bereits eine Physiotherapiesitzung für Sie angesetzt, und wir wollen nicht, dass Sie die verpassen.«

»Bei Ihnen klingt das wie ein Nachmittagstee.«

Carolyns leises Lachen erinnerte an ein Windspiel. Leise, aber es fesselte die Aufmerksamkeit und machte Lust, mehr davon zu hören. »Nicht ganz so angenehm wie ein Nachmittagstee, aber wenn Sie sich zu hundert Prozent anstrengen, dann mache ich Ihnen eine Tasse meines Lieblingstees. Aus meinem privaten Vorrat. Ist das ein Deal?«

»Klingt reizvoll.« Ruby hob die Hand von ihrem Schoß zu ihrer Schulter und tätschelte die Finger der Krankenschwester.

»Da wären wir. Zimmer hundertzweiundvierzig.« Carolyn wendete, schob den Rollstuhl in das Zimmer und setzte Ruby mit einer halben Drehung direkt neben das Bett. »Ein Zuhause weit weg von zu Hause.«

»Das ist schön.«

»Das ist es wirklich«, warf Joy ein. »Hell und fröhlich. Schau, sie haben sogar bunte Laken.«

»Wir tun unser Bestes, damit Sie sich wohlfühlen, während Sie hier sind. Ich lasse euch jetzt erst einmal in Ruhe. Ich bin gleich wieder da mit Ihren Palazzo-Hosen, Miss Ruby.« Carolyn bewegte sich flink auf gepunkteten Clogs, die sie wahrscheinlich um mindestens zwei Zentimeter größer machten, aber sie war immer noch klein.

Joy nutzte Rubys Stimmungsumschwung aus und versuchte, ein Gespräch anzufangen, bevor ihre Tante wieder mürrisch werden konnte. »Ich finde es toll, dass sie einen Weihnachtsbaum in der Lobby stehen haben. Sehr modern. Passt zu dem Gebäude, findest du nicht? Ich wette, es würde Spaß machen, einen modernen Baum aufzustellen.«

»Komm mir bloß nicht auf solche Ideen für unsere Bäume. Ich habe einen Plan für die Weihnachtsdekoration. Ich kaufe jedes Jahr fünf Bäume. Alles ist genau ausgeklügelt. Halt dich einfach an den Plan, dann wird es perfekt.«

»Manchmal kann etwas Ausgefallenes auch Spaß machen.«

Ruby warf ihr einen bösen Blick zu. »Mach es nicht noch komplizierter, als es schon ist. Du hast schon genug zu tun. Außerdem weiß mein Handy Andy genau, wo alles ist und wohin es gehört. Shirley schickt ihn vorbei, damit er dir hilft.«

»Sie hat etwas in der Art erwähnt, als sie am ersten Abend, den ich hier war, vorbeikam. Ich habe ihr gesagt, dass ich keine Hilfe brauche.«

»Sei nicht so stur.«

Joy hob eine Augenbraue. Wer, glaubte Ruby, dass sie war, um sie stur zu nennen?

Zum Glück kam Carolyn wieder herein, bevor Joy etwas sagen konnte, was sie vielleicht bereuen würde.

»Fertig zum Umziehen?« Carolyn half Ruby in kürzester Zeit in die neue Hose.

»Sie sehen ziemlich schick aus«, sagte Carolyn, als sie zurücktrat und ihre Arbeit bewunderte.

»Danke, meine Liebe.«

Ein groß gewachsener, attraktiver Mann mit dem Aussehen eines Italieners betrat den Raum und schob einen Rollstuhl. Joy konnte nicht umhin zu bemerken, dass die Arme des Mannes so dick waren, dass seine kurzen Ärmel am Bizeps spannten.

»Bereit, junge Dame?«

»Ich?«, fragte Ruby.

»Ja, Ma'am. Der Gips hat Sie verraten. Ich denke, damit gehören Sie ganz mir.«

»Ganz schön kess, was?«

»Und Sie sind ein temperamentvolles altes Mädchen. Wenn Sie die Hälfte Ihrer Streitlust ins Training stecken, sind Sie an Weihnachten wieder zu Hause.«

»Verdammt richtig, bis Weihnachten bin ich wieder zu Hause. Ich will auch gar nicht hier sein.« Sie bewegte den Stuhl. »Ich bin kein Faulpelz. Mir geht's gut. Ich brauche das alles hier gar nicht, wenn Sie mich fragen.«

»Sie verletzen Johnnys Gefühle«, säuselte der Gigant von einem Krankenpfleger mit einem übertriebenen Schmollmund.

Ruby wedelte mit den Fingern. »Sprechen Sie immer in der dritten Person von sich selbst? Das ist ein bisschen unheimlich, das ist Ihnen hoffentlich klar.«

Johnny warf den Kopf zurück und sah aus, als sei er bereit

für die Herausforderung. »O ja. Wir werden uns prima verstehen.«

»Wie alt sind Sie?«, erkundigte sich Ruby.

»Zu jung für Sie.«

Sie musterte ihn. »Sind Sie Single?«

»Warum? Sind Sie interessiert?«

Rubys Laune brach endgültig in sich zusammen. »Nein, Sir, aber meine zauberhafte Nichte hier ist Single. Ist sie nicht wunderschön? Und klug ist sie auch. Ein hohes Tier in einer großen Marktforschungsfirma.«

Er warf seinen Blick in Joys Richtung. »Sie ist sehr hübsch. Ich glaube, ich kann die Ähnlichkeit zwischen euch erkennen.«

»Vielleicht könnt ihr beide ja mal einen Kaffee zusammen trinken.«

»Tante Ruby, wir sollten uns darauf konzentrieren, dass du wieder gesund wirst.«

»Ein bisschen Multitasking kann nicht schaden, und es sind ja schließlich Feiertage. Wer will zu Weihnachten schon Single sein?«

»Da liegt sie nicht ganz falsch«, sagte Johnny.

»Wir sollten sie erst einmal gesund machen.« Joy richtete ihre Aufmerksamkeit wieder auf ihre Tante. »Keine Kuppeleien, bis du wieder laufen kannst.«

»Ich wette, Sie kriegen im Geschenkeladen Rabatt auf Blumen, die Sie Joy beim ersten Date schenken können.«

Joy spürte, wie ihre Wangen heiß wurden. »Sie gehen besser, ehe sie Ihnen eine Ziege als Mitgift andreht, damit Sie mich heiraten.«

»Ich wollte schon immer eine Ziege«, neckte er.

»Ich warte hier auf dich, Tante Ruby.«

Ruby wackelte zum Abschied mit den Fingern, als Johnny sie wie ein Kreisel im Rollstuhl herumwirbelte.

Kapitel 11

Joy ging hinunter in die Cafeteria, um sich einen kleinen Snack und eine Flasche Wasser zu holen, die sie mit in Rubys Zimmer nehmen wollte. Besucher und Krankenschwestern nickten höflich und lächelten, als sie an ihr vorbeigingen. Wenn sie jemals in ein Rehazentrum musste, hoffte sie, dass sie in ein solches wie hier kommen würde. Es war einigen der schöneren Hotels, in denen sie gewohnt hatte, gar nicht so unähnlich.

In Rubys Zimmer angekommen, ließ sie sich in dem weichen Sessel neben dem Bett nieder und knabberte aus einer Tüte rohe Mandeln.

Hätte Joy gewusst, dass sie etwas Zeit für sich haben würde, hätte sie ihren Arbeitscomputer mitgebracht. Sie hätte an einigen der Jahresrückblicke arbeiten können, die in den nächsten Wochen anstanden. Wenigstens würde sie hier nicht ständig von ihren Teamkollegen und Telefonanrufen unterbrochen werden.

Sie wischte durch ihr iPhone und löschte mehrere Nachrichten, in die sie vom Büro in CC gesetzt worden war und die keine Reaktion von ihr verlangten. Dann antwortete sie auf eine Nachricht von Renee, in der es um den aktuellen Stand des Projektplans ging. Sie lagen gut in der Zeit, aber Margie hatte einen ihrer Kollegen abgezogen, damit dieser an einem Projekt arbeiten konnte, das in letzter Minute dazwischengekommen war.

Renee meinte, dass dies keine Auswirkungen auf den Zeitplan habe, aber Joy konnte Renees Frustration zwischen den Zeilen wahrnehmen. Sie hätte es nie erwähnt, wenn es sie nicht stören würde. Als gute Nachricht wiederum hatte Renee mitgeteilt, dass die Beförderungen auf der Gala angekündigt würden.

Es gab nicht viel, was Joy für die Arbeit tun konnte oder musste. Und so froh sie auch war, dass sie den Projektplan stets so aktuell hielt, dass jeder ihn immer und überall übernehmen und ausführen konnte, so löste es dennoch ein bisschen Angst in ihr aus. Sie mochte das Gefühl, gebraucht zu werden.

Ruby brauchte sie aber gerade, und so war es ein Segen, dass sie hier sein konnte. »Ja. Ein Segen. Perfektes Timing«, sagte sie zu niemand Bestimmtem, während sie sich einen Block Papier vom Nachttisch schnappte und eine neue Liste begann mit all den Dingen, die sie in dieser Woche erledigen musste.

Bevor die Seite auch nur halb voll war, erklang Rubys Stimme von der Tür her. Der gut aussehende Johnny schob sie herein und sandte ein Augenrollen in Joys Richtung.

Johnny schien ja Erfahrung zu haben, aber war er auch vorbereitet auf jemanden wie ihre Tante? »Und, wie ist es dir bei deiner ersten Physiotherapie-Stunde ergangen?«

»Ungefähr so gut, wie auch deine Chancen stehen, in den Dreißigern ohne meine Hilfe einen Ehemann zu finden«, sagte Ruby. »Wir brauchen beide einen Plan, um das zu beschleunigen. Sie haben mich ungefähr fünf Millionen Mal hinsetzen und aufstehen lassen. Ich meine, wissen die denn nicht, dass ich schon seit beinah siebzig Jahren sitze und stehe?«

»Wir gehen schrittweise vor, Miss Ruby. Glauben Sie mir, Sie werden bald um eine Pause betteln.«

»Ja, nun, Strebertum liegt irgendwie in der Familie«, sagte Joy zu Johnny.

Tante Ruby reckte das Kinn. »In allen Bereichen, außer, dass du heiraten wirst. Als ich in deinem Alter war, hatte ich seit Jahren einen Ehemann. Ich habe Ihnen doch erzählt, dass sie alleinstehend ist, nicht wahr, Johnny?«

»Sie haben es eventuell erwähnt«, gab er zurück und zwinkerte Joy zu.

Joy schüttelte sich angesichts der aalglatten Geste. Nicht ihr Typ. Ganz und gar nicht. »Ich habe noch jede Menge Zeit. Du solltest dir bewusst machen, dass es nur ein fieses Gerücht ist, dass Frauen jenseits der dreißig weniger Chancen haben zu heiraten. Das ist nämlich Blödsinn. Die Marktforschung zeigt, dass ich später eine genauso gute Aussicht auf Liebe habe wie jetzt. Du kannst also aufhören, dir Sorgen um mich zu machen.«

»Ich möchte nur, dass du glücklich bist.«

»Wer sagt, dass ich es nicht bin?«

»Du brauchst mehr als nur einen Job, um das Leben zu genießen, Schatz. Deine Mom nannte dich Joy, weil sie sich für dich all die Dinge wünschte, die sie selbst nicht haben konnte. Sie wollte, dass du die Welt siehst, Dinge erlebst, dich verliebst, eine Familie hast, Träume träumst und all das. Nicht nur arbeiten, arbeiten, arbeiten.«

»Ich liebe meine Arbeit.«

»Woher weißt du, dass du nicht andere Dinge ebenfalls liebst?«

Joy öffnete den Mund, um zu widersprechen, aber Ruby hatte tatsächlich recht. Woher wusste sie das? »Ich verspreche, ich werde daran arbeiten.«

»Mehr kann ich nicht verlangen.«

»Und du hörst mit der Kuppelei auf?«

»Reg dich nicht auf. Ich bin deine Tante. Das gehört zu meinem Job.«

»Großartig.« Joy wusste, wann sie geschlagen war.

Johnny lachte. »Setzen wir Sie auf einen dieser Stühle, Miss Ruby.«

»Danke, Herzchen.« Ruby hob die Hand, als er ihren Arm

nehmen und ihr helfen wollte, sich auf dem Stuhl niederzulassen. »Ich schaffe das schon. Ich beherrsche das Stehen und Sitzen, denken Sie daran.« Sie scheuchte ihn weg wie eine Katze.

Er wich zurück, und sobald Rubys knochiger Hintern auf dem Stuhl aufkam, schob er den leeren Rollstuhl zur Tür. »Einer aus dem Physiotherapeuten-Team kommt heute Abend um sieben Uhr wieder, um eine kurze Dehnungsübung zu machen. Wir machen das am Bett. Es wird nicht allzu lange dauern, aber wir wollen Sie in Bewegung halten.«

Der arme Kerl wartete nicht einmal auf eine Antwort. Wahrscheinlich hatte er Angst, dass er von Ruby eine Standpauke bekommen würde.

»Das kann ich auch zu Hause machen«, argumentierte Ruby.

»Das habe ich gehört.« Er drehte sich um und schaute über seine Schulter. »Wenn Sie dem Ganzen eine halbe Chance geben, könnte es Ihnen sogar gefallen. Machen Sie es nicht schlecht. Sie sind noch nicht einmal lange genug hier, um es sicher zu wissen.«

Sie verschränkte die Arme. »Oh, ich weiß. Und jetzt raus mit Ihnen!«

Tante Ruby schüttelte den Kopf, während Johnny langsam außer Sicht geriet. Sie schürzte die Lippen, als hätte sie ihm noch etwas zu sagen, dann schien sie den Gedanken beiseitezuschieben und wandte sich wieder Joy zu. »Also, was diese Dekorationen angeht. Ich habe ein paar Details für dich. Die solltest du dir vielleicht aufschreiben.«

Joy hob die Liste hoch, die sie bereits begonnen hatte, und Ruby begann mit ihrem Diktat.

»Ich habe einige gebundene Notizbücher im Regal im Wohnzimmer stehen. Mitte rechts, in Rot und Grün, natürlich. Eines könnte silbern sein. Jedenfalls stehen da alle meine Aufzeichnungen der letzten Jahre drin, die ich bei der Planung der Haustouren gemacht habe. Ein paar davon sind Tagebuchaufzeichnungen, aber den Quatsch kannst du einfach ignorieren. Aber so hast du wenigstens einen Ausgangspunkt.«

»Du warst immer so organisiert. Ich glaube, ich habe mir diese Fähigkeiten bei dir abgeschaut, als ich mit dir zusammengelebt habe.«

»Gut. Das ist eines meiner besten Geschenke, die ich machen kann. Du bist für mich das, was einer eigenen Tochter am nächsten kommt. Ich bin so froh, dass du hier bist. Ich weiß das wirklich zu schätzen, aber bist du sicher, dass du dir ohne Probleme freinehmen kannst?«

»Ja, Ma'am. Ich habe alles im Griff.«

»Gut, denn, Liebes, es gibt viel zu tun. Du musst zuerst den Plätzchenteig vorbereiten und ihn dann einfrieren, damit wir, wenn der *Cookie Crawl* näher rückt, frische Plätzchen backen können. Für gewöhnlich verbringe ich den Donnerstag und Freitag davor den ganzen Tag mit Backen. Ich bin sicher, dass ich dann schon wieder da bin, um dir zu helfen, aber nur so können wir den Zeitplan einhalten. Normalerweise wäre die Gefriertruhe in der Scheune inzwischen halb gefüllt. Schande über mich, dass ich letzte Woche nicht damit angefangen habe. Ich hoffe, du erinnerst dich noch an einige dieser Rezepte. Ich verwende immer noch die meiner Mutter.«

»Das wird bestimmt lustig. Ich habe nicht mehr gebacken seit … Na ja, abgesehen von einem Geburtstagskuchen für eine Kollegin auf der Arbeit habe ich wohl nicht mehr gebacken, seit wir das letzte Mal gemeinsam Weihnachtsplätzchen gemacht haben.«

»Das ist viel zu lange her. Alte Familienrezepte und Backen sind gut für Herz und Seele.«

»Ich hoffe, ich weiß noch, wie es geht.«

»Es ist wie Fahrradfahren. Du wirst das auf jeden Fall hinkriegen, aber wir hängen hinterher.«

»Ich hol das auf. Sag mir einfach, was ich machen soll.«

»Ach, du meine Güte, so viel zu tun.« Sie tippte ihren Stift gegen die Lippen. »Alle Rezepte sind in der Holzkiste auf dem Regal rechts bei der Spüle, neben den Kochbüchern. Diejenigen, bei denen wir den Teig im Voraus zubereiten und einfrieren können, sind mit einem blauen Textmarker angestrichen. Sie sind leicht zu finden. Sieh in den Notizbüchern nach, was ich zuvor schon gemacht habe. Ich ändere jedes Jahr etwas, damit die Einheimischen das Gefühl haben, dass es sich lohnt, Geld dazulassen und immer wieder zu uns zu kommen. Auf diese Weise beschaffen wir Spenden. Es ist wichtig und etwas, was ich tun kann.«

»Okay. Verstanden. Plätzchen. Notizbücher.«

»Der Schmuck ist oben auf dem Dachboden.«

»Du schleppst Kisten auf den Dachboden?«

»Nein, Dummerchen. Das macht mein Handy Andy für mich. Er ist sehr zuvorkommend. Lass ihn helfen. Er liebt es genauso sehr wie ich.«

Joy stellte sich einen alten Knacker mit zerzausten grauen Haaren, einem buschigen Schnurrbart und grünen, bis unter die Achseln hochgezogenen Dickies vor, der die verstaubten alten Kisten die Dachbodentreppe rauf- und runtermanövrierte. Das würde ein echtes Vergnügen werden. Wahrscheinlich würde er sich etwa so schnell bewegen wie ein Koala auf Eukalyptusbäumen.

»Und wenn du wieder herkommst, bringst du mir dann meinen Häkelkorb mit? Ich muss etwas zu tun haben, damit ich hier drin nicht verrückt werde.«

»Kein Problem.«

»Habe ich dir in letzter Zeit gesagt, wie lieb ich dich hab?«

»Das hast du. Ich hab dich auch lieb.«

»Es tut mir leid, dass ich so verdammt launisch war, aber ich kann es nicht ausstehen, hilflos zu sein. Ich befürchte wirklich, dass ich so eine Nervensäge bin, dass du nicht zurückkommst und Zeit mit mir verbringst. Auch wenn wir stattdessen Spaß haben könnten.«

»Ich verstehe schon, aber mach dir keine Sorgen. Wir werden viel Spaß haben.« Eine leise Stimme in Joys Hinterkopf fragte sich allerdings, ob sie dieses Versprechen tatsächlich halten konnte, sosehr es ihr auch am Herzen lag. Gute Absichten versprachen sich leicht, doch sich tatsächlich eine Auszeit zu nehmen, war nicht in ihrem Masterplan vorgesehen. Das war Zeit, die einfach nicht gut genug investiert zu sein schien.

»Das ist gut, denn glaub mir, keinen Ausgleich zur Arbeit zu haben, wird dir so gut wie gar nichts bringen, außer dass du einen Burnout bekommst und wahrscheinlich immer auf den Aufgaben sitzen bleibst, die sonst niemand haben will. So eine Person willst du nicht sein.«

»Natürlich nicht.« *Oder vielleicht bin ich es schon?*

»Geh jetzt ruhig, Liebes. Damit du zu Hause bist, bevor es dunkel wird. Ich hab dich lieb, Joy.«

Joy beugte sich vor und küsste Ruby auf die Stirn. »Mach ihnen keinen Ärger.«

Ruby lachte, leugnete aber nicht, dass sie es wahrscheinlich tun würde. Was gut war, denn Joy hätte ihr sowieso nicht geglaubt.

Kapitel 12

Die Rückfahrt nach Crystal Falls verlief ruhiger als die Hinfahrt, auf der Ruby die ganze Zeit gejammert hatte. Aber Rubys Worte nagten an ihr – dass sie, Joy, sich viel zu sehr abrackern und nur übrig gebliebene Projektaufträge bekommen würde. War es das, was sie sich selbst angetan hatte?

Letztes Jahr hatte sie die Gala verpasst. O ja, jeder hatte ihr schnell auf die Schulter geklopft, weil sie ihre Arbeit gut erledigt hatte. Doch die Wahrheit war, dass niemand sonst diesen Job hatte übernehmen wollen. Verdammt … die meisten Tage wollte sie ihn nicht einmal selbst.

Joy sah auf die Uhr. Es dauerte noch mehr als dreißig Minuten, bis sie Rubys Farm erreichte. Wahrscheinlich standen die Tiere schon am Zaun und warteten auf ihr Abendessen. Sie drehte sich im Sitz, und ihr Rücken verspannte sich bei dem Gedanken, die kiloschweren Eimer zu schleppen, um das Futter in den einzelnen Ställen zu verteilen. Sie benutzte Muskeln, von denen sie vergessen hatte, dass sie sie überhaupt besaß.

Als Joy durch die letzte große Stadt vor Crystal Falls fuhr, wurde sie langsamer, um die Schilder in all den bunt geschmückten Läden zu lesen. Vielleicht würde sie irgendwann in den nächsten Wochen an einem dieser Spezialitätengeschäfte anhalten und ein Weihnachtsgeschenk für Renee besorgen. Heute war dafür keine Zeit mehr.

Für die vierzig Meilen brauchte sie immer noch fast eine Stunde, da die Geschwindigkeitsbegrenzung unterwegs mindestens viermal auf fünfunddreißig Meilen gesenkt wurde. Natürlich würde sie in D.C. für die vierzig Meilen an einem guten Tag wahrscheinlich zwei Stunden brauchen, also sollte sie sich nicht beschweren. Wenigstens war die Landschaft hier schön und es gab keinen Verkehr, der sie bremste.

Am Rande von Crystal Falls leuchtete in der Ferne ein blaues Schild: CRYSTAL FALLS LAZY CHOP. Die neue Kleinstbrauerei. Na ja, vielleicht nicht ganz so neu. Sie erinnerte sich, dass Ruby davon gesprochen hatte. Vielleicht war das letztes Jahr gewesen. Oder im Jahr davor? Die Zeit verging wirklich wie im Flug. Rubys Tiermeute würde sie jetzt sowieso schon anbrüllen, und sie hatte Hunger, also konnte sie genauso gut jetzt etwas essen gehen.

Sie blinkte, bog ab und bremste am Eingang ab. Der Parkplatz war voll, immer ein gutes Zeichen, also parkte sie hinter dem Gebäude.

Das Innere des Restaurants war warm und einladend. Der Geruch von Malzbier und würzigem Grillfleisch mischte sich verführerisch in der Luft. Ihr Magen knurrte.

Joy zog ihren Mantel und ihre Handschuhe aus, während sie darauf wartete, dass man ihr einen Platz zuwies. Ein Schild rühmte sich, dass Crystal Falls das beste Essen im ganzen Bundesstaat habe. Diese Stadt schämte sich nicht, den Wert ihrer Waren aufzupolieren und herauszuposaunen.

Vielleicht hatte das auf Joy abgefärbt, als sie hier gelebt hatte. Es war die Fähigkeit, die sie an die Spitze ihres Berufes gebracht hatte. Denn sie fand Wege, Produkte und Orte ins beste Licht zu rücken, damit die Leute ihr Geld dafür ausgaben.

»Nur Sie?« Die etwa gleichaltrige Frau schien überrascht.

»Nur ich.«

»Hier entlang«, sagte sie in einem Ton, der wahrscheinlich ein unausgesprochenes »Oje, die arme Frau« enthielt, und führte Joy zu einem Tisch in der hinteren Ecke. »Kann ich Ihnen heute Abend eines unserer Craftbiere oder ein Glas Wein anbieten?«

»Ich würde gerne eine der lokalen Sorten probieren. Überraschen Sie mich mit Ihrem Lieblingsbier.«

»Perfekt. Ich habe genau das Richtige für Sie.« Die Kellnerin ging die Tagesangebote durch. »Wir sind bekannt für unsere geräucherten Schweinekoteletts«, fügte sie hinzu. »Sie fallen geradezu vom Knochen und zergehen auf der Zunge. Damit können Sie wirklich nichts falsch machen.«

»Ich nehme das Schweinekotelett. Klingt perfekt, danke.«

»Sie werden nicht enttäuscht sein.« Sie verschwand, um Joy das Bier zu holen.

Joy fischte ihr Telefon heraus und rief Renee an. Sie nahm direkt ab. »Ich bin so froh, von dir zu hören«, rief Renee enthusiastisch. »Wie geht es dir?«

Die vertraute Stimme war tröstlich. »Verrückt. Ich habe Tante Ruby gerade ins Reha-Center gebracht.«

»Das klingt ernst.«

»Ihr geht's gut. Es wird nur etwas Zeit brauchen, bis sie wieder komplett gesund ist.«

»Wir vermissen dich hier, aber alles läuft prima. Kommst du zurecht?«

»Ja. Es gab ein paar Herausforderungen. Ich habe mein Auto zu Schrott gefahren und wurde dann von einer zwergengroßen Siebenjährigen in die Knie gezwungen. Ich bin mir nicht sicher, was schlimmer war. Wie machst du das bloß?«

»Was?«

»Die Sache mit den Kindern. Ich erfahre jetzt eine ganz neue Wertschätzung für Mütter. Und für die Morgen, an denen du zu spät kommst. Vielleicht müssen wir darüber reden, ob wir deine Startzeit nicht anpassen sollten.«

»Nach nur einem Tag?«

»Ein Morgen. Eine Stunde, höchstens.«

»Dann weißt du nicht, was dir noch bevorsteht.«

»Bitte sag das nicht, denn ich habe gerade zugestimmt, auf

das Kind aufzupassen, bis Ruby aus der Reha zurückkommt. Das kann Wochen dauern.«

»Wochen? Dann wirst du Wein brauchen.«

»Ich bin jetzt in einem Pub im Ort. Ich brauche vielleicht was Stärkeres! Irgendwelche Gerüchte über die Beförderungen?«

»Kein Wort mehr. Es ist relativ still. Ich habe noch nie erlebt, dass es so ruhig war, vor allem, wenn es um diese Art von Nachrichten geht. Ich meine, normalerweise sickert etwas durch, wenn jemand hört, dass er befördert wurde. Diesmal nicht.«

»Das ist seltsam.« Joy musste zugeben, dass sich das normalerweise schon herumgesprochen hätte.

»Ich hatte gehofft, du rufst an, um mir zu erzählen, dass sie sich bei dir gemeldet und die guten Neuigkeiten überbracht haben.«

»Nein. Ich habe von niemandem etwas gehört. Ich ruf gleich Margie an, um ihr mitzuteilen, dass ich bis zum Ende des Jahres weg bin. Kannst du in meiner Abwesenheit alles regeln?«

»Natürlich.«

»Ich hoffe, das vermasselt mir nicht die Chancen auf eine Beförderung.«

»Sei nicht albern. Du arbeitest am fleißigsten hier. Jeder weiß, dass du die nächste in der Reihe für diesen Job bist. Und die Dinge hier laufen großartig. Margie hat uns gestern Mittag sogar freigegeben, damit alle ein paar Weihnachtseinkäufe erledigen können.«

Joy verspürte einen Anflug von Schuldgefühlen. Es lag auch in ihrem Einflussbereich, solche Dinge zu gestatten, aber sie hätte es nicht getan. Es gab immer etwas, was im Büro erledigt werden musste. Waren ihre eigenen Prioritäten wirklich so verkorkst, dass sie einen freien Nachmittag für ihr Team nicht in Betracht gezogen hätte? Sie schob die Gedanken beiseite.

»Ich will dich auch gar nicht aufhalten, aber ich dachte, vielleicht möchten du und deine Familie an einem Wochenende während der Feiertage herkommen. Am Samstag vor Weihnachten findet ein großes Fest statt, mit dem aufsehenerregenden *Crystal Christmas Cookie Crawl*, zu dem die Leute von überallher kommen, um die Häuser zu besichtigen, die Dekoration zu bewundern und Plätzchen zu essen. Und natürlich ist auch Tante Rubys Haus dabei. Jeder versucht, den anderen zu übertrumpfen. Da habe ich noch eine ganze Menge Arbeit vor mir.«

»Weihnachtsdekoration? Das schaffst du ohne Probleme.«

»Ich hoffe es. Das scheint hier allerdings eine ziemlich große Sache zu sein, und ich bin aus der Übung. Verflixt, ich habe noch nicht einmal einen Baum alleine aufgestellt. Wünsch mir Glück«, sagte Joy und spürte die Anspannung in ihrem Nacken. Das Schmücken hörte sich zwar einfach und nach Spaß an, aber sie fühlte sich insgesamt ziemlich überfordert. »Weißt du, ihr solltet wirklich kommen. Deine Kinder wären begeistert von den vielen Lichtern. Es ist gar nicht so weit, und ich könnte eure Unterstützung gebrauchen. Ich würde mich freuen, wenn ihr vorbeischauen könntet.«

»Kevin würde es genauso toll finden wie die Kinder. Er hasst es, dass wir in einer Eigentumswohnung leben. Ich muss mir jedes Jahr aufs Neue anhören, wie ärgerlich es ist, keinen echten Baum im Haus zu haben. Ich meine, ganz im Ernst? Wen interessiert das schon? Die sind doch so voll mit Schmuck behangen, dass man den Baum selbst kaum noch sehen kann.«

»Ich weiß, was du meinst.« Obwohl Joy eigentlich nie darüber nachgedacht hatte. Ein Plastikbaum schien hinsichtlich der Investition viel sinnvoller zu sein, und was für eine Zeitersparnis so etwas war. Nicht dass sie sich jemals die Mühe gemacht hätte, selbst einen Baum aufzustellen, egal ob echt oder nicht.

»Ich schicke dir die Einzelheiten per Mail und gebe die Eintrittskarten in die Post. Es ist eine Benefizveranstaltung, ich lade euch ein. Und wenn ihr nicht kommen könnt … dann ist es sowieso für einen guten Zweck. Also, kein Druck. Es gibt genug Platz. Ihr könnt dann auch gern hier auf der Farm übernachten. Ich würde mich freuen, euch zu sehen.«

»Danke, aber wir sehen uns vorher. Du kommst doch zur Gala, oder?«

»Ja, das würde ich nicht verpassen wollen.« Oder doch? Jemanden zu bitten, ob er auf alles aufpassen könnte, wäre ein ziemlich großer Gefallen. Bestand eine Chance, dass Ruby bis zum Abend der Gala zurück sein würde? Das waren nur noch acht Tage. Joy dachte an das perfekte Kleid, das in Rubys Haus hing. Ihr würde schon etwas einfallen. »Ja. Wir sehen uns dann.«

»Gut. Ich kann es kaum erwarten.«

»Genau. Pass auf dich auf.« Joy beendete den Anruf und fühlte sich von allem losgelöst, was sie bisher für wichtig gehalten hatte. Und die Tatsache, dass Margie ihrem Team für den Nachmittag freigegeben hatte, nagte immer noch an ihr. Warum störte sie das so sehr? Sie hatte einen Job zu erledigen. War es so falsch, sich auf die Ziele zu konzentrieren? Dem Spiel voraus zu sein, wenn nicht viel los war?

Joys Appetit war plötzlich verschwunden. Sie spielte mit dem Telefon in ihrem Schoß. Bis Montag würde sich nichts mehr ändern. Sie hatte immer noch große Hoffnungen, dass sie es zur Gala schaffen würde, aber sie würde auf keinen Fall am Montag wieder zurück im Büro sein. Wenigstens musste sie nicht zu Margies Weihnachtsaufführung gehen. Das war ein wahres Weihnachtsgeschenk!

Sie drückte die Taste für Margies Direktwahl. Sie machte sich bereit, eine Nachricht zu hinterlassen, aber zu ihrer Überraschung war Margie im Büro. *An einem Samstagnachmittag?* Das musste das erste Mal sein. Das Gespräch war kurz und freundschaftlich, aber warum beunruhigte es Joy, dass Margie sie so enthusiastisch dabei unterstützte, eine Auszeit zu nehmen?

Joy legte auf und fühlte sich ohne das normale Chaos in ihrem Terminkalender ein wenig aus dem Gleichgewicht. Und da die Dinge ohne sie im Büro so gut liefen, war es schwer, es nicht ein wenig persönlich zu nehmen.

Eine Kellnerin lief vorbei und trug mindestens acht Kartons in einem hohen, tortenähnlichen Stapel. Sie blieb vor Joy stehen und ließ die unterste Schachtel des Stapels auf den Tisch fallen.

»Was ist das?«

»Weihnachtsschmuck. Tradition«, erwiderte sie. »Jeder macht mit. Kommen Sie, gemeinsam lässt sich ein großes Projekt schnell erledigen.«

Der Baum stand in der Ecke des Restaurants und versperrte die Glasscheibe, durch die die Gäste auf die Bierfässer schauen konnten. Hunderte von bunten Lichtern funkelten, als Paare und Einzelpersonen sich auf den Weg zum Baum machten, um ihren Teil dazu beizutragen, die grünen Äste mit hübschen und farbenfrohen Kugeln zu schmücken.

Joy sah zu, wie die anderen an die Reihe kamen. Es hätte nicht besser laufen können, wenn ein Choreograph das geplant hätte. Sie zog die verwittert aussehende Schachtel mit den Kugeln zu sich heran. Das Zellophan war vergilbt und zerrissen, weil es jahrelang gelagert worden war. Darin warteten sechs goldene Lebkuchenmänner aus Glas auf ihre Chance, zwischen den Ästen des Baumes zu tanzen.

Eine deutliche Erinnerung durchfuhr sie, und sie sah sich selbst an der Seite ihrer Mutter stehen und versuchen zu entscheiden, wo sie die nächste Kugel anbringen sollte. Es hatte Stunden gedauert, ihren Baum zu schmücken. Etwas, was sie beide immer allein gemacht hatten. Dad hatte nie etwas anderes getan, als den Baum aufzustellen und die Lichterketten anzubringen. Das war schon lange her.

Sie schob die traurigen Erinnerungen beiseite und trug die Schachtel zum Baum. Ihre Hände zitterten, als sie die sechs fröhlichen Lebkuchenmänner vorsichtig um den Baum herum aufhängte und sie zwischen den Zuckerstangen, Handschuhen und bunten Glaskugeln verteilte.

»Joy? Bist du das?«, rief jemand in der Nähe der Eingangstür.

Sie drehte sich um und sah Shirley mit einem Korb am Arm.

»Hallo. Schön, dich zu sehen«, sagte Joy und trat vom Baum zurück.

»Bist du zum Abendessen hier?«

»Jawohl. Ich habe mich daran erinnert, dass Ruby von diesem Lokal gesprochen hat. Ich dachte, ich probiere es auf dem Heimweg mal aus.«

»Wie geht's unserem alten Mädchen? Ich hatte so viel zu tun, dass ich sie nicht mehr gesprochen habe.«

»Gut. Sie hat sich in dem Reha-Center eingelebt, obwohl sie nicht sehr glücklich darüber ist.«

»Na ja, wärst du wahrscheinlich auch nicht, oder? Ginge mir zumindest genauso. Es ist doch die Vorweihnachtszeit, um Himmels willen.«

Das würde ihr zu jeder Jahreszeit nicht gefallen. »Magst du mit mir zu Abend essen?«

»Das würde ich furchtbar gerne, aber ich kann nicht. Ich bringe nur die Tickets vorbei. Das Restaurant ist einer unserer Sponsoren für den *Cookie Crawl.* Sie verkaufen die Karten für uns.« Shirley fächerte eine Handvoll glänzender Folientickets auf.

Joy zupfte eines der Tickets aus der Mitte und betrachtete

es genau. »Das ist wunderschön. Genau so hübsch wie eine Weihnachtskarte.«

»Ich zerbreche mir über Monate hinweg den Kopf, wie man diese Veranstaltung noch vervollkommnen kann. Ich tue mein Bestes, um diese Veranstaltung jedes Jahr zu verbessern, damit sie eine Tradition bleibt, die keine Familie verpassen würde.«

Was war in Crystal Falls denn keine Tradition? Es schien, hier war man recht freigiebig mit Traditionen.

»Als ich bemerkt habe, dass die Leute ihre Eintrittskarten als Andenken aufbewahrten, habe ich angefangen, sie zu verschönern. Es hat nicht viel mehr gekostet, und der Umsatz ist jedes Jahr gestiegen.«

»Toll.« Joy fuhr mit ihrem Finger über die geprägte Schrift. Die Fassade eines Hauses füllte den glänzenden Karton. Eine rote Tür in leuchtender Folie, der grüne Kranz, der die Mitte zierte, zusätzlich geprägt. »Ist das –?«

»Dir ist es aufgefallen.« Shirley lächelte. »Es ist die Tür am Farmhaus. Ruby macht jedes Jahr prächtige Kränze, weißt du. Die Leute reden monatelang darüber.« Ihr Gesicht wurde ganz starr. »Oje, ich frage mich, ob sie das vom Reha-Center aus machen kann? Du wirst das ja keinesfalls schaffen.«

Bei dieser Bemerkung sträubte sich etwas in Joy. »Ich bin durchaus handwerklich begabt und kann sicher etwas Hübsches zaubern.«

»Nichts für ungut, aber ich bin mir nicht sicher, ob du dir im Klaren bist, wie wichtig dieses Ereignis ist.«

»Ich fange an, es zu verstehen.«

»Gut. Denn ich rechne damit, dass Rubys Farm wie jedes Jahr die erste Station ist.«

»Ich werde Tante Ruby nicht im Stich lassen.«

»Das will ich hoffen, denn das ist sehr wichtig für sie. Na ja, eigentlich für die ganze Stadt. Wir sind vielleicht nur eine kleine Stadt, aber für uns ist das eine große Sache. Wir verdienen mit dieser Veranstaltung eine Menge Geld für gute Zwecke.«

»Ist notiert.«

»Es ist sehr geschmackvoll. Nicht kitschig.«

Kitschig? Sehe ich so aus, als würde ich Kitsch bevorzugen? Langsam fängt diese Frau an, mich zu nerven. Ich weiß, dass Ruby und Shirley beste Freundinnen sind, aber ich habe nie bemerkt, wie aufdringlich sie ist.

»Wir sind sehr stolz darauf«, fuhr Shirley fort. »Du hast doch schon angefangen, Rubys Farm herzurichten, oder?«

»Ja.« Die Lüge kam ihr nicht gut über die Lippen. Joy war noch nie eine gute Lügnerin gewesen, aber sie konnte die Belehrung beinah spüren, die gefolgt wäre, hätte sie diese Frage verneint.

Shirley sah aus, als würde sie Joy am liebsten zurechtweisen, aber stattdessen entrang sie sich einen mütterlichen Kommentar, in dem jede Menge Enttäuschung mitschwang. »Die Leute erwarten, dass es spektakulär wird. Bitte sag mir Bescheid, wenn ich das übernehmen soll.«

Joy schauderte, lächelte aber. »Ich habe das alles unter Kontrolle. Ruby und ich haben erst heute Morgen darüber gesprochen.«

Shirley klopfte Joy auf die Schulter. »Ich muss diese Tickets loswerden. Du meldest dich diese Woche bei mir, okay?«

»Warte mal kurz.« Sie kramte in ihrer Handtasche und holte ihr Portemonnaie heraus. »Ich brauche ein paar von denen.«

»Du brauchst keine Tickets, Liebes.«

»Sie sind für eine Freundin.« Sie holte ihr Portemonnaie heraus. »Wie viel kosten sie?«

»Zwanzig Dollar pro Stück.«

»Das ist perfekt, und es ist für eine gute Sache. Du hast es selbst gesagt.« Joy reichte Shirley einen knisternden Hundert-Dollar-Schein.

»Danke dir vielmals. Jeder schwärmt von dieser Veranstaltung. Ich bin mir sicher, dass es deinen Freunden auch gefallen wird.« Sie zählte die fünf Eintrittskarten auf dem Tisch vor Joy ab.

Joy ging zurück zu ihrer kleinen Sitzecke. Die Kellnerin hatte ihr Essen irgendwann abgeliefert, also nahm sie Platz und stieß ihre Gabel in ein geräuchertes Schweinekotelett. Joy verspürte noch mehr Druck als zuvor. Aber immerhin hatte die Kellnerin recht gehabt. Das Kotelett war so zart, dass sie es mit der Gabel zerteilen konnte.

Trotz des Drucks, den die Dekoration für das große Fest ausübte, spürte Joy ein ungewöhnliches vorfreudiges Kribbeln auf Weihnachten, wie sie es seit Jahren nicht mehr erlebt hatte. Dieser Moment, diese Erinnerung an sie und ihre Mutter am Baum hatte etwas ausgelöst. Zum ersten Mal seit Jahren stellte sie sich Mom in einem glücklichen Augenblick vor und nicht im Krankenhaus.

Sie aß eines der Schweinekoteletts, dann schob sie ihren Teller in die Mitte des Tisches. Das war eine ganze Menge Essen. Wenn sie die ganze Zeit, die sie in Crystal Falls verbrachte, so essen würde, würde sie am Gala-Abend nicht in das umgeschneiderte Kleid passen.

Sie zog ein Blatt Papier aus ihrer Handtasche. Mit den Tickets vor Augen begann sie eine Liste mit Ideen.

Rubys Farm sollte in diesem Jahr nicht nur der Star des *Crystal Christmas Cookie Crawls* werden … sondern das würde auch das denkwürdigste Jahr aller kommenden Jahre.

»Ich brauche ein Motto.« Sie ließ die Spitze ihres Stifts auf das Blatt knallen.

Silberglocken?

Frosty, der Schneemann?

Etwas, das die Leute nicht erwarten würden. Etwas mit

Türkis, Lila und Rosa. Schnell strich sie diese Ideen durch. So etwas würde den Menschen hier auf keinen Fall gefallen. Und Ruby wäre sicherlich ebenfalls kein Fan davon. Nein, es musste etwas Traditionelles sein … mit einem gewissen Pfiff.

Mit der Brainstorming-Liste in der Hand ging sie zur Kasse und bezahlte. Als sie zu ihrem Auto ging, bemerkte sie, dass sie lächelte. Aus keinem besonderen Grund. Das war irgendwie ungewohnt … und willkommen.

Die Weihnachtslieder, mit denen sie versucht hatte, Ruby zu beruhigen, ertönten aus den Lautsprechern: eine alte Version von »Jingle Bells« mit realistischem Wiehern und galoppierenden Pferdehufen.

Pferde. Pferde. Pferde.

Und plötzlich fühlte sie sich wie Meg Ryan, die in *Schlaflos in Seattle über den* Highway fährt. Sie befeuchtete ihre Lippen und begann eine fast erkennbare Version des Lieds zu pfeifen.

Kapitel 13

Joy fuhr direkt zum Farmhaus zurück. Sie betrachtete das Haus mit ganz anderen Augen, steckte den Schlüssel in den Messingknauf und registrierte die Nuance des Rots an der Tür. Shirleys Bemerkungen über Rubys prächtige Kränze kamen ihr wieder in den Sinn.

Was auch immer Joy sich für den Kranz ausdenken würde, es müsste diese Farbe betonen. Es musste wirklich knallen. Also nichts zu Dunkles. Oh, und es musste absolut fantastisch werden. *Das Spiel beginnt, Shirley!*

In ihrem Kopf spielte Joy Farbpaletten durch, als sie die Tür aufstieß. In der Eingangshalle stand ein Tisch, der eigentlich einmal als alter Karteikartenkatalog mit Schubladen fungiert hatte. Ruby hatte ihn ergattert, als die Bibliothek ihr System aufrüstete. Sie hatte das Möbelstück weiß getüncht, aber die vergilbten Dewey-Dezimalklassifikationen markierten immer noch jede Schublade.

Joy ließ ihre Sachen darauf fallen und zog sich die Schuhe aus. Als sie die Schubladen durchwühlte, fand sie genau das, wonach sie gesucht hatte. Einen Block Papier.

Sie hatte schon fast vor, »rote Farbe kaufen« ganz oben auf die Liste zu schreiben. Die Tür könnte eine kleine Auffrischung gebrauchen, aber das Letzte, was sie tun wollte, war, die Dinge noch mehr durcheinanderzubringen. Zu viel Veränderung konnte für ältere Menschen unangenehm sein. Das hatte sie vor ein paar Jahren bei einer Marktforschung für eine Zeitschrift gelernt.

Am nächsten Morgen machte sich Joy gleich an die Arbeit. Nachdem sie die Tiere gefüttert hatte, fand sie die benötigten

Informationen genau dort, wo Ruby gesagt hatte. Die Notizbücher füllten fast die gesamte untere rechte Seite des eingelassenen Bücherregals im Wohnzimmer.

Onkel George hatte wochenlang daran gearbeitet, um es für Tante Ruby zuzuschneiden, zu planen, zu schleifen und zu montieren. Sie erinnerte sich, wie er unermüdlich in der Werkstatt damit zugange war. Zurückblickend fragte sie sich, ob das Projekt für ihn eine Möglichkeit gewesen war, in diesem Sommer etwas Ruhe und Frieden von Tante Ruby, Mom und Joy zu bekommen.

Sie nahm einen Stapel Notizbücher auf ihre Arme und trug ihn zur Couch. Ruby hatte ihr bereits eine Liste mit Dingen diktiert, die sie in Angriff nehmen sollte, aber sie mochte es, das ganze Bild vor Augen zu haben, bevor sie einen Plan schmiedete. Auf diese Art musste man selten nachbessern, und sie hatte keine Zeit, um noch mal von vorn anzufangen. Außerdem war sie jetzt neugierig, was es mit der ganzen Aufregung um diese Dekorationsgeschichten auf sich hatte. Shirley hatte es wie eine olympische Disziplin klingen lassen.

Ihr Wettbewerbsgeist lief auf Hochtouren. Sie wollte Shirley zeigen, dass Ruby nicht die Einzige in dieser Familie war, die etwas für die Feiertage basteln konnte. Außerdem würde es die Abwesenheit von der Arbeit leichter machen, wenn sie sich darauf konzentrierte.

Sie hatte noch über eine Woche Zeit bis zur MacDonald-Webber-Gala, und die Chancen standen gut, dass sie bis dahin mit der Deko fertig und Ruby vielleicht sogar wieder zu Hause war.

Joy begann, die Notizbücher durchzublättern. Verblichene Polaroids hielten vergangene Jahre fest. Ruby in Weihnachtssachen und mit ihrem Hundert-Watt-Strahlelächeln vor prächtigen Weihnachtsbäumen. Alte Einkaufslisten für die Kranzdekorationen waren in jedes Buch geheftet. Joy zerrte an einer Büroklammer, die ein Rezept für selbst gebackene Ingwerkekse festhielt. Ein kleiner rostiger Fleck kennzeichnete die Stelle, an der die Papiere so viele Jahre lang befestigt gewesen waren. Es war ewig her, dass sie diese Kekse gegessen hatte. Sie konnte sie jetzt fast schmecken.

Beim Durchblättern der einzelnen Hefte fand Joy es bemerkenswert, wie Ruby sich jedes Jahr etwas anderes hatte einfallen lassen, um ein Highlight zu setzen. Manchmal war das Thema skurril … dann wieder elegant … In einem Jahr hatte sie Kränze mit Pfauenfedern bestückt und schmückte einen ganzen Baum mit Vögeln und Federn. Ein Schnappschuss dieses Weihnachtsbaums zeigte Girlanden mit Pfauenfedern, die wie zarte Engelsflügel entlang eines gewundenen Bandes angebracht waren.

Joy hatte den Albino-Pfau vergessen, der hier bei Onkel George und Tante Ruby gelebt hatte. Dieser Vogel quäkte – nein, er schrie – mitten in der Nacht und erschreckte sie immer zu Tode. Seine Rufe waren so laut und menschenähnlich gewesen, es hätte Tote aufwecken können!

Der Pfau hatte sie so oft aus dem Tiefschlaf gerissen, dass sie gern diejenige gewesen wäre, die ihm die Federn gerupft hätte. Obwohl sie sich ziemlich sicher war, dass Ruby einfach die Federn aufgehoben hatte, die er beim Herumstolzieren im Garten zurückließ. Der Kranz musste wunderschön gewesen sein, mit den weißen Federn und den silbernen Glöckchen, die in das frische Grün gesteckt waren.

Komisch. Sie konnte sich an das letzte Weihnachten, das sie in diesem Haus verbracht hatte, gar nicht mehr erinnern. Oder an das erste ohne Mom. Hatte Ruby in dem Jahr überhaupt etwas geschmückt?

Irgendwo in all diesen Notizbüchern gab es eine Antwort auf diese Frage. Dessen war sie sich sicher.

Als Joy sich in die Details der Notizbücher vertiefte, stellte sie fest, dass Rubys Skizzen in den letzten zwei Jahren weniger raffiniert geworden waren. Sogar ihre Handschrift war etwas weniger gleichmäßig. Ruby hatte schon immer eine künstlerische Ader gehabt. Malen, zeichnen, jede Art von Kunsthandwerk. Joy tat das Herz weh, weil sie wusste, dass sie diese Momente mit Ruby verpasst hatte. Momente, die sie nie mehr zurückbekommen würde. Besonders nach dem Tod von Onkel George.

Ruby hatte sie seither jedes Jahr gefragt, ob sie über die Feiertage vorbeikommen wollte, aber Joy hatte sich dafür entschieden, die Feiertage und die Erinnerungen an Mom auf sicherem Abstand zu halten.

Vielleicht hatte Joy alles auf Distanz gehalten, außer der Arbeit.

Sie räumte die Bücher auf einen Stapel und hob sie hoch.

Es würde nicht einfach sein, die von Ruby zusammengestellten Präsentationen zu übertreffen. Ihr Herz hing an jedem einzelnen dieser Designs. Es gab Hunderte von kleinen Details. Nicht nur die Dekoration, sondern auch die Musik, das Essen, die Lichter und sogar die Düfte … Pfefferminz, Kakao, Kiefer und Zimt gemischt mit spritziger Orange.

Jedes einzelne Element wurde mit Bedacht eingesetzt, damit alles funktionierte und die Sinne berührt wurden. Was die Gäste nicht sehen konnten, konnten sie riechen. Was sie nicht anfassen konnten, konnten sie hören. Und die Geschmackskompositionen würden Kindheitserinnerungen wecken.

»Ich schaffe das.« Joy stand auf, klammerte sich an die Notizbücher, umarmte sie wie Erinnerungen, von denen sie wünschte, sie wären ihre eigenen, und durchquerte das Zimmer. Als sie einen Blick nach oben warf, schimmerte ihr Kleid, das immer noch an der Tür am oberen Ende der Treppe hing, in der Mittagssonne.

Kapitel 14

Ben war froh, seinen Arbeitstag hinter sich zu bringen. Er hatte schon so manchen schlechten Montag erlebt, aber jetzt trug auch noch seine Großmutter Shirley dazu bei. Sie war überzeugt, dass ihr *Crystal Christmas Cookie Crawl* zum Scheitern verurteilt war, wenn er nicht irgendwie eingriff.

Ben war schon auf dem Weg nach draußen, als sie hereinkam und sich in den Sessel in seinem Büro fallen ließ. »Rubys Nichte hat ihre Tante noch kein einziges Mal zu Weihnachten besucht, soweit ich mich erinnern kann, und jetzt meint sie, sie könne die ganze Hausdekoration alleine machen. Mein *Crystal Christmas Cookie Crawl* ist dem Untergang geweiht.«

»So schlimm kann es nicht sein.« Ben setzte sich wieder hinter seinen Schreibtisch. Er würde so schnell nirgendwo hingehen, nahm er die Laune seiner Großmutter als Anhaltspunkt.

»Diese junge Frau besteht darauf, dass sie keine Hilfe braucht. Sie hat keine Ahnung, was das für eine große Sache ist.«

»Vielleicht weiß sie, was sie tut. Ruby wird ihr schon ein paar Ratschläge geben.«

Es wäre nicht schlecht, wenn er dieses Jahr nicht bei der Dekoration von Rubys Haus helfen müsste. Es machte ihm Spaß, aber es war ja nicht so, dass er nicht noch hundert andere Dinge zu tun hätte. Er schlug die Mappe auf seinem Schreibtisch auf. Wenn er schon mal hier war, konnte er auch gleich etwas mehr Papierkram erledigen. Denn das hatte er im Laufe der Jahre gelernt: Hatte seine Großmutter erst einmal angefangen, Dampf abzulassen, würde sie so schnell nicht zu schimpfen aufhören.

Er unterschrieb eine Vollmacht und blätterte zum nächsten Dokument, während er sich mit Multitasking durch den Papierstapel arbeitete, der sich über das Wochenende angesammelt hatte.

»Also, wenn du mich fragst, die Schuhe sind ein paar Nummern zu groß für die kleine Miss Joy Holbrook.«

Joy? Er klappte die Mappe zu und legte die Unterarme auf den Schreibtisch. »Wie kommst du denn darauf?«

»Was für eine Sorte Mensch lehnt die Hilfe von Freunden ab? Ganz im Ernst. Sie mag erfolgreich in der Großstadt sein, aber sie hat dazu auch diese großstädtische Einstellung, die damit einhergeht. Ein Anzug tragendes, Hybrid fahrendes Stadtmädchen.«

Es war nicht schwer, eins und eins zusammenzuzählen, wer die Nichte auf Besuch war. In Crystal Falls gab es nur ein einziges einen Prius fahrendes Mädchen namens Joy, von dem er wusste. Und er musste zugeben, dass ihn etwas an diesem Wildfang reizte, seit sie sich getroffen hatten. Er hatte mehr als eine Minute oder zwei damit verbracht, zu hoffen, dass er ihr wieder über den Weg laufen würde.

»Wohnt sie bei Ruby?«, fragte er.

»Ist von auszugehen.«

»Ich muss die Bäume sowieso bei ihr abliefern. Ich werde heute Abend dort vorbeifahren und sehen, wie es läuft.«

»Ich hatte gehofft, dass du das sagen würdest«, gab sie mit einem übertriebenen Seufzer zurück. »Ich danke dir.«

»Ich kann nichts versprechen, aber ich kann zumindest meine Hilfe anbieten.«

Es überraschte ihn nicht, dass Joy die Unterstützung abgelehnt hatte. Sie war nicht besonders empfänglich dafür gewesen, als er ihr neulich abends auf dem Parkplatz aushelfen wollte – obwohl er ihre einzige Option gewesen war. Sie schien der Typ zu sein, der alles auf seine Weise machen wollte – selbst wenn es die harte Tour war.

Shirley stand auf, kam um seinen Schreibtisch herum und gab ihm einen dicken roten Lippenstiftkuss auf die Wange. »Du bist mein Lieblingsenkel.«

»Das liegt nur daran, dass Jim und Bobby nicht mehr in Crystal Falls wohnen.«

Sie wischte ihm mit dem Daumen den Lippenstift von der Wange. »Nun, sie müssen es nicht wirklich erfahren, oder? Könntest du dort vorbeischauen, bevor es dunkel wird? Ich möchte nur ungern einen weiteren Tag verlieren.«

»Na, sicher.«

Er sah zu, wie seine Großmutter aus der Tür eilte und seinem Personal einen schönen Tag wünschte, während sie den Flur hinunterhuschte.

Auf Drängen seiner Großmutter war Ben früh von der Arbeit nach Hause gefahren, um Rubys Weihnachtsbäume in seinen Truck zu laden und sie auszuliefern. Es war kalt heute, also war es sinnvoll, die Arbeit zügig zu erledigen, um schnell nach Hause zu kommen. Als er auf Rubys Farmhaus zufuhr, wirkte die leuchtend rote Tür ohne Kranz um diese Jahreszeit nackt. Nun ja, so nackt wie ein leuchtendes Scheunenrot eben aussehen konnte. So wie Ruby war es auffallend. Daran war nichts Subtiles.

Normalerweise hatte Ruby um diese Zeit bereits die gesamte Veranda mit Zweigen und Lichtern geschmückt. Ben war zu der Überzeugung gelangt, dass Ruby den Kranz nutzte, um den Leuten Andeutungen zu machen, welche cleveren Themen sie sich für das Jahr ausgedacht hatte. Aber heute

Abend gab es nicht den geringsten Hinweis auf etwas Weihnachtliches. Wenn dies ein Wink auf ein Thema wäre, könnte das Thema »Das Jahr ohne Weihnachten« lauten.

Er klopfte an die Tür und trat zurück. Er musste sich schnell entscheiden, ob er überrascht tun sollte, Joy zu sehen, oder ob er sofort zugeben sollte, dass er bereits herausgefunden hatte, dass sie diejenige war, die ihr Auto auf der Heckklappe seines Trucks aufgespießt hatte. Dazu brauchte man kein Genie zu sein. Vor allem nicht, wenn ihr Auto in der Einfahrt stand und den großen Riss aufwies, der aussah, als hätte ein Dosenöffner in die hintere Seitenwand geschnitten.

Wem machte er etwas vor? Es war sonnenklar, dass er sie wiedersehen wollte. Sonst hätte er Rubys Bäume einfach neben der Scheune in einen Trog mit Wasser gestellt und wäre gegangen, wie er es sonst auch tat. Wenn Joy sie dann hätte aufstellen wollen, hätte sie um Hilfe gebeten … oder auch nicht.

Er hob seine Hände zum Mund und blies hinein. Er roch wie ein Tannenbaum, aber es gab wohl Schlimmeres als das, überlegte er. Nachdem er eine unangenehm lange Zeit hier gestanden hatte, klopfte er noch dreimal an die Tür, dieses Mal lauter. Doch statt Schritten hörte er das Geräusch von etwas, was auf der anderen Seite zerbrach.

Er überlegte nicht lange, versuchte es einfach mit dem Türgriff, der sich leicht in seiner Hand drehte, und stürmte hinein.

»Joy? Geht es Ihnen gut?« Er machte eine schnelle Schrittkombination zur Seite; etwas, wofür er in seiner Highschool-Football-Zeit als Quarterback der Mustangs bekannt gewesen war. Nur diesmal wich er keinem Footballspieler, sondern Pappkartons aus, die von einer Seite des Raumes zur anderen verstreut herumstanden.

Hat jemand das Haus durchwühlt?

Er drehte sich in Richtung Küche, dann bemerkte er den

hübschen rotblonden Schopf von Joy, die auf dem Fußboden des Wohnzimmers zwischen geöffneten Kartons mit Weihnachtsdekoration saß.

Sie legte ihre leeren Hände in den Schoß und sackte zusammen. »Sie haben mich erschreckt.«

»Ich?«

Sie hob den Blick von dem zerbrochenen Glas vor ihr. »Das Klopfen an der Tür. Sie haben mich erschreckt.« Dann richtete sie den Blick zur Decke. »Wie kommt es, dass immer, wenn Sie in der Nähe sind, etwas schiefgeht? Sie sind ein Unglücksrabe in schickem Aufzug.«

»Ich habe geklopft.«

»Mit einem Rammbock?«

»Sie haben beim ersten Mal nicht geantwortet. Ich dachte, da stimmt was nicht.«

Das Unglück, das ihr in seiner Nähe widerfuhr, war nicht seine Schuld. Aber sie schien tatsächlich eine Pechsträhne zu haben. »Haben Sie all diese Kisten selbst vom Dachboden runtergeschleppt?«

»Nein, die Zahnfee und der Osterhase kamen vorbei, um mir zu helfen. Sie haben sie gerade verpasst.«

An ihrem Sinn für Humor ist nichts auszusetzen. »Tut mir leid, wenn ich Sie erschreckt habe, als ich reingeplatzt bin. Ich hätte Ihnen mit all diesen Kisten helfen können. Ich habe sie letztes Jahr für Ruby auf den Dachboden gestellt. Einige davon sind ziemlich schwer.« Er hatte letztes Jahr fast einen ganzen Tag gebraucht, um all die Kisten für Ruby auf dem Dachboden zu beschriften und zu verladen. Hätte er geahnt, dass jemand anderes sie auch tragen müsste, hätte er Ruby direkt kleinere Kisten nahegelegt.

»Sie waren schwerer, als ich dachte, aber schauen Sie mal«, sie deutete auf die Kisten rundherum, »ich habe sie alle runtergekriegt.« Sie streckte ihren Rücken durch und drehte sich. »Ich habe allerdings etwas Paracetamol genommen.« Joy hob eine vergilbte Weihnachtskarte und deren roten Umschlag vom Boden neben ihr auf und begann, die letzten Scherben des Glasschmucks zusammenzufegen.

»Lassen Sie mich helfen.« Ben bückte sich neben ihr und fegte die grünen Glasscherben mit einem Schachteldeckel auf einen Haufen.

»Ich hab's im Griff«, sagte sie leise, während sie eine größere Scherbe aufhob, und stieß dann mit ihrer Hand gegen seine. »Autsch!« Sie drückte auf den Schnitt an ihrem Finger. »Hören Sie bitte auf, mir zu helfen, sonst bin ich am Ende tot!«

»Ich nehme an, diese Glaskugel hatte eine besondere Bedeutung.«

»Es war das Lieblingsstück meiner Mutter.« Ihre Stimme war brüchig und zitterte.

»Ich schätze, sie wird verärgert sein.«

»Wahrscheinlich nicht. Sie ist vor zwölf Jahren verstorben.«

»Oh.«

»Es ist schon in Ordnung. Es ist nur eine Weihnachtsbaumkugel. Nur Dekoration.« Sie hockte sich wieder auf die Fersen. »Es tut mir leid, dass ich überreagiert habe.«

»Keineswegs. Jeder hat Lieblingsweihnachtsschmuck. So etwas weckt Erinnerungen. Daran ist nichts auszusetzen.«

»Meine Mutter und ich haben diesen Schmuck jedes Jahr gemeinsam an den Baum gehängt.« Sie drehte ihre Hand, damit das Blut nicht auf den Fußboden tropfte. »Wir haben eine Stunde damit verbracht, die perfekten Stelle zu finden, an der die Kugel aus jedem Winkel zu sehen war, und die schimmernden Lichter die schöne Farbe widergespiegelt haben.«

»Sie säubern das besser gleich. Ich mach das hier schon.«

Er beobachtete, wie sie in die Küche rannte, wobei sich ihr Hintern geschmeidig durch das Kisten-Labyrinth bewegte. Bei Tageslicht war sie noch hübscher. Unsicher, was er mit dem

Durcheinander anfangen sollte, fegte er die dünnen Glasscherben in den vergilbten Umschlag, den sie hatte fallen lassen.

»Da ist ein Müllsack neben dem Stuhl«, rief sie aus der Küche.

Er wollte den Umschlag in den Mülleimer werfen, aber etwas hielt ihn davon ab. Stattdessen steckte er ihn in seine Manteltasche.

»Kann ich Ihnen bei den anderen Sachen helfen?«, sagte er und hoffte, dass sie ihn trotz des fließenden Wassers hörte.

Mit einem Papiertuch um die Finger gewickelt trat sie zurück ins Wohnzimmer. »Ich habe überreagiert. Es tut mir leid. Lassen Sie es einfach liegen. Ich hole es, wenn ich einen Verband gefunden habe.«

Aber die Tränen in ihren Augen widersprachen ihren Worten. Er hatte ein mulmiges Gefühl. Er konnte sich nicht vorstellen, wie es sein würde, wenn er die Feiertage ohne seine Mutter oder überhaupt ohne ein Mitglied seiner Familie verbringen müsste. Die Familie war der beste Teil an der ganzen Sache.

So hatte er sich seine Stippvisite definitiv nicht vorgestellt. Sie zum Weinen zu bringen war kein Teil seines Plans gewesen.

»Es ist schon erledigt. Kümmern Sie sich ruhig weiter um Ihre Hand.«

Joy trat zurück in die Küche. Das Wasser, das in der Spüle lief, war allerdings nicht laut genug, um ihr Schniefen zu verbergen. Er begann, einige der Kisten in der Nähe der Bücherregale am anderen Ende des Raumes zu stapeln und einen Weg freizumachen.

Joy kam zurück und sah wieder gleichmütiger aus. »Geht es um Ihren Truck?«

Der Umschlag in seiner Manteltasche schien ihn zu verhöhnen. »Nein. Eigentlich, bin ich vorbeigekommen, um zu helfen.«

Sie gab ein kurzes nervöses Husten von sich.

»Mache ich mich nicht gut darin?«

»Wie kommen Sie darauf, dass ich bei irgendetwas Hilfe brauche?«

»Meine Großmutter ist die beste Freundin von Ruby. Sie leitet die Haus-Tour zu den Feiertagen. Sie haben vielleicht schon davon gehört. Der *Crystal Christmas Cookie Crawl?*«

»Sie sind Shirleys Enkelsohn?«

»Ja.«

»Dieses Ereignis scheint in aller Munde zu sein. Ich vermute, sie hat Ihnen nicht erzählt, dass ich ihr mitgeteilt habe, alles unter Kontrolle zu haben, als sie zuvor versucht hat, Ihre Dienste anzubieten.«

Es hat keinen Sinn, sie wieder zu verärgern. Es ist besser, sich dumm zu stellen. »Es ist in der Tat eine ziemlich große Sache hier. Jeder aus der Stadt kommt vorbei. Dieser Ort ist die Hauptattraktion der Veranstaltung. Ruby und ich haben in den letzten sieben Jahren daran mitgearbeitet.«

»Sieben Jahre?«

»Ich schätze, sie hat auch nicht erwähnt, dass wir die ganzen Jahre über gewonnen haben.«

»Das muss ihr entfallen sein.«

»Nun, wir haben ein System. Ich glaube, das ist der Grund, warum wir seit sieben Jahren ungeschlagen sind.«

»Ungeschlagen?«

»Den goldenen Kranz muss man sich verdienen.«

Sie blickte zögerlich drein.

»Ähm, ja.« Er ergriff ihre unverletzte Hand und führte sie ins Esszimmer. »Sehen Sie, dort im Porzellanschrank, auf dem obersten Regal, steht eine wunderschöne Trophäe aus Gold und Kristall. Das ist der Kranz.«

»Ich verstehe. Eine begehrte Auszeichnung, wie ich annehme.«

»Ja, und meine Großmutter hat mich gebeten, die Dinge in die Hand zu nehmen, da Ruby nicht da ist. Also bin ich hier.«

»Nun, es ist schön, Sie wiederzutreffen, Ben. Aber ich habe ihr gesagt, dass ich keine Hilfe bei den Weihnachtssachen brauche.«

»Ich bin ziemlich geschickt.«

Der linke Mundwinkel verzog sich zu einem halben Lächeln, und ihre Augen verengten sich. »Sie sind Handy Andy?«

Ben legte den Kopf in den Nacken. Er hasste es, wenn Ruby ihn so nannte.

»Ich dachte, Sie sagten, Ihr Name sei Ben. Das haben Sie mir doch gesagt, oder nicht? In der Nacht, als ich aus Versehen …«

»… in meinem Truck stecken geblieben sind? Ja, genau. Mein Name ist Ben. Ben Andrews. Sie wissen, wie Ruby ist. Diese ganze Handy-Andy-Geschichte ist nur ihre Art, mich zu quälen. So ist sie eben.«

»Ja, in der Tat.« Joy verschränkte ihre Arme vor ihrem Sweatshirt, auf dessen Vorderseite ein verblasstes Highschool-Mustang-Maskottchen abgebildet war. Mit gesenktem Kopf sagte sie: »Klingt, als ob Sie sie besser kennen als ich – obwohl ich ihre Familie bin.«

Er nahm einen Hauch von Schuldgefühlen in ihrem Tonfall wahr. »Nein, natürlich nicht. Ich meine, ich helfe ihr seit Jahren mit der Weihnachtsdekoration und all den kleinen Dingen, die sie reparieren muss und mit denen sie nicht zurechtkommt. Es wird Sie nicht überraschen, dass das nicht allzu viel ist. Aber wir sind Freunde. Stehen uns nah.«

»Ich verstehe.«

»Wir sind nicht wie Familie. Nur enge Freunde. Doch Sie

waren noch nie in den Ferien da. Ich hätte mich bestimmt an Sie erinnert.«

»Soll das ein Kompliment sein?«

»Nicht wirklich.«

Joys Gesicht wurde angespannter. »Ich habe einen ziemlich anspruchsvollen Job. In Washington, D.C.«

»Ruby gibt ständig mit Ihnen an. Marktforschung, richtig?«

Ihr Ausdruck wurde ein wenig weicher. »Ja.«

»Ich weiß nicht, ob ich überhaupt eine Ahnung habe, was das bedeutet.«

»Im Grunde finden wir heraus, was die Leute kaufen und was man tun kann, damit sie mehr davon kaufen. Die meiste Zeit verbringe ich darum mit der Auswertung von Daten und Statistiken.«

»Das ist bestimmt interessant.«

»Ja, schon. Und was machen Sie, wenn Sie nicht gerade für meine Tante den Handwerker spielen?«

Er schob eine Hand in seine Hosentasche. »Ich arbeite drüben im Krankenhaus.«

»Als Arzt?«

»Ich bin ein Zahlenmensch.«

Sie sah nicht überzeugt aus. »Sie arbeiten wirklich zu ungewöhnlichen Zeiten.«

»Ich tue, was getan werden muss, aber das hat unsere Chancen auf ein Treffen definitiv erhöht.«

»Wie auch immer, ich bin überzeugt, meine Tante weiß Ihre Hilfe zu schätzen. Ich hingegen habe die Dinge unter Kontrolle. Und ich bin sicher, Sie sind ein viel beschäftigter Mann.«

»Wirklich? Es sieht nach einem ziemlichen Chaos aus.« Er blickte sich im Raum um. »Nichts für ungut, aber ich bin super im Organisieren.«

»Das bin ich auch.« Sie kniff die Lippen zusammen, und

trotz ihres finsteren Blicks war sie sehr hübsch. »Okay, normalerweise.« Sie blickte sich ebenfalls im Raum um, unfähig, ein Lachen zu unterdrücken. »Vielleicht habe ich es ein bisschen übertrieben, so viele Kisten runterzuholen.« Sie sah ihn an, ihre Blicke trafen sich. »Gab es einen Grund, weshalb Sie vorbeigekommen sind?«

»Na ja, also, ich habe Rubys Bäume hergebracht.« Er nickte mit dem Kopf in Richtung Scheune. »Ich muss sie neu anschneiden und in den Wassertrog stellen, so wie wir es normalerweise tun. So bleiben sie frisch, bis es Zeit ist, sie aufzustellen. Es gibt viel zu tun mit dem Vieh, ich könnte –«

»Sie?«

»Was?«

»Sie sagten, Sie müssten *sie* in den Trog stellen. Wie viele Bäume haben Sie denn mitgebracht?«

»Die übliche Menge. Drei Stück einen Meter fünfzig hohe Tannen und zwei, die zwei Meter messen. Das machen wir jedes Jahr so. Also, ich meine, dass wir ein anderes Motto haben, und manchmal stellt sie sie in verschiedenen Räumen auf, aber es sind immer fünf. Sie peppt alles mit der Dekoration auf, damit die Besucher beeindruckt sind.«

»Sie ist verrückt, dass sie so viele Bäume will.« Ihre Wimpern flatterten, als ob sie die Informationen aufnahm und nachdachte. »Ich habe Rubys Liste, und offenbar ergeben einige dieser Notizen mehr Sinn, wenn es mehrere Bäume gibt. Nur ist das wirklich nötig?«

»Es ist ganz schön viel, allerdings erwarten die Leute hier das von ihr. Deshalb bin ich hergekommen, um zu helfen.«

»Ja, es ist viel, doch ich bin sicher, dass ich das hinkriege und gleichzeitig die Tiere gut versorgen kann. Danke, aber nein danke. Ich werde Ihre Hilfe nicht brauchen.«

»Himmel, Sie sind ja noch sturer als Ihre Tante. Ich würde Ihnen nur zur Hand gehen wollen.«

»Ich bin durchaus in der Lage, etwas Weihnachtsdekoration zu basteln. Oder sogar eine ganze Menge davon. Solange ich hier bin, habe ich nichts als Zeit. Und verzeihen Sie mir, wenn ich von dem Angebot überrascht bin, aber ich bin es gewohnt, für mich selbst zu sorgen.«

»Das ist nicht nur ein bisschen Dekoration. Um den Goldenen Kranz zu gewinnen, muss man viel Mühe investieren. Zeit, Mühe und Planung.«

»Ich bin eine hervorragende Planerin.«

»Und Geduld.«

»Na ja, ich bringe vielleicht neue Fähigkeiten in das Projekt ein.«

Sie war nicht nur starrköpfig, sondern schlichtweg ahnungslos. Shirley hatte recht. Man konnte nicht einfach hier hereinmarschieren und diesen Wettbewerb gewinnen. »Ich fände es wirklich haarsträubend, unsere Siegesserie zu verlieren, nur weil irgendeine Aushilfsnichte, die mal vorbeischneit, zu dickköpfig ist, um Hilfe anzunehmen.«

»Vorbeischneit?« Ihr Gesicht lief rot an, und sie biss die Zähne zusammen. »Ich würde es begrüßen, wenn Sie jetzt gehen.«

»Das alles ist wichtig für Ihre Tante und meine Großmutter. Lassen Sie mich Ihnen wenigstens helfen, damit meine Großmutter nicht die Nerven verliert.«

Sie hielt inne. »Ich verspreche, ich werde dafür sorgen, dass alle davon begeistert sind, wie schön es hier aussieht. Auch Ihre Großmutter.«

»Sie wissen schon, dass es dazu einen Tag der offenen Tür gibt, oder? Backwaren, Punsch, Gesang. Ich meine, Sie haben sich noch nie die Zeit genommen, vorbeizukommen. Und Leugnen Sie es nicht. Wenn ich mich an eine Sache erinnern würde, dann an Sie. Sie mögen dickköpfig sein, aber Sie sind schön – und ein hübsches Gesicht vergesse ich nicht.«

»Okay, das ist vielleicht ein bisschen mehr, als ich erwartet habe, aber ich denke, ich schaffe das schon.«

Es war ja nicht so, dass er die zusätzliche Zeit in jedem Fall hätte, um ihr zu helfen. Sein Terminkalender war schon mehr als voll. Und er hatte auch keine Zeit für ein hübsches, besserwisserisches Mädchen. Er ging zur Tür, die noch immer weit offen stand. »Fröhliche Weihnachten.«

Kapitel 15

Joy spähte durch den Spalt zwischen den Vorhängen und beobachtete, wie Ben die Einfahrt verließ und außer Sichtweite geriet. Für wen hielt er sich eigentlich, dass er sich einfach so in ihre Angelegenheiten einmischte? Und Shirley war unerbittlich. Wen würde sie als Nächstes schicken?

Joy war jetzt entschlossener denn je, mit der diesjährigen Haus-Tour richtig aufzutrumpfen; es würde im Vergleich ein Feuerwerk sein und keine Kerze. Und sie kannte Ruby sehr wohl. Sie liebte sie, und vielleicht war sie nicht ganz so oft da gewesen, wie sie es hätte tun sollen oder können, aber ihre Karriere war ebenfalls wichtig.

Sie blickte sich im Zimmer um. Ben hatte recht. Es herrschte Chaos, aber sie hatte auch niemanden erwartet. Er hatte die Frechheit besessen, einige der Kisten zur Seite zu stapeln, als sie nicht hingesehen hatte. Es waren so viele Kisten mit Weihnachtsschmuck, dass sie einen Bastelladen hätte füllen und dazu noch einen Straßenverkauf veranstalten können und immer noch genug Deko gehabt hätte, um drei Häuser zu verschönern.

Ruby hatte die Themen sorgfältig getrennt. Kisten nach Farbe. Kisten nach Formen. Und auf einigen von ihnen waren die Jahre vermerkt. Es waren jedoch die Kisten, die mit ihrem eigenen Namen beschriftet waren, die sie aus der Fassung brachten.

Einige stammten aus ihrer Kindheit, wie der Cheerleader-Baumschmuck und die Anhänger, die sie mit Ruby in einem Jahr aus Brotteig gebacken hatte. Aber es gab auch Dinge, bei denen Ruby davon ausgegangen war, dass sie irgendwann einmal in Joys Hände fallen sollten. Dinge aus Rubys Kindheit, die sie mit Joys Mutter gebastelt hatte, und anderer Schmuck, der als Erbstück herhalten konnte.

So viele Erinnerungen waren über sie hereingebrochen. Erinnerungen, von denen Joy dachte, dass sie sie so weit hinten in ihrem Kopf versteckt hatte, dass sie sich nie mit ihnen auseinandersetzen musste. Doch alles, was sie in diesen Kisten berührte, hatte seinen Preis.

Eine Träne.

Ein Herzschmerz.

Ein Wunsch.

Ihr Telefon klingelte irgendwo in dem Durcheinander. Sie beugte sich vor, suchte und lauschte, bis sie schließlich ihr Telefon auf einer Kiste mit der Aufschrift *PFAU 2014* entdeckte. Renees fröhliches Gesicht leuchtete auf dem Display. Mit einem Lächeln drückte Joy auf die Taste. »Hey, Renee. Wie läuft's im Büro?«

»Toll, aber ich vermisse dich! Ohne dich macht alles nicht mehr so viel Spaß.«

»Ich vermisse dich auch.«

»Hältst du dich gut da draußen auf dem Land?«

»Ich gewöhne mich langsam ein, das passt schon alles. Denke ich. Na ja, bis auf diesen Kerl, der überall auftaucht.«

»Redest du von Todd? Sag mir nicht, dass er auch dort aufgetaucht ist.«

»*Auch?*«

»Er kam heute Morgen als Erstes ins Büro und wollte wissen, wo du steckst.«

Joy suchte nach einer plausiblen Erklärung, aber die beste, die ihr einfiel, war: »Vielleicht war er dort, um jemand anderen zu treffen. Keine Ahnung, aber nein. Ich spreche von dem Kerl, mit dem ich neulich Abend zusammengestoßen bin. Er taucht überall auf.«

»Zusammengestoßen? Ach ja, richtig, darauf wollte ich

dich auch noch ansprechen. Als wir neulich über das Kind geredet haben, hast du es einfach übergangen. Ich habe aufgelegt und mich gefragt: Habe ich das gehört, was ich zu hören glaube?«

»Lange Geschichte. Ich bin mit meinem Auto rückwärts in seinen Truck gefahren.«

»Ihr seid zufällig übereinander gestolpert. Oh, wenn das mal kein Klischee ist.«

»Ich weiß. Wie in einem ganz normalen Hollywood-Film.«

»Vielleicht das Schicksal. Ist er wenigstens süß?«

»Ja. Nein. Na ja, nicht unbedingt süß. Eher superheiß. Leider ist er noch nerviger, als er heiß ist. Außerdem funktionieren Fernbeziehungen nie. Also, wen interessiert's?«

»Nicht, dass jemand außer dir den Begriff ›Beziehungen‹ ins Spiel gebracht hätte, aber tatsächlich funktionieren viele Fernbeziehungen. Sie erfordern nur etwas Kreativität. Aber du bist ja auch nicht auf der Suche nach einer Beziehung. Und selbst wenn es so wäre – du hast recht, du würdest nie ein solches Risiko eingehen. Du magst die Dinge geradlinig und geordnet. Und einfach.«

»Was soll das denn heißen?« Die Worte klangen viel abwehrender, als Joy beabsichtigt hatte.

»Reg dich nicht auf. Ich meine nur, dass du ein sicheres Leben führst. Keine Chance, enttäuscht zu werden. Keine großen Risiken.«

»Nein, das mache ich nicht.« Sie spürte, wie ihre Gelassenheit ins Wanken geriet. Ging sie keine Risiken ein? Oder war das einfach nur schlau?

»Ja, du gehst lieber auf Nummer sicher, aber mach dir nichts draus. So bist du einfach. Daran gibt es nichts auszusetzen.«

Aber vielleicht war daran etwas auszusetzen. Sie hatte sich ihr ganzes Leben lang für risikofreudig gehalten, aber vielleicht machte sie sich etwas vor. Sie war stolz darauf, dass sie sich für ein bisschen furchtlos hielt. Sie lebte das perfekte Leben und tat alles, was sie wollte. Hatten sich die Dinge, die sie wollte, verändert, oder hatte sie sich nie wirklich erlaubt zu träumen? Das Risiko im Geschäftsleben war ein ganz anderes als das persönliche Risiko.

Sie zögerte, hin- und hergerissen von widersprüchlichen Gefühlen. »Denkst du wirklich, ich gehe auf Nummer sicher? Ich meine, mit meinem Leben?«

»Denken? Ich weiß es. Wie auch immer, du wirst nicht glauben, was ich gerade in meinen Armen halte.«

Joy kam nicht drauf, denn sie war immer noch damit beschäftigt, sich selbst und ihre – nicht vorhandene – Risikofreude zu hinterfragen. »Eines von Miss Jennings' berühmten Früchtebroten? Dann hoffe ich, du hast dich gut gedehnt.«

»Nein«, sagte Renee kichernd. »Ich habe keine Lust, mir einen Muskel zu zerren, wenn ich so ein Mistding herumschleppe. Außerdem hätte ich das im Pausenraum vom Büro gelassen.«

»Ich würde dir keine Vorwürfe machen.«

»Ich umarme gerade den größten eingetopften Weihnachtsstern, den ich je gesehen habe.«

»Na toll. Du willst also noch eine Pflanze umbringen?«

»Es ist nicht meine.«

»Du hast eine Geisel genommen?«

»Witzig. Nein, die Pflanze wurde heute Nachmittag im Büro abgegeben.«

»Jemand hat dir eine Pflanze geschickt? Die kennen dich wohl nicht besonders gut.«

»Eigentlich war der Weihnachtsstern für dich. Ich nehme diese Auszeichnung in deiner Abwesenheit dankend an. Okay, keine Auszeichnung, sondern ein Geschenk … von Todd.«

»Todd?« Vielleicht waren sie doch nicht so getrennt, wie Joy gedacht hatte. »Ich habe seit Wochen nichts mehr von ihm gehört. Er kommt erst vorbei und schickt mir dann eine Pflanze? Gibt es eine Karte?«

»Aber sicher doch.«

»Lies vor.«

Auf das Geräusch des aufgerissenen Umschlags folgte Renees »Awwww«. Dann las sie vor: »Da steht: ›Joy of Christmas – du bist die *Freude* in der Weihnachtszeit. Ich kann es kaum erwarten, Zeit mit dir zu verbringen. Gehen wir dieses Jahr zusammen zur Gala? Ruf mich an.‹«

»Er will doch einfach nur irgendwie auf die Gala kommen.«

»Och, sei nicht so skeptisch. Vielleicht vermisst er dich wirklich.«

»Das bezweifle ich. Die Gala ist nächste Woche, und da er nicht mehr für MacDonald-Webber arbeitet, denkt er, ich sei seine Eintrittskarte.«

»Hast du ein Date für die Gala?«

»Nee, aber ich brauche ja auch nicht unbedingt eins.«

»Vielleicht kann der Typ von dem Autounfall mitkommen.«

»Das wäre vielleicht die bessere Alternative.«

Streng genommen war Todd eine sichere Bank, wenn man jemanden als Begleitung brauchte. Er war angenehm, gut aussehend und zuverlässig – aber mehr auch nicht. Vielleicht sollte sie wirklich mehr Risiken eingehen.

»Wie du meinst … Ich lasse deine Pflanze hier im Büro. Ich glaube, so hat sie eine bessere Chance zu überleben.«

»Wenigstens wird der Reinigungsdienst sie noch eine Weile am Leben erhalten. Danke für das Update.«

»Mach ihnen da unten die Hölle heiß«, gab Renee zurück. »Ich halte hier die Stellung.«

Joy hatte den Anruf beendet. *Ihnen die Hölle heiß machen? Ist es so schwer, mit mir auszukommen?*

Seit sie bei Wetherton's das schicke Kleid angezogen und

den Wunsch ausgesprochen hatte, dass sie auf dem richtigen Weg sein möge, war es, als wäre jeder ihrer Fehler mit der Lupe vergrößert worden.

Andererseits wusste jeder, dass sich die Dinge in einer Kleinstadt schnell herumsprachen. Wahrscheinlich war das der Grund für die ganze Aufregung um Ruby und ihre Dekorationen.

Joy hoffte, dass sich ihr kleiner Wutanfall mit Ben sich nicht schon in Crystal Falls wie ein Lauffeuer verbreitet hatte. Sie hatte überreagiert, aber verflixt noch mal, er hatte sie ordentlich auf die Palme gebracht. Außerdem schien es, als wäre er jedes Mal da gewesen, wenn seit ihrer Ankunft in Crystal Falls etwas schiefgelaufen war.

Da war etwas an seinem Hochglanz-Aussehen, was in dieser kleinen Stadt so fehl am Platz wirkte, dass es ihr die Zornesröte ins Gesicht trieb und sie nervös machte. Sie konnte nicht einmal genau sagen, warum. Es war einfach so, und ihr Bauchgefühl führte sie normalerweise nicht in die Irre.

Vielleicht waren es aber auch nur die Feiertage, die ihr zu schaffen machten. Wäre ja nicht das erste Mal. Oder es lag an dem Druck durch die Beförderung und die Abwesenheit von ihrer üblichen Routine. Das klang wahrscheinlicher.

Sie schuldete Ben eine Entschuldigung, aber vermutlich musste sie Ruby zuerst erzählen, was passiert war, bevor sie es von jemand anderem hörte. Crystal Falls war eine kleine Stadt – und das Letzte, was sie tun wollte, war, Ruby in Verlegenheit zu bringen oder gar zu enttäuschen.

Joy wählte die private Telefonnummer von Ruby in dem Reha-Center, aber in ihrem Zimmer ging niemand ran.

Die gute Seite daran war: Wenn sie Ruby nicht erreichen konnte, konnte es auch niemand anderes.

Am nächsten Morgen fütterte Joy die Tiere und brachte Molly pünktlich zur Schule. Auf dem Weg zu Ruby hielt sie im Laden an und kaufte nicht nur Dinge ein, die sie zum Dekorieren des Hauses brauchte, sondern auch ein Handy, das Ruby während ihrer Reha bei sich tragen konnte. Auf diese Weise konnten sie in Kontakt bleiben. Denn wenn sie alles erledigen wollte, hatte sie nicht die Zeit, jeden Tag eine Stunde hin- und zurückzufahren. In diesem Punkt hatte Ruby recht gehabt.

Als Joy das Dixon-County-Reha-Center betrat, war es fast Mittag. Eine Gruppe von Schulkindern schunkelte vor dem Weihnachtsbaum in der Lobby und sang »Jingle Bells«. Zuschauer aller Altersgruppen standen dicht gedrängt und genossen die Musik. Joy suchte die Menge ab, konnte aber Rubys leuchtend rotes Haar nicht entdecken.

Sobald Joy durch die erste Doppeltüranlage gegangen war, wurde es still in den Fluren. Wahrscheinlich, weil fast alle unten in der Lobby waren und den Weihnachtsliedern zuhörten. Joy klopfte an Rubys Tür, als sie eintrat.

»Hey, warum bist du hier oben ganz allein? Unten singen sie gerade Weihnachtslieder. Das klingt schön.«

Ruby zuckte mit den Schultern. »Ich bin nicht in Weihnachtsstimmung.«

»Wie bitte?« Joy setzte sich auf die Kante des Bettes. »Du bist immer in Weihnachtsstimmung. Was ist denn los?«

»Ich wäre lieber zu Hause.«

»Ich weiß, aber ich verspreche, dass ich mich um alles kümmere.«

»Da bin ich mir sicher, und ich weiß das zu schätzen.«

»Okay.« Joy zog eine Grimasse. »Ich muss dir was gestehen. Ich habe Ben gestern Abend irgendwie runtergeputzt. Lange Geschichte. Er hat versucht, mir zu helfen, und dabei ist etwas kaputt gegangen. Ich habe mich aufgeregt und dann überreagiert. Es ist nicht gut ausgegangen.«

»Joy! Er ist so ein netter Mann. Warum hast du das getan?«

»Es tut mir leid. Er hat andauernd Bemerkungen gemacht, die mir das Gefühl gegeben haben, dass er dich noch besser kennt als ich. Ich glaube, ich war ein bisschen eifersüchtig.«

Ruby streckte ihre Arme aus. »Liebes, niemand wird mich je so gut kennen wie du. Du bist mein Engel.«

Sie ließ sich von Ruby in eine Umarmung ziehen. »Ich hab dich lieb, Tante Ruby.«

»Ich dich auch. Zeit und Entfernung lassen Familienbande nicht zerbrechen, Liebes.«

»Ich werde später bei ihm vorbeischauen und mich bei ihm entschuldigen.«

»Fein. Es wird alles gut werden. Gib ihm eine Chance. Er ist wirklich ein netter Mensch.«

Joy war erleichtert, alles auf den Tisch gebracht zu haben. »Dann lass uns mal an die Arbeit gehen. Ich bin die Notizbücher durchgegangen. Und ich habe die Kisten mit den Dekorationen runtergebracht. Das sind ja eine ganze Menge!«

»Ja, in der Tat. Aber du wirst sie nicht alle brauchen. Aber so hast du die Qual der Wahl.«

»Das steht fest. Und ich habe auch schon ein paar Ideen.«

»Magst du sie mit mir teilen?«

»Wenn es in Ordnung ist, würde ich dich gerne überraschen.«

Rubys Gesicht verzog sich zu einem breiten Lächeln. »Das ist sehr in Ordnung, meine Liebe. Ich bin damit einverstanden, wenn du eine Kleinigkeit für mich tust.«

»Ja, natürlich. Alles.«

»Ich würde meinen rechten Arm für einen Chili-Cheese-Hotdog geben. Ich habe gehört, dass es die besten bei Tony's gibt. Könntest du einen kurzen Abstecher dorthin machen?«

»Ein Chili-Cheese-Dog? Ist das denn okay?«

Carolyn kam herein und schob einen Blutdruckwagen.

»Sie muss keine spezielle Diät einhalten. Sie kann alles essen, was Sie ihr bringen wollen.«

Ruby grinste. »Siehst du?«

»Gut, dann mach ich mich auf den Weg zu Tony's. Soll ich Ihnen auch einen mitbringen?«

Carolyn zögerte nicht einmal. »Ja, bitte. Das sind die besten Hot Dogs hier. Ich hole mein Portemonnaie.«

»Nein. Das passt schon. Ich zahle.«

»Das ist unheimlich nett von Ihnen. Vielen Dank«, erwiderte Carolyn. »Ruby, lassen Sie mich schnell ein paar Werte messen, damit ich meinen Papierkram für heute Morgen erledigen kann.«

»Können Sie mir sagen, wie ich von hier aus zu Tony's komme?«

Carolyn legte die Manschette um Rubys Arm, während sie zur Erklärung ansetzte. »Gleich hinter dem Parkplatz biegen Sie rechts ab, dann ist es an der Ecke bei der dritten Ampel. Sie können es nicht verfehlen. Ein Riesenwürstchen von der Größe eines Minivans hängt von dem Gebäude, und als Jacke trägt es ein Brötchen. Ich kann Ihnen verraten, es ist nicht das Marketing, das diese Hot Dogs verkauft.«

»Klingt ein bisschen unheimlich.«

»O ja, ist es auch. Aber Sie können den Imbiss zumindest nicht übersehen.«

Und, o Mann, Carolyn hatte so was von recht. Schon von Weitem konnte Joy den unverschämt großen Hotdog sehen, der an der Fassade des Backsteingebäudes hing. Das Zeichen war verblasst und abgenutzt, als ob es schon seit Jahren dort hinge, aber wenn die Menschenmenge irgendeinen Hinweis darauf bot, wie gut die Hot Dogs waren, dann erwartete sie etwas richtig Leckeres.

Die Schlange bewegte sich schnell voran. Vor allem, weil es keine Auswahlmöglichkeiten gab. Man wollte einen Chili-

Cheese-Dog mit oder ohne Zwiebeln. Keine weiteren Optionen.

Joy war in weniger als dreißig Minuten wieder in Rubys Zimmer und hatte eine Schachtel mit zwei Dutzend Hot Dogs dabei, genug, um sie mit den anderen Krankenschwestern und –pflegern auf dem Flur und allen anderen, die vorbeikamen, zu teilen. Hoffentlich würde das Ruby wieder in Weihnachtsstimmung bringen und ein wenig Freude verbreiten. Außerdem tat es ihr gut, den Leuten, die sich um ihre Tante kümmerten, eine kleine Freude zu machen.

Nachdem die Hot Dogs vertilgt waren und die Krankenschwestern sich zerstreut hatten, blieb der Geruch von Chili in der Luft hängen. Sie sollten die Dinger mit einem Spritzer Lufterfrischer verkaufen.

Ruby zerknüllte das Hotdog-Papier und ihre Serviette und warf sie quer durch den Raum direkt in den Mülleimer. »Danke, Joy. Das hat wirklich gutgetan.«

»Es hat auch Spaß gemacht.« Joy zog die Tüte aus ihrer Handtasche. »Hätte ich fast vergessen. Ich habe dir noch etwas mitgebracht.«

»Was ist das?«

»Ich habe heute Morgen versucht, dich anzurufen, aber ich konnte dich nicht erreichen.«

»Das liegt daran, dass ich nicht viel Zeit in diesem Raum verbringe. Ich muss immer unten in der Turnhalle sein oder durch die Flure laufen. Es handelt sich hier nicht gerade um einen Ort der Entspannung. Ich schwöre, ich bin in den letzten vierundzwanzig Stunden mehr gelaufen als im letzten Jahr, und ich halte mich für ziemlich aktiv.«

»Na ja, ich wollte, dass wir jederzeit miteinander reden können. Also habe ich dir ein tragbares Telefon besorgt.«

»Oh? Wie lustig.« Ruby nahm das Handy an, schaute aber ratlos darauf.

»Du weißt nicht, wie man so etwas benutzt, oder?«

»Nein.« Sie drehte es in der Hand und drückte den Knopf an der Seite. »Aber das kann ich lernen.«

»Natürlich kannst du das. Es ist wirklich einfach.« Joy nahm das Ladegerät aus der Verpackung und zeigte Ruby dann, wie man es an das Telefon anschloss. Eine Steckdose befand sich direkt neben dem Bett. »Hier ist die Nummer, falls sie noch jemand anderes bekommen soll. Shirley vielleicht.«

»Ich glaube, es reicht, wenn du sie hast.«

»Okay, wir können auch SMS schreiben, aber ich denke, es ist einfacher, wenn wir es wie ein Telefon benutzen.«

»Ich war früher eine gute Schreibkraft. Als dein Onkel beim Militär war und ich als Sekretärin arbeitete, konnte ich über neunzig Wörter pro Minute tippen, und das auf einer manuellen Schreibmaschine.«

»Wow. Das ist echt schnell.«

»Und ich war außerdem fehlerfrei.«

Joy erklärte Ruby die Tasten und richtete dann ihre eigene Nummer in den Kontakten ein, sodass Ruby sie mit nur ein paar Knopfdrücken anrufen konnte.

»Okay, dann rufe ich dich jetzt an.« Joy wählte, und das Telefon in Rubys Hand begann eine Strophe von »Jingle Bells« zu spielen.

»Das ist der Klingelton?«

»Ja.«

Ruby starrte auf das Telefon und stach dann mit dem Finger auf das grüne Telefonsymbol. »Hallo?«

»Hallo.«

Ruby grinste. »Das war leicht! Und wie soll ich dich noch mal anrufen?«

Joy ging mit ihr noch einmal die Schritte durch. »Ich glaube, du bist jetzt bereit für deinen Auftritt«, neckte sie.

»Allerdings. Ich bin schon ein hippes altes Mädchen, oder?«

»Aber sicher. Kann ich noch etwas für dich tun, bevor ich dich für heute allein lasse?«

»Versprich mir, dass du dich mit Ben versöhnst«, sagte Ruby.

»Ich kriege das auch allein hin.«

»Das ist nicht der Punkt. Er ist Teil der Tradition. Ich bin überzeugt, dass du das auch alleine hinkriegst, aber warum solltest du, wenn du es nicht unbedingt musst?«

Joy holte tief Luft. »Gut. Ich werde mich entschuldigen und mich mit ihm arrangieren.«

Rubys Augenbraue hob sich zweifelnd.

»Das werde ich!«, beharrte Joy.

»Danke. Und versprich mir, dass du von jedem dieser Plätzchenteigrezepte eine dreifache Ladung zubereitest und in den Gefrierschrank stellst. Normalerweise mache ich jeden Abend eine. Wir müssen am Tag vom *Cookie Crawl* ganz frische Plätzchen haben. Glaub mir, dieser Termin wird unmöglich einzuhalten sein, wenn man den Teig nicht vorbereitet und einfriert. Auf diese Weise können wir sie am Vorabend und am Morgen der Tour einfach ausstechen und backen.«

»Ich kümmere mich darum«, versprach Joy, als Johnny ins Zimmer kam.

»Na, wenn das nicht Miss Rubys schöne, alleinstehende, kluge und sehr erfolgreiche Nichte ist.«

»Und das ist der Grund, wieso du mich nie erreichst, wenn du im Zimmer anrufst.« Ruby deutete auf Johnny. »Wenn ich es nicht besser wüsste, würde ich denken, der Kerl hat nichts anderes zu tun. Oder er ist in mich verknallt.« Sie schenkte Johnny ein flüchtiges Grinsen.

»Ich dachte, Sie wollten bis Weihnachten hier weg sein?«, fragte er herausfordernd.

»Will ich auch«, erwiderte sie mit einem Augenzwinkern und begann, sich auf die Bettkante zu schieben. »Sehen Sie, ich habe schon geübt, mich im Bett zu bewegen.«

»Ich sehe es deutlich. Gut gemacht.«

Ruby winkte mit der Hand in Joys Richtung. »Du brauchst nicht zu warten. Geh und kümmere dich um das Haus, und jetzt, wo ich dieses schicke Telefon habe, kannst du mir Bilder schicken.«

»Weißt du, wie man sie anschaut?«

»Johnny hier wird mir helfen. Nicht wahr, Herzchen?«

Johnny grinste. »Auf jeden Fall. Ich kann gut mit Technik umgehen.«

»Macht bloß keine Telefonstreiche.«

Joy fühlte sich besser, dass sich Rubys Stimmung mittlerweile aufgehellt hatte, aber dass Ruby so kurz vor Weihnachten in der Reha festsaß, ließ ihre Laune bestimmt immer wieder absinken. Vielleicht würde es sie beruhigen und ihr das Gefühl geben, dazuzugehören, wenn sie ihr Bilder vom Vorankommen bei ihr zu Hause schickte.

Sie wünschte, sie hätte Ruby nicht versprochen, sich von Ben helfen zu lassen. Obwohl ihr langsam klar wurde, dass seine Hilfe alles viel einfacher machen und, was noch wichtiger war, sowohl Shirley als auch Ruby beruhigen würde.

Der Gedanke, sich bei Ben zu entschuldigen, war schon schlimm genug, aber ihn dann auch noch um Hilfe zu bitten, war noch schlimmer.

Sie würde Bens Hilfe nur annehmen, weil sie es Ruby versprochen hatte, aber sie würde die Aktion leiten.

Kapitel 16

Joy lud die Grundausstattung aus, die sie heute Morgen gekauft hatte: Klebestifte, Blumendraht, einige Duftöle und Sprühfarben. Während sie die Notizbücher durchblätterte, markierte sie mehrere Ideen mit Klebezetteln und hoffte, dass sich ein zusammenhängendes Thema herauskristallisieren würde, während sie dies tat. Mit Blick auf ihre vorhandenen Arbeitsmittel hatte sie es eingegrenzt auf drei Bücher mit den meisten Ideen, die ihr gefielen.

Sie zog sich eine Jogginghose an und kuschelte sich mit diesen drei Büchern zum Lesen ein. Diesmal mit der Absicht, tiefer einzutauchen, anstatt sie nur zu überfliegen. Es waren nicht einfach nur Sammelalben. Ruby schrieb darin fast täglich, manchmal gar nicht über die Dekoration.

Die kleinsten Elemente und Details waren alle vorhanden. Kein geradliniger Projektplan, sondern Rubys willkürliche Methode, etwas auf die Beine zu stellen. Sie hatte kleinteilige Pläne aufgeschrieben, um ihren Nachbarn eindrucksvolle Erinnerungen zu schenken.

Selbst jetzt, als sie von den fabelhaften Darstellungen las, von all der Liebe und Zeit, die Ruby in die Dekorationen gesteckt hatte, spürte Joy es. Sie fühlte es bis in ihr Herz hinein. Ruby hatte das nicht getan, um zu prahlen. Sie hatte es für die Gemeinschaft getan, und um ihre besonderen Erinnerungen mit anderen zu teilen.

Für einen Moment war der Gedanke daran überwältigend, dass Joy so überzeugt gewesen war, all das, was Ruby in den Jahren vollbracht hatte, wiederholen zu können. Im Gegensatz zu Joy hatte Ruby Weihnachten nach Moms Tod nicht unter eine eisige Schneedecke geschoben. Auch nicht nach dem Tod von Onkel George. Nein, stattdessen hatte sie die Traditionen noch hochgehalten. Sie klammerte sich an jede Kleinigkeit, die sie an ihre Familie erinnerte … an die Verstorbenen und sogar an Joy – die genauso gut das Zeitliche hätte segnen können, da sie sich nicht ein einziges Mal die Zeit genommen hatte, Weihnachten mit ihrer Tante zu verbringen, seit sie weggegangen war.

Langsam wühlte sich Joy durch die Seiten; und in jedem Jahr fand sie etwas, zu dem sie eine Verbindung spürte. Ein Rezept, eine Idee, eine Erinnerung. Sie war jedes Jahr in Rubys Gedanken gewesen.

Ihre Augen brannten, und die Worte schienen zu verschwimmen, als sie durch die Tränen hindurch weiterlas. Sie hielt sich die Ohren zu und wünschte, sie könnte die schuldbewussten Worte, die durch ihr Gehirn schossen, zum Schweigen bringen. Sie war so sehr darauf bedacht gewesen, nie wieder verletzt zu werden, dass sie nichts von sich preisgegeben hatte.

Wie hatte es nur so viele Jahre dauern können, bis ihr das klar wurde?

Wann hatte sie sich das letzte Mal hingesetzt und versucht, sich das schönste Weihnachten aller Zeiten auszumalen? Was würde das überhaupt für sie bedeuten? Sie konnte sich nicht erinnern, das jemals getan zu haben. Sicherlich hatte sie es sich als Kind oder als Teenager vorgestellt, aber jetzt waren ihre Gedanken leer. Sie schloss die Augen.

Wenn sie ihr Herz und ihren Verstand öffnete, was würde dort sein?

Sie klappte den Umschlag des ledernen Notizbuchs zu und drückte es an ihr Herz. Sie ging ins Wohnzimmer, setzte sich auf die Couch und blickte durch die Fensterfront in den strahlend blauen Himmel. So trügerisch an diesem kalten Tag. Ein Rotkardinal flatterte zwischen den Ästen des Baumes vor dem Haus, und sein leuchtendes Rot hob sich von dem sanften Braungrau des Winterbaums ab.

Sie lehnte sich zurück und ließ die Sonne über ihr Gesicht fluten. Die Strahlen wärmten ihre Wangen, und ein heller Schein, wie die Wärme eines Feuers an einem Wintertag, tanzte auf ihren Augenlidern.

Wie sähe ihr perfektes Weihnachten aus?

Zimt, Orange, Pfefferminze und Kiefernharz mischen sich in der Luft, während mein Mann einen frischen Baum in den Ständer in unserem Wohnzimmer hievt. Unser Hund, ein schwarzer Labrador, trägt ein Plüschgeweih mit Glöckchen, die an den Enden baumeln, und apportiert den Weihnachtsschmuck, als wäre es ein Spiel.

Wir haben Wochen damit verbracht, aus den Tannenzweigen und Dingen, die wir draußen in der Natur gefunden haben, Schmuck zu basteln. Ja, wir. Ich, er, unsere Kinder. Ein Junge und ein Mädchen, die kichernd ihren Lieblingsschmuck auf die untere Hälfte des Baumes hängen. Wenn sie im Bett sind, werden wir das noch ein bisschen anpassen. Wir werden ihnen sagen, dass der Weihnachtsmann die Deko umplatziert hat.

Später am Abend singen wir Weihnachtslieder zu der CD im alten Player, der im Laufe des Jahres nicht oft genug benutzt wird, und hängen unsere selbst gebastelten Strümpfe an den Kaminsims über der Feuerstelle. Dann, in den letzten Stunden vor dem Schlafengehen, legen wir die noch warmen Plätzchen für den Weihnachtsmann aus. Und natürlich eine Karotte und Apfelschnitze für sein Rentier.

Wenn die Kinder in ihren Betten liegen, verteilen mein

Mann und ich die Geschenke unter dem Baum. Dann steht mein Mann auf. Er ergreift meine Hand und hilft mir vom Boden auf. Der Duft von frischem Tannengrün liegt in der Luft. Ich stehe vor ihm. Seine Lippen verziehen sich zu einem Lächeln, das sagt »Ich liebe dich«, und er fasst wieder meine Hand.

Seine Finger sind stark, und er zieht mich an sich. Dann wirbelt er mich herum und tanzt mit mir einen langsamen Walzer durch das Wohnzimmer. Mein grünes Weihnachtskleid wirbelt um meine Knöchel, bis er anhält und mich unter dem Mistelzweig küsst.

Joy öffnete die Augen und hatte das Gefühl, als hätte sich gerade etwas Magie in ihr bewegt. Das Gewand war so grün wie das Kleid, das oben hing. Das, was sie gerade gesehen hatte, hatte nichts Extravagantes an sich. Es war Familie. Es war die Natur in ihrer ursprünglichsten Form.

Und sie wusste genau, welches Motto Rubys Haus beim *Crystal Christmas Cookie Crawl* dieses Jahr haben würde. Sie hatte es die ganze Zeit vor Augen gehabt.

Die Gaben der Natur.

Sie würde die Pfauenfederdekoration, die gebleichten Tannenzapfen und die Einmachgläser, die sie gefunden hatte, wiederverwenden. Zusammen mit den Duftkerzen würde sie alle Sinne auf die einfachste Weise ansprechen. Weniger war mehr. Das sagte sie auch ständig zu ihrem Team. Es einfach halten, und sie hatte das Gefühl, dass dies einfach das beste Jahr aller Zeiten werden würde.

Ruby brauchte sich keine Sorgen um den Gewinn des Goldenen Kranzes zu machen.

Aber das Wichtigste zuerst. Sie benötigte Platz zum Arbeiten. Joy hatte notiert, welche der Kisten sie für das Zubehör unten lassen musste, und räumte die restlichen Kisten aus dem Weg. Sie würde sie so schnell wie möglich wieder auf den Dachboden bringen.

Als sie alle alten Notizbücher, die sie nicht mehr verwenden wollte, zurücklegte, flatterte eines der Bilder auf den Boden. Das unsichtbare Klebeband war vergilbt und hatte im Laufe der Jahre seine Haftfähigkeit verloren.

Sie griff danach und betrachtete das Bild ihrer Mutter, die ein Sweatshirt mit Vögeln und einer verschneiten Weihnachtsszene darauf trug. *Die Gaben der Natur.* »Danke, Mom.« Und dieses Mal weinte sie nicht. Sie spürte eine Wärme, wo sonst die kalte, schwere Schwärze sie gefangen hielt.

Sie schnappte sich ihren Laptop und begann, alle Listen, die sie begonnen hatte, zu einem zusammenhängenden Projektplan zusammenzufügen.

Zeit, um ernst zu machen.

Kapitel 17

Am nächsten Morgen packte Joy Rubys Häkelkorb zu den Sachen, die sie Ruby bei ihrem nächsten Besuch mitbringen wollte. Hoffentlich würde sie damit bis Weihnachten beschäftigt sein und Joy ihren Aufenthalt ein wenig angenehmer machen.

Da klopfte es dreimal schnell gegen die Tür. Um knapp sechs Uhr morgens war es noch zu früh für Molly.

Joy öffnete die Tür. Eine junge Frau stand von einem Bein aufs andere hüpfend da und versuchte, sich in der frischen Morgenbrise warm zu halten. Selbst in dem schweren Mantel wirkte sie zierlich, und ihre Haut war so blass im Vergleich zu ihrem dunklen Haar, dass sie Joy an Schneewittchen erinnerte.

»Hallo«, sagte die junge Frau. »Ich störe nur ungern. Es tut mir leid, dass ich nicht früher vorbeigeschaut habe, um mit Ihnen zu reden.«

Joy warf einen Blick über die Schulter der Frau und erkannte das Auto sofort. »Sie sind die Mutter von Molly?«

»Ginny«, sagte sie und knetete ihre Hände. »Ich kann Ihnen nicht genug dafür danken, dass Sie mir mit ihr geholfen haben. Vor allem jetzt, da Ruby im Krankenhaus ist. Alle in der Kirche beten für ihre baldige Genesung. Sie müssen mich für so egoistisch halten, dass ich nicht früher vorbeigeschaut habe. Ich –«

Joy legte ihre Hand auf Ginnys Arm. »Ist schon gut. Machen Sie sich keine Sorgen. Sie sind mir keine Erklärung schuldig. Kommen Sie rein, raus aus der Kälte.« Joy hielt ihr die Tür auf und winkte sie ins Haus. »Sie und Molly, ihr seid Rubys größte Sorge. Ich bin froh, wenn ich helfen kann.«

»Molly hört nicht auf, von Ihnen zu sprechen. Ich kann Ihnen nicht genug danken. Dabei haben Sie schon alle Hände voll zu tun.«

»Machen Sie sich keine Sorgen. Ich weiß nicht, was bei Ihnen los ist, aber ich kann Ihnen sagen, dass Ruby sehr viel von Ihnen und Molly hält. Es freut mich, Sie kennenzulernen.«

»Ich muss Sie um noch einen Gefallen bitten.« Ginnys Augen begannen zu glänzen, und ihre Worte purzelten nur so aus ihr heraus. »Wenn es eine andere Möglichkeit gäbe, ich verspreche, ich würde Sie nicht behelligen.«

»Halt. Machen Sie langsamer. Es macht keine Mühe. Ich bin ja da. Was ist denn mit Ihnen los? Wie kann ich Ihnen helfen?«

Das Kinn der Frau zitterte. »Kann Molly heute nach der Schule bei Ihnen bleiben und die Nacht hier verbringen?«

Der Gedanke, sich über Nacht um das kleine Mädchen kümmern zu müssen, versetzte Joy in Panik, aber der Blick in Ginnys Augen sagte ihr mehr, als alle Worte es vermochten. Und Joy hatte nicht vor, die Schwierigkeiten, die im Leben dieser jungen Frau offensichtlich bestanden, noch größer zu machen.

»Ich muss zugeben, dass ich nicht Ruby bin, wenn es um den Umgang mit Kindern geht. Eigentlich habe ich überhaupt keine Erfahrung. Aber ich werde es irgendwie hinbekommen, wenn Sie mir vertrauen. Molly wird mich unterstützen. Auf jeden Fall. Sie können sich auf mich verlassen.«

»Danke. Sie ist ein braves Mädchen. Ich glaube nicht, dass sie Ärger machen wird.«

»Das wird schon gut gehen. Soll ich sie von der Schule abholen oder –«

Ginny schüttelte den Kopf. »Nein. Die Lehrerin kann sie

in den Bus setzen, der hier hält, so gegen halb vier. Wir haben das schon oft mit Ruby gemacht.«

»Dann ist ja alles geklärt. Das kriegen wir schon hin. Machen Sie sich keine Sorgen.«

»Ich kann Ihnen nicht genug danken.« Ginny umarmte Joy, wobei ihr die Tränen über das Gesicht liefen, dann drehte sie sich um und ging.

Joy schloss die Tür. *Machen Sie sich keine Sorgen?* Sie wünschte, sie könnte sich das selbst sagen.

Eine Stunde später kam Molly durch die Haustür, wie an jedem anderen Tag auch, nur dass heute ein karierter Pullover und eine weiße Strumpfhose unter ihrem schweren Mantel hervorlugten.

»Hey, Molly. Du siehst hübsch aus. Wie geht's dir heute?«

»Mir geht es gut.« Sie schälte sich aus ihrer Mütze und den Handschuhen, dann legte sie ihren Mantel auf den Stuhl. »Ist es wirklich okay, wenn ich nach der Schule hierherkomme und bei dir schlafe?«

»Ja, voll okay! Bist du aufgeregt?«

Das kleine Mädchen wippte mit dem Kopf. »Ja, vielleicht schneit es.«

»Wirklich?« Joy hatte sich nicht einmal die Mühe gemacht, die Wettervorhersage anzuschauen. »Na, dann werden wir wohl eine richtig magische Nacht erleben, was?«

»Ich liebe Schnee.«

»Ich auch, aber selbst wenn es nicht schneit, habe ich etwas Lustiges geplant.«

Molly wackelte vor Aufregung.

»Ruby backt jedes Jahr ihre berühmten Weihnachtsplätzchen, und sie hat mich gebeten, mit dem Teig anzufangen. Würdest du mir helfen?«

»Ja!« Sie sprang in die Luft und hüpfte dann mit ihren kleinen Wildlederstiefeln auf dem gefliesten Küchenfußboden.

»Toll. Lass uns dich für die Schule fertig machen, und dann werden wir eine lustige Nacht zusammen verbringen.«

Joy knabberte an den Rinden des Erdnussbuttersandwiches, während sie von der Haustür aus Molly dabei beobachtete, wie sie die Stufen zum großen gelben Schulbus hinaufhüpfte. Als Mom krank gewesen war, konnte Joy sich erinnern, wie viel Angst sie gehabt hatte, in den Bus zu steigen und zur Schule zu fahren. Sie hatte immer befürchtet, dass Mom weg sein würde, wenn sie wieder nach Hause kam.

Aber irgendwie war dieses Farmhaus in jenen Tagen ein Zufluchtsort gewesen. Der einzige Platz, an dem sie sich sicher gefühlt hatte. Seltsam, dass es das nach all den Jahren immer noch war. Nur dieses Mal für Molly.

Als sie die Tür schloss, konnte sie fast die Mischung aus Zucker und Gewürzen riechen, die Rubys Gebäck vor all den Jahren verströmt hatte. Joy hatte seit damals kein einziges Mal mehr gebacken. Selbst ihre Kochkünste waren eher begrenzt. Vor allem aus Bequemlichkeit zog sie es vor, auswärts zu essen. Aber sie konnte Anweisungen folgen, und es würde hoffentlich einfach sein, sich an Rubys Rezepte zu halten.

Sie schlängelte sich in die Küche. Der erste Punkt in ihrem Projektplan war es, alle notwendigen Vorräte zu besorgen. Ganz oben auf der Liste standen die Zutaten für den Plätzchenteig, den sie einfrieren musste.

Mit der alten Rezeptbox in der Hand blätterte Joy durch die Karteikarten und suchte jedes Rezept auf Rubys Liste der jährlichen Favoriten heraus. Es dauerte fast eine Stunde, um alles durchzurechnen und die Einkaufsliste für die Vorbereitungen zu erstellen. Aber heute Abend würde sie sich auf ein einziges Rezept konzentrieren.

Vanillekipferl.

Die hatte sie immer am liebsten gegessen. Und kein Puderzucker der Welt, der sich auf der Vorderseite ihrer Kleidung ablagerte, würde sie davon abhalten, sie zu probieren, wenn sie auf dem Blech lagen. Sie hoffte, Molly würde die Plätzchen auch so mögen.

Sie schnappte sich ihre Schlüssel und machte sich auf den Weg in die Stadt. Auf dem Markt herrschte reges Treiben, und Weihnachtsmusik lag in der Luft. Weniger als zwei Wochen bis Weihnachten. Die Supermarktregale waren mit den wichtigsten Zutaten für alle traditionellen Rezepte gefüllt. Grüner Bohnenauflauf, glasierte Süßkartoffeln und kandierte Früchte für diejenigen, die abenteuerlustig genug waren, sich an Früchtebrot zu versuchen.

Der Geruch von Landschinken kitzelte in Joys Nase und weckte Erinnerungen an Tante Rubys Süßkartoffelplätzchen mit hauchdünnen Scheiben salzigen Schinkens, die am Weihnachtsmorgen immer Tradition waren.

Nachdem sie einen Artikel nach dem anderen von ihrer Liste gestrichen hatte, hatte sie schon fast zwei Drittel des Ladens abgegrast, und ihr Einkaufswagen sah ziemlich beeindruckend aus. Jeder, der vorbeikam, hätte meinen können, sie wüsste, was sie mit all den Zutaten anstellen wollte. Um ehrlich zu sein, hatte sie immer noch keine Ahnung, was der Unterschied zwischen Backpulver und Natron war … aber wusste das wirklich jemand?

Sie holte einen Eimer Hähnchen und eine Schale mit Makkaroni und Käse aus dem Schnellimbiss. Sie hatte von Renee gehört, dass deren Kinder allein von Hühnchen und Makkaroni mit Käse überleben konnten. Das schien eine sichere Bank zu sein. Molly konnte immer noch ein weiteres Erdnussbuttersandwich essen, wenn es nötig wäre. Sie würde schon nicht über Nacht verhungern. *O Gott, was wäre ich für eine Mutter, wenn ich so denke?*

Der kleine Weihnachtstraum, den sie gehabt hatte, verspottete sie ein bisschen. Ein Junge und ein Mädchen, hm? Äußerst unwahrscheinlich. Vor allem, wenn man bedachte, dass sie fast dreißig und ohne Aussicht auf irgendetwas davon war.

Joy stellte sich in der kürzesten Kassenschlange an und las die Schlagzeilen der Boulevardzeitungen. Jemand war schwanger, ein Paar trennte sich, ein anderes heiratete, ein Mann versuchte zu beweisen, dass er der echte Weihnachtsmann und über vierhundert Jahre alt war. Na, da schau her. Wenn er es war, mussten Kekse und Milch der Jungbrunnen schlechthin sein, denn der Kerl sah keinen Tag älter als fünfzig aus.

Sie reihte alle Backzutaten auf dem Kassenband auf und sah zu, wie die Verkäuferin eine Tüte nach der anderen füllte. Die Lebensmittel, die sie gerade aus ebendiesem Einkaufswagen entnommen hatte, schienen nicht mehr hineinpassen zu wollen. Woran lag das denn?

Sie zog ihre Debitkarte durch, und nun war sie gewappnet und bereit für die nächsten vierundzwanzig Stunden. Wenn sie eine Nacht mit einer Siebenjährigen überlebte, konnte sie die Woche voller Plätzchenvorbereitung erst recht überstehen.

Bepackt mit Plastiktüten an beiden Armen, brauchte sie trotzdem drei Anläufe, um alles in die Küche zu bringen. Als die gesamten Zutaten auf dem Küchentisch verteilt waren, holte Joy ihr Handy heraus und machte ein Foto, das sie dann an Ruby schickte, die sich über den Beweis freuen würde, dass sie sich mit dem Backen beschäftigt hatte.

Das versüßte Joy selbst auch den Tag.

Sie sortierte alle Dinge aus, die sie für das Sandgebäck heute Abend brauchen würde, und räumte dann die restlichen Zutaten weg. Molly und sie würden den gesamten Teig für die zwölf Dutzend Kipferl herstellen, wie Ruby es verlangte, und dann ein paar Dutzend backen, nur zur Übung – und zum Spaß natürlich.

Ein paar Minuten später erhielt Joy eine SMS von Ruby, die einfach lautete: *Bravo!*

Wahrscheinlich steckte Johnny dahinter.

Sie legte das Telefon auf den Tresen und begann, Bleche, Schüsseln und den Mixer herauszuholen, damit sie gleich nach Mollys Ankunft loslegen konnten.

Sie griff zu ihrem Telefon und googelte nach Schlafenszeiten für Siebenjährige. Sie hatte gar nicht daran gedacht, Ginny nach diesen Details zu fragen. Sie konnte sich nicht mehr daran erinnern, wie ihre Schlafenszeit in diesem Alter ausgesehen hatte. Im Internet gab es zahlreiche Informationen zu diesem Thema, aber die meisten schienen sich auf zwischen halb acht und acht Uhr abends zu einigen. Das war nicht annähernd so einschüchternd.

Ich kann es so lange durchhalten.

Kaum hatte sie ihr Handy weggelegt, vibrierte es auf der Arbeitsplatte. Sie hob das Telefon auf und erwartete eine SMS von Renee, aber was sie sah, war ein Selfie von Ruby und Johnny.

Sie lachte laut auf. Das Dixon-County-Reha-Center würde nie wieder dasselbe sein.

Bellissimo, schrieb sie zurück.

Joy stieg die Treppe hoch und bezog das Bett in ihrem alten Schlafzimmer mit frischen Laken aus dem Wäscheschrank. Die Laken mit den prinzessinnenhaften rosa Herzen gehörten zu ihren Lieblingsstücken. Molly würde hier schlafen, und Joy würde im Gästezimmer übernachten. Wenn Molly in der Nacht Angst bekam oder verwirrt war, würde sie auf der anderen Seite des Flurs sein. Das Zimmer war immer noch für ein junges Mädchen passend, denn Ruby hatte es nicht verändert, seit Joy weg war.

Außerdem schlief Joy viel lieber in einem Doppelbett.

Die pinke und limonengrüne Steppdecke, die Mom und Ruby für sie genäht hatten, lag noch im Schrank. Joy nahm sie heraus und breitete sie über dem Bett aus, genau wie sie es vor zwölf Jahren getan hätte.

Joy holte vorsichtig ihr Kleid vom Türrahmen. Sie hielt es an ihren Körper und drehte sich. Sie hatte kein Date für die Gala, aber Todd wollte sowieso nie tanzen, also hätte er den Abend nicht viel unterhaltsamer gemacht. Sie konnte genauso gut allein gehen.

Außerdem würde er den ganzen Abend um die MacDonald-Webber-Kunden herumscharwenzeln – und das war einfach falsch, da er jetzt für eine andere Firma arbeitete. Zwar nicht für eine, die sie wirklich als Konkurrenz betrachteten, aber trotzdem … So war Todds Arbeitsweise. Immer direkt am Zug.

Sie wirbelte noch einmal herum und trug das Kleid dann ins Gästezimmer hinüber. Sie hängte es an den Haken an der Rückseite der Tür und strich mit den Fingern über die feine Perlenstickerei. Von dieser Nacht hatte sie schon so lange geträumt. Sie durfte sie nicht verpassen, und hier war alles in bester Ordnung. Kein Grund, nicht zur Gala zu gehen. Sie hoffte, dass der Abend so magisch werden würde, wie dieses Kleid ihr erschien.

Der laute Dieselmotor des Schulbusses brachte die alten, holzgerahmten Fenster zum Vibrieren. Joy schaute hinaus und sah, wie Molly mit ihrer Häschen-Brottasche aus dem Bus stieg.

Joy lief die Treppe hinunter, um sie an der Tür zu begrüßen. »Wie war dein Tag?«

Molly lächelte. »Ich habe dir etwas gemacht.«

»Oh, wirklich?«

Molly nickte. »Weihnachtsschmuck.« Sie hielt einen roten Papierkreis in die Höhe, der an einem Stück grüner Zackenlitze hing. Darauf standen in weißer Farbe die Buchstaben J O Y.

»Es ist wunderschön.«

»Es ist dein Name. Und heißt Freude, wie das Gefühl.«

»Ja, ganz genau.«

Ihr wurde warm bei dem Gedanken, dass diese winzigen Hände an einem Mitbringsel nur für sie arbeiteten. »Das ist wirklich schön. Ich liebe mein Geschenk. Danke, Molly.« Sie hängte den Anhänger über die Türklinke des Flurs. »Wir werden es hier aufhängen, bis wir die Weihnachtsbäume aufgestellt haben. Okay?« Es kostete sie alles, um die Tränen zurückzuhalten, die diese süße Geste hervorriefen.

»Ja.« Molly schälte sich aus ihrem Mantel und den Ohrenschützern.

»Willst du die Sachen oben auf dein Bett legen?« Joy ging auf die Treppe zu. »Komm mit. Ich zeige dir, wo du heute Nacht schlafen wirst.«

Molly folgte ihr ohne ein Wort, bis sie den Treppenabsatz erreichten. »Normalerweise schlafe ich nur bei Ruby. Sie schnarcht.«

»Tut sie das?«

»Wirklich laut.« Molly musste kichern.

Joy konnte nicht umhin, ebenfalls zu lachen. »Du schnarchst doch nicht, oder?«

»Nei-een!«

»Gut. Ich schnarche zwar nicht, aber ich dachte, du könntest in meinem alten Zimmer schlafen.« Joy stieß die Tür zu ihrem farbenfrohen Schlafzimmer auf. »Ich bin gleich auf der anderen Seite des Flurs. Ist das okay?«

Mollys Augen leuchteten auf. »Das war dein Zimmer?«

»Aber sicher doch.« Bis heute hatte Joy gedacht, dass dieses Zimmer die traurigsten Momente ihres Lebens beherbergte. Doch als sie ihr Zimmer durch Mollys Augen sah, fiel ihr wieder ein, dass es hier auch einmal gute Zeiten gegeben hatte.

Mom, die neben dem Bett kniete und Joy eine Geschichte vorlas, bis sie einschlief. Die Zeiten, in denen sie krank war und Mom sich um sie gekümmert hatte. Ein kalter Waschlappen auf ihrem Kopf und der Mülleimer neben dem Bett, nur für den Fall. Gemeinsam das Bett machen. Mindestens ein Dutzend Mal hatten sie das Betttuch als Fallschirm in die Luft geworfen, nur so zum Spaß.

»Dieses Zimmer ist toll«, sagte Molly. »Sieh nur, all die Bücher. Darf ich bei dem Bären schlafen?«

Der Teddy war ein Geschenk von Mom und Dad zu ihrem sechsten Geburtstag gewesen. Joy erinnerte sich noch daran, wie sie sich als kleines Mädchen vor dem Schlafengehen an dieses Ding klammerte. Es war schon lange her, dass man dem Bären Liebe geschenkt hatte.

»Natürlich darfst du das.« Joy griff nach oben und nahm den Bären aus dem Regal. Er war immer noch genauso weich, wie sie ihn in Erinnerung hatte. Dieser Teddy hatte ihr so lange Trost gespendet. Er hatte viele Tränen aufgesaugt und viele Wäschen überstanden. »Ich glaube, er würde gerne bei dir bleiben.«

»Für immer?«

»Klar. Er fühlt sich hier drin einsam.« Sie reichte den Bären an Molly weiter. Trotz all der Erinnerungen, die dieser Teddy für sie barg, wusste sie, dass Molly ihn jetzt besser an ihrer Seite hätte – um sich genauso sicher zu fühlen, wie es auch Joy in schweren Zeiten getan hatte.

»Das ist das schönste Zimmer aller Zeiten.« Molly klemmte den Bären unter ihren Arm. »Hier werde ich keine Angst haben.«

Es existierten viele gute Erinnerungen in diesem Raum.

Kapitel 18

Molly legte ihre Sachen auf dem Schreibtischstuhl ab, der vor dem Fenster stand, und kletterte dann auf das Bett. Sie saß im Schneidersitz und hopste mit einem Lächeln auf und ab. »Das wird ein Spaß.«

»Ich hoffe es.« Sie griff nach Mollys Hand, und das kleine Mädchen rutschte vom Bett. Sie drehte sich um und verstaute den Bären unter der Bettdecke, dann legte sie ihre Hand in die von Joy.

Sie stiegen die Treppe Seite an Seite hinab. »Ich dachte, wir sollten vor dem Abendessen den Plätzchenteig vorbereitet haben. Danach backen wir ein paar Kekse zum Nachtisch. Der Teig lässt sich besser verarbeiten, wenn er gekühlt ist.«

»Okay.«

»Ich wusste nicht genau, was du zum Abendessen möchtest. Ich habe Hühnchen und Makkaroni mit Käse.«

»Ich liebe Makkaroni und Käse.«

Ein Punkt für die Heimmannschaft. So weit, so gut. Sie könnte das schaffen.

Gemeinsam arbeiteten sie an dem Plätzchenteig. Nachdem sie die Pekannüsse zerkleinert hatten, die Ruby im letzten Monat zur Vorbereitung geknackt hatte, wogen sie die Pekannussstücke ab und mischten sie mit Butter, Mehl, Puderzucker, etwas Vanille und einem Ei, wobei sie Rubys alten Mixer benutzten, um den schwierigen Teil zu erledigen.

Wenn Joy richtig gerechnet hatte, brauchte sie vier dieser Chargen, um auf genug Teig für die zwölf Dutzend Plätzchen zu kommen, die Ruby wollte.

»Okay«, sagte Joy, öffnete die Speisekammer und nahm

zwei Schürzen vom Haken. Selbst nach all diesen Jahren wusste sie, dass sie dort hängen würden. Sie hob die Schlaufe einer Schürze an, die zuckermelonenorange war, mit türkis und weiß bestickten Törtchen am unteren Rand. Joy ließ die obere Schlaufe über Mollys Kopf fallen, raffte dann den mittleren Teil, um ihn kürzer zu machen, und band ihn um Mollys Taille. »Perfekt.«

Joy griff nach der grün-weiß gestreiften Schürze, kreuzte die langen Bänder hinter ihrem Rücken und band sie vorn zu einer großen Schleife zusammen. »Ich glaube, wir sind bereit.« Sie schnappte sich die Schachtel mit dem Wachspapier und schloss die Tür zur Speisekammer. »Ich möchte, dass du ein wirklich langes Stück von diesem Wachspapier abschneidest. Sei vorsichtig mit der scharfen Kante. Kriegst du das hin?«

»Ja.« Molly nahm die Schachtel und zog vorsichtig etwa zehn Zentimeter heraus. »So groß?«

»Größer.«

Sie zog noch mehr heraus und hielt inne, um die Bestätigung von Joy abzuwarten.

»Mehr«, sagte Joy.

»Noch mehr?« Molly sah aus, als würde sie alle Süßigkeiten aus einer unbeaufsichtigten Süßigkeitenschüssel nehmen. Als fast ein Meter Wachspapier über den Tresen gerollt war, gab Joy ihr schließlich das Okay-Zeichen.

»Vorsichtig«, erinnerte Joy sie.

Molly kippte die Schachtel und zerrte daran.

»Perfekt.« Joy ließ die große Teigmasse aus der Rührschüssel direkt auf das Papier plumpsen. »Hilf mir beim Kneten. Wir rollen eine lange, dünne Raupe aus.«

Molly und sie quetschten, dehnten und zogen den Klumpen zu einem langen Zylinder, der von einem Ende des Wachspapiers zum anderen reichte.

»Jetzt heb dein Ende an, und ich hebe meins an. Wir platzieren es genau an der Kante des Papiers. Okay?«

Molly hob ihr Ende hoch, und sie vollführten das Manöver.

Dann rollte Joy das Papier um den Teig herum wie eine riesige Keksrolle, die man aufschneiden und backen konnte.

»Einer geschafft«, sagte Joy.

»Das hat Spaß gemacht.«

»Definitiv. Vielleicht kannst du ja auch wieder bei uns übernachten, wenn wir für den großen *Crystal Christmas Cookie Crawl* backen.« Die Worte waren ihr förmlich aus dem Mund gepurzelt und überraschten sie ebenso wie Molly, die von der Idee absolut begeistert war.

Sie stellten noch eine Ladung Plätzchenteig her und machten dann Pause, um zu Abend zu essen. Joy wärmte das Brathähnchen und die Makkaroni mit Käse auf, während Molly den Tisch deckte und dabei leise sang:

Eins, zwei, drei, vier Schritte,
der Teller kommt in die Mitte.
Die Kuh ist über'n Mond geflitzt,
Gabel links und Messer rechts da sitzt.
Und obendrüber blinkt der Löffel.

Sie wiederholte die Melodie, während sie das andere Gedeck anrichtete, und drehte sich dann stolz um.

»Es sieht super aus.« Joy stellte das aufgewärmte Essen auf den Tisch und nahm Platz, wobei sie Molly ein Zeichen gab, sich auf den anderen Stuhl zu setzen. »Schmeckt dir das Hühnchen?«

»Ja, Ma'am.«

Joys Herz füllte sich mit Liebe für dieses süße kleine Mädchen. Was würde sie dafür geben, ein kurzes Video von diesem Kind aufnehmen zu können, um es Margie als leuchtendes Beispiel zu schicken, was man ihren Kindern noch beibringen könnte. Das war kein Vergleich.

»Wie war dein Tag in der Schule heute?«, erkundigte sich Joy.

»Es war schön. Ich mag meine Schule sehr. Alle sind wirklich nett, und wir lernen auch viel. Außerdem durften wir heute den Weihnachtsschmuck basteln. Das hat am meisten Spaß gemacht.«

»Das ist gut.«

»Manchmal dürfen wir Snacks mitbringen. Bobbys Mutter hat uns heute Muffins mitgebracht. Es waren ganz kleine, sodass wir nicht mal gekleckert haben.«

»Das war sehr nett von ihr.«

»Ja.« Molly nahm einen weiteren Bissen von ihrem Hühnchen. »Ich mache gerne Sachen mit dir. Du bist nett.«

»Danke. Ich finde dich auch sehr nett.« Joy zog ihren letzten Bissen Hähnchen durch die Käsesauce auf ihrem Teller. »Bist du fertig?«

»Ja.«

Joy räumte das Geschirr ab, und Molly hielt Joy den Geschirrspüler auf.

»Wir sind ein gutes Team.« Joy wischte sich die Hände am Geschirrtuch ab und begann, eine weitere Ladung Plätzchenteig abzuteilen. »Bist du bereit?«

Molly kletterte auf den Stuhl vor der Theke und hielt den Messbecher mit dem Mehl über die Rührschüssel. »Bereit, wenn du es bist!«

Als Joy die letzte Plätzchenteigrolle in den Gefrierschrank legte, holte sie den ersten Teig, den sie gemacht hatten, heraus und halbierte ihn. »Bist du dabei, dass wir ein paar Plätzchen backen? Das sind meine absoluten Lieblingskekse.«

Mollys Augen glänzten.

Joy heizte den Ofen vor und holte zwei Backbleche aus der Speisekammer.

»Okay, der Trick bei diesen Plätzchen ist, dass sie nicht zu dick sein sollten. Wir nehmen also einfach eine kleine Teigkugel und formen sie zu einem Strang, den wir dann flachdrücken und biegen, damit er wie der Mond aussieht.« Joy nahm eine kleine Teigkugel und formte sie in ihren Händen, so, wie sie es von Tante Ruby kannte. »Meinst du, du schaffst das?«

»Lass es mich versuchen«, antwortete Molly.

Joy reichte ihr eine Teigkugel, und Molly rollte sie in Form.

»Gut, jetzt legst du den Teig auf das Backblech. Wir wollen etwas Platz um sie herum lassen, also nicht zu dicht.«

»So?«, fragte Molly, als sie ihr Plätzchen auf das Backblech legte.

»Perfekt. Wir kriegen wahrscheinlich zwölf Stück auf dieses Blech. Willst du mit mir zählen?«

»Klar.« Molly zählte eins und zwei für die, die sie bereits auf das Blatt gelegt hatten, und zählte laut mit, während sie ihre fertigen Formen eine nach der anderen auf das Blech legten.

»Zwölf!«, rief Molly gerade, als der Summer ertönte.

Sie schoben das erste Blech mit Keksen in den Ofen, Joy stellte den Timer ein und formte die nächsten zwölf, während sie Molly damit beauftragte, den Puderzucker zu sieben, um später darin dann die warmen Kekse zu wälzen.

Puderzucker wehte durch die Luft. Joy schob die Ärmel ihres blauen Pullis hoch. Der warme Ofen hatte die Küche gemütlicher gemacht und die Kälte aus ihr vertrieben.

Der Timer surrte. »Sie sind fertig.«

Joy holte die Topflappen aus der Schublade und schob das Blech auf den Herd.

»Sie riechen gut«, bemerkte Molly.

Joy atmete den zuckrigen Geruch ein. »Ja, das tun sie.« Sie schob das zweite Blech in den Ofen. »Lass uns noch eine Ladung machen, dann sollten sie kalt genug sein, um sie im Puderzucker zu rollen.«

Sie rollten und formten die nächsten zwölf auf einem Blatt

Backpapier. Dann hielt Joy das warme Backblech, während Molly mit dem großen Spatel hantierte, um jeden Keks vorsichtig herauszunehmen und ihn in den Zucker zu legen.

Sie hatten erst drei Kekse umgesiedelt, als der Rauchmelder losging.

Es war so laut, dass Molly den Spatel fallen ließ und sich die Hände über die Ohren schlug.

Joy drehte sich um und stellte das Backblech auf den Tisch, während sie zum Ofen lief, auf die Knöpfe drückte und ihn ausschaltete. Dann warf sie Molly das Handtuch von der Schulter zu. »Hier. Schwenk das am besten in der Nähe des Rauchmelders in der Luft.«

Molly schwang das Handtuch wie ein erfahrener Pittsburgh-Steeler-Fan, während Joy hinstürzte, um die Kekse zu retten – aber da war nichts mehr zu retten. Sie waren zu einer viel zu dunkelbraunen Kruste verbrannt. Die zwölf verkohlten Nuggets qualmten, als Joy das Backblech durch die Hintertür zur Mülltonne trug.

Molly, das Kaninchen, hob sich auf ihre Hinterbeine und schnupperte in die Luft.

»Ich will keine Kommentare von den billigen Plätzen hören«, warnte Joy, als sie die Fliegengittertür aufstieß, den Deckel des Mülleimers öffnete und das Blech abklopfte.

Das Kaninchen ging auf alle viere und hopste in die hintere Ecke des Käfigs.

»Alles in Ordnung?« Ben kam um die Ecke gerannt und blieb stehen, als er sie sah.

Hitze stieg ihr in die Wangen. Warum schien sie diesem Kerl immer zu sagen, dass sie alles im Griff hatte, und trotzdem war er jedes Mal zur Stelle, wenn eine Katastrophe eintrat? »Ich schwöre, ich stecke nicht immer in der Klemme.«

»Ich fange an, Komplexe zu kriegen.«

»Ich auch. Ich habe nur einen Witz gemacht, als ich sagte, Sie bringen Unglück. Aber mittlerweile frage ich mich schon, ob da nicht etwas dran ist. War ausgemacht, dass Sie heute Abend vorbeikommen? Habe ich etwas vergessen?«

»Nein. Ich habe das Wasser für die Bäume kontrolliert. Sie schlucken in den ersten Tagen sehr viel. Ich war drüben in der Scheune und habe den Rauchmelder gehört.«

»Nur ein Missgeschick beim Backen. Vielleicht hatten wir zu viel Spaß. Der erste Schwung war perfekt.«

»›Wir‹? Ist Ruby wieder zu Hause?«

»Nein. Ich habe eine kleine Helferin.«

»Der Herd könnte zu heiß geworden sein. Der von meiner Mutter tut das. So um die fünfundzwanzig Grad Abweichung. Das ist gar nicht so ungewöhnlich.«

»Wirklich?«

»Ja. Ich kann es gern für Sie überprüfen.«

»Ich –«

»Ich weiß. Sie können das selbst. Aber wenn ich nachschaue, habe ich einen Grund, einen der noch warmen perfekten Plätzchen zu probieren, die Sie gerade erwähnt haben.«

»Kommen Sie rein.«

Er folgte ihr nach drinnen, wo Molly immer noch in der Mitte der Küche stand und das Geschirrtuch flattern ließ, wie es ihr aufgetragen worden war. »Du kannst jetzt aufhören«, sagte Joy. »Danke, Molly.«

»Hi, Molly. Ich bin Ben.« Er beugte sich etwas vor und kam näher an sie heran. »Ich bin ein Freund von Ruby und Joy.«

»Ich bin auch eine Freundin«, sagte sie, strich sich mit ihren zuckerverkrusteten Fingern über die Hose und streckte dann ihre Hand aus, um seine zu schütteln.

Ben ergriff sie, und er und Molly tauschten einen Handschlag aus. Er sah beeindruckt aus. »Wie alt bist du?«

»Ich bin sieben.«

»Ich wette, du bist eine große Hilfe in der Küche.« Er

beugte sich vor und flüsterte gespielt: »Sieht aus, als bräuchte sie Unterstützung.«

Joy zog sich zurück und wölbte die Augenbraue. »Muss ich Sie daran erinnern, dass die erste Ladung bestens war?«

Ben tippte Molly auf die Nase, was sie zum Kichern brachte. »Ich sehe mal nach dem Ofen, damit die nächste Ladung nicht verbrennt.«

»Gut, denn das war harte Arbeit, den Rauch zu vertreiben.« Molly rieb sich dramatisch den Arm.

»Ich glaube nicht, dass wir ein Thermometer haben«, gestand Joy.

»Das ist nicht nötig. Ich habe ein kleines Ass im Ärmel«, sagte Ben.

»Natürlich haben Sie das. Warum würde Ruby Sie sonst Handy Andy nennen?«

Molly kicherte, und Ben warf einen Blick in Joys Richtung.

»Sie können auch ganz gut austeilen. Das mag ich bei einer Frau.« Er durchquerte den Raum. »Haben sie etwas Zucker?«

Molly und Joy brachen in ein lautes Kichern aus. Die komplette Küche war praktisch mit Puderzucker bestäubt.

Ben folgte ihren Blicken in Richtung Küchentisch und wischte mit einem Finger durch das Durcheinander. Dann drehte er sich langsam um und tupfte drei Punkte auf Mollys Stirn und einen direkt auf ihre Nasenspitze.

»Hey!«, rief Molly, stemmte die Hände in die Hüften und kicherte dann wieder.

»Was?« Ben versuchte, unschuldig zu wirken, aber Molly kaufte ihm das nicht ab.

»Du hast mich mit Mehl bestäubt.«

»Nein«, sagte Ben. »Das ist nicht einfach Mehl. Das ist Weihnachtsplätzchenmehl, und wenn man sich das in der Weihnachtszeit auf die Haut tupft, verwandelt es sich in magische Schneeflockenwünsche.« Er deutete auf die Punkte.

»Siehst du? Jeder Tupfer ist anders. Genau wie Schneeflöckchen. Aber mit Magie!«

Mollys Augen wurden groß und verengten sich dann zu Schlitzen. »Wirklich?«

»Ja, wirklich. Meine Mutter hat immer Schneeflocken-Wünsche ausgeteilt, wenn wir Weihnachtsplätzchen für den Gemeindebaum gebacken haben.«

»Der Baum im Krankenhaus?« Molly balancierte auf den Zehenspitzen, machte große Augen und sah sehr beeindruckt aus.

Joy lehnte sich gegen die Theke. »Was ist der Gemeindebaum?«

»Meine Mutter hat vor Ewigkeiten damit im Krankenhaus angefangen. Sie hat dort erst als Candy Striper und dann – nachdem sie ihren Abschluss gemacht hatte – als Krankenschwester gearbeitet. In einem der ersten Jahre, in denen sie dort war, pflanzten einige von ihnen einen lebenden Weihnachtsbaum ein auf der Insel vor dem Eingang der Notaufnahme. Meine Mutter sagte, das sei ein jämmerliches Ding gewesen. Im nächsten Jahr kam sie auf die Idee, die Leute zu überreden, den Baum mit selbst gemachtem Schmuck zu behängen, damit er festlicher aussieht. Und das ist zur Tradition geworden. Die Familien backen und verzieren Plätzchen mit dem Namen ihrer Familie und hängen sie an den Baum. Manche backen ganz normale Kekse, andere basteln eine Mischung aus Vogelfutter und Talg in Keksform zusammen. Im Grunde ist es ein kleines Buffet für die Vögel der Gegend, und es ist ein Ort, an dem sich die Nachbarn treffen können. Es bringt vor allem Spaß.«

»Klingt nach einer guten Idee.«

»Können wir das machen?«, wollte Molly wissen.

»Klar. Wir könnten das mal morgens in Angriff nehmen, bevor du zur Schule gehst.«

»Wir sind ein gutes Team«, erklärte Molly Ben.

»Wenn ihr ein Team sein wollt, dann könnte Joy auch ein paar magische Weihnachtsschneeflockenwünsche gebrauchen. Was denkst du, Molly?«

»Ja! Vielleicht verderben wir nicht noch mehr Plätzchen, wenn wir extra Schneeflockenwünsche haben!«

Er wischte mit zwei Fingern aus jeder Hand durch die Zuckermasse und verpasste Joy doppelte Zuckerstreifen auf die Wangen. »Das sollte für vier magische Wünsche genügen. Hoffentlich reicht das für jede Sorte Kekse, die Sie backen«, sagte er.

»Hier.« Joy schnappte sich ihr Handy und gab es Ben. »Schießen Sie ein Foto von uns. Wir schicken es an Ruby. Sie wird sich freuen, dass wir beim Backen Fortschritte machen.«

Molly und Joy warfen sich in Pose, und Ben knipste ein paar Fotos. »Die werden ihr gefallen. Aber, was den Zucker angeht. Ich brauche normalen Kristallzucker.«

»Den habe ich.« Joy nahm einen großen Keramikdose von der Theke und setzte sie vor Ben hin.

»Sehr gut.« Ben stellte den Ofen auf hundertachtzig Grad ein. Während der Ofen wieder auf Temperatur kam, gab er einen Esslöffel Zucker in die Mitte eines Keksblechs.

»Wollen Sie so meinen Ofen testen? Der Zucker wird verbrennen und die ganze Küche noch mehr verpesten.«

»Vertrauen Sie mir.«

»Das sagen sie alle.«

Das Geräusch, das das erfolgreiche Vorheizen ankündigte, ertönte, und Ben schob das Blech in den Ofen, dann stellte er den Timer auf fünfzehn Minuten.

»Also, während wir warten, erzählen Sie mir von dieser Backaktion, die Sie beide vorhaben. Das sieht nach sehr viel Arbeit aus.«

»Ruby hat mich gebeten, den Teig für die *Crystal Christmas Cookie Crawl*-Plätzchen vorzubereiten, also dachte ich, dass Molly und ich heute Abend damit anfangen würden. Wir haben beschlossen, meine persönlichen Favoriten zu testen.«

»Die verbrannten?«

Sie warf ihm einen spielerischen Blick zu. »Vanillekipferl, Sie Witzbold.«

»Die Mom meines Vaters hat die immer gemacht. Die habe ich seit Jahren nicht mehr gegessen.«

»Wenn ich es schaffe, die nächste Ladung nicht zu verbrennen, kann ich Ihnen vielleicht ein paar davon anbieten.«

Der Timer summte, und Ben öffnete die Backofentür. »Okay, seht ihr, was wir hier haben?«

Joy und Molly spähten in den Ofen.

»Geschmolzener Zucker?«, warf Joy ein. »Das ist keine wirkliche Überraschung.«

»Oh, doch. Zucker sollte nicht bei hundertachtzig Grad schmelzen. Er sollte aber bei hundertneunzig Grad schmelzen. Das sagt uns, dass dieser Ofen mindestens zehn Grad zu heiß ist. Etwas, was Ruby wahrscheinlich auswendig weiß.«

»Danke, Ben. Das sollte uns weitere Küchenkatastrophen ersparen, und das ist doch eine gute Nachricht für uns, oder, Molly?«

»Auf jeden Fall.«

»Leider haben wir dafür keine Zeit mehr heute Abend. Ich lege die letzte Charge ein, aber es ist Zeit für dich, ins Bett zu gehen, junge Dame.«

»Okay«, sagte sie, ohne zu widersprechen. »Bringst du mich ins Bett?«

»Klar.«

»Ich schiebe das Blech mit den Keksen rein«, warf Ben ein, »während ihr euch bettfertig macht.«

»Danke. Es braucht elf Minuten, wenn die Temperatur stimmt.«

»Oh, die stimmt mit Sicherheit.«

»Ich weiß, ich weiß. Ich soll Ihnen vertrauen.«

Er zuckte mit den Schultern, und Joy und Molly gingen nach oben.

Joy schaltete das Flurlicht an und half Molly, ihr Nachthemd anzuziehen.

»Ich werde das Licht im Flur für dich anlassen.« Joy zog das Laken zu Mollys Kinn hoch. »Ich hoffe, du schläfst heute Nacht gut.«

»Danke, Joy. Das war alles toll. Es war extra großer Spaß. Sogar mit dem Feuer.«

»Mir hat's auch Spaß gemacht, aber es war gar kein richtiges Feuer. Die Plätzchen waren nur ein bisschen zu gut durch. Das bleibt unser Geheimnis, ja?«

Molly führte ihre Finger an die Lippen, drehte dort einen unsichtbaren Schlüssel herum und nickte dann zustimmend. »Cool.«

»Ich schaue kurz rein, bevor ich schlafen gehe, aber wenn du etwas brauchst, sag mir Bescheid.«

Als Joy das Zimmer verließ, drehte sich Molly auf die der Tür abgewandte Seite, kuschelte sich in die Decke und zog den Teddy in eine Umarmung.

Ein Lächeln kroch über Joys Gesicht. Ein Lächeln, das von ganzem Herzen zu kommen schien, als sie beobachtete, wie sich die kleine Gestalt unter der Bettdecke zusammenrollte. Joy musste Molly recht geben, es war eine ganz besondere Nacht.

In der Küche holte Ben gerade die Kekse aus dem Ofen. »Perfekt.«

»Sie sehen wirklich perfekt aus. Ich danke Ihnen vielmals. Woher wussten Sie überhaupt, dass Sie das überprüfen müssen?«

»Ich habe Ihnen ja erzählt, dass ich gerne Dinge repariere.«

»Sie sind echt gut. Ich schätze, Rubys Spitzname passt zu Ihnen.«

»Ich würde es begrüßen, wenn Sie den nicht benutzen würden. Ich versuche, Ruby bei Laune zu halten, aber der Name macht mich wahnsinnig.«

»Wahrscheinlich nennt sie Sie deshalb so. Sie hat manchmal einen seltsamen Sinn für Humor.«

»Sie ist eine klasse Lady.«

»Die beste.«

»Molly ist ein braves Kind.«

»Ja, glücklicherweise ist sie das, denn ich habe wirklich keine Ahnung von Kindern. Ich habe sie sozusagen geerbt, nachdem Ruby gestürzt ist.«

»Sie haben sich tapfer geschlagen.«

»Wirklich?« Dieses Kompliment bedeutete Joy mehr, als sie gedacht hatte. »Danke schön. Allerdings hat Molly es mir auch sehr leicht gemacht.«

»Sie ist zauberhaft, aber ich kann sehen, dass Sie ein Naturtalent sind.«

Todd hatte Joy immer wieder gesagt, dass sie keine gute Mutter sein würde, weil sie so viel arbeitete, und bis jetzt hatte sie das auch nie wirklich in Betracht gezogen. »Danke. Nur wie Sie schon sagten, sie macht es einem wirklich leicht. Es macht Spaß, Molly um sich zu haben.«

»Sie sind auch spaßiger, als ich erwartet habe.«

Joy wollte Einwände erheben, als sie merkte, dass er irgendwie recht hatte. Jedes Mal, wenn sie miteinander zu tun hatten, war es eine Katastrophe, oder es gab eine Meinungsverschiedenheit. Warum sollte er auch etwas anders denken? »Das Gleiche könnte ich über Sie sagen.«

»Da hier kein Schaden entstanden ist, war das ein schöner Abschluss eines ansonsten eher anstrengenden Tages. Sie haben übrigens den größten der Weihnachtsbäume zu nah an den Ziegenstall gerückt. Ich muss Ihnen leider mitteilen, dass die Tiere die ganze Rückseite gefressen haben.«

»Witzig.«

Er hob seine Hand, so als würde er schwören. »Kein Scherz.«

»Sie haben den Baum gefressen? Also, davon abgebissen, ihn gekaut und geschluckt?«

»Genau so. Bis hinunter zum Weiß des Gerippes. Kein einziges Stückchen Kiefernrinde mehr.«

»Ich bin in letzter Zeit wirklich eine wandelnde Katastrophe.« Sie fuhr sich mit der Hand durch die Haare. »Ich kann das nicht glauben.«

»Es könnte trotzdem passen. Eigentlich sage ich Ruby immer, dass diese riesigen Bäume zu groß für das Wohnzimmer sind, aber sie besteht darauf. Wir können ihn noch einen halben Meter weiter in die Ecke hineinschieben und die Vorderseite ordentlich mit Kugeln und Lichtern schmücken.«

»Und das bedeutet, dass Sie Ihren Willen bekommen.«

»Ein kleiner Triumph.«

»Hey, für Ruby ist das eine große Sache.«

»Ich mag, wie Sie denken.« Er lehnte sich so nah zu ihr, dass sie seinen warmen Atem auf ihrer Wange spüren konnte. Und es fühlte sich gut an. Der Duft von Kiefernholz stieg von seiner Jacke auf. Und gemischt mit den zuckrigen Keksen war der Geruch sexyer als irgendein Eau de Toilette.

Sie wich zurück und sog einen letzten Atemzug von ihm ein. »Nun, ich weiß, wie das ist.« Sie blieb auf Abstand. »Ähm, danke für Ihre Hilfe heute Abend. In jeder Hinsicht. Auch mit Molly. Ich stecke zwar bis zum Hals in den Vorbereitungen, aber als ihre Mutter vorbeikam und mich um Hilfe bat, konnte ich nicht Nein sagen.«

»Es sah so aus, als wüssten Sie, was Sie tun.«

»Das war nur meine berufsbedingt unaufgeregte Fassade. Darunter war ich total nervös, aber als Sie diesen magischen Weihnachtsschneeflockenwunsch-Kram gemacht haben, hatte ich das Gefühl, dass ich endlich etwas entspannter sein und das Ganze genießen konnte.« *Habe ich das gerade laut gesagt?*

Halt die Klappe, Joy. »Also, Sie meinten eben, Sie hatten einen anstrengenden Tag. Was war denn los bei Ihnen?«

»Die Freiwillige, die die gesamte Planung für den jährlichen *Extreme Gingerbread Bake-off* übernehmen sollte –«

»O nein. Sie hat Sie im Stich gelassen? Ich hasse so was.«

»Nicht ganz. Ashley hätte mich niemals einfach sitzen lassen. Es war Mutter Natur, die dazwischengegrätscht ist.«

»Wie das?«

»Ashley war zu Hause, um ihre Mutter zu besuchen, und die Wehen haben eingesetzt. Einen Monat zu früh, also kann ich ihr das Timing nicht übel nehmen.«

»Wohl kaum.«

»Dem Baby und ihr geht es gut, aber sie werden über die Feiertage bei ihren Eltern bleiben. Das ist natürlich gut für sie, doch ich muss jetzt jemanden finden, der ihre Aufgaben übernimmt. Ich kann es nicht selbst tun, weil ich meiner Mutter dieses Jahr bei ihrer Einreichung geholfen habe. Das disqualifiziert mich als Juror. Außerdem stecke ich schon bis über beiden Ohren in Arbeit.«

»Gut, dass Sie sich hier nicht um die Dekoration kümmern müssen.«

»Eigentlich würde ich viel lieber an dieser Dekoration arbeiten. Veranstaltungsplanung ist wirklich nicht meine Stärke. Ich bin ein Zahlenmensch. Ich bin detailorientiert, was Geld und dergleichen angeht, und handwerklich begabt. Aber wenn es um die Planung einer solchen Veranstaltung geht … nicht so sehr.«

»Das ist Mädchenkram.«

»Partys? Ja, so ziemlich.«

Das Licht funkelte in seinen Augen. Joy hob ein Plätzchen auf und warf es ihm zu. Er fing es in der Luft auf und biss ein Stück ab. Wenigstens hatte sie nicht wie ein Mädchen geworfen. »Ich würde lieber planen«, sagte sie. »Übrigens, ich habe einen Projektplan für die Dekoration. Ich bin startklar und fange an, mich darauf zu freuen.«

Seine Lippen verzogen sich zu einem Grinsen, und er lehnte sich zu ihr. »Vielleicht könnte ich Ihnen helfen und Sie im Gegenzug mir.«

Sie lachte und ließ ihn ein wenig zu nah an sich herankommen.

Mit einer hochgezogenen Augenbraue lächelte er. »Ich meine es ernst. Was denken Sie?«

Ein »Nein« lag auf ihren Lippen, aber was herauskam, war: »Das könnten wir tun.« War es dieser männliche Duft aus Kiefernholz und Zucker, oder waren es diese Augen, die ihr den Verstand durcheinanderwirbelten? Sie konnte sich nicht in diesen vorwitzigen Zahlenmenschen verlieben. In ein paar Wochen würde sie wieder nach Hause fahren, doch was konnte es schaden, ihm zu beweisen, dass sie wirklich wusste, wie man eine schillernde Party organisiert?

»Großartig. Nun, ich sollte wohl besser gehen.« Aber er stand einen Moment zu lange da, fast so, als hoffte er, dass sie ihn bitten würde, zu bleiben.

Und als sie ihm zusah, wie er ging, wünschte sie sich, sie hätte ihn gebeten, zu bleiben und die Plätzchen zu Ende zu backen – sie hatte immerhin diese zusätzlichen Schneeflockenwünsche auf ihrer Seite.

Er drehte sich an der Tür wieder zu ihr um. »Wir sollten die Details klären. Morgen? Sie können entweder im Krankenhaus vorbeikommen, oder ich kann nach der Arbeit hier reinschauen.«

Und einfach so übernahm Joy ein neues Projekt – oder tauschte die Aufgaben. Je nachdem, wie man es betrachtete.

Sie begleitete ihn hinaus und blieb an der Tür stehen, als er in seinen Wagen stieg.

Die kühle Nachtluft umwehte sie, als sie winkte. Und während sie die Tür abschloss, ließ sie den Tag noch einmal in

Gedanken Revue passieren. Dann räumte sie die Reste des Backprojekts weg.

Morgen, nachdem sie Molly in die Schule geschickt hatte, würde sie die restlichen Kekse vorbereiten und den Punkt von ihrer Liste streichen.

Joy ging hoch und spähte leise in ihr ehemaliges Zimmer. Molly hatte sich nicht mehr bewegt, seit sie sie zugedeckt hatte.

Jedes Dielenbrett in dem alten Haus schien unter ihren Füßen zu knarren, als sie durch den Flur ging. Sie zog ihren Pyjama an, und erschöpft stellte sie sich den Wecker, um rechtzeitig aufzustehen und schon alles vorzubereiten, bevor Molly aufwachte.

Kapitel 19

Joy schlang ihren Morgenmantel um sich, während sie versuchte, die knarzenden Treppenstufen so leise wie möglich zu umgehen. Je mehr sie sich anstrengte, desto lauter schien sie zu werden. Ihr Körper war so angespannt, als hätte sie gerade eine Stunde Pilates gemacht, nachdem sie ein Dutzend Stufen hinuntergeschlichen war. Sie entspannte sich, sobald sie das Wohnzimmer erreichte und in die Küche ging, um Kaffee zu kochen.

Doch nach all den vorsichtigen Manövern, um Molly nicht zu wecken, saß das kleine Mädchen bereits am Tisch und war für die Schule angezogen.

»Hey, du bist aber früh wach«, sagte Joy. Es war noch jede Menge Zeit, bis der Schulbus kommen und sie abholen würde. »Hast du nicht gut geschlafen?«

»Doch. Mom sagt, ich bin ein früher Vogel.«

Molly hatte sich bereits eine Tasse Milch eingeschenkt. »Na ja, vielleicht haben wir heute Morgen noch Zeit, zum Gemeindebaum zu gehen, wenn du Lust dazu hast.«

»Ehrlich?«

Dieses kleine Lächeln berührte Joys Herz. »Klar. Ich kann die Tiere füttern, wenn du in der Schule bist. Ich denke, Jack, Nanny und Waddles werden das verstehen. Es ist ja nur ein Vormittag.« Außerdem wäre es nicht ganz so schlimm, wenn sie Ben zufällig wieder begegnete. »Sollen wir eine neue Ladung Plätzchen backen und eins für den Gemeindebaum verzieren?«

»Ja!«

Joy nahm eine Stange gefrorenen Plätzchenteig heraus und

schnitt genügend Stücke für ein Dutzend Kekse und zwei größere Scheiben ab, um daraus den Baumschmuck zu basteln.

»Wenn du die untere Schublade neben der Spüle herausziehst, sollten da ein paar Ausstechformen drin sein. Schau mal, ob du zwei extra weihnachtliche findest.«

Molly rannte durch die Küche, wobei ihre Schuhe auf die Kacheln klatschten, dann ließ sie sich auf den Fußboden fallen und begann, Dinge aus der Schublade zu holen.

Joy stellte die Temperatur des Ofens ein und legte ein sauberes Backblech auf die Arbeitsplatte. Ihre Schürzen von gestern Abend waren über eine der Stuhllehnen gehängt.

»Was meinst du? Sind unsere Schürzen zu schmutzig, um sie heute wieder zu tragen?«

Molly lachte und zeigte einen fehlenden unteren Vorderzahn. »Wir wären bekleckert, ehe wir angefangen haben.«

»Stimmt. Das wäre nicht gut. Warte mal.« Joy lief in Rubys Schlafzimmer. Ihre Tante hatte dort einen Stapel T-Shirts von Veranstaltungen bis in die neunziger Jahre liegen, die sich wahrscheinlich sogar als noch älter erwiesen hätten, wenn Joy sich die Zeit genommen hätte, sie wirklich durchzusehen. Sie nahm die beiden obersten Shirts von dem Stapel und trug sie zurück in die Küche. Sie streifte das erste über Mollys Kopf und zog sich dann selbst eines an. »So. Wir sind so weit.«

Joy ließ Molly die dünnen Scheiben zu kleinen Halbmonden formen, während Joy mit dem Nudelholz hantierte, dann siebte die vorsichtig und ordentlich Puderzucker in eine quadratische Auflaufform für die Feinarbeit.

»Alles erledigt«, sagte Molly und wischte sich die Hände an ihrem T-Shirt ab.

»Perfektes Timing.« Joy schob das Blech mit den Kipferln in den Ofen, stellte den Timer ein und ging dann zu Molly an den Tresen.

Joy nahm das Nudelholz in die Hand und sagte: »Okay, jetzt streuen wir ein wenig Puderzucker auf das Nudelholz, und dann rollen wir unsere beiden großen Teigstücke in Form. Ich mache das eine, und du machst das andere.«

Molly schaute aufmerksam zu, als Joy einen ebenen, zehn Zentimeter großen Kreis ausrollte, dann ließ sie Molly es versuchen.

»Gut gemacht«, sagte Joy. »Ich habe ewig gebraucht, um zu lernen, wie das geht.«

Molly nahm die beiden metallenen Ausstecher in die Hand. »Weihnachtsstern oder Strumpf.«

»Fantastisch. Welche Form möchtest du für dein Plätzchen?«

»Den Strumpf«, sagte Molly.

»Okay, dann werde ich den Stern verzieren.« Molly reichte Joy die entsprechende Ausstechform, und beide drückten die Form gleichzeitig in ihren Teig. Ohne ein Wort zu sagen, und nur durch Mitmachen, brachte Joy es Molly bei. Sie zupften den überschüssigen Teig weg und hoben dann vorsichtig die Formen aus den Ausstechern.

»Ich lege die auch auf das Plätzchenblech«, sagte Molly.

»Oh-oh. Wir haben eine Sache vergessen.«

Molly neigte den Kopf. Joy konnte fast die Gedankenblase voller Fragezeichen über dem Kopf des kleinen Mädchens sehen.

»Wir brauchen ein Loch in den Plätzchen, damit wir ein Band durchziehen können, um sie an den Weihnachtsbaum zu hängen.«

»O ja!« Molly runzelte die Stirn. »Und wie machen wir das?«

Joy hielt einen Finger hoch und zwinkerte Molly zu. »Ich habe eine Idee.« Sie ging in die Speisekammer und holte einen Strohhalm. Sie schnitt den Strohhalm in zwei Stücke und reichte eins davon Molly. »Ich glaube, wir können mit diesen Strohhalmen einfach einen Kreis ausdrehen. Mal sehen, ob es klappt.«

»Taa-daa«, sagte Molly und warf ihre Arme in die Luft. »Es hat funktioniert.«

»Und ob.« In diesem Moment ging der Timer los. »Ich hoffe, dieses Blech ist gelungen. Drück die Daumen.«

Molly überkreuzte die Finger und zog das Gesicht kraus, als Joy die Kekse aus dem Ofen schob. »Sie sind perfekt.«

»Mr Ben hat mit dem Ofen geholfen. Jetzt werden alle Kekse immer perfekt sein.«

»Ich hoffe es.«

Molly kletterte von dem Stuhl vor der Theke herunter. »Kann ich unsere besonderen Formen in den Ofen schieben?«

»Sicher, aber lass uns vorsichtig sein.« Joy schnappte sich zwei rote Ofenhandschuhe.

»Streck deine Arme aus.«

Molly hielt ihre Hände starr nach vorn gerichtet, so als ob sie wie Frankensteins Monster laufen wollte, und Joy schob die Handschuhe über die Arme des kleinen Mädchens bis über die Ellbogen.

»Okay.« Joy legte das Blech mit den Keksen in Mollys Hände. »Hast du es?«

»Ja«, sagte sie und nickte.

Joy schwang die Backofentür auf, und Molly schob das Blech mit den Keksen in den warmen Ofen. Dann trat sie zurück und klatschte ihre Handschuhe zusammen. »Elf Minuten«, sagte sie.

»Genau.« Joy stellte den Timer ein und ging in die Speisekammer, um zu sehen, was Ruby an Zuckerguss oder Dekosachen für die Feiertage aufbewahrt hatte. In kurzer Zeit füllten sie und Molly den Küchentisch mit Streuseln, Zuckerguss, essbarem Glitzer und Punkten und sogar mit ausgefallenem Konfetti und silbernen Dragees.

Die erste Ladung Kekse rollten sie durch den Puderzucker.

Als die zwei Extra-Formen fertig waren, stellte Joy sie auf das Abkühlgitter, während sie und Molly einen Teller mit dem Sandgebäck beluden, das sie gerade fertiggestellt hatten. Molly spannte die rote Frischhaltefolie straff über die Oberseite.

Sie räumten auf, während der Strumpf und der Weihnachtsstern abkühlten, danach verzierten sie das Gebäck für den Gemeindebaum mit extra Details.

»Wir müssen unsere Namen draufschreiben«, sagte Molly. »Hilfst du mir? Ich kann nicht schön schreiben.«

»Ich wette, du schreibst ganz toll, aber ich werde dir helfen. Welche Farbe?«

»Blau.«

Joy schraubte den Deckel der Gel-Glasur ab. »Du hältst die Tube, und dann helfe ich.«

Molly nahm die Tube in die Hand, und Joy schlang ihre um Mollys winzige Finger. Sie schrieb die Buchstaben mit einem schnellen, gleichmäßigen Schwung aus. Dann schnappte sie sich das Rot und malte »Joy« quer über den Stern, den sie gebastelt hatte.

»Was meinst du?« Joy stupste Molly an. Sie sahen großartig aus.

»Sie sind richtig toll.«

»Lass uns ein Foto machen. Wir schicken es an Ruby und deine Mom.« Joy schnappte sich ihr Telefon, während Molly die Plätzchenanhänger hochhielt und in die Kamera grinste.

Weniger als eine Stunde später lagen dreizehn Plätzchen auf einem weihnachtlich gemusterten Teller, der mit roter Plastikfolie überspannt war, und der Baumschmuck der Gemeinde auf einem anderen Teller. »Wir haben immer noch Zeit, ins Krankenhaus zu gehen und unseren Schmuck an den Baum zu hängen, wenn du magst.«

»Ja, sehr gern.«

»Prima. Dann hol deine Sachen. Wir nehmen sie mit, nur für den Fall, dass wir uns verspäten.«

»Okay.« Molly rannte aus der Küche und erschien dann wieder in der Tür. »Danke.«

»Gern geschehen, Süße.« Joy sah zu, wie Molly erneut aus dem Zimmer rannte, um ihre Sachen zu holen. Ihre Schritte polterten die Treppe hinauf. *Ich sollte mich bei dir bedanken.*

Molly und sie luden die Sachen der Siebenjährigen auf den Rücksitz und stellten dann die Plätzchenteller vorsichtig in den Fußraum des Wagens, damit sie während der Fahrt nicht verrutschten.

Joy fuhr auf den Parkplatz des Krankenhauses, und ihr Herz schlug höher, als sie Bens Wagen entdeckte, der bereits an der gleichen Stelle wie in der Nacht des Unfalls geparkt war. Und da Mollys Bus erst in fast einer Stunde bei Ruby ankommen sollte, hatte Joy reichlich Zeit, um vorbeizuschauen und das Gebäck persönlich abzuliefern.

»Willst du Ben unsere Plätzchen bringen, um dich zu bedanken, bevor wir unseren Schmuck an den Gemeindebaum hängen?«

»Ja, und vielleicht kann er mitkommen.«

Wäre das nicht schön? Sie reichte Molly den Teller mit dem Gemeindebaumschmuck und balancierte den anderen in der Hand mit ihren Schlüsseln. Molly griff nach Joys Hand, als sie das Krankenhaus betraten.

»Entschuldigung«, sagte Joy zu der jungen Dame am Empfang. »Ich würde gern zu Ben Andrews.«

»Erwartet er Sie?«

Offiziell nicht, aber sie hatte herausgefunden, dass es immer am besten war, so zu tun, als ob sie dazugehörte. Und hatte er nicht gesagt, dass sie sich heute treffen würden, um die Aufgaben zu tauschen? »Ja, das tut er.«

»Den Flur entlang, dritte Tür links. Seine Sekretärin kann Ihnen weiterhelfen.«

»Danke.« Joy drehte sich um und ging mit Molly an ihrer Seite den Flur hinunter, aber als sie den Büroraum mit der

Aufschrift »Buchhaltung« betraten, saß keine Sekretärin am Schreibtisch. Joy konnte sehen, dass in dem Büro am Ende des Flurs Licht brannte, also ging sie hin.

»Klopf, klopf«, sagte Joy, als sie ihren Kopf ins Büro steckte. Ben saß an seinem Schreibtisch und las etwas auf seinem Computerbildschirm. »Ihre Sekretärin war nicht an ihrem Schreibtisch. Ich hoffe, es macht Ihnen nichts aus, dass ich bei Ihnen reinschaue.«

»Joy? Klar. Kommen Sie rein.« Ben erhob sich hinter seinem Schreibtisch. Er sah gut aus in seinem einreihigen, anthrazitfarbenen Anzug mit klassischem eingekerbtem Revers. Die Initialen auf dem Ärmelaufschlag blieben von Joy nicht unbemerkt, als er nach vorn griff, um seine Füllfederhalter in das Gefäß auf dem Schreibtisch zu stecken. »Hallo, Molly.«

Das Büro erwies sich als nicht besonders extravagant, aber die Einrichtung war von hoher Qualität. Sowohl der Schreibtisch als auch das Bücherregal waren aus dunkel gebeiztem Holz gefertigt. Silberne Rahmen waren an sorgsam ausgewählten Stellen neben den Büchern und Ordnern in den Regalen angebracht. Sie zeigten Menschen und Urlaube. Erinnerungen. Ein Usambaraveilchen mit leuchtend violetten Blüten brachte etwas Leichtigkeit auf den Tisch zwischen den beiden Stühlen, die gegenüber dem Schreibtisch standen. »Wir haben Ihnen eine kleine Überraschung mitgebracht.«

»Plätzchen!«, rief Molly. »Und wir hängen diese extrahübschen an den Gemeindebaum.« Sie wippte hin und her, als sie Ben ihren Teller hinhielt. Ihr kleines Lächeln war so breit, dass ihre Lippen fast nicht mehr zu sehen waren.

Die Idee, ihm Plätzchen zu bringen, hatte heute Morgen wie eine nette Geste geklungen, aber jetzt fand Joy es ein bisschen unangenehm.

Ben nahm ihr den abgedeckten Teller ab. »Hätten Sie die vor ein paar Tagen mitgebracht, hätte ich sie auf Gift testen lassen, bevor ich sie esse.«

Joy spürte, wie ihr die Röte in die Wangen stieg. »Tut mir leid, dass ich am ersten Abend so auf Sie losgegangen bin. Und dann noch einmal wegen des Schmucks. Das war beides nicht Ihre Schuld. Das haben Sie nicht verdient.«

»Ich mag Frauen, die sagen, was sie denken.«

»Dann haben Sie gerade den Jackpot geknackt.« *Habe ich das gerade laut gesagt?* »Die Feiertage bringen mich immer ein bisschen aus dem Konzept, und Sie waren einfach zur falschen Zeit am falschen Ort. Ehrlich gesagt, wenn es nach mir ginge, würde ich ab der Thanksgiving-Woche einen Winterschlaf halten und erst wieder aufwachen, wenn der Neujahrsball durch ist.«

Er setzte sich auf die Kante seines Schreibtisches. »Wirklich?« Das leichte Lächeln reichte bis zu seinen Augen, und sie konnte unter dem hochgeschlossenen weißen Hemd und dem Jackett die muskulösen Umrisse seines Bizeps erkennen. »Ich glaube, ich habe noch nie jemanden getroffen, der sich wirklich gewünscht hat, er könnte Weihnachten verpassen.« Er lächelte Molly an. »Du willst doch Weihnachten nicht verpassen, oder?«

»Niemals. Nein, Sir«, antwortete Molly.

Joy zeigte mit dem Daumen auf ihre Brust. »Jetzt haben Sie jemanden getroffen. Aber ich bin eine verdammt gute Projektmanagerin, und mein Mangel an Begeisterung für die Feiertage wird meine Fähigkeit, das schönste Haus auf der berüchtigten Plätzchentour zu gestalten oder Ihnen bei Ihrer Veranstaltung zu helfen, nicht beeinträchtigen.«

»Das ist gut, denn ich brauche Ihre Hilfe. Darf ich?« Ben zog die Folie vom Teller ab. »Die sehen gut aus, aber es fehlt etwas.« Er ergriff Mollys Hand und machte sich auf den Weg zur Tür. »Habt ihr einen Moment Zeit?«

»Sicher. Klar. Aber wo gehen wir hin?« Joy holte die beiden mit drei Schritten ein.

Sie hatten schon die Tür zum Flur hinter sich gelassen. Als

sie zu ihm aufgeschlossen hatte, hatte Ben bereits den Ausweis aus seinem Gürtel gezogen, und die Tür zur Cafeteria, die geschlossen schien, öffnete sich. »Wir brauchen eiskalte Milch, und zufällig haben wir die beste kalte Milch hier. Nach Ihnen, Ladys.«

Joy ging hinein, und Ben trat vor sie, zog zwei Stühle an den nächstgelegenen Tisch und stellte den Teller mit den Plätzchen in die Mitte. Er rieb sich die Hände, schaute zwischen den beiden hin und her und fragte: »Weiß oder Schoko?«

»Schokolade?«, sagte Molly und blickte zögernd in Joys Richtung.

»Ich auch«, sagte Ben.

»Machen Sie drei draus.«

»Ich mag kluge Frauen«, sagte Ben mit einem Augenzwinkern. Er entfernte sich, war aber im Handumdrehen wieder da, mit drei beschlagenen Gläsern voll Schokoladenmilch, die er wie ein Dreieck gegriffen hielt.

Molly nahm einen Schluck von ihrem und zerrte dann an Bens Ärmel. »Darf ich mir die Dekoration dort drüben ansehen?«

Ben sah Joy an, um auf ihre Antwort zu warten.

»O ja, sicher. Das ist prima, Molly. Wir bleiben hier.« Joy sah zu, wie Molly durch den Raum hüpfte, und drehte sich dann wieder zu Ben um, der sie anstarrte. Sie fuhr sich mit der Hand durch ihr Haar. Als sie ihre eigene nervöse Angewohnheit erkannte, legte sie beide Hände um ihr Glas, um sie beschäftigt zu halten.

Ben hob sein Glas. »Diese pasteurisierte Milch stammt aus dem aktuellen Jahr und ist einfach göttlich im Geschmack. Passt perfekt zu hausgebackenen Leckereien. Cheers.«

»Ein waschechter Food-Network-Moderator.« Sie nahm einen Schluck. »Cheers.«

»Na ja, ich habe familiäre Verbindungen zu der Bäckerei in der Stadt. Ich lerne schnell.«

»Sie stecken voller Überraschungen, Ben Andrews. Erst beeindrucken Sie mich mit dem Zuckertest, und jetzt mit der perfekten Essenskombination. Sie kennen sich mit allem ein bisschen aus, nicht wahr? Ich schätze, Sie sind mehr als nur ein durchschnittlicher Anzugträger.«

Sie stießen mit ihren Gläsern an und griffen zu. »Was haben Sie gegen Anzugträger?«, fragte Ben.

Joy öffnete den Mund und schloss ihn dann wieder. »Ich bin mir nicht sicher. Möglicherweise liegt es daran, dass ich den ganzen Tag mit ihnen arbeite. Und Buchhalter sind normalerweise eher ruhige Typen. Oder nicht?«

»Vielleicht ändere ich Ihre Meinung.« Er reichte ihr ein Plätzchen und nahm sich dann selbst eines. »Sagen Sie mir, wie kann ein Mädchen namens Joy die Feiertage so sehr fürchten?«

Sie biss sich auf die Lippe und sah weg. Es war so viel leichter, die Feiertage einfach zu ignorieren und so zu tun, als ob die schlimmen Dinge nie passiert wären. Sich mit ihnen auseinanderzusetzen, brachte nur noch mehr Schmerz. Sie blickte wieder zu ihm hinüber. Er saß da. Geduldig. Ruhig. Offen.

»Mein Vater verließ uns eines Tages um Weihnachten herum. Weihnachten war ohne ihn nicht mehr dasselbe. Damals zogen meine Mom und ich hierher, um bei Ruby und meinem Onkel George zu leben. Dann, ein paar Jahre später, starb meine Mutter. Zur Weihnachtszeit. Es ist also nicht für jeden eine glückliche Zeit.«

Ihr Herz krampfte sich zusammen, und sie konnte den Kummer in Bens Augen sehen. Joy wollte nicht, dass er Mitleid mit ihr hatte. Nur, dass er sie verstand. Und was sie in diesem Moment in seinem Gesicht sah, ließ sie sich verletzlich fühlen. Sie wünschte, sie könnte diese Worte zurückspulen.

Um ihrem Geständnis das Gewicht zu nehmen, sagte sie: »Außerdem verschwenden die Leute Zeit und Geld für Geschenke, nur um der Geschenke willen. Und meistens können sie sie nicht einmal wirklich gebrauchen. Wie kann das gut sein? Ehrlich gesagt, möchte ich mir das alles nicht antun.«

»Das muss hart gewesen sein. Und Sie haben recht. Manchmal verstricken sich die Menschen in das Was und nicht in das Warum.« Seine Stimme war sanft. »Das mit Ihrer Mutter tut mir leid.«

»Danke.« Seine Worte waren überraschend tröstlich. »Es ist schon lange her. Ich war noch ein Teenager.« Sie schloss die Augen und atmete tief ein. »Sie ist genau hier gestorben, um genau zu sein. In Zimmer 304.«

»Das erklärt, warum Sie in der ersten Nacht, als wir uns trafen, so abgelenkt waren. Wahrscheinlich kamen da einige Gefühle hoch. Es tut mir sehr leid. Es muss ein schrecklicher Verlust sein.«

»Ja, selbst nach all diesen Jahren ist es immer noch schwer. Vielleicht vor allem deswegen, weil sie mit einem Herzen voller Hoffnung gestorben ist, und es ihr trotzdem nichts gebracht hat. Ich vermisse sie die ganze Zeit.«

»Haben Sie noch Kontakt zu Ihrem Vater?«

»Nein.« Sie starrte in das Glas mit der Milch. »Komisch. Ich war lange Zeit wütend auf meine Mutter, weil ich ihretwegen die Schule wechseln musste. Ich gab ihr die Schuld für die Trennung von meinem Vater. Erst als sie starb, habe ich ihn ausfindig gemacht. Ich fand heraus, dass er derjenige war, der uns verlassen hatte, als er erfuhr, dass Mom krank war. Sie war schon so lange krank, und ich wusste es nicht einmal.«

»Sie wollte wahrscheinlich nicht, dass Sie sich Sorgen machen.«

»Als ich erfuhr, was los war, war sie bereits so krank, dass wir nicht mehr viel Zeit hatten. Und ich war schon so lange wütend auf sie. Und sie hat nie ein schlechtes Wort über meinen Vater gesagt. Kein einziges. Aber ich bin mir auch nicht sicher, ob sie jemals ein schlechtes Wort über irgendjemanden gesagt hat. Mom hatte keine andere Wahl, als mich zu packen und zu ihrer Schwester zu ziehen. Meiner Tante Ruby. Wir lebten dort schon über ein Jahr lang, bevor sie mir endlich sagte, dass sie krank war.«

»Sie waren also als Teenager in Crystal Falls?«

»Ja, das war ich.«

»Dann müssen wir uns eigentlich über den Weg gelaufen sein. Es ist eine kleine Stadt.«

»Das könnte man meinen, aber ich bezweifle es. Ich war ein wütender Teenager und bin für mich geblieben.«

»Das muss sehr schwer für Sie gewesen sein.«

»Das ist es immer noch.« Warum hatte sie ihm das alles gerade erzählt? Sie sprach nie über ihren Vater. »Wissen Sie, wir sollten uns beeilen, wenn wir den Schmuck am Gemeindebaum anbringen wollen. Ich muss Molly zurückbringen, um den Bus zu erwischen.«

»Ich begleite Sie.«

»Das wäre nett. Ich schnappe mir nur schnell Molly.«

Er stand da und wartete, während sie Molly von dem bunten Weihnachtsschaukasten abholte. Ein Weihnachtsdorf inmitten eines fluffigen Haufens steriler Watte.

»Folgen Sie mir«, sagte er. »Ich habe die Schlüssel für die Abkürzung.«

Er führte sie durch die hinteren Gänge des Krankenhauses und nach draußen. Sie überquerten den asphaltierten Parkplatz und erreichten den grasbewachsenen Mittelstreifen direkt gegenüber dem Eingang der Notaufnahme. Ein skurriler Zaun aus sechzig Zentimeter hohen Zuckerstangen säumte die Umgrenzung, und in der Mitte ragte der Gemeindebaum fast neun Meter in die Luft.

»Was für ein wunderschöner Baum«, sagte Joy und lehnte sich zurück, um das ganze Ausmaß zu betrachten. »Die Rinde ist fast rot, und die bläulich-grünen Nadeln sehen so hübsch aus.«

»Die Arizona-Zypresse oder Carolina-Saphir, wie sie auch genannt wird. Seit ich mich erinnern kann, kauft meine Familie Bäume von der örtlichen Farm.«

»Der hier ist perfekt.«

»Das Krankenhaus lässt jedes Jahr die Gartenbaustudenten der Universität kommen, um den Baum zu beschneiden und in Form zu bringen. Das ist eine gute Übung für sie, und wir profitieren auch davon.«

»So viele Menschen haben bereits ihren Schmuck hinzugefügt.«

Molly rannte schnurstracks auf den Baum zu, immer noch mit dem Teller in der Hand, auf dem sich der Baumschmuck befand. Ihr stand der Mund offen, als sie jeden Anhänger, den sie erreichen konnte, berührte und liebkoste. »So hübsch.« Joy und Ben tauschten ein kleines Lächeln aus.

»Ich freue mich, dass ihr auch in diesem Jahr Teil unseres Gemeindebaums seid«, bemerkte er.

»Haben Sie Schmuck an den Baum gehängt?«

»Natürlich.«

»Welchen?«

Er nahm ihre Hand und ging mit ihr zur Rückseite des Baumes. »Den da.« Er deutete auf einen etwa zehn Zentimeter großen Buchstaben A, der aus Vogelfutter bestand. *Die Andrews* war auf eine glänzende weiße Karte geschrieben, die mit Stechpalmenblättern und -beeren bemalt war.

Eine winzige Schwarzkopfmeise flog aus den dichten Ästen des Baumes und ließ Joy mit einem Aufkeuchen einen Schritt zurückweichen.

»Sind Sie in Ordnung?«

»Ja. Das Vögelchen hat mich nur erschreckt.« Sie erholte sich schnell. »Wo willst du deinen Schmuck aufhängen, Molly?«

»Genau hier«, gab Molly zurück.

Sie hatten Pfeifenreiniger sorgfältig durch das Loch in der Spitze jedes Plätzchens gesteckt, damit sie sie an den Baum hängen konnten. »Hier, bitte sehr.« Sie hielt vorsichtig den Strumpf in der Hand, den Molly mit einer Reihe roter Herzen und ihrem Namen in blauer Glasur verziert hatte.

Joy hatte eine dünne Schicht Puderzucker auf ihren sternförmigen Keks gestrichen und dann leuchtend himmelblaue Streusel an den Rändern der einzelnen Spitzen verteilt. Eine Reihe regenbogenfarbener Streusel umgab den ganzen Keks wie eine Naht, und die Mitte zierten silberglänzende Dragees in Form des Buchstabens H. Der silberglänzende Pfeifenreiniger war zu einem S gebogen. Sie reichte ihn Molly, damit sie ihn an den Baum hängen konnte.

»Wo sollen wir den hinhängen?«

»Wo immer du willst. Wenn Ruby nach Hause kommt, gehen wir mit ihr hierher, um es ihr zu zeigen.«

»Sie wird es lieben.« Molly schritt mit ernstem Blick um den Baum herum. Schließlich blieb sie stehen und platzierte den Stern zwischen einem Vogelfutter-Lebkuchenmann und einer leuchtend rote Weihnachtsmannmütze. »Das sieht hübsch aus, genau hier neben meinem.«

»Das stimmt«, sagte Ben. »Danke, Molly.«

»Wir gehen jetzt besser«, wandte Joy ein. »Ben, es war schön, Sie wiederzusehen.«

»Ich bringe Sie zu Ihrem Auto.« Er schob die Hände in die Taschen, während Molly nach Joys Hand griff.

Schließlich räusperte sich Ben. »Wie lange werden Sie in der Stadt bleiben?«

»Ich weiß es nicht. Ich denke, das hängt davon ab, wie lange Ruby mich braucht.«

»Wartet zu Hause ein Freund auf Sie?«

Joy stolperte fast über ihre eigenen Stiefel. Das kam unerwartet. »Nicht wirklich. Nein. Da wartet keiner.«

»Geschieden?«

»Ich war nie verheiratet.«

Das leichte Anheben der Augenbrauen entging ihr nicht.

»Was?« Sie hasste diese Reaktion von Leuten. »Was hat dieser Blick zu bedeuten? Es ist ja nicht so, dass jede Frau, die bis zum Alter von dreißig Jahren nicht verheiratet ist, eine alte Jungfer sein wird. Die Marktforschung zeigt, dass Frauen mit fünfunddreißig genauso gute Chancen haben, verheiratet zu sein, wie mit dreißig Jahren. Und übrigens bin ich noch gar keine dreißig.«

»Nun, das erklärt alles«, sagte er.

»Das erklärt was?«

»Weshalb ich Sie nicht mehr aus der Schule kenne. Sie sind jünger als ich. Es ist ja auch gar nicht schlimm, nie verheiratet gewesen zu sein.«

Joy hatte sich auch gefragt, warum sie sich nicht kannten. »Was ist mit Ihnen? Sind Sie Single?«

»Geschieden.«

»Oh. Das tut mir leid.«

»Fragen Sie sich, warum wir uns getrennt haben?«

»Das geht mich wirklich nichts an.«

»Gut. Ich möchte eigentlich auch nicht darüber reden«, sagte er. »Aber da wir nun die obligatorischen Onlinedating-Fragen beantwortet haben und zusammenarbeiten wollen, wie wär's, wenn ich heute Abend gegen sieben vorbeikomme? Es sei denn, Sie möchten mit mir zu Abend essen.«

»Ich esse meistens früh, weil noch so viel zu tun ist. Um sieben passt, dann habe ich noch Zeit, vorher ein paar Dinge zu erledigen, bevor Sie auftauchen.«

»Okay. Ich freue mich schon darauf.« Er öffnete Molly die Beifahrertür von Joys kaputtem Prius. »Ich wünsche dir einen schönen Tag in der Schule, Molly.«

»Danke, Mr. Ben.«

Sie hätte ihm anbieten können, ihm etwas zum Abendessen zuzubereiten, aber das erschien ihr ein wenig zu aufdringlich. Außerdem, warum sollte sie das Risiko eingehen, ihm eine falsche Botschaft zu senden?

»Oh, das hätte ich fast vergessen.« Joy schob ihre Hand in die Manteltasche und reichte ihm einen USB-Stick. »Ich habe meinen Plan für Rubys Dekoration darauf gespeichert. Wir können ihn heute Abend besprechen, wenn Sie vorbeikommen.«

»Ich schaue mir das an und bringe auch die Unterlagen mit, die Ashley für den Backwettbewerb zusammengestellt hat. Es geht eigentlich nur darum, den Teil für die Abstimmung in der Gemeinde zu organisieren. Das ist für diesen Sonntag geplant. Wir haben nicht mehr viel Zeit. Wenigstens sind alle Informationen aus den Vorjahren auch in der Datei.«

»Großartig. Wir müssen das Rad also nicht neu erfinden.«

Joy hatte immer gedacht, sie würde Karriere machen, anstatt eine Familie zu gründen, denn es war kein Geheimnis, dass Kinder viel Aufmerksamkeit brauchten. Schreckensbilder von Margie und ihren Zwillingen tauchten in ihrem Kopf auf. Aber Molly hatte ihr eine ganz andere Seite der Medaille gezeigt.

Hatte sie sich so sehr auf ihre Arbeit konzentriert, dass sie sich nicht einmal die Zeit genommen hatte, um herauszufinden, was sie außer ihrer Karriere noch wollte? Sie hatte keine Hobbys. Aber sie hatte auch eigentlich nicht die Zeit, darin aufzugehen. Und sie konnte sich nicht mehr daran erinnern, wann sie das letzte Mal den Fernseher in ihrer Wohnung eingeschaltet hatte. Für den hochauflösenden Bildschirm hatte sie ein hübsches Sümmchen gezahlt, ganz zu schweigen von der monatlichen Rechnung für das Kabel-Fernsehen.

Sie blickte zu Molly hinüber und war sich sicher, dass ein Kind wie Molly ihr Leben durchaus bereichern würde.

Kapitel 20

Joy war froh, dass sie daran gedacht hatte, Mollys Sachen ins Auto zu packen, nur für den Fall, dass sie sich verspäten würden. Denn kaum war sie in die Einfahrt eingebogen und hatte den Schlüssel aus dem Zündschloss gezogen, fuhr der Bus vor Rubys Haus vor.

Joy stieg aus und winkte dem Busfahrer zu, während sie Molly half, ihre Sachen vom Rücksitz zu holen. »Hab einen tollen Tag.«

Molly schwang sich ihren Rucksack über die Schulter und nahm ihre Brottasche. »Den habe ich schon. Danke, dass wir so viel Spaß hatten. Wir sehen uns dann morgen früh.«

»Ja, das werden wir.« Und Joy fühlte etwas Unerwartetes in sich, als sie Molly beobachtete, wie sie mit ihrer Häschen-Brottasche in der Hand zum Bus lief. Sie freute sich darauf, dass Molly am nächsten Morgen wiederkam.

Sie sah so winzig aus, als sie sich streckte, um die Treppe hinaufzuklettern, und ihre Knie berührten praktisch ihre Brust, als sie einstieg.

Joy verstand nun einige der Kommentare, die Renee gemacht hatte, als sie ihre Kinder an deren ersten Schultag beobachtet hatte. Damals hatten die Sätze so absurd geklungen, aber als Molly in die vierte Reihe des Busses plumpste und ihr winziges Gesicht gegen das Fenster drückte und winkte, fühlte Joy, wie sich ihre Brust auf eine Weise zusammenzog, wie sie es noch nie zuvor getan hatte.

»Mach's gut, Süße«, sagte sie leise. Der Busfahrer ließ die Türen zuschlagen, und die Gänge knirschten, bevor er schließlich mit einem Ruck losfuhr.

Joy ging direkt zur Scheune und fütterte die Tiere. Ben hatte den Baum, den die Ziegen abgenagt hatten, an die Seite geräumt. Wie hatte sie nur so dumm sein können? Es war keine unbekannte Tatsache, dass Ziegen alles fressen würden.

Aber es war ihr nicht einmal in den Sinn gekommen, dass die gut gefütterten Viecher an den Baum gehen würden, da er auf der anderen Seite des Zauns stand. Sie zog eine Grimasse, als sie das kahle Viertel des Baumes betrachtete. Wenigstens waren die Ziegen nicht in der Lage gewesen, die Spitze zu erreichen.

Ben hatte recht, wahrscheinlich konnten sie den Unfall mit einer ordentlichen Ladung üppigen Weihnachtsschmuck und zusätzlichen Girlanden tarnen. Und sie hatte ja bereits beschlossen, den Baum im Wohnzimmer in diesem Jahr mit einer neuen Art von Papiergirlande zu schmücken.

Joy fütterte Molly, das Kaninchen, als Letztes. »Hey, Molly. Bist du auch so süß wie deine Namensvetterin?« Das Kaninchen stampfte auf, knabberte an der Schüssel und kam an die Vorderseite des Käfigs. Joy griff vorsichtig mit ihrem Finger durch den Hühnerdraht, um das Ohr des Kaninchens zu kraulen, dann öffnete sie mutig die Tür und hob es heraus. Das Kaninchen kuschelte sich in Joys Arme. »Das gefällt dir, nicht wahr?« Sie schritt mit Molly im Arm auf der überdachten Veranda umher und setzte sie dann wieder in ihren Käfig.

Dann ging Joy hinein und duschte. Als sie ihr Haar abtrocknete, bemerkte sie, dass sie vorhin eine SMS verpasst hatte. Vor zwei Stunden hatte Ruby ihr ein Bild von ihrem Frühstück mit einer Notiz geschickt, auf der stand: *Bitte bring Hot Dogs mit! Ich brauche richtiges Essen.*

Sie schickte Ruby eine SMS mit einem Smiley zurück. Seit wann galten Hot Dogs als richtiges Essen? Aber wer war Joy, um zu widersprechen?

Mit den Hotdogs in der Hand schaffte sie es zur Mittagszeit in die Reha-Klinik. Als sie durch die Lobby schlenderte, betrachtete Joy die Dekorationen mit neuem Interesse. Nachdem sie das Thema für Rubys Weihnachtsdekoration festgelegt hatte, hatte sich die Aufgabe als spaßiger erwiesen, als sie es sich hätte vorstellen können. Das einzige Problem war die Frage, wie sie das alles in der ihr verbleibenden Zeit schaffen konnte. Vor allem weil der Trip nach D.C. zur Gala vor der Tür stand.

Sie sah Rubys Krankenschwester Carolyn auf dem Flur direkt vor Rubys Zimmer.

»Schon wieder Hot Dogs?«

»Ich habe heute Morgen eine Bitte per SMS bekommen. Es ist ziemlich schwer, etwas mit Chili und Zwiebeln hineinzuschmuggeln.«

»Ja, ich konnte die Würstchen aus drei Metern Entfernung riechen. Ihre Tante ist eine echte Wucht. Johnny hat ihr heute Morgen Doughnuts gebracht.«

»Sie hat mir ein trauriges Foto von einem spartanischen Frühstück geschickt. Kein einziger Doughnut war da in Sicht.«

»Sie ist ganz schön hinterlistig. Sie liebt ihr Junkfood, aber da sie gesund ist, passt das schon.«

»Bei all den Konservierungsstoffen, die sie vertilgt, wird sie bestimmt zweihundert Jahre alt!«

»Aber ernsthaft, sie ist gesünder als wir alle zusammen. Wenn wir in ihrem Alter so drauf sind, können wir uns ehrlich glücklich schätzen.«

»Kommen Sie, essen Sie einen Hotdog mit uns. Ich habe mehr als genug gekauft.«

Carolyn trat um den Schreibtisch herum. »Ich hole uns ein paar Limonaden aus dem Kühlschrank.«

Joy konnte Ruby in ihrem Zimmer sprechen hören. Kein Wunder, dass sie Gesellschaft hatte. Diese Frau machte sich Freunde, überall wo sie hinging. Aber als Joy das Zimmer betrat, saß Ruby im Bett, hatte das Bein hochgelegt und telefonierte, als hätte sie schon immer ein Handy besessen.

Ruby hob die Hand in die Luft, um zu winken und ihr zu bedeuten, dass es nicht mehr lang dauern würde.

Joy rollte den Tisch zu Rubys Bett hinüber, richtete ihn über deren Schoß aus und legte die Schachtel mit den Hot Dogs in die Mitte. Carolyn kam mit drei Dosen Ginger Ale herein.

»Mein Lieblingsgetränk«, formte Ruby tonlos mit dem Mund. »Shirley, Liebes, ich muss jetzt auflegen. Ich habe hier Hot Dogs und Ginger Ale. Du weißt, dass ich die nicht einfach so stehen lassen kann.« Ruby beendete das Gespräch und legte das Telefon neben ihr Hotdog-Tablett.

»Wie geht es Shirley?«, erkundigte sich Joy und biss in einen Chili-Dog.

»Nicht so gut wie mir. Ich danke dir so sehr. Ich hatte so ein Verlangen danach.«

»Ich habe auch Nachtisch dabei. Obwohl man munkelt, dass du heute Morgen schon genug Süßigkeiten gehabt hast.«

Ruby warf einen Blick in Carolyns Richtung. »Es gibt keine Grenzen für Süßigkeiten. Hast du mir Plätzchen mitgebracht?«

»Ja, Ma'am. Ich dachte mir, es wäre besser, wenn du sie ausprobierst. Damit wir sichergehen können, dass ich deine Tradition aufrechterhalte.«

»Du bist die beste Nichte aller Zeiten.«

Sie wusste, dass das meilenweit von der Wahrheit entfernt war, aber sie hoffte, dass sie das in Zukunft ändern konnte. Nicht nur für Ruby. Sondern auch für Molly. Wenn manche Frauen Zeit für Karriere und Kinder finden konnten, dann konnte sie sicher ebenfalls ein wenig Zeit lockermachen für die Familie und Spaß mit Menschen, die ihr wichtig waren. Irgendwie.

Nachdem sie zu Mittag gegessen hatten, entschuldigte sich Carolyn, um ihre Nachmittagsvisite zu machen.

»Das Bild von dir und Molly gestern Abend hat mir gut gefallen«, sagte Ruby. »Ihr saht aus, als hättet ihr so viel Spaß gehabt.«

»Es war definitiv ein Abend voller Abenteuer. Aber ja. Wir hatten Spaß.«

»Ich danke dir von Herzen. Dieser kleine Engel hat allen Spaß verdient. Ihre Mutter – sie ist noch so jung, Gott segne sie – versucht, Mollys Leben in geordneten Bahnen zu halten, aber sie ist so krank. Und Molly ist ein kluges Mädchen. Sie weiß es. Ich habe keine Ahnung, wie Ginny die Dinge am Laufen hält. Ich wollte sie dazu zu bringen, bei mir einzuziehen, aber sie hat sich geweigert.«

»Ihre Mutter ist krank? Ist es was Ernstes?«

»Es gab ein paar Schwierigkeiten. Ich habe nicht sehr doll nachgebohrt. Weißt du, es ist auch einfach nicht wichtig, was genau los ist. Ihr Mann ist weggelaufen, und sie kam in diese Stadt, ohne jemanden an ihrer Seite. Und sie ist krank. Es reicht doch, dass sie Hilfe brauchen. Oder?«

Joy atmete scharf ein. Sie hasste den Gedanken, dass Molly etwas ähnlich Tragisches durchmachen musste wie sie selbst. Und Molly war noch viel jünger als Joy damals, als ihre Mutter krank wurde. »Sie ist ein wunderbares kleines Mädchen.«

»Das ist sie.« Ruby schniefte und schüttelte den Kopf, als ob sie die negativen Gedanken beiseiteschieben wollte. »Lass uns über etwas Fröhliches reden. Wie läuft es mit der Dekoration?«

»Ich habe alle Kisten durchgesehen. Meine Güte, du hast ja Unmengen an Schmuck.«

»Ich weiß. Es ist ein bisschen verrückt, aber jedes Jahr kommen ein paar neue Dinge hinzu. Ich habe immer das Gefühl, dass es direkt frischer aussieht, wenn man Altes und Neues mischt.«

»Von beidem hast du auf jeden Fall reichlich, und ich fürchte, ich werde dieses Jahr deiner Sammlung noch mehr hinzufügen, obwohl ich vieles von dem, was du schon hast, wiederverwende. Ich war so aufgeregt, als mir plötzlich das Motto klar geworden ist.«

»Was ist das Motto?« Ruby zog fragend die Augenbrauen hoch.

Joy mochte es, diese Aufregung in den Augen ihrer Tante zu sehen. »Ich möchte dich überraschen.«

»Aber –«

»Bitte. Und wenn du dich dadurch besser fühlst: Ben wird mir helfen.«

»Das hat Shirley nicht erwähnt.« Ruby sah erleichtert aus.

»Wahrscheinlich hat sie noch nichts davon gehört. Wir haben gestern Abend eine Abmachung getroffen.« Das schräge Lächeln, das Tante Ruby aufsetzte, wenn sie etwas im Schilde führte, und das Funkeln in ihren Augen verrieten Joy, zu welchen Schlussfolgerungen ihre liebe Tante bereits gekommen war.

»Wirklich?«, sagte Tante Ruby.

»Du kannst das Funkeln in deinen Augen sofort ausknipsen. Das ist nur aus der Not heraus. Seine freiwillige Helferin hat ihm für den *Extreme Gingerbread Bake-off* absagen müssen, also haben wir getauscht. Ich werde ihm bei den letzten Details zu der Veranstaltung helfen, denn das ist meine Stärke, und im Gegenzug hilft er beim Dekorieren. Wir arbeiten einfach smarter.«

»Für mich klingt das nach einem perfekten Deal. Du wirst diese Veranstaltung zur besten machen, die es je gab.«

»Ich kann nicht glauben, dass du nicht daran teilnimmst. Du hast es mir gegenüber noch nicht mal erwähnt.«

»Es geht ja nicht nur um Plätzchen, sondern auch um den Bau von ganzen Pfefferkuchenhäusern. Letztes Jahr hat jemand ein ganzes Dorf aus Lebkuchen und anderen essbaren

Dingen gebaut. Dafür braucht man viel mehr Sitzfleisch, als dieses alte Mädchen aufbringen kann. Du kennst mich doch. Ich bin gerne draußen und unterwegs.«

»Stimmt.« Aber trotzdem kam in Joy der Gedanke auf, dass es ein lustiges Projekt wäre. Vielleicht nächstes Jahr. Und vielleicht könnten sie und Ruby sich zusammen mit Molly und Ginny dem Projekt annehmen.

Kapitel 21

Pünktlich um sieben Uhr stand Ben vor der Haustür von Ruby Johnsons Haus und fühlte sich ein wenig wie damals, als er als Teenager seine Verabredung zum Abschlussball abholte. Unsicher, was der Abend bringen würde, aber voller Aufregung, genau das herauszufinden. Er hob die Hand und klopfte.

Als sich die Tür öffnete, stand Joy da, schöner als je zuvor, die Haare zu einem unordentlichen Dutt hochgesteckt und in einem Longsleeve mit hochgekrempelten Ärmeln.

Ihm gingen beunruhigende Gedanken durch den Kopf, wie sich seine Hände auf ihren Armen anfühlen würden, wenn er sie in eine Umarmung oder einen Kuss zog. Vielleicht sogar mehr als das.

Er unterdrückte die unwillkürliche Reaktion, sich überschwänglich darüber zu äußern, wie hübsch sie aussah.

Das Letzte, was er tun wollte, war, sie zu erschrecken, denn er schien in ihrer Gegenwart die falschen Dinge zu sagen. *Bleib ganz locker, Ben.*

Selbst mit diesem Ausschnitt, der alles verdeckte, und ohne ein Gramm Make-up im Gesicht, fand er sie unglaublich sexy.

»Kommen Sie rein«, sagte Joy.

Ben folgte ihr ins Wohnzimmer und legte die Mappen, die er bei sich trug, vor sich auf den aus Kiefernholz gefertigten Couchtisch.

Er versuchte, sie nicht anzustarren, als er sich auf die Couch setzte. »Ich habe Kopien von Ihrem Plan ausgedruckt.

Ich bin davon ausgegangen, dass Sie hier keinen Drucker haben.«

»Danke. Das ist eine große Hilfe. Ruby hat nicht einmal einen Computer oder überhaupt Internet. Gott sei Dank kann ich mein Telefon als Hotspot benutzen, aber selbst das ist manchmal schwierig.«

»Ich habe ein paar Änderungsvorschläge für den Plan in der Papierversion gemacht. Ich dachte mir, ich lasse Sie sie durchgehen und entscheiden, welche Sie schlussendlich übernehmen wollen.«

»Änderungsvorschläge?« Sie sah überrascht aus, und er hoffte, dass er sie nicht gerade wieder in die Defensive gedrängt hatte.

»Nur ein paar Kleinigkeiten. Aus meinen Erfahrungen heraus.«

Er beobachtete, wie sich eine kleine Falte auf ihrer Stirn bildete, als sie sich auf den Plan konzentrierte.

»Nichts Großes«, sagte er. »Nur ein paar kleine Änderungen in der Reihenfolge. Zumal viele Leute in der Woche vor dem *Cookie Crawl* damit beginnen, die Route abzufahren, weil sie das große Ereignis kaum erwarten können. Wenn wir also zuerst die Außendeko in Angriff nehmen, haben sie etwas, worüber sie reden können.«

»Meinen Sie nicht, dass Sie aus all dem eine etwas zu große Sache machen? Ich meine, hier in jedes einzelne Detail zu gehen?«

»Ich versuche nur zu helfen.«

»Oder zu übernehmen.«

Er wählte seine Worte sorgfältig. »Das will ich nicht.« Er spannte sich an. Sie hatten gerade erst angefangen, sich gut zu verstehen, und er wollte das nicht kaputt machen. »Aber Sie scheinen zu denken, dass Sie alles ohne Hilfe oder Ratschläge machen können. Und das wäre schlichtweg unklug, weil Sie es nicht müssen. Ich begreife das schon. Sie sind ehrgeizig, und

Ruby ist Ihre Tante, und Sie wollen es ihr recht machen. Aber es muss nicht ich gegen Sie bedeuten.«

Sie atmete tief durch, legte den Plan beiseite und schenkte ihm ein sanftes Lächeln. »Sie haben recht. Ich weiß Ihren Einsatz zu schätzen.«

Er stieß den Atem, den er angehalten hatte, ebenfalls aus. Er hatte die richtigen Worte gefunden. Dieses Mal. »Gern geschehen. Jetzt lassen Sie uns die Kisten auf den Dachboden bringen, damit Sie Platz haben, um sich hier zu bewegen. Es sei denn, Sie planen, ein Kistenfort zu bauen.«

»Das mit dem Fort verschiebe ich auf ein andermal.«

»Urteilen Sie nicht zu vorschnell. Das könnte jede Menge Spaß bringen.«

Wahrscheinlich hatte er sogar recht, aber sie hatte offensichtlich nicht vor, sich darauf einzulassen. »Ich werde mir Ihre Änderungsvorschläge ansehen«, sagte sie, legte das Papier beiseite und wechselte das Thema in sicherere Gefilde. »Ich habe schon den ganzen Schmuck sortiert, den ich für die diesjährige Gestaltung verwenden möchte. Ich werde Sie beim Wort nehmen, dass Sie den Rest mit mir auf den Dachboden schleppen.«

»Sicher. Das mache ich gerne.«

»Großartig. Es ist viel einfacher, wenn jemand die Kisten nach oben reicht, als wenn eine Person hoch- und runterklettert.«

»Ganz zu schweigen davon, dass es viel weniger riskant ist. Sie wollen doch nicht als Rubys Zimmergenossin im Reha-Center enden.«

Joy lachte, und es raubte ihm den Atem, als sie ihre Deckung sinken ließ. »Ich bin mir nicht sicher, ob die Klinik zwei von uns ertragen könnte, die sich ständig darüber beschweren, dass sie sich nicht bewegen dürfen«, erwiderte sie.

»Das haben Sie gesagt. Nicht ich. Aber ich gebe zu, dass

ihr beide nicht besonders gut darin seid, langsam zu machen und es ruhig angehen zu lassen.«

»Das liegt einfach nicht in unseren Genen.« Sie überprüfte den Projektplan auf seine Änderungen.

Ben stand auf und ging dorthin, wo sie alle Kisten gestapelt hatte. Er hob die oberste Kiste auf. »Die hier ist leicht. Sie nehmen die hier.« Dann stapelte er zwei übereinander, hob sie auf und folgte ihr die Treppe hoch.

Joy stellte die Kiste, die sie trug, ab und lief die Treppe hinunter, um Nachschub zu holen.

Er wandte sich um, um den Lichtschalter im Flur anzuknipsen, als er ein Funkeln im Augenwinkel wahrnahm. »Das ist ein ziemlich schickes Kleid hier oben. Ist das Ihres?« Sie würde umwerfend in diesem Kleid aussehen. Er stieg die Treppe hinunter und stellte sich vor, wie sie in diesem Kleid dort stehen würde.

Joys Wangen röteten sich. »Ich hatte es gerade von der Änderungsschneiderei abgeholt, als ich den Anruf wegen Rubys Unfall bekam. Es gibt da diese große Weihnachtsgala, wo ich arbeite. Es ist sehr formell.«

»Ich erinnere mich, dass das Kleid auf dem Rücksitz Ihres Autos lag, als wir uns kennenlernten. Das muss eine eindrucksvolle Party sein.«

Sie trugen die restlichen Kisten nach oben, und Ben zerrte an dem Strick, der den Dachbodenzugang öffnete, und ließ die Holzleiter herunter.

Joy hob eine Kiste auf und hielt sie über ihren Kopf, während Ben begann, die Leiter hinaufzuklettern. »Wussten Sie, dass es in den USA über zwanzig Millionen Häuser gibt, deren Bewohner Weihnachtsschmuck aufhängen?«

»Das ist eine Menge Schmuck. Gerade ein bisschen mehr, als Ruby hier ansammelt.« Er nahm den Karton und schob ihn auf den Dachboden.

»Sie besitzt auf jeden Fall mehr als ein durchschnittliches Haus.«

»Es ist für einen guten Zweck«, erwiderte Ben. Nur schien sie ihn eher anzustarren, als ihm zuzuhören.

»Was für ein Baum, sagten Sie, ist dieser Gemeindebaum?«

»Eine Carolina-Saphir-Zypresse«, antwortete er.

»Richtig, und sie hat fast die Farbe Ihres Shirts.«

Er starrte auf das grünlich-blaue Henley-Shirt hinunter. »Könnte sein.«

»Und von Ihren Augen.« Sie hielt seinen Blick für einen langen Moment fest.

Und ihre waren Carolina-Blau.

Joy hob eine weitere Kiste hoch, und sie arbeiteten schweigend weiter, bis alle Boxen, die sie nicht mehr brauchte, auf dem Dachboden verstaut waren.

Seine Bewegungen wurden langsamer, als er die letzte Kiste entgegennahm und seine Hand ihre berührte. Er würde lügen, wenn er nicht zugäbe, dass mehr in dieser Berührung lag. »Gibt es hier oben sonst noch etwas zu holen?«, fragte er nach.

Joy schaute sich kurz um. »Nein, das war's. Ich denke, wir können die leeren Kisten einfach oben im Gästezimmer aufbewahren, bis es an der Zeit ist, den ganzen Schmuck herunterzunehmen.«

»Klingt für mich nach einem guten Plan.« Er kletterte die Leiter hinunter und schloss den Zugang zum Dachboden mit einem Knall. Der weiße Strick schwang sanft über ihren Köpfen, und da sie so nah stand, war er versucht, unbeschwert zu sein. Sie zu halten, sie zu küssen. Er wollte sie lachen hören. Heute Abend besaß sie seine Aufmerksamkeit. Vollkommen.

Sie räusperte sich und trat schnell beiseite, als ob sie gemerkt hätte, dass das Dachboden-Seil eine Art von Weihnachtsmistelzauber mit sich brachte.

»Ich dachte, wir könnten heute Abend die Lichterketten

entwirren und probieren, ob sie noch funktionieren. Für das Wochenende ist Regen angesagt, also würde ich die Beleuchtung am Haus gerne morgen in Betrieb nehmen, solange das Wetter noch mitspielt«, sagte Ben.

»Ich kann dabei helfen.« Joy klopfte den Staub von ihrem Shirt. »Ich habe alle Kisten mit den Lichterketten hier unten.«

»Sehr gut. Das ist schon mal ein Anfang.« Er legte den Kopf schief. »Haben Sie schon gegessen?«

»Nicht seit heute Mittag.«

»Dann Lassen Sie uns eine Pizza bei Max bestellen. Sind Würstchen und Peperoni okay für Sie?«

»Ich kann nicht glauben, dass es den Laden noch gibt. Ich habe seit Jahren keine Pizza von Max mehr gegessen.« Joy setzte sich in den Schaukelstuhl.

»Er hat immer noch die beste Pizza der Gegend.« Er zückte sein Handy.

»Liefern sie jetzt auch Pizza hierher? Sagen Sie mir nicht, dass sie eine App haben.«

»Besser als eine App.« Er tippte auf die Tasten und hielt dann das Telefon an sein Ohr. »Hey, ich bin's, Ben. Kannst du eine Wurst- und Peperonipizza bei Ruby Johnsons Haus vorbeibringen? Ich fange gerade mit der Weihnachtsbeleuchtung an. Ich brauche Verpflegung.« Er lächelte. »Ja, eine große. Sehr gut. Danke dir.« Er steckte das Telefon in seine Hemdtasche. »Wir haben fünfundvierzig Minuten Zeit, um ein paar Lichterketten auszuprobieren.«

»Normalerweise liefern sie nicht, oder?«

»Nein, aber manchmal tut man einander gern den ein oder anderen Gefallen.«

Ben ging hinüber und begann, die Kisten in zwei Stapel aufzuteilen. Einen für die Innenbeleuchtung und den anderen für die Außenbeleuchtung mit größeren Birnen. »Wir testen am besten zuerst die Außenlampen.« Er schob eine rote Kiste vor den Schaukelstuhl. »Sie können anfangen, die hier auszurollen.«

»Sie sehen aus, als wären sie ziemlich ordentlich verpackt.«

»Wir nehmen uns eigentlich immer die Zeit, sie ordentlich aufzurollen, aber ich schwöre, dass es Rudel von Grinch-Gremlins gibt, die sich im Laufe des Jahres auf den Dachboden stehlen und alles boshafterweise verknoten. Denn es gibt immer wieder welche, die zu einem unentwirrbaren Knäuel geworden sind, wenn wir sie aufhängen wollen.«

»Vielleicht haben wir ja dieses Jahr Glück.«

»Wenn das passiert, müssen Sie jedes Jahr wiederkommen und die Lichter mit Feenstaub bestreuen.« Und vielleicht wäre das gar nicht so verkehrt. Ben könnte es durchaus verkraften, wenn er sie hier ein wenig öfter sehen würde.

»Und magische Schneeflockenwünsche schaden wahrscheinlich auch nicht.«

Joys Lächeln war unbekümmert, und er mochte die Vorstellung von ihr, wie sie mit Plätzchenmehl im Gesicht bestäubt war. Doch dann bemerkte er, wie sie sich wieder fing und ihre Mauern wieder hochzog. Er trat näher heran, in der Hoffnung, sie zu beruhigen.

»Wussten Sie, dass allein die Weihnachtsbeleuchtung eine Sechs-Milliarden-Dollar-Industrie darstellt?«, fragte sie.

Sie vermied den Blickkontakt mit ihm, und warum wich sie jedes Mal zwei Schritte zurück, sobald er sich ihr näherte?

Er probierte es aus. Trat einen Schritt auf sie zu. Ja, sie wich zurück.

»Das sind eine Menge Dollar. Aber vielleicht liegt das daran, dass die Hälfte der Lichterketten in jedem Haus zu verheddert ist oder im zweiten Jahr schon nicht mehr funktioniert.«

»Tja. Meine nicht.« Sie hielt eine lange Lichterkette hoch. Nicht ein einziger Knoten.

»Das müssen die sein, die ich weggeräumt habe.« Er hielt

seine Schnur hoch. Ein Knoten genau in der Mitte der mit Hunderten von Birnen bestückten Lichterkette.

»Geben Sie Ruby die Schuld an dem Schlamassel, den Sie da in den Händen halten?«

»Ich will niemandem die Schuld zuweisen, aber ich gebe zu, dass ich zwei neue Stränge im Wagen habe, die ich Ende der letzten Saison gekauft habe. Nur für den Fall der Fälle. Wenn es zu mühsam ist, sie zu entwirren, verwandle ich sie in weihnachtliche Windhexenkugeln und mache sie zum Teil der Dekoration.« Er deutete auf den Ausdruck ihres Projektplans. »Fügen Sie das am besten noch als Ausweichplan zu Ihrer schicken Liste hinzu.«

»Ist notiert.« Sie ließ den dicken grünen Draht durch ihre Hände gleiten und legte sich eine weitere Lichterkette um den Hals. »Seien Sie froh, dass wir keine echten Kerzen mehr benutzen. Können Sie sich das vorstellen, dass wir jede Nacht Dutzende von Kerzen anzünden müssen? Wir brauchen wenigstens nur einen Schalter umzulegen, wenn erst einmal alles an Ort und Stelle ist.«

»Ich glaube, meine Motivation, Elektrizität zu erfinden, wäre sehr hoch gewesen.«

»Als ich letztes Jahr für Wetherton gearbeitet habe, habe ich herausgefunden, dass die ersten elektrischen Weihnachtslichter zwar achtzehnhundertneunzig erfunden wurden, aber für die meisten Menschen zu teuer waren. So wurden sie erst neunzehnhundertdreißig populär und haben dann die Kerzen ersetzt.«

»Interessant.« Ben zog den Draht quer durch den Raum in dem Versuch, die Lichterkette zu entwirren.

»Und der durchschnittliche Hausbesitzer in den USA verwendet tausend Lichter für seinen Weihnachtsbaum.«

Er könnte mit ihr einen Cha-Cha-Cha tanzen, und sie würde es nicht mal merken, so wie sie ihm auswich. Warum war sie so nervös? »Sind Sie spezialisiert auf unnützes Weihnachtswissen?«

»Nein, eigentlich nicht, aber ich habe lange für einen Weihnachtskunden gearbeitet, also habe ich eine Menge davon aufgeschnappt.«

»Ich verstehe.« Aber verdammt, wenn sie nicht bald aufhörte, mit Belanglosigkeiten herauszuplatzen wie eine Art weihnachtliches Trivial-Pursuit-Wörterbuch voll unwichtiger Fakten, und anfangen seine Fragen zu beantworten, würde er die Fassung verlieren. »Mögen Sie weiße oder bunte Lichter an Ihrem Baum?«

»Einer der führenden Anbieter aus Georgia hat veröffentlicht, dass von den Hunderttausenden Lichterketten, die jedes Jahr verkauft werden, siebzig Prozent weiß sind. Ich vermute also, dass weiße Lichterketten am beliebtesten sind.«

Ben ließ die Lichterkette aus seinen Händen auf den Boden fallen, stand da und blinzelte.

»Was?«

»Ich bitte Sie nicht um eine genaue Marktforschungsanalyse. Nicht einmal, was beliebt ist. Ich frage, was *Ihnen* gefällt.«

»Spielt das eine Rolle?«

»Ja. Sicher tut es das. Ich bin interessiert.« *Und du bist schön, wenn du nur aufhören würdest, mir aus dem Weg zu gehen.*

Sie fummelte an den Lichtern herum, als ob er das laut gesagt hätte. »Ich weiß nicht, ob ich die Frage beantworten kann. Ich habe noch keinen Baum selbst aufgestellt. Noch nie. Ich weiß also nicht, was ich mir aussuchen würde.«

»Niemals?«

»Nein. Ich hatte nie einen eigenen Weihnachtsbaum. Das letzte Weihnachten, das ich gefeiert habe, war hier mit Ruby, als ich noch ein Teenager war. Und in dem Jahr gab es nicht viel zu feiern.«

»Das Jahr, in dem Ihre Mutter starb?«

Sie nickte.

»Aber das ist doch schon zehn oder fünfzehn Jahre her? Was ist mit all den Weihnachtsfesten seither?«

»Ich beschäftige mich einfach anderweitig. Ziehe den Kopf ein. Arbeite. Halte das alles auf sicherer Distanz zu mir.«

»Und funktioniert das für Sie?«

»Bis gerade eben schien es prima zu funktionieren, aber ich will ehrlich sein …«, sie hörte auf, die Lichterkette durch ihre Hände zu ziehen, »… ich fühle mich jetzt ein wenig wehmütig bei dem Ganzen.«

»Die Feiertage lösen so was manchmal aus«, erwiderte er.

»Es ist, als hätte ich es versäumt, mit Ruby gemeinsame Erinnerungen zu schaffen, weil ich Angst hatte, all die schmerzhaften Erfahrungen mit Mom erneut zu durchleben.«

Ben wollte sie in den Arm nehmen. Ihr sagen, dass er sie verstand und sich wünschte, dass sie nicht so viel Leid hatte erfahren müssen. Er wollte für sie da sein. Aber sie schien nicht bereit zu sein, ihren Schmerz zu teilen. Er widerstand dem Drang und sagte daher schlicht: »Das tut mir leid.«

»Es ist schon okay.« Ihre Stimme klang sanft. »Ich kann die Vergangenheit nicht ändern. Aber ich kann definitiv die Art und Weise überdenken, wie ich die Dinge in Zukunft angehe.«

Es war besser, dieses Gespräch in ungefährlichere Bahnen zu lenken, auf irgendwas, was die Stimmung heben würde. »Sie sind also ein Workaholic, der noch nie verheiratet war. Sie haben keine Kinder. Sie haben nicht mehr Weihnachten gefeiert, seit Sie hier in Crystal Falls gewohnt haben.«

Joy steckte ihre Lichterkette in die Steckdose. Nichts. »Klingt irgendwie bedauernswert, oder?«

»Daran ist nichts Bedauernswertes.« Er zog seinen Strang herüber und stöpselte ihn in die andere Steckdose ein. Seine Kette leuchtete auf und begann zu blinken. »Ich denke«, sagte er, während er seine Hand auf ihr Bein legte, »dass Sie möglicherweise überfällig für ein ganz besonderes Weihnachten sind.«

Sie wickelte sich den Draht mit dunklen Glühbirnen, der um ihren Hals hing, um die Finger. »Ich glaube, ich bin dazu sogar bereit, aber das hier«, sie schüttelte die Lampen, vielleicht in der Hoffnung, dass sie ihr einen Lichtstreif am Horizont schenken würden, »sieht nicht sehr vielversprechend aus.«

Ben griff zu ihr herüber und legte seine Hand um ihre. Dann zog er sie mit dem Lichterkranz zu sich heran und beugte sich vor zu einem sanften Kuss.

Joy holte kurz Luft, lehnte sich dann aber gegen ihn. Akzeptierte ihn.

Ihre Lippen waren weich. Ihr Mund warm und verlockend.

Sein Herz schlug schneller, als er mit seinen Lippen über ihre glitt.

Und als sie wieder die Augen öffneten, leuchtete die gesamte Lichterkette um ihren Hals in strahlenden Rot-, Grün- und Blautönen.

»Was für eine Überraschung«, sagte er und genoss ihr Lächeln, das so hell schien wie die Lichter um ihren Hals.

»Muss ein loses Kabel gewesen sein.« Sie strich sich den Pony aus dem Gesicht.

»Ich meinte den Kuss.«

Ben konnte an ihrem Gesichtsausdruck erkennen, dass sie es auch gespürt hatte. Es war nicht nur er gewesen. Aber was sollte er jetzt mit diesem Kuss anfangen? Und warum, zum Teufel, hatte er überhaupt damit begonnen?

»Ich nehme sie dir ab.« Er hob die Lampen über ihren Kopf und legte sie neben die anderen funktionierenden Lampen, die sie ausgewickelt hatten.

Eine Stunde später hatten sie alle Außenlampen entwirrt und getestet. Nur eine war ein kompletter Blindgänger. »Warum schraubst du nicht die Glühbirnen aus der defekten Lichterkette? Man kann nie zu viele zusätzliche Glühbirnen haben. Ich bringe die restlichen auf die Veranda, damit ich morgen gleich damit anfangen kann.«

Joy sprang auf und hielt die Tür auf, während Ben die langen Lichterketten auf die Veranda zog und sie von einem Ende zum anderen spannte.

Sie ließ die Tür hinter ihnen ins Schloss fallen.

Einen langen Moment stand er auf der Veranda und wollte sie wieder küssen. Aber sie schien darauf bedacht, Abstand zu halten, und er wusste es besser, als sich mit einer Frau wie ihr einzulassen, besonders im Funkeln der magischen Weihnachtsbeleuchtung.

Er schritt über die Lichter hinweg und ging wieder hinein. »Ich glaube, wir sind ein gutes Stück weitergekommen. Wir sehen uns morgen Abend, okay?«

»Ja. Ich schaue mir die Mappe für den Backwettbewerb an und erstelle eine Liste mit Fragen für dich.«

Er drehte sich um und öffnete die Tür, um zu gehen. »Sag mir Bescheid, wenn ich dich abholen soll, um dir zu zeigen, was bereits von dem Konzept steht.«

»Wahrscheinlich schaue ich mir das schon sehr früh an, aber ich gebe dir Bescheid.« Sie stand nicht auf, sondern hielt einen Sicherheitsabstand zwischen ihnen ein. »Gute Nacht«, sagte sie. »Und danke für deine Hilfe heute Abend.«

»Gern geschehen«, erwiderte er auf dem Weg nach draußen.

Als er zu seinem Wagen stapfte, konnte er nicht anders, als sich vorzustellen, wie Weihnachten mit Joy bei ihm zu Hause aussehen würde.

Dieser einfache Gedanke hing über ihm wie ein Mistelzweig an der Tür und bettelte um einen Kuss.

Kapitel 22

»Er hat dich geküsst?« Renee klang fassungslos.

»Ja. Ohne Vorwarnung, er hat sich einfach zu mir herübergelehnt und mich geküsst.« Joy drehte einen Brotclip zwischen ihren Fingern. Sie würde einkaufen gehen müssen, um mehr Brot für Mollys Lunch diese Woche zu besorgen. Es war kaum zu glauben, dass sie schon eine ganze Woche hier war.

»War es schön?«

Joy berührte ihre Lippen und lächelte. »Sehr.« Wie Ruby stets zu sagen pflegte: Wenn man als Frau aufmerksam war, dann brauchte es nur einen Kuss, um sicher zu wissen, ob der Mann tatsächlich mit ihrer Seele für die Ewigkeit in Liebe verbunden bliebe.

Ben zu küssen war magisch gewesen.

Bis jetzt hatte Joy nie wirklich verstanden, was Ruby damit gemeint hatte. Aber heute Morgen war sie sich fast sicher, dass Bens Kuss dieses Gefühl in ihr ausgelöst hatte.

»Also, wo liegt das Problem? Du klingst, als ob er etwas falsch gemacht hätte«, bemerkte Renee.

»Nein. Er hat nichts falsch gemacht. Ich meine, ich kenne ihn nicht einmal. Außerdem bringt er Unglück. Immer, wenn er in der Nähe ist, passiert etwas Schlimmes. Ich will mich nicht darauf einlassen.«

»Was ist letzte Nacht denn Schlimmes passiert?«

»Der Kuss!«

»Ich glaube nicht, dass man das als schlimm bezeichnen kann. Ich meine, dein Auto zu Schrott zu fahren. Durchaus. Die Plätzchen verbrennen – na ja, vielleicht. Obwohl, seien wir mal ehrlich. Du kochst nicht oft. Aber ein Kuss? Ein *sehr* netter Kuss. Hm, nein, das war nicht schlimm.«

»Ich kann diese Art von Ablenkung nicht gebrauchen. Er ist nicht einmal mein Typ.«

»Dann amüsier dich doch einfach. Warum auch nicht? Keiner hat gesagt, dass du ihn heiraten musst oder so. Wenn du schon mal in Crystal Falls bist, kannst du auch Spaß haben. Du hast selbst gemeint, dass du nicht mit Todd ausgehen willst. Du solltest Unglücksraben-Ben zu der Gala einladen.«

»Man soll in formeller Abendgarderobe kommen.«

»Und? Glaubst du nicht, dass er einen Smoking besitzt? Es gibt doch in jeder Stadt einen Smokingverleih, oder nicht? Die Kids müssen sich doch auch irgendwo Smokings für den Abschlussball leihen können. Ach, komm schon. Das ist eine faule Ausrede.«

»Ich weiß nicht. Ich meine, er trägt jeden Tag Anzüge bei der Arbeit, aber mal im Ernst? Wir sind hier in Crystal Falls und nicht in Crystal City. Und ich glaube nicht, dass ich so ein Risiko bei der Arbeit eingehen möchte. Was, wenn er in etwas Unangemessenem auftaucht? Oder noch schlimmer, was, wenn er etwas Peinliches sagt? Ich kenne ihn nicht. Das könnte passieren. Das ist eine wichtige Party mit unseren wichtigsten Kunden. Ich glaube, ich gehe lieber alleine hin, als einen Fauxpas zu riskieren.«

»Joy Holbrook. Seit wann bist du so ein Snob?«

»Na ja, so habe ich es nicht gemeint. Ich habe nur …« Was war noch mal ihre Begründung? Es klang selbst für sie ein wenig lahm. »Die Wahrheit ist, dass sich Ben sehr gut schlagen würde. Ich weiß, dass er es täte. Ich hätte diese Dinge nicht sagen sollen, aber er macht mir Angst.«

»Wieso das denn?«

»Er gibt mir das Gefühl … ach, ich weiß auch nicht. Dass er mich aus dem Gleichgewicht bringt. Mit Todd war es einfach, denn es gab keine Verpflichtungen. Außerdem hatte er genauso viel zu verlieren wie ich bei Events von der Arbeit. Er war sozusagen das perfekte unproblematische Date. Ich wusste, was ich von ihm zu erwarten hatte.«

»Na ja, ganz offensichtlich ist Todd für die Gala verfügbar, wenn du ihn mitnehmen willst.«

»Aber ich will ja gar nicht.« Und sie wollte ihn schon nicht an ihrer Seite haben, bevor sie Ben kennengelernt hatte. Doch jetzt, nach diesem Kuss mit Ben, war sie sich sicher, dass sie keine Zeit mehr mit Todd verbringen wollte. Da war ein Feuerwerk gewesen, oder vielleicht waren es die blinkenden Weihnachtslichter, aber so oder so, dieser Kuss war anders als alle Küsse, die sie je zuvor erlebt hatte. »Außerdem arbeitet Todd jetzt für die Konkurrenz. Er wird unsere Kunden bespitzeln. Das ist unter keinen Umständen cool.«

»Ich glaube, du solltest Ben eine Chance geben«, sagte Renee. »Was schadet es schon? Würdest du so viel Enthusiasmus in deine Verabredungen stecken wie in deine Arbeit, wärest du überrascht, wie viel Glück du finden könntest.«

»Wer sagt denn, dass ich nicht glücklich bin?«

»Joy, ich weiß, dass du keinen Mann brauchst, aber einen zu haben, macht alles viel besser. Du willst doch nicht für immer allein bleiben.«

Vielleicht wollte sie das ja doch. Oder nicht? Jemanden so sehr zu lieben, bedeutete, dass es wehtun würde, ihn wieder zu verlieren. Einen solchen Verlust wollte sie nie wieder fühlen müssen. »Ich weiß nicht einmal, ob er an mir interessiert ist.«

»Er hat dich geküsst.«

Joy schaute auf das, was sie heute Morgen anhatte. »Und du solltest mich sehen. Ich sehe komplett derangiert aus. Ich hatte ja keine Zeit, etwas einzupacken, deshalb trage ich alte Jogginghosen und Pullis von Tante Ruby. Ich habe gestern sogar Lippenstift als Rouge benutzt.«

»Dann geh einkaufen. Es gibt dort bestimmt Läden.«

Ohne ihre eigenen Kleider und ihr Make-up fühlte Joy sich

unbeholfen. Und Ben würde heute Abend wiederkommen, um mit den Arbeiten an der Außenbeleuchtung zu beginnen. »Vielleicht hast du recht.«

»Das habe ich definitiv. Ich bin überrascht, dass du dir nicht schon längst etwas bestellt hast.«

»Ich auch, jetzt, wo du es sagst. Aber wer hätte gedacht, dass ich überhaupt eine Woche hierbleiben würde?« Die Zeit verging wie im Flug. »In Ordnung, ich will dich nicht länger aufhalten. Danke, dass du die Stellung hältst. Ich kann es kaum erwarten, dich auf der Gala zu sehen.«

»Erzähl mir, wenn es was Neues von Ben gibt. Ich halte Todd in Schach, bis ich wieder von dir höre.«

Joy legte auf, schnappte sich, ohne zu zögern, ihre Schlüssel und machte sich auf den Weg in die Stadt, um ein paar Dinge wie Make-up und anständige Kleidung zum Wechseln – und vielleicht sogar hübsche Unterwäsche – zu besorgen.

In weniger als zwei Stunden war sie zurück zu Hause, duschte, zog sich um und fühlte sich wieder wie die Alte.

Dann setzte sie sich hin und fing an, alle Details in der Mappe für den Pfefferkuchen-Backwettbewerb durchzugehen. Die Regeln aus dem letzten Jahr waren klar und deutlich angegeben. Auf der Rückseite befand sich eine Liste von sechs Teilnehmern mitsamt ihren Anmeldeformularen und einem Einzahlungsbeleg für die Teilnahmegebühren.

Die Sponsoren für die Preise waren gefunden und eingetragen, und alle Einreichungen waren bereits im Theater des Botanischen Gartens ausgestellt. Jetzt mussten nur noch alle Werbe- und Sponsoringverträge erfüllt und der Fotograf engagiert werden.

Sie rief kurz den Fotografen auf der Liste an, und die Sache war erledigt. Ganz einfach. *Abgehakt.*

Dann setzte sie sich mit dem Drucker in Verbindung, um sicherzugehen, dass er alles hatte, was er für die Beschilderung benötigte, um die vertraglich vereinbarte Sponsorenwerbung zu vervollständigen. Die Korrekturabzüge lagen zur Genehmigung bereit. »Ich schaue heute Nachmittag vorbei.« *Abgehakt.*

Die einzige offene Baustelle schien die endgültige Entscheidung darüber zu sein, auf welche Weise das Publikum am Sonntag seine Stimme abgeben würde. Die Regeln besagten eindeutig, dass die Preisrichter ihre Stimmen am Abend des Pfefferkuchenhaus-Aufbaus abgeben würden. Diese Information befand sich in der Mappe; die Öffentlichkeit sollte jedoch am Sonntag bis achtzehn Uhr für ihre Favoriten stimmen, bevor alle Ergebnisse bekannt gegeben und die Gewinner verkündet würden.

Sie musste herausfinden, wie dieser Prozess aussehen würde und wie er in die endgültigen Bewertungszahlen integriert werden könnte.

Ein Donnergrollen erschütterte das Farmhaus, und die Lichter flackerten. Der Esel brüllte, gefolgt von einem lauten Knall. Als Joy das Fenster über der Küchenspüle erreichte, stoben die Ziegen schon in Richtung Stall. Sie würden sogar bei einem Schneesturm draußen stehen, aber sie hassten Regen über alles. Große Tropfen prasselten jetzt auf das Dach, und es dauerte nicht lange, bis es so stark regnete, dass Joy die Tiere im Stall kaum noch erkennen konnte, die hinausspähten und so dreinschauten, als wünschten sie sich, sie hätten schon Abendbrot bekommen.

»Tut mir leid, Freunde, ich komme bei diesem Wetter nicht raus, um euch zu füttern. Da müsst ihr euch gedulden.« Aber sie ging immerhin auf die Veranda und fütterte Molly, das Kaninchen.

Der Regen wehte heftig gegen die Fliegengittertür, und Joy rannte zurück ins Haus, tupfte sich Gesicht und Arme mit einem Papiertuch ab. Da klingelte ihr Telefon und brummte auf dem Tisch. Wahrscheinlich Ruby, die nach dem Rechten hören wollte. »Hallo?«

»Ich bin's, Ben. Sieht aus, als müssten wir das mit den Lichtern heute Abend verschieben.«

»Ich weiß. Hier regnet es Bindfäden. Ich habe die Beleuchtung wieder reingebracht.«

»Ich dachte, vielleicht möchtest du vorbeikommen, um den Veranstaltungsplan durchzugehen. Dann könnte ich dir auch Spaghetti machen.«

»Du kochst?«

»Das ist das Einzige, was ich koche, aber ich kriege eine ziemlich gute Schüssel Spaghetti hin.«

»Angebot angenommen. Wie lautet deine Adresse?«

Sie tippte die Adresse in ihr Handy ein, als er sie ihr durchgab. »Ich habe sie gerade in mein GPS eingegeben. Sieht ganz einfach zu finden aus.«

»Das ist es auch. Direkt an der Main Street. Du siehst dann schon meinen Truck in der Einfahrt.«

»Großartig. Kann ich noch etwas mitbringen?«

»Nein. Nur dich selbst und deine Einschätzung darüber, was bei dem Gingerbread-Bakeoff noch zu tun ist.«

»Zufälligerweise habe ich ein Update für dich. Ich mache mich direkt auf den Weg.«

Joy trat nach draußen und öffnete den kleinen Regenschirm, den sie in ihrer Handtasche aufbewahrte. Sie rannte zu ihrem Auto, aber der Regen war so stark, dass sie schon klatschnass war, als sie auf den Fahrersitz sprang. Sie schloss den Schirm und legte ihn auf die Beifahrerseite.

Warum habe ich mir überhaupt die Mühe gemacht, mein Haar zu frisieren? Sie warf einen Blick in den Rückspiegel, strich sich mit den Fingern unter den Augen entlang, um alle

Flecken zu beseitigen, und fuhr sich dann durch ihren Pony. Wieder reinzugehen und noch einmal neu anzufangen, würde sie in Verzug bringen, und wahrscheinlich endete sie genau so wie jetzt. Es sei denn, sie würde sich eine Mülltüte über den Kopf stülpen, aber selbst dann würde sie chaotisch aussehen, wenn sie vom Auto zu Bens Tür lief. Das war die Mühe nicht wert. Außerdem wollte sie ja niemanden beeindrucken.

Nachdem sie die Adresse in ihr Navi eingegeben hatte, musste sie nur noch ein paarmal abbiegen, bis sie Bens Haus erreichte.

Selbst im Regen sah das Haus einladend aus. Und riesig. Joy war sich nicht sicher, was genau sie erwartet hatte – aber das war es nicht. Der Briefkasten passte in Farbe und Design erstaunlich gut zum Haus. Das Haus musste im frühen Neunzehnten Jahrhundert gebaut worden sein.

Das große alte Haus wies mehr architektonische Details auf, als sie je an einem Haus bemerkt hatte. Alte Bäume säumten das Grundstück. Die Einfahrt schlängelte sich von der Straße bis zur Seite des Hauses.

Und ein Ziegelsteinweg führte sowohl zur Seiten- als auch zur Vordertür. Sie parkte und wünschte, der Regen würde nachlassen. Doch gerade als sie ihre Handtasche schnappen wollte, öffnete sich Bens Seitentür. Er kam herausgejoggt und brachte einen großen schwarzen Regenschirm zum Auto.

»Danke!«, sagte sie, während sie sich unter den aufgespannten Schirm duckte.

»Es ist scheußlich hier draußen.« Er hielt den Regenschirm und zog sie eng an sich, als sie zum Haus liefen. »Danke, dass du trotzdem bei dem Wetter rausgekommen bist. Du bist ja völlig durchnässt. Komm rein.«

Als Joy die Küche betrat, lag der Duft von Knoblauch und Tomaten in der Luft. Auf dem Herd kochte Wasser in einem großen roten Topf. Und dies war ganz sicher keine gewöhnliche Junggesellenküche. Es war nicht mal nach alltäglichen

Maßstäben eine gewöhnliche Küche. Jamie Oliver und Gordon Ramsay würden die Bestecke kreuzen, um darüber zu streiten, wer hier kochen durfte. Der dunkle Granit hob die hochwertigen Edelstahlgeräte nur noch mehr hervor. »Deine Küche ist umwerfend.«

»Danke«, erwiderte er, gerade, als ein schwarzer Labrador schwanzwedelnd aus dem anderen Zimmer in die Küche rannte. Bei jedem Schritt klirrte die blaue, knochenförmige Marke des Hundes gegen die Metallschließe seines Lederhalsbandes.

»Hey, Kumpel«, sagte sie und beugte sich vor, um seinen Kopf zu streicheln. »Ruby hatte früher einen Labrador. Eigentlich war er der Hund von Onkel George. Ein schokoladenbrauner Labrador namens Brownie. Originell, nicht wahr? Wie heißt er denn?«

»Profit.«

»Ein Buchhalter-Witz?«

»Möglicherweise.« Er schob sich an ihr vorbei. »Bleib hier. Ich bin gleich wieder da.«

Es war Jahre her, dass sie an den alten Brownie gedacht hatte. Dieser Hund hatte jede Nacht am Ende ihres Bettes geschlafen, solange sie und Mom bei Tante Ruby und Onkel George lebten. Sie fragte sich, was wohl mit ihm passiert war.

Ben war schnell wieder zurück, mit einem rot karierten Flanellhemd in der Hand. »Hier. Warum ziehst du das nicht an, und wir schmeißen dein Shirt in den Trockner?«

»Danke.« Sie hielt das Hemd an ihre Wange. Es fühlte sich weich und warm an. »Wo ist denn dein Badezimmer?«

»Den Flur entlang auf der rechten Seite. Unter dem Waschbecken müsste ein Föhn sein. Ich glaube, meine Schwester hat einen vergessen, als sie das letzte Mal hier war.«

»Danke.«

Als sie zurück in die Küche kam, schenkte Ben gerade Wein in zwei Gläser ein. »Ich hoffe, du magst Cabernet.«

»Sicher. Das ist prima.« Sie hob das Glas und atmete den Duft ein. »Wunderbar.«

»Kommt aus Biltmore«, sagte er und nahm einen Schluck. Er schwenkte einen langen Holzlöffel in der Soße, dann ließ er die Nudeln in das sprudelnde Wasser auf der vorderen Kochplatte fallen. Der Timer ertönte. Ben schaltete ihn aus und holte einen langen Laib knusprigen Brots aus dem Ofen.

»Das riecht so gut. Kann ich irgendwie helfen?«

»Ja. Da drüben ist ein Schneidebrett. Vielleicht kannst du das Brot schneiden?«

»Klar, gern.« Sie schnitt vier dicke Scheiben ab und legte sie in den Brotkorb. »Was noch?«

»Schneid ruhig noch eine dünne Scheibe ab.«

»Okay«, gab sie zurück. Vielleicht hätte sie fragen sollen, wie dick das Brot geschnitten werden sollte. »Ist das gut so?«

»Ja. Würdest du es in zwei Hälften reißen und mir herbringen?«

Sie tat, was er verlangte, und trat dann an seine Seite an den schicken Herd. Er rührte die Soße um und schöpfte einen Löffel davon auf.

»Es riecht so gut.« Joy schloss die Augen, als sie einatmete.

»Warte, bis du es probiert hast.« Er hielt seine Hand unter den Löffel.

»Dipp das Brot in die Soße, und koste mal.«

Sie schwenkte das warme Brot in der Soße und nahm dann vorsichtig einen Bissen. »Richtig gut. Du machst wirklich gute Spaghetti.«

Sie tauchte das andere Stück Brot in die Soße und hielt es ihm vor den Mund.

Er biss hinein und warf den Rest des Stücks in die Luft, den Profit sofort aufschnappte. »Schmeckt für mich so gut wie fertig. Sobald die Pasta durch ist, sollte die Soße perfekt sein.«

»Schmeckt für mich schon perfekt.«

Profit starrte zu ihnen hoch und leckte sich die Lefzen.

Joy tätschelte Profits Kopf. »Ich glaube, Profit stimmt mir zu.«

»Er ist nicht wählerisch. Überhaupt nicht.«

Sie lachte.

»Wir haben noch etwa sieben Minuten, bis die Pasta fertig ist, also lass mich dir die Fünf-Minuten-Tour geben.« Er führte sie ins Wohnzimmer. »Diesen Raum fertigzustellen, hat doppelt so lange gedauert, wie ich ursprünglich geplant hatte. Die Zierleisten waren schon vor Jahrzehnten aus dem Programm genommen worden, aber ich wollte keine Kompromisse eingehen bei der ursprünglichen Handwerkskunst.«

»Es ist wunderschön«, sagte sie und bewunderte die Tatsache, dass er sich die Zeit genommen hatte, die Arbeit richtig zu machen und die architektonischen Feinheiten farblich gegen die kräftigeren Töne des Holzes abzusetzen. Ein warmes und einladendes Ergebnis. »Das hier ist sagenhaft. Durch die hohen Decken wirkt es so offen, und die handwerklichen Details hier sind unglaublich. Ist das alles original?«

»Ich wünschte, es wäre so. Dieses Gebäude war in so schlechtem Zustand, als ich es gekauft habe. Allerdings konnte man das Potenzial erkennen. Es hat viel Arbeit gekostet, dem Haus seine ursprüngliche Opulenz zurückzugeben, aber es geht voran.«

Innerhalb der letzten achtzehn Monate hatte er es geschafft, dass das vernachlässigte Haus endlich wieder in seinem früheren Glanz erstrahlte, stilecht in den rustikalen, gedämpften Juwelentönen der damaligen Zeit – Marineblau und Salbeigrün, mit Akzenten in warmem Gold und Wildapfelrot. Er hatte es mit den Farben ein wenig übertrieben, doch bei so vielen architektonischen Details, die es hervorzuheben galt, konnte er sich das erlauben.

Dieses Haus war die ultimative Renovierungs-Herausforderung, aber er genoss jede Minute davon, und es heute mit Joy zu teilen, bescherte ihm ein unerwartetes Hochgefühl.

»Es ist zauberhaft.« In einem Bücherregal standen mehrere Familienfotos und jede Menge in Leder gebundene Bücher. »Sieh dir all diese Bücher an. Du musst ein eifriger Leser sein.«

»Nicht ganz. Als ich die Einweihungsfeier hier veranstaltet habe, brauchte ich nichts an Geschenken. Also hat Mom allen gesagt, sie sollen Bücher mitbringen, um die Regale zu füllen. Das sind die Lieblingsbücher von all meinen Freunden, aber ich habe sie noch nicht gelesen.«

»Das ist wirklich etwas Besonderes.«

Genau wie in seinem Büro gab es auch hier persönliche Eindrücke aus seinem Leben. Keine egozentrische Zurschaustellung. Nein, es war eher eine Erinnerung an unbezahlbare Momente. Ein Bild von ihm beim Segeln mit drei anderen Männern, die Bier in der Hand hielten und lachten. Ein Familienfoto, das aussah, als wären es seine Eltern in den ersten Jahren ihrer Ehe. Ben hatte die Nase und die kräftige Kieferpartie seines Vaters geerbt. Und noch ein Mann in einer Militäruniform. Sie verweilte vor dem Bücherregal und betrachtete die Bilder und Schnipsel, die kleine Details über diesen Mann erzählten.

»Mein Bruder und ich haben das Bücherregal gebaut.«

»Musste man es noch ordentlich zusammenstecken?«, stichelte sie.

»Wir mussten eigentlich jedes Brett, jeden Nagel und jede Verbindung anfertigen.«

»Du meinst, du hast es wirklich richtig gebaut? Quasi von Grund auf?«

»Wie haben jedes Brett zurechtgehobelt. Jede Kante und Nut gefräst, jede Ecke geschmirgelt.«

Es war kaum zu glauben, dass er das erschaffen haben könnte. Es sah aus wie ein hochwertiges Möbelstück. Die Verarbeitung war makellos. »Kirschholz?«

Er nickte langsam.

Das war nicht billig. Joy war beeindruckt. Der Mann, der vor ihr stand, steckte voller Überraschungen, und jedes dieser Fotos verleitete sie dazu, noch mehr Fragen zu stellen, um ihn ein bisschen besser kennenzulernen.

Ein Foto sah aus, als wären die Maya-Ruinen darauf abgebildet, ein anderes schien ein tropischer Strand zu sein. Sie fragte sich, wann sie aufgenommen worden waren. Ein Schnappschuss von Jet-Skis im Wasser neben einem Steg war neben einem Bild von jemandem platziert, der Parasailing betrieb.

Sie nahm ein Bild von Ben und Profit hoch, dass in einem Rahmen in Form eines Knochens steckte. Der Welpe konnte da nicht älter als sechs Wochen gewesen sein. »Er war so winzig.«

»Er denkt manchmal immer noch, dass er so klein ist.«

Profit kam herein und setzte sich zwischen sie, wobei sein Schwanz nach links und rechts schwang.

»Du wusstest, dass wir über dich reden, nicht wahr, Profit?«

Joy kam sich plötzlich klein und unbedeutend vor. Ihre Wohnung war wie aus dem Katalog. Jederzeit könnte jemand vorbeikommen, und alles würde an seinem Platz sein. Nirgends wäre ein persönlicher Gegenstand zu sehen, der erkennen ließ, wer hier wohnte, es sei denn, man würde in ihren Schreibtisch schauen, wo sie ihre Rechnungen und ihr Scheckbuch aufbewahrte.

Alles, was sie besaß, waren Flugmeilen von all ihren Reisen. Ben besaß Bilder und Erinnerungen, die heute noch so lebendig waren wie an dem Tag, an dem er diese Reisen unternommen hatte.

Joy hatte nicht einmal ein Foto ihrer Mutter in ihrer Wohnung aufgestellt, mit Ausnahme des Bildes in ihrem Schlafzimmer auf dem Nachttisch. Und selbst wenn Bilder von Mom noch zu viele unangenehme Erinnerungen wachrufen könnten, gab es eigentlich keinen guten Grund, warum sie kein Foto von Tante Ruby in ihrer Wohnung hatte. Oder ein Bild von einem Urlaub. Na ja, abgesehen davon, dass sie in den letzten fünf Jahren nicht wirklich einen gemacht hatte.

Dieses Haus enthielt nicht nur seine eigene Geschichte, sondern auch die von Ben. Und plötzlich hatte Joy das Gefühl, dass sie in ihrem Leben viel mehr als nur Weihnachten verpasst hatte.

Kapitel 23

Soweit es Joy betraf, war die Theorie, dass »jeder Mensch träumt«, umstritten. Aber verflixt noch mal, sie war vergangene Nacht mindestens viermal aufgewacht und hatte sich immer an den letzten Traum erinnert, der sich in ihrem Kopf abgespielt hatte. Und jedes Mal war es derselbe Traum gewesen.

Sie lag hier mit geschlossenen Augen da, um sich den Traum noch einmal ins Gedächtnis zu rufen. Sie trug Weihnachtslichter um ihren Hals, und die Lichter blinkten, als sie einen gut aussehenden Fremden küsste. Okay, na gut, er war kein Fremder. Er schien Ben sehr ähnlich zu sein, bis hin zu seinem Geruch nach Tannennadeln und Zuckerplätzchen.

Und dann lagen sie beide auf dem Fußboden vor dem Kamin, wo Weihnachtsstrümpfe vom Kaminsims hingen und leise Weihnachtslieder spielten, während sie sich auf eine Decke auf dem Fußboden kuschelten und ihr Kopf in der Beuge seines muskulösen Arms lag.

Sie öffnete die Augen und war ein wenig enttäuscht, dass es sich wirklich nur um einen Traum gehandelt hatte.

Es war alles Renees Schuld, weil sie diesen Samen in Joys Hirn eingepflanzt hatte.

Sie griff nach Rubys Bademantel. Das Haus war kühl an diesem Morgen, der Parkettboden eisig unter ihren Füßen. Sie zog ein Paar dicke Socken an und ging die Treppe hinunter.

Während der Kaffee in die Kanne tropfte, überlegte sie, wie sie die Stimmabgabe der Zuschauer mit dem Jury-Votum für den *Extreme Gingerbread Bake-off* verbinden könnte. Ashley hatte geplant, jedem Besucher eine Münze zu geben, die er in eine Box werfen sollte, die vor jeder Auslage aufgestellt war.

Das Problem dabei war, dass die Möglichkeit, den Abstimmungsstatus zu sehen, das Verhalten der Leute beeinflussen und zu Verzerrungen führen könnte. Das war etwas, worauf sie bei ihrer Marktforschung stets geachtet hatte.

Es gäbe einige Leute, die für den Außenseiter stimmen würden, einfach nur, weil sie dessen Gefühle nicht verletzen wollten. Das war ehrenwert, vor allem wenn man bedachte, wie viel Arbeit in diesen Kreationen steckte. Es gäbe dann auch noch die Mehrheitswähler.

Nein, Joy musste sicherstellen, dass die Stimmabgabe auf Grundlage der ansprechendsten Darstellung erfolgte.

Wie ließ sich das aber am besten bewerkstelligen?

Sie schnipste mit den Fingern.

»Ich hab's!« Sie schnappte sich den magnetischen Notizblock vom Kühlschrank und listete den Schritt-für-Schritt-Ablauf auf.

Sie wirbelte ihren Stift, um einen grazilen Schnörkel unter die letzte Zeile zu setzen.

Nachdem sie nach draußen gegangen war und alle Tiere gefüttert hatte, las sie ihre Liste noch einmal mit Abstand durch und fand, dass ihr Plan immer noch funktionierte. Und obendrein war es einer, den sie mit wenig Aufwand in die Tat umsetzen konnte. Außerdem hatte sie alles, was sie brauchte, um noch ein paar Verbesserungen daran durchzuführen, bereits hier. Ja, ein rundherum gelungener Plan.

»Guten Morgen.« Mollys Stimme ertönte, dann schlug die Haustür zu.

»Ich bin hier«, rief Joy aus der Küche.

Molly kam herein und stellte ihre leere Brottasche auf den Küchentisch.

»Fröhlichen Freitag!«

»Morgen ist keine Schule«, sagte Molly, und sie sah nicht sehr glücklich darüber aus.

»Ich dachte, wir machen heute mal etwas anderes«, erklärte Joy, als sie mit ihrem Kaffee zum Tresen ging, wo sie bereits alles für Mollys Mittagessen vorbereitet hatte. »Wie wäre es, wenn wir dein Mittagessen heute gemeinsam zubereiten?«

»Ich weiß aber nicht, wie.«

»Ich werde es dir beibringen«, erwiderte Joy. Irgendwann in ihrer traumreichen Nacht musste sie von Mom geträumt haben, denn das Mittagessen war etwas, was sie und ihre Mutter immer gemeinsam zubereitet hatten. Joy hatte es geliebt, ihr Sandwich Seite an Seite mit Mom zu belegen. Und nun dachte Joy, dass sie die Dinge mit Molly ähnlich angehen könnte.

Molly schleppte den Küchenhocker zum Tresen und stellte sich darauf. »Kann ich Erdnussbutter und Marmelade haben? Das ist mein Lieblingsessen.«

»Auf jeden Fall. Ich dachte nur, es würde Spaß machen, wenn wir es gemeinsam vorbereiten. Das ist wie beim Kekse backen. Das hat doch Spaß gemacht, oder?«

»Ja. Das macht viel Spaß.«

Joy legte das Brot auf die Theke. »Willst du die Erdnussbutter oder das Gelee draufstreichen?«

Molly spitzte die Lippen und musterte beides. »Gelee!« Sie schlang beide Hände um das wuchtige Glas mit Traubengelee und zog es zu sich heran.

»Dann mache ich die Erdnussbutter.«

Beide schmierten den Belag auf ihre Scheibe, dann langte Joy mit ihrem Erdnussbuttermesser hinüber und malte einen Smiley auf Mollys Marmeladenbrot.

Molly klatschte in die Hände und kicherte. »Ich liebe Smileys!«

»Unser Geheimnis.« Joy stapelte die Scheiben und schnitt

erst die Rinde ab und dann das Sandwich in die vier Teile, so wie Molly es mochte.

Joy legte eine Plastiktüte mit Babykarotten und einen Keks ganz nach unten in die Brottasche, faltete dann zwei Servietten darüber und legte das Sandwich dazu.

»Danke schön«, sagte Molly. »Ich unternehme gerne etwas mit dir. Ich wünschte, du könntest zu meiner Weihnachtsaufführung kommen.«

»Verkaufst du Eintrittskarten?« Das Mindeste, was sie tun konnte, war, die Sache zu unterstützen. Es war mit Sicherheit ein besserer Anlass als der, für den Margies Kinder Geld sammelten.

»Nein. Aber wir können zwei Leute einladen. Und meine Mom kann nicht hingehen. Tante Ruby auch nicht. Ich dachte, du würdest vielleicht kommen.«

»Was ist mit deinem Dad? Oder andere Familienmitglieder? Ich wette, sie würden dich gerne bei der Weihnachtsaufführung sehen.«

»Wir reden nicht mehr mit meinem Daddy«, erklärte Molly leise. Joys Brust zog sich zusammen. Sie kannte dieses Gefühl nur zu gut.

Mollys Augen waren groß und flehend. »Kannst du kommen? Bitte!« Das kleine Mädchen brachte Joys Herz zum Schmelzen.

»Wann findet es denn statt?«

»Nächsten Dienstag um neun.«

»Das ist spät.«

Molly lachte. »Neun Uhr morgens. Wir gehen abends nicht zur Schule. Unsere Klasse ist morgens dran. Die älteren Kinder machen ihr Programm am Nachmittag.«

Joys Herz sank. »Ich wünschte, ich könnte kommen, aber das geht nicht. Es tut mir furchtbar leid, Molly. Ich muss zurück nach D.C., um zu arbeiten, und ich werde es bis dahin nicht schaffen, zurück zu sein.«

Molly schob schmollend ihre Unterlippe nach vorn, und sie sah aus, als wäre gerade jemand vorbeigekommen und hätte böswillig ihren Lieblingsballon platzen lassen.

Wahrscheinlich einer mit einem Smiley-Gesicht.

»Es tut mir leid, Molly. Ich weiß, dass du bei der Aufführung wunderbar sein wirst. Erzähl mir davon. Ist es ein Theaterstück?«

»Nein. Es ist Musik. Ich spiele die Glocken. Wir haben viel geübt. Und ich singe auch ›Rudolph, the red-nosed Reindeer‹.«

»Kennst du den ganzen Text?«

»Auswendig«, antwortete Molly.

»Ich liebe dieses Lied. Rudolph ist mein allerliebstes Rentier.«

»Ich mag sie alle am liebsten.«

Joy trug die Brottasche ins Wohnzimmer und legte sie zusammen mit Mollys Schreibheft neben die Tür. Die beiden hatten eine Routine und eine herzerfrischende Freundschaft gefunden. Wer hätte gedacht, dass Joy sich mit einer Siebenjährigen anfreunden würde? »Wir haben noch etwa fünfzehn Minuten, bis der Bus kommt.«

Die Augen des kleinen Mädchens leuchteten auf. Sie stellte sich auf die Zehenspitzen, und die kleinen Sommersprossen auf ihrer Nase schienen zu tanzen, als sie breit grinste. »Ruby hat erzählt, dass sie dir immer Zöpfe geflochten hat, genau wie mir, als du noch klein warst. Weißt du, wie man Zöpfe macht?«

Joy lächelte bei der Erinnerung daran, wie sie auf dem Bett ihrer Tante saß. Ruby war hundertmal mit der Bürste mit den dichten Borsten durch Joys Haar gefahren. »Damit es glänzt wie die Sonne«, sagte sie dann. Dann hatte sie zwei lange Zöpfe geflochten. Ruby machte die festesten Zöpfe. Sie hielten immer den ganzen Tag lang.

Das war immer noch eine ihrer schönsten Erinnerungen.

Das und das Spielen mit dem Schmuckkästchen. Sie hatte dagesessen und den Schmuck gestreichelt, der in den vielen Schubladen lag, von denen manche sogar wie Geheimfächer wirkten. Sie hatte den Schmuck so sorgfältig angeordnet, als wären es die Kronjuwelen der Königin.

Joy griff nach der Hand des kleinen Mädchens. »Komm, setz dich hierher.« Der Gedanke erfüllte Joy mit Freude, dass sie diese Art von Erinnerung für jemanden schaffen könnte. Für Molly. Joy genoss diesen kurzen Moment. »Wir nehmen etwas von der roten Litze, die ich gefunden habe, um die Enden zu verbinden.«

»Wie hübsch! Weißt du wirklich, wie man das macht? So wie Ruby?«

»Aber sicher doch. Ich habe von der Besten gelernt.«

»Ruby ist die Beste.«

»Ganz genau, das ist sie.« Joy drehte Molly den Rücken zu und fuhr ihr mit den Fingern durchs Haar. »Willst du einen Zopf den Rücken hinunter?«

»Kannst du so einen wie deinen machen? An der Seite?«

Joy berührte ihren eigenen Zopf. Es war ein halb verunglückter Versuch gewesen, ihr Haar heute Morgen zu bändigen. »Klar. Dein Haar ist lang genug.« Sie zog Mollys Haar über die linke Schulter und teilte dann mit den Fingern die langen Strähnen. Sie straffte jeden Teil des geflochtenen Zopfes, während sie sich bis zum Ende vorarbeitete. Joy nahm das kurze Stück der roten Litze und verknotete sie doppelt, damit nichts verrutschte. »Ich habe kein Haarband. Ich hoffe, es hält auch ohne Gummiband.«

»Ich passe auf.«

Molly sprang herunter und lief zu einem Spiegel in der Nähe der Tür, um sich auf Zehenspitzen zu betrachten. »Es ist so schön. Danke!«

»Gern geschehen.«

»Jetzt sehen wir aus wie Zwillinge.« Molly kletterte auf die Couch und setzte sich ruhig hin.

Sie war so gut erzogen. Joy war immer noch erstaunt, wie sehr sich Molly von den zuckerberauschten Kindern unterschied, die sie im Laufe des Jahres in ihren Forschungsgruppen gehabt hatte – und ganz besonders von Margies.

»Wir haben noch ein bisschen Zeit. Warum singst du nicht dein Lied für mich?«

»Ich muss dafür aufstehen.« Molly rutschte von der Couch und stellte sich in die Mitte des Raumes. »So üben wir.« Sie schaute zu beiden Seiten und rutschte dann etwa drei Schritte nach links. »Ich stehe hier drüben.«

Joy unterdrückte ein Lachen über das unsichtbare Klassenzimmer der Kinder. Es musste wunderbar sein, die Fantasie eines Kindes zu haben.

Molly wippte mit dem Kopf, als ob sie sich einen Countdown von eins bis drei vorstellte, und dann ertönte ihre Stimme im ganzen Raum. »Rudolph, the red-nosed Reindeer …« Sie hielt ihre kleinen Hände wie ein Geweih an ihren Kopf. Und dann an ihre Nase.

Joy zog das Kissen neben sich hervor und hielt es an ihr Herz. Sie hatte wohl in ihrem ganzen Leben noch nie etwas so Niedliches gesehen. Und wie konnte dieses kleine Mädchen nur so gut singen?

Mollys Stimme war so laut und kräftig, dass Joy fast vermutete, die Tiere stünden draußen bis zum Zaun Schlange. Doch diesmal ging es nicht um Futter, sondern um einen Sitzplatz in der ersten Reihe für die Vorstellung. Freude füllte Joys Herz, und ihre Augen brannten, als Molly das Finale schmetterte.

Joy sprang auf und spendete dem kleinen Mädchen stürmischen Applaus.

»Das war perfekt. Wunderbar. Bravo!«

Molly machte einen Knicks. »Hat es dir gefallen?«

»Es hat mir richtig gut gefallen.« Joy streckte ihre Arme aus, und Molly lief direkt hinein. »Das war fabelhaft.«

Molly klammerte sich an Joys Hals, und dann vibrierte das Geräusch vom Dieselmotor des Busses durch das Haus.

»Zeit zu gehen, Süße.«

Molly ließ ihre Arme sinken und rannte zu dem Schrank neben der Tür, um ihre Sachen zu holen. Joy half ihr mit ihrem Mantel und öffnete dann die Haustür.

»Ich wünsche dir einen fantastischen Tag, Molly.«

»Bis Montag!«

Joys Telefon klingelte, als sie Molly zum Bus laufen sah. »Hallo?«

»Hey, ich bin's«, sagte Renee. »Ich hoffe, dein Tag läuft besser als meiner. Hier sind alle so fröhlich wie der Grinch.«

»Was ist denn los? Sind das Sirenen, die ich höre?«

»Tut mir leid, ja, ich gehe zu Starbucks, um einen Kaffee zu trinken.«

»Oh, du hast mich erschreckt. Ich dachte schon, es gäbe ein Feuer, oder jemand wäre wirklich durchgedreht. Um diese Jahreszeit sind alle immer so gestresst.«

»Irgendetwas ist auch los. Die Leute fangen an, sich Sorgen zu machen, weil wir immer noch nichts von den Beförderungen gehört haben. Und jetzt geht das Gerücht um, dass wir nicht einmal Weihnachtsgeld bekommen.«

»Dieses Gerücht gibt es jedes Jahr. Ignorier es einfach. Es wird alles gut. Ich glaube, manche Leute wollen einfach nur ein bisschen Drama.«

»Heute Morgen sagte jemand, er habe gehört, dass wir einen unserer Großkunden verlieren. Aber ich habe noch keine Details mitbekommen.«

»Spielt das überhaupt eine so große Rolle? Kunden kommen und gehen. Wir angeln uns immer neue.«

»Du machst dir nicht einmal Sorgen? Habe ich die richtige Nummer gewählt? Ist das die echte Joy Holbrook?«

»Witzig. Ja, ich bin's.«

»Geht es dir gut?«

»Ja. Könnte nicht besser sein.« Und sie machte sich keine Sorgen, und es war seltsam befriedigend, sich keine Gedanken über die Beförderung oder darüber zu machen, was im Büro passieren könnte oder nicht.

»Du hörst dich anders an. Melancholisch. Ist mit Ruby alles in Ordnung?«

»Ihr geht's bestens. Sie lässt die Reha-Klinik für ihr Geld arbeiten. Und mich auch. Ich habe den Fehler gemacht, ihr ein Handy zu geben, und sie schreibt mir ständig SMS. Das ist schon irgendwie lustig.«

»Ist mit dem Kerl alles in Ordnung?«

»Ben? Hör auf. Ich habe dir doch gesagt, dass da nichts weiter ist.«

»Ich frage ja nur. Irgendetwas ist doch los.«

»Nein. Mir geht's gut. Molly ist gerade gegangen. Vor einer Minute hat sie mir im Wohnzimmer ihr Weihnachtslied vorgesungen. Sie war so süß. Ich glaube nicht, dass ich melancholisch bin, sondern eher … entspannt?«

»Entspannt? Du?«

»Ich weiß. Ich kann es auch kaum glauben, aber ich genieße es tatsächlich, hier zu sein. Und dass Molly ›Rudolph‹ singt, versetzt mich in eine ziemlich gute Stimmung.«

»Das ist großartig. O Mann, du hast nicht gelebt, bis du eine Grundschulaufführung der Weihnachtsgeschichte gesehen hast. Ich schwöre, ich habe geheult wie ein Baby, als Hanna einmal ein Schaf beim Krippenspiel dargestellt hat. Sie hatte nicht einmal eine Sprechrolle. Aber es war unfassbar niedlich.«

»Darf ich dich etwas fragen?«

»Natürlich.«

»Du liebst es wirklich, Mutter zu sein, nicht wahr?«

»Mehr als alles andere. Wirst du mir hier gerade weich? Du hast Kinder noch nie gemocht.«

»Na ja, ich mochte Margies Kinder nicht. Okay, und ein paar in den Fokusgruppen, aber das sind die unerzogenen. Auf Molly aufzupassen war irgendwie augenöffnend.«

Renee lachte. »Sie sind alle irgendwann einmal ungezogen. Es ist nur leichter zu ertragen, wenn es die eigenen sind.«

»Das ist wohl wahr.« Joy dachte darüber nach, wie Ruby wohl auf andere Menschen wirken musste. Eine bisschen schrullig, aber sie liebte ihre Tante trotz all ihrer Fehler und Albernheiten. »Läuft sonst alles gut bei dir?«

»Das Wetherton-Projekt ist reibungslos über die Bühne gegangen. Du bist die Beste, und jeder weiß es.«

»Wir sind ein gutes Team. Und was ist mit dir? Bereit für die Feiertage? Alle Einkäufe erledigt?«

»Ja. Wir sind so gut wie fertig. Die Mädchen sind aufgeregt.«

»Das ist gut. Die Dinge hier gehen auch voran. Ich kann es kaum erwarten, dich bei der Gala zu sehen.«

»Ich musste dir den neuesten Klatsch und Tratsch erzählen, oder vielleicht habe ich auch nur nach einem Vorwand gesucht, um anzurufen.«

»Danke. Und du brauchst nie einen Vorwand.« Sie schaute auf ihre Uhr. »Renee, ich muss los. Ich muss im Krankenhaus vorbeischauen und Ben den Plan für den Pfefferkuchenhaus-Backwettbewerb geben. Dann besuche ich Ruby in der Reha.«

»Pfefferkuchen? Backen? Du hast doch keine Ahnung vom Back…«

»Frag nicht. Ich weihe dich ein, wenn wir uns sehen, aber ich verspreche, dass ich nicht am Wettbewerb teilnehme, sondern nur bei der Planung helfe.«

»Gott sei Dank, ich habe mir kurz Sorgen gemacht. Ruf mich bald wieder an.«

Joy ließ ihr Handy in ihre Handtasche fallen, zog ihren Mantel an und wickelte sich ihren Loopschal um den Hals.

Nachdem sie ein paar Dinge auf dem Markt eingekauft hatte, ging sie den Block hinunter zur Bäckerei. Eine Auslage war schöner als die andere. So zauberhaft wie New Yorker Schaufenster, aber auf eine eigenwillig bodenständige Art und Weise.

Engel, Schneemänner, Rentiere und Baumanhänger in der Größe eines VW-Käfers füllten die Schaufenster. Jeder Laternenmast war mit Tannengirlanden und roten Bändern umwickelt worden. An jeder Straßenlaterne hingen riesige Trios von LED-Schneeflocken. Nachts funkelte diese Straße wahrscheinlich wie ein Himmel voller Sterne.

Vielleicht würde sie heute Abend noch einmal vorbeischauen und sich etwas wünschen.

Im Fenster der Bäckerei war ein verschneites Dorf aus essbaren Leckereien zu sehen; es standen Weihnachtsbäume aus gestapelten Plätzchen mit buntem Glitzer neben der Werkstatt des Weihnachtsmanns und dem Stall, in dem er seine Rentiere hielt. Warme, zuckersüße Gerüche betörten ihre Geschmacksnerven, sobald Joy die Tür aufstieß.

Sie stand vor der Glasvitrine. Sie war bis zum Rand mit allen erdenklichen Weihnachtsleckereien gefüllt, und die Auswahl war fast zu groß.

»Was darf ich Ihnen heute bringen?«, fragte eine junge dunkelhaarige Frau in einer leuchtend rosa Schürze.

Joy zog ihren Mantel fest an sich. »Ich bin mir nicht sicher. Alles sieht so gut aus. Gibt es eine Spezialität?«

»Die Törtchen sind fantastisch. Die Kruste des Key-Lime-Pies besteht aus Graham-Crackern und Pistazien. Ein Familienrezept, das von der Mutter meiner Mutter immer weitergereicht wurde. Sie sind mein absoluter Favorit, aber die meisten Leute entscheiden sich für eine Probierpackung.«

»Eine Auswahl zum Probieren klingt perfekt. Ich wollte sie mit zum Dixon-County-Reha-Center nehmen.«

»Ein Dutzend?«

»Machen Sie zwei Dutzend daraus.«

»Befindet sich ein Familienmitglied dort drin?«

»Meine Tante.«

»Ich bin mir sicher, dass sie sich freuen wird, Sie zu sehen. Mein Großvater war letzten Sommer da. Hüftoperation. Es ist eine lange Fahrt.«

Das Mädchen packte Plätzchen von jeder Sorte in eine große Schachtel mit bonbonfarbenen Streifen, spannte ein Stück Tüll darum, das sie zu einer luftigen Schleife zusammenband. Dann steckte sie zwei zusätzliche Leckereien in eine Wachstüte. »Hier, bitte schön. Ich habe noch ein paar aufs Haus mit dazu gelegt, damit Sie auf der Fahrt ein bisschen naschen können. Fröhliche Weihnachten.«

Joy trug die große Schachtel auf beiden Armen, als sie die Bäckerei verließ, und verlagerte sie dann auf einen Arm, als sie ihr Auto aufschloss.

Ein in braunes Wildleder gehüllter Arm nahm ihr die Schachtel ab.

Sie drehte sich um, bereit sich die Schachtel nicht kampflos abnehmen zu lassen.

»Hui, Vorsicht. Du hast die Hände voll.« Ben streckte ihr die Schachtel hin.

Sie wich einen halben Schritt zurück, der sie fast gegen einen Laternenpfahl geschleudert hätte. »Ben?« Sie schnaufte. »Du hast mich erschreckt.«

»Tut mir leid. Das scheint mir öfter zu passieren.«

Sie bedauerte die Bemerkung, die sie neulich gemacht hatte, dass er ein Unglücksrabe in schickem Aufzug wäre. Das war einfach nur gemein, und sie hoffte, dass er es vergessen hatte. Mit ruhigen Händen drückte sie auf den Entriegelungsknopf an ihrem Schlüsselbund. »Danke.«

»Das sind eine Menge Leckereien. Wohin bist du unterwegs?«

»Um Ruby in der Reha zu besuchen. Aber ich bin froh, dass ich dich getroffen habe. Ich wollte gleich noch bei dir vorbeischauen. Ich habe die Stimmabgabe für den Backwettbewerb ausgearbeitet.«

»Ich habe heute Vormittag noch nichts vor, wie wäre es, wenn ich mit dir fahre? Wir können uns während der Fahrt darüber unterhalten.«

»Bist du nicht zu beschäftigt?« *Er wird denken, dass ich ihn nicht dabeihaben will. Aber das tue ich. Ich will das wirklich.* »Ich meine, es ist nur, dass es fast eine Stunde Fahrt ist. Das wird den größten Teil deines Tages in Anspruch nehmen.«

»Ich habe den Tag frei. Ich nehme mir die Zeit vor den Feiertagen. Ich war auf der anderen Straßenseite, als ich dein Auto entdeckt habe.«

»Ich freu mich, wenn du mitkommst. Spring rein.« Ihr Magen rotierte wie der Schleudergang einer Waschmaschine, und sie hoffte, dass sie klar genug denken konnte, um nicht etwas Dummes zu sagen.

Er öffnete die Beifahrertür und klemmte sich auf den Vordersitz. Seine Knie waren verdammt nah an seinem Kinn.

»Oh, sorry. Hier sind irgendwo Knöpfe an der Seite. Ich glaube nicht, dass ich jemals jemanden in meinem Auto hatte, der so groß war wie du.«

»Ganz offensichtlich.« Endlich hatte er die Knöpfe ausfindig gemacht und stellte den Sitz so weit zurück, wie es ging. »So ist es besser.«

»Schnall dich an«, sagte sie, trat das Gaspedal ihres kleinen roten Prius durch, was ihn zurück auf den Sitz schleuderte.

»Ich weiß es wirklich zu schätzen, dass du freiwillig beim Backwettbewerb hilfst. Die Abstimmung ist ein Schlüsselelement«, bemerkte er.

»Ist es immer noch freiwillig, wenn ich es gegen deine Hilfe bei Rubys Dekoration eintausche?«

»Auf jeden Fall.«

»Cool. Ashley hatte wirklich mehr getan, als du dachtest, aber ich habe ein paar Änderungen vorgenommen, um die Voreingenommenheit bei der Abstimmung zu beseitigen.«

»Berufskrankheit«, neckte er.

»Ja. Ganz sicher.« Sie lachte. »Aber auf eine gute Art. Wir werden also die Münzen verwenden, wie Ashley es geplant hatte, aber ich lasse die Acrylboxen mit glänzendem Geschenkpapier überziehen, damit niemand durch die anderen Stimmen beeinflusst wird.«

Ben neigte langsam den Kopf. »Daran haben wir gar nicht gedacht. Aber du hast recht. Ich kann mir vorstellen, dass das in einer Stadt, in der jeder jeden kennt, passieren könnte.«

»Genau.«

»Ich bin froh, dass du zufällig in der Stadt aufgetaucht bist«, sagte er.

Ihr Herz galoppierte los, und als sie sich umdrehte, begegnete sie seinem Blick, und in seinen Augen lag mehr als nur Wertschätzung. »Ich bin auch froh, dass ich hier bin.«

Die einstündige Fahrt fühlte sich gar nicht so lang an, wenn man jemanden zum Reden hatte, und Ben war begeistert von ihren Plänen, wie sie die Stimmen der Gemeinde für die Backwettbewerbs-Beiträge sammeln und auswerten wollte. Als sie im Reha-Center ankamen, saß Ruby zu ihrer Überraschung in ihrem Zimmer und sah fern. »Klopf, klopf.«

Rubys Gesicht erhellte sich. »Na, sieh mal an, wer da ist.«

»Hallo, Tante Ruby.« Joy beugte sich vor und küsste Ruby auf die Wange. »Wie geht es dir?«

»Besser, wenn ich euch beide zusammen sehe.« Das schelmische Grinsen auf Rubys Gesicht machte deutlich, dass bei ihr bereits die Rädchen zu drehen begannen.

Joy setzte zu einer Erklärung an: »Wir sind nicht –«

Ruby wischte Joys Einwurf beiseite. »Ben, du kommst hier rüber und gibst mir ein Update. Ich wusste, dass ihr beide es hinkriegt, zusammenzuarbeiten. Werden wir dieses Jahr wieder gewinnen?«

Ben nickte. »Ja, Ma'am. Ich würde dich nie im Stich lassen.«

»Gut, denn der Arzt hat gesagt, dass es mir so gut geht, dass ich zu den Feiertagen auf jeden Fall zu Hause sein werde.«

»Das ist großartig!« Joy holte einen Stapel Briefumschläge aus der Ledertasche, die sie mit sich trug. »Ich habe dir alle Weihnachtskarten mitgebracht, die du bisher bekommen hast. Ich dachte, sie würden dein Zimmer verschönern.«

»Danke, Liebes. Das war sehr aufmerksam.« Ruby blätterte durch den Stapel ungeöffneter Karten. »Du hättest sie öffnen können.«

»Gewiss nicht, Ma'am. Das wäre eine Straftat.«

»Ha, dein Onkel George hat das auch immer gesagt.«

»Ich weiß. Ich erinnere mich.« Während Ruby die Karten durchsah, nahm Joy ihr die gelesenen ab und stellte sie eine nach der anderen auf die Fensterbank.

»Und schau. Die hier ist von Ben.« Ruby lächelte.

Joy wandte sich an Ben, dessen Wangen erröteten. »Du verschickst Karten?« Jedes Mal, wenn sie dachte, dass sie diesen Kerl langsam durchschaut hätte, überraschte er sie aufs Neue. Sie beugte sich vor und hob den Umschlag auf. Die Adresse war handgeschrieben in perfekten Druckbuchstaben. Konnte jemand wirklich so viel Gutes in sich haben … und dennoch gleichzeitig so viel Pech für sie bedeuten?

»An meine ganz besonderen Freunde.«

Ruby tätschelte Joys Hand. »Vielleicht schaffst du es ja nächstes Jahr auf die Liste, Liebes.«

»Vielleicht?« Und warum klang das auf einmal so verlockend?

»Was ist in der Schachtel? Ben, hast du die mitgebracht?«, fragte Ruby, als sie den letzten Umschlag aufriss.

»Ich nicht. Das war alles Joy.«

»Ich habe angehalten und ein paar Leckereien für dich und deine Freunde besorgt«, teilte Joy mit.

Ruby sah einen Moment lang verwirrt aus. »Ich dachte nur, da sie aus der Bäckerei seiner Mutter stammen …«

»Das ist die Bäckerei deiner Mutter? Ich dachte, deine Mom ist Krankenschwester.«

»Das war sie auch«, erklärte Ben. »Ist bloß schon lange her. Sie hat die Bäckerei vor etwa zehn Jahren eröffnet. Meine Schwester arbeitet dort mit ihr zusammen.«

»Ich glaube nicht, dass du dich daran erinnerst, Joy, aber Bens Mutter war eine der Krankenschwestern deiner Mom. Unsere Lieblingsschwester.«

»Was?«, sagten Ben und Joy gleichzeitig.

Ruby lächelte mild. »Sie war eine so freundliche und fürsorgliche Krankenschwester. Die beste. Als Emma starb, war das für uns alle schwer, auch für deine Mom, Ben. Ich glaube, nicht lange danach hat sie die Krankenpflege aufgegeben.«

Ben nahm auf dem Rand des Bettes Platz. »Davon wusste ich nichts.«

»Jeder im Bridgewater Regional schwärmte von Emma. Ihr fürsorgliches Herz strahlte in allem, was sie tat. Sie konnte einen Raum erhellen. Deine Mom, Ben, war ungefähr im gleichen Alter wie Emma. Sie haben sich in diesem Winter angefreundet.«

»Ich erinnere mich an sie«, flüsterte Joy. »Sie hat mir ein zweites Bett besorgt, damit ich direkt im Zimmer von Mom schlafen konnte, obwohl kaum Platz für ein zweites Bett war.« Diese Tage waren so lang gewesen. Diese Krankenschwester war bis zum Schluss bei ihnen geblieben. Sie hatte Joy in ihren Armen gehalten, während Joy die Hände ihrer Mutter hielt, als diese in ihren letzten Atemzügen lag. Ruby war auf der anderen Seite des Bettes gewesen und hatte gewartet.

Die Erinnerungen überfluteten Joy, und deren Gewicht zog sie an einen allzu vertrauten Ort hinab. »Entschuldigt mich.« Joy drehte sich um und verließ hastig und mit Tränen in den Augen den Raum. Das war genau der Grund, warum sie sich nie erlaubte, an diese Zeit zu denken. Es war immer zu schmerzhaft gewesen. Das war es immer noch.

Nachdem sie die Treppe hinuntergelaufen war, schlüpfte sie in die Sicherheit der Kapelle und setzte sich in die hinterste Ecke, wo sie eine Handvoll Taschentücher aus der Schachtel auf der Rückseite der Holzbank rupfte. Nur sechs Reihen füllten den Raum. Doch in dem Moment, als sie die Kapelle betrat, hatte sie das Gefühl, in eine Umarmung zu sinken. Als wäre ein warmer Mantel um sie gewickelt worden, der die Traurigkeit und die Sorgen, die ihr das Herz erstarren ließen, gerade weit genug von ihr fernhielt, um sie wieder atmen zu lassen.

Sie tupfte sich die Augen und Wangen ab, wischte die salzigen Tränen in die rauen Taschentücher und betrachtete das schöne Buntglas an der Stirnseite der Kapelle. Sanftes Licht und Stille, abgesehen von den Erinnerungen, die in ihrem Kopf herumschwirrten. Aber an diesem Ort hatten die Tränen, die nur allzu leicht flossen, etwas Reinigendes. Sie gewährte der Freiheit Einlass, die Angst und den Schmerz nicht zurückhalten zu müssen.

In der letzten Woche hatte sich so vieles verändert. Die Prioritäten schienen sich zu verschieben, und ihr Herz öffnete sich für Gedanken, von denen sie gar nicht gemerkt hatte, dass sie sie zum Schutz vor sich selbst sorgfältig weggepackt hatte. Ein trostreicher Frieden erfüllte sie, als sie zur Ruhe kam.

Sie schniefte die Tränen zurück und umklammerte die Taschentücher in ihrer Hand. Joy starrte auf das beleuchtete bunte Glasfenster, das die gesamte Vorderwand des Kapellenraums einnahm und von einem kunstvollen Holzrahmen eingefasst war. Dieser Rahmen sah stark aus. Und sie fühlte sich wie das zerbrechliche Glas und wünschte sich einen starken Rahmen, der sie hielt.

»Ich vermisse dich, Mom.« Und das war das erste Mal seit langer Zeit, dass sie diese Worte laut ausgesprochen hatte. Warme Tränen brannten ihr abermals in den Augen und erhitzten ihre Wangen. »So sehr. Ich wüsste nicht, wie ich ohne dich glücklich sein könnte. Und ich habe solche Angst.«

Sie war erst siebzehn an diesem Weihnachten gewesen. Sie durfte noch nicht einmal Auto fahren, und Ruby und George hatten versucht, ihr zu helfen, indem sie Joy wissen ließen, dass sie immer ein Zuhause bei ihnen haben würde. Sie hatten ihr Freiheiten gewährt, die kein Mädchen in ihrem Alter haben sollte, aber sie war so traurig gewesen, dass sie diese Privilegien nie ausgenutzt hatte. Irgendwie hatten sie gewusst, dass das der Fall sein würde.

Und Joy wusste jetzt, wie dankbar sie ihrer Tante und ihrem Onkel hätte sein sollen. Dabei tat es noch mehr weh, weil sie wusste, dass sie die beiden nicht so geschätzt hatte, wie sie es verdient hätten. Das hätte Mom sehr enttäuscht.

Diese Highschool-Jahre waren ruhig. Sie hatte sich an nichts beteiligt. Ging zur Schule. Kam nach Hause. Lernte. Verlor sich in Büchern aller Art. Die meisten der Bücher, die sie gekauft hatte, standen noch immer in den Regalen in Rubys Wohnzimmer und in ihrem eigenen Zimmer. Die Bibliothek war ihr bester Freund gewesen.

Erst als sie in North Virginia gelandet war, hatte sie Freunde gefunden. Doch selbst dann hielt sie sie auf Abstand. Joy betrachtete Renee als ihre engste Freundin, und doch war sie nicht ein einziges Mal bei ihr zu Hause gewesen. Nicht weil sie nicht eingeladen worden war, sondern weil sie sich nie die

Zeit genommen hatte, eine Einladung anzunehmen. Es war nie eine Priorität gewesen.

Sie fühlte sich ruhiger und versuchte, ihren Atem zu verlangsamen. Ihre Gelassenheit wiederzufinden. Dabei fiel ihr auf, dass die Themen in diesem Raum dem ähnelten, was sie aus den staubigen Kisten von Rubys vergangenen Weihnachten gesammelt hatte. Die Gaben der Natur.

»Dieses Weihnachten ist für dich, Mom.« Joy senkte den Kopf und faltete die Hände.

Ihr Herz fühlte sich leichter an, aber Ben und Ruby gegenüberzutreten, nachdem sie weggelaufen war, würde ihr unangenehm sein.

Joy ging trotzdem zurück in das Zimmer ihrer Tante. Sie holte tief Luft, bevor sie eintrat.

»Geht es dir gut, mein Schatz?« Ruby wirkte besorgt, und Ben stand an der Wand und sah aus, als wüsste er nicht, was er tun sollte. »Ich wollte dich nicht aufregen.«

»Mir geht es gut. Danke, dass du diese Erinnerungen mit mir geteilt hast. Es war schön, davon zu hören.« Joy sah zu Ben, der sanft lächelte.

»Umarm mich.« Ruby streckte ihre Arme aus und rutschte an den Rand des Bettes.

Joy schwor sich, dass sie sich diese Umarmungen von Ruby in Zukunft nicht mehr entgehen lassen würde. Die Prioritäten in ihrem Leben mussten neu überdacht werden. Das wollte sie nicht ignorieren.

»Gut. Ben und ich haben noch über die Dekoration gesprochen. Ohne Details. Er wollte deine Überraschungen nicht verraten, aber er hat mir versichert, dass alles nach Plan läuft und es das bislang beste Jahr werden wird. Ich kann es kaum erwarten, das alles zu sehen.«

Joy lächelte Ben an. »Es wird ohne Frage wunderschön. Aber wir müssen wieder an die Arbeit, wenn wir alles rechtzeitig schaffen wollen.«

»Bevor du gehst«, wandte Ruby ein. »Nächste Woche findet hier eine kleine Weihnachtsfeier statt. Bingo und ein Festtagsschmaus am nächsten Dienstag. Man munkelt, dass die Krankenschwestern und Ärzte eine kleine Talentshow für uns veranstalten werden. Ich würde mich freuen, wenn du kommst und den Tag mit mir verbringst. Dann kann ich dich allen zeigen. Ich habe ihnen schon von dir erzählt.«

Zweifellos. Wie ich Ruby kenne, wird es wahrscheinlich eine ganze Reihe von potenziellen Junggesellen geben. »Ich habe die MacDonald-Webber-Gala am Montagabend. Es tut mir so leid, dass ich nicht rechtzeitig zurück sein werde.«

Wie kam es, dass alles zur gleichen Zeit zu passieren schien? Mollys Auftritt und Rubys Reha-Party an den beiden Tagen, an denen sie nicht in der Stadt sein würde. Joy wollte sie nicht enttäuschen, aber das war ein wichtiger Schritt in ihrer Karriere. Darauf hatte sie lange hingearbeitet. Sie durfte es nicht verpassen.

»Ich wollte mal sehen, ob ich diesen kleinen 4-H-Burschen dazu bringen kann, die Tiere für uns zu füttern, während ich weg bin. Es sind ja nur zwei Tage.«

Ruby sah merklich verärgert aus. Joy hätte sich einen Plan zurechtlegen sollen, bevor sie das Thema heute überhaupt zur Sprache brachte.

»Du musst weg? Vielleicht bin ich ja dann schon zu Hause.«

»Das wirst du zwar nicht sein, aber keine Sorge, ich kümmere mich um alles.«

»Ich bin mir sicher, dass Tommy die Tiere füttern kann. Das passt schon. Ich habe eine kleine Abmachung mit ihm. Er hilft mir, wenn ich es brauche, und ich bezahle das Futter für seine Kuh. Aber für Molly müssen wir uns etwas einfallen lassen.«

»Ich sorge dafür, dass sie in den Bus steigt«, ließ sich Ben da vernehmen. »Den Teil hast du nicht erwähnt, Joy, du hast ihn einfach übersprungen. Wir hatten das ja längst besprochen. Ich muss mich sowieso um die Dekoration kümmern, und ich habe Molly schon mal getroffen, als wir Plätzchen gebacken und den Baum geschmückt haben. Das wird prima laufen. Wir haben es im Griff. Stimmt's, Joy?«

Joy warf ihm einen erleichterten und dankbaren Blick zu. Wie hatte sie nur so gedankenlos sein können?

Ruby stieß einen hörbaren Seufzer aus. »Ich danke euch beiden so sehr. Ich habe nicht viel Materielles, aber wenn ich etwas tun kann, dann ist es, für andere da zu sein. Deshalb ist es so ärgerlich, hier festzusitzen.«

Etwas zu geben. Für Ruby ist es so selbstverständlich. Ein einfaches, aber kraftvolles Geschenk, und doch bin ich hierhergekommen, ohne daran zu denken, dass mein Weggang Ruby beunruhigen würde. Ich danke dir, Ben. Dafür, dass du so schnell denken kannst. Und dafür, dass du mir hilfst, auch wenn ich dich bei jeder Gelegenheit bekämpft habe.

Vielleicht passte ihr der Titel »Aushilfsnichte« doch etwas besser, als sie zugeben mochte. Aber es war Zeit, das zu ändern.

Kapitel 24

Ben stand auf dem Bürgersteig der Main Street neben seinem Wagen, wo Joy ihn abgesetzt hatte. Wie an jedem Freitagabend herrschte hier reges Treiben, aber da alle Schaufenster auf der Main Street für die Feiertage schick gemacht waren, schlenderten die Leute mehr. Sie blieben stehen, um sich zu begrüßen und ein wenig zu plaudern.

Aber obwohl jedes Fenster hell erleuchtet war und jede Schneeflocke in eisblauem Licht tanzte, das die malerische Straße einrahmte, empfand er nicht die Freude, die ihn normalerweise an einem solchen Abend erfüllte.

Ohne Mantel war er nicht richtig angezogen. Er war heute Morgen nur in die Stadt gekommen, um ein paar Dinge zu besorgen, als er Joy begegnet war. Er hatte nicht wirklich erwartet, den ganzen Nachmittag draußen zu sein. Die Luft war frisch und kühl, und die Straße mit Schnee bestäubt, aber es war eine ruhige Fahrt zurück vom Reha-Center mit Joy gewesen. Und was als nette gemeinsame Zeit begonnen hatte, endete mit der Erkenntnis, wie schicksalhaft ihre Begegnung eigentlich war.

Als er erkannt hatte, dass er und Joy eine Bindung besaßen, die ihrer erst kürzlich geschlossenen Bekanntschaft vorausging, ließ ihn das über Schicksal und Vorherbestimmung nachgrübeln. Wege, die dazu bestimmt waren, sich zu kreuzen.

Vielleicht war das der Grund, weshalb das Stadtmädchen vom ersten Augenblick an sein Herz erobert hatte, obwohl sie gerade in seinen Truck gekracht war. Ihm die Schuld daran gegeben hatte, dass sie den Weihnachtsschmuck zerbrochen hatte. Und sich auf Schritt und Tritt gegen ihn gewehrt hatte. Dennoch hatte er ihr immer noch näher sein wollen.

Seine Mutter war die Krankenschwester ihrer Mutter gewesen. Was für ein Zufall war das bitte? Aber vermutlich war das gar nicht so unwahrscheinlich in Anbetracht der Größe dieser Stadt. Aber als sich ihre Wege fast zwölf Jahre später kreuzten, waren die Karten noch einmal ganz anders gemischt.

War es schon immer ihr Schicksal, dass sie sich eines Tages treffen würden?

Den Schmerz in Joys Augen zu sehen, hatte ihn tief ins Herz getroffen, sodass es sich sorgenvoll und elend anfühlte. Er verstand besser, warum Joy versuchte, diesen Kummer zu vermeiden, doch er wollte ihr auch helfen, die Freude zu spüren, die sie verpasst hatte.

Und die zerbrochene Weihnachtskugel. Es war nicht seine Schuld gewesen. Er hatte ja nur an die Tür geklopft, aber ihre Reaktion ergab jetzt mehr Sinn. Es war überhaupt nicht um ihn gegangen.

Er verscheuchte das Frösteln, indem er die Hände in die Taschen schob und die Schultern gegen die kühle Brise hochzog, bis er den Eingang zum Laden seiner Mutter erreichte. Die vertrauten Gerüche in der Bäckerei gaben ihm stets das Gefühl, wieder ein Kind zu sein.

Mom hatte immer gern gebacken. Selbst als sie damit beschäftigt war, ihn und seine Geschwister aufzuziehen, eine Karriere als Krankenschwester anzustreben und Dad mit selbst gekochten Mahlzeiten bei Laune zu halten, hatte sie das alles irgendwie hinbekommen, und sie schien es immer gerne getan zu haben.

»Ist Mom hier?«, fragte er seine Schwester Kendra.

»Hinten. Was ist los mit dir?«

»Nichts.«

Er schlurfte in den hinteren Teil des Ladens, wo seine

Mutter eine vierstöckige Hochzeitstorte fertigstellte. Er konnte sie gerade noch jenseits der riesigen Torte ausmachen. Seine Mom war immer noch hübsch, und wie sie inmitten der Hitze der Öfen, des Zuckers und des Mehls so sauber und frisiert blieb, hatte er nie herausgefunden.

Der Kuchen sah kunstvoll aus. Goldene Geschenkschachteln waren perfekt aufeinandergestapelt und mit elfenbeinfarbenen Schleifen, diagonalen Streifen und Tupfen verziert. Aus der obersten Schicht ragte eine elegante Schleife aus elfenbeinfarbener Schokolade mit langen Bändern, die so weich wie echter Satin aussahen.

»Das ist wirklich schön.«

»Danke, mein Junge. Ich hatte nicht erwartet, dich heute Abend hier zu sehen.« Vorsichtig legte sie die Schachtel auf die dritte Lage und füllte die leeren Stellen aus. Ihre Hand war ruhig, und jedes noch so kleine Detail war gleichmäßig und präzise.

»Welche Geschmacksrichtung?«

»White Cake mit abwechselnd Haselnuss- und Schokoladenfüllung. Ein Paar, das schon bei der ersten großen Entscheidung – nämlich der Torte – Kompromisse eingehen kann, ist ein Paar, das Bestand hat.«

Daran hätte er sich erinnern sollen, als Cecilia ihn nicht in die Hochzeitspläne mit hatte einbeziehen wollen. Sie ließ nicht einmal zu, dass Mom die Torte backte. Also war er der Einzige gewesen, der einen Kompromiss einging, als er Mom bat, die Torte für den Bräutigam zu backen. Sie war leckerer und hübscher als die Hochzeitstorte gewesen, für die Cecilia viel zu viel Geld bezahlt und die sie aus Charlotte hatte kommen lassen.

»Worte, nach denen man leben sollte.«

Sie lächelte und griff nach einem Spritzbeutel mit einer breiten, gebogenen Tülle, um eine weitere Schicht mit Reihen aus Schleifen zu überziehen. »Ganz einfach. Die richtigen Sachen sind nie so kompliziert. Das weißt du doch.«

»Ja, das weiß ich.« Nur war er sich nicht so sicher, ob er sich jemals wieder auf eine Hochzeit einlassen wollte.

»Ich habe mich gefragt, was dich dazu bewogen hat, damals deinen Beruf zu wechseln?«

»Es war an der Zeit. Ich habe es geliebt, als Krankenschwester zu arbeiten, aber es war auch hart für mich.«

»Woran lag das? Den Arbeitszeiten?«

»Nein, ganz und gar nicht. Die langen Arbeitszeiten und die Schichtarbeit haben mir nichts ausgemacht. Aber manchmal war es egal, was wir taten, es hat nichts gebracht. Das war dann Gottes Wille. Und manchmal scheint das so ungerecht zu sein.« Sie lehnte sich an den Tresen und sah aus, als würde sie in der Zeit zurückreisen.

»Ich habe immer gedacht, dass die Krankenpflege meine Berufung ist. Manche Mädchen gingen zur Krankenpflegeschule, weil ihre Eltern sie zu diesem Beruf ermutigten. Ich nicht. Ich hatte schon immer Krankenschwester werden wollen. Um Menschen zu helfen. Aber es hat mich emotional sehr belastet. Als ich merkte, dass ich das alles mit nach Hause nahm und es meine Fähigkeit, eine gute Mutter zu sein, beeinträchtigte, musste ich eine Entscheidung treffen.«

»Hast du den Wechsel jemals bereut? Ich meine, es muss sich ja angefühlt haben, als würde man ganz neu anfangen.«

»Ich bedauere nichts. Ich mag es, meinen Teil zu den glücklichsten Momenten der Menschen beizutragen.«

Er kannte dieses Gefühl. Es war der Grund, weshalb er sich gerne in der Gemeinde engagierte und über seine Pflichtaufgaben hinaus zusätzliche freiwillige Arbeit leistete, damit Dinge verwirklicht werden konnten, die aus dem Budget gestrichen waren. Es brachte denjenigen, die es brauchten, Momente der Hoffnung und des Glücks. Das war wichtig.

»Ich war heute bei Ruby Johnson im Reha-Center.«

»Wie nett von dir. Wie geht's ihr?«

»Ich bin mit ihrer Nichte Joy hingefahren. Sie hilft hier aus, während Ruby sich erholt.«

»Deine Großmutter hat das erwähnt.«

»Ruby hat mir heute etwas erzählt, wovon ich nichts wusste.«

»Oh? Was denn?« Sie spritzte eine weitere Schleifenreihe und griff dann nach einer kleinen weißen Schüssel mit goldener Glitzerglasur und einem Pinsel, um ein paar Highlights hinzuzufügen, die die Schleifen dreidimensional aussehen ließen. Dann spritzte sie eine weitere Schleife auf.

»Ich wusste nicht, dass du die Pflegerin von Rubys Schwester gewesen bist.«

»Emma?« Sie hielt inne, ein leichtes Lächeln umspielte ihre Lippen. Sie setzte die Spritztüte ab. »Ich war mehr als nur ihre Krankenschwester und Pflegerin. Wir waren Freundinnen geworden. Sie war ein so wunderbarer Mensch. Sie hat mich tief berührt und verändert, einfach nur, weil ich sie kannte.«

»Sie war etwas Besonderes.« *Wie Joy.*

»Unglaublich besonders. Warum stellst du all diese Fragen? Das ist doch schon so lange her.«

»Ich weiß nicht. Wahrscheinlich, weil ich Joy getroffen habe.«

»Magst du sie?«

»Ich kenne sie gar nicht wirklich.«

Seine Mom lachte leise und zog dieses Gesicht, das sie machte, wenn sie wusste, dass er nicht die ganze Wahrheit erzählte.

»Na ja. Sie ist … faszinierend.«

»Faszinierend. Das ist gut. Und es wundert mich nicht. Ihre Mutter, Emma, war auch so. Eine unvergessliche Frau.«

»Wart ihr befreundet, bevor sie ins Krankenhaus kam?«

»Nein. Wir lernten uns kennen, als sie krank war. Wir haben uns sofort gut verstanden.«

»Es muss sehr schwer gewesen sein.«

»Patienten zu verlieren, gehört zum Job, aber es ist nie einfach. Wenn ich als Krankenschwester etwas gelernt habe, dann, dass das Leben zerbrechlich ist. Es spielt keine Rolle, was für ein guter Mensch man ist, wie viel Geld man hat oder wie gut man vernetzt ist … Das Leben beginnt und endet aufgrund von Dingen, die nicht in unserer Hand liegen. Und manchmal ist es ungerechterweise kurz.«

»Erinnerst du dich an Joy?«

»Natürlich tue ich das. Das schönste erdbeerblonde Mädchen. So ängstlich. Verständlicherweise.« Die Augen seiner Mutter waren feucht und voller Wehmut. »In dem Jahr, in dem Emma starb, habe ich den Gemeindebaum ins Leben gerufen, damit die Menschen etwas Gutes mit dem Krankenhaus assoziieren können. Der erste Schmuck, den ich an den Baum hängte, war ein Herz, auf dem der Name *Emma stand.*«

»Emma ist nicht die Einzige, die etwas Besonderes ist. Ich bin stolz darauf, dein Sohn zu sein. Ich liebe dich, Mom.«

»Ich weiß. All das, von dem ich dir gerade erzählt habe, war meine einzige Möglichkeit, um den Menschen, die eine schwere Zeit durchmachten, einen Funken Licht zu bringen. Den Patienten und ihren Familien. Einige machten Dinge durch, die ihr Leben für immer veränderten. Wir nahmen die Patienten mit in den Warteraum und ließen sie aus dem Fenster schauen, wenn die Krankenschwestern jeden Abend zum Singen hinausgingen. Ich wünschte, sie würden das immer noch tun, aber ich weiß, dass die Leute sehr beschäftigt sind.«

»Zu beschäftigt für die kleinen Dinge, die so viel bedeuten. Ich hoffe, ich werde nie so beschäftigt sein.«

»Du bist ein guter Mann, Ben. Wenn eines meiner Kinder diese Dinge immer im Blick behalten wird, dann du.«

»Danke, Mom.«

»Du magst dieses Mädchen wirklich. Ich glaube, so habe ich dich schon lange nicht mehr gesehen. Das ist schön.«

»Mach dir keine Hoffnungen. Das führt nirgendwohin.«

»Nein?«

»Nein. Ich gebe zu, dass ich mich von der ersten Minute, als ich sie sah, zu ihr hingezogen gefühlt habe. Ich hätte wissen müssen, dass sie ein Stadtmädchen mit einem wichtigen Job ist. Verliebe ich mich nicht immer in diese Art Frauen? Immer in die falschen.«

»Du hast einfach noch nicht die Richtige getroffen. Ich glaube nicht, dass es etwas damit zu tun hat, woher sie kommt.«

»Na ja, wenn es nicht an ihnen liegt, dann muss ich ja das Problem sein.«

»Sei nicht dumm, Ben. Jede Frau würde sich glücklich schätzen, mit dir zusammen zu sein.«

»Nichts für ungut, aber das bedeutet nicht viel, wenn es von meiner Mutter kommt.«

»Trotzdem ist es wahr.« Sie nahm ihre Spritztüte und ging zurück an die Arbeit.

»Ich werde meine Fehler nicht wiederholen. Ich habe mich vorhin nur gefragt, ob du dich eigentlich an die Situation erinnerst. Als Ruby es heute erwähnt hat, kam mir der Gedanke, dass ich gar nicht so recht wusste, weshalb du damals den Beruf gewechselt hast. Ich habe immer gedacht, dass Backen deine wahre Leidenschaft ist. Dass du die Krankenpflege vielleicht nur gemacht hast, weil dein Vater das so wollte.«

»Oh, das wollte er auch. Ganz sicher. Aber manchmal muss man sich vom Leben führen lassen. Ich bedaure nichts. Diese Erfahrungen haben mich zu dem gemacht, was ich heute bin. Und ich brauchte diese Fähigkeiten, um dich wieder zurechtzuflicken, so oft, wie du als Kind verprügelt wurdest. Du hast dich immer verletzt.«

»Du lässt mich wie einen Tollpatsch klingen.«

»Nein, ganz und gar nicht. Du warst furchtlos.« Sie hob

den Blick und begegnete seinem. »Vielleicht solltest du auch etwas furchtloser sein, wenn es um die Liebe geht.«

Kapitel 25

Nachdem Joy Ben an seinem Truck abgesetzt hatte, fuhr sie zur anderen Seite der Stadt, um Futter für das Vieh zu besorgen. Sie fuhr zu Hoffs *Feed & Seed*, kurz bevor der Laden schloss. Gott sei Dank hatte Ruby ein Konto und einen Dauerauftrag, sodass die Jungs genau wussten, was sie brauchte, denn Joy hatte keine Ahnung, dass es so viele Optionen für die Fütterung von Farmtieren gab.

Der Prius war vollgepackt mit Körnermischungen für die Hühner, Kaninchenpellets, Ziegen- und Pferdefutter, und sie war froh, dass sie nichts weiter mitnehmen musste, denn der einzige Platz, der ihr blieb, war der Beifahrersitz.

Wenn Ruby jetzt nur noch aufgehört hätte, ihr ständig neue SMS zu schicken, hätte sie schon alle To-dos auf ihrer Liste erledigt. Kaum hatte sie »Lebensmittelgeschäft« von ihrer Liste gestrichen und einen kurzen Moment der Zufriedenheit genossen, meldete ihr Handy eine weitere SMS von Ruby.

Sie las den Text, als sie in ihr Auto stieg. Er lautete schlicht: *Ruf mich an.*

Joy starrte auf die SMS. Warum, um alles in der Welt, hatte ihre Tante nicht einfach selbst angerufen? Sie wählte Rubys Nummer. »Hi, Ruby. Was gibt's? Ist alles in Ordnung?«

»Ja, Liebes. Ich habe vergessen, es dir zu sagen, als du vorhin hier warst. Ich hatte Molly versprochen, dass sie meine Perlen dieses Jahr bei ihrer Weihnachtsaufführung tragen darf. Könntest du dich darum kümmern?«

»Natürlich.« Joy brauchte nicht zu fragen, wo die Perlen waren. Sie hatte schon so oft mit dem Schmuckkästchen auf

Tante Rubys Bett gespielt, dass sie den Inhalt wahrscheinlich aus dem Gedächtnis aufzählen konnte.

»Danke. Ich habe immer wieder vergessen, es zu erwähnen. Außerdem habe ich mir über die diesjährigen Kränze Gedanken gemacht.«

Joy sackte auf dem Fahrersitz zusammen. Sie hatte nicht alle Details ihrer Ideen mit Ruby besprochen, weil sie sie überraschen wollte, aber sie war fast fertig mit den Kränzen. Sie hatte sich sogar die Mühe gemacht, überdimensionale Schleifen und Dekorationen für den riesigen, über einen Meter breiten Kranz zu kaufen, den sie in der ersten Box in der Scheune zwischen den Futterfässern und einer Rolle Zaundraht entdeckt hatte.

Nach allem, was sie hatte finden können, sah es so aus, als würde Ruby normalerweise nur den grünen Kranz über dem Scheunentor aufhängen. Dieses Jahr würde das Gebinde allerdings zu den anderen Kränzen passen.

»Weißt du«, fuhr Ruby fort, »ich gestalte in aller Regel etwas Einzigartiges für die Eingangstür. Wenn du auf dem Dachboden nach einer Kiste mit der Aufschrift ›Eiskugeln‹ suchst, findest du ganz alten Schmuck. Damit ist kein Eis wie im Sommer gemeint. Du wirst schon sehen. Die sind so hübsch. Ich glaube, du könntest sie wiederverwenden. Das würde es für dich einfacher machen.«

Erleichterung wusch über Joy hinweg, denn sie hatte sie längst in ihrer Planung verwendet. »Danke, Ruby, das ist sehr aufmerksam.« Joy hatte den Inhalt der Kiste bereits inspiziert. Wie konnte man in eine Kiste vom Dachboden, auf der »Eiskugeln« stand, denn auch nicht hineinschauen?

Es war aufregend, dass Ruby schöne Erinnerungen an diese Dinge hatte. Joy hatte das Gefühl, dass Ruby es sehr gefallen würde, was sie mit der Schachtel Bleichmittel und den glitzernden, schneebedeckten Tannenzapfen angestellt hatte.

»Und könntest du im Warenhaus einen dieser riesigen Eimer mit einzeln verpackten Pfefferminz-Bonbons kaufen? Die Leute lieben die Dinger, und sie würden sich hübsch neben dem Kranz aus rot-weißen Pfefferminzsüßigkeiten machen. Am besten in einer großen gläsernen Punschschale neben der Tür präsentiert, damit die Leute es direkt sehen, wenn sie reinkommen. Und ein paar Pfefferminzkerzen. Der Geruch ist genauso wichtig. Habe ich das schon mal erwähnt?«

»Ja. Das hast du.« Joy versuchte, nicht ungeduldig zu klingen, aber sie war müde. Das Gespräch über Mom heute hatte sie ein wenig zerbrechlich gemacht – und jedes Mal, wenn sie dachte, sie sei fertig, fügte Ruby ihrer endlos langen Liste noch etwas hinzu. Sie schnappte sich ihren Stift und notierte die beiden neuen Punkte.

»Schickst du mir morgen ein paar Fotos?«

»Ich wollte dich überraschen.«

»Ich bin zu alt für Überraschungen. Ich könnte einen Herzinfarkt bekommen und sterben!«

»Du bist nicht alt. Du bist bei besserer Gesundheit als die meisten von uns.«

»Das ist ein Vorteil des Landlebens. Du solltest es versuchen.«

Dem konnte Joy nicht widersprechen, und sie fühlte sich tatsächlich besser, seit sie hier auf der Farm war. Wahrscheinlich lag es an der frischen Luft und der Bewegung, die sie bekam. Und selbst jetzt, so erschöpft, wie sie war, weil sie sich der Vergangenheit gestellt hatte, der sie so lange ausgewichen war … an diesem Ort schien trotzdem alles machbar.

Joy hoffte, dass dies ihr letzter Besuch in einem Warenhaus in diesem Jahr sein würde. Die Gänge waren übervoll mit Familien. Sie fand die Pfefferminzbonbons, die Ruby wollte, und suchte Kerzen aus, um das Konzept zu vervollständigen.

An einer Stirnwand gab es stapelweise Drahtband zu kaufen. Sie entschied sich für ein Design mit seidigem Glanz, das die natürlichen Elemente in ihren Entwürfen hervorheben sollte, und packte jede einzelne Spule, die es gab, zu den anderen Artikeln in ihren Wagen. Die diesjährige Dekoration würde Ruby aus den Socken hauen.

Socken!

Sie wendete den Wagen und ging in die Damenabteilung, um für Ruby und sich selbst ein paar lustige Weihnachtssocken auszusuchen. Und auch welche für Molly, Renee und ihre Töchter – eine neue Tradition. Und bevor sie zur Kasse ging, schnappte sie sich noch einen samtweichen roten Pyjama. Wenn das mal ein Mädchen nicht in die richtige Stimmung brachte, um für die Feiertage zu dekorieren und zu backen, dann würde es nichts geben.

Mit einem letzten Häkchen war jede einzelne Aufgabe offiziell erledigt.

Sie drückte den Startknopf ihres Autos und fuhr zur Farm. Wenn sie nicht so müde gewesen wäre, wäre sie bis spät in die Nacht aufgeblieben, um alles vorzubereiten, damit sie am Wochenende den Rest der Dekoration aufhängen konnte. Aber wenn sie früh aufstand, sollte sie noch im Zeitplan liegen. Dann bliebe noch die nächste Woche, wenn sie von der Gala zurückkam, um die letzten Feinheiten zu erledigen und Kekse zu backen.

Weihnachtsmusik ertönte im Auto. Obwohl sie heute Abend in Weihnachtsstimmung war, war Joy nicht auf das engelhafte Leuchten gefasst, das die Dunkelheit erhellte, als sie um die letzte Kurve bog, die zum Farmhaus führte.

Sie lehnte sich über das Lenkrad nach vorn. »Ben.« Er hatte sich richtig ins Zeug gelegt.

Weiße Lichter säumten jeden Winkel des Hauses, und der Zaun blinkte den Weg entlang bis zur Scheune, wo große rote Glühbirnen die Umrisse des spitzen Daches beleuchteten. Die Sträucher rund um das Haus leuchteten in hellem Grün, aber auch in den anderen Bäumen glommen von der Spitze bis zu den untersten Ästen bunte Lichterketten.

Ruby hatte recht: Ohne Bens Hilfe hätte Joy dieses Lichtspiel nie nachbauen können.

Sie stand am Rande der Einfahrt, ihr Auto lief noch, und sie starrte immer noch voller Ehrfurcht auf das Spektakel. Ihre Lippen spannten von dem breiten Lächeln, das sich auf ihrem Gesicht ausgebreitet hatte. Sie konnte es kaum erwarten, Mollys Reaktion darauf zu sehen.

Es war schön und beglückend und inspirierend. Ja, auf jeden Fall inspirierend. Denn obwohl sie müde nach Hause gekommen war und am liebsten nur ins Bett gekrochen wäre, überkam sie jetzt der Eifer, alles auf ihrer Liste abzuarbeiten und noch mehr zu geben, um sicher zu sein, dass ihre Planungen Bens Beitrag standhielten. Vielleicht war sie also ein wenig wetteifernd. War das so schlimm?

Sie fuhr mit dem Auto vor das Haus und dann rückwärts in die Scheune, um die Futtersäcke abzuladen.

Die Jungs von Hoffs *Feed & Seed* hatten die Säcke hinten in den Wagen gehievt, als ob sie nichts wiegen würden, aber sie waren nicht leicht. Joy zog den obersten Sack aus dem Auto, stellte den Fuß darunter, hob ihn mit den Armen an und schob den Sack einen Schritt nach dem anderen in die Scheune zu den Futterbehältern. Die riesigen Fässer waren fast leer, und sie zu füllen, würde nicht schnell gehen. Die Tiere blökten und wieherten und flehten sie an, sie zuerst zu füttern. »Ich komme zu euch, sobald ich die Fässer abgeladen habe«, erklärte sie.

Der fünfzig Pfund schwere Sack war zu massig und unhandlich für sie, um ihn zu heben und in das Fass zu schütten. Also nahm sie eine große Futterschaufel und einen Zwanzig-Liter-Eimer und begann, das Futter vom Sack in den Eimer und dann in das Fass zu schütten, bis der Sack leicht genug war, um ihn zu heben.

Sie wuchtete den staubigen Sack hoch, balancierte ihn auf ihrer Hüfte und kippte den Inhalt in das Fass.

»Lass mich dir dabei helfen.«

Joy zuckte beim Klang von Bens Stimme zusammen. Ihr Herz klopfte wie wild. Er hatte zwei der Säcke auf einmal herübergetragen. Er ließ es so leicht aussehen. Seine Muskeln spannten sich an, und Joy wollte, dass er diese festen Arme um sie schlang. Sie hatte diesen Mann geküsst, und dieser Kuss löste immer noch ein Kribbeln in ihr aus.

Er griff nach dem Sack, schüttelte die letzten Pellets heraus und faltete den Stoff dann zusammen. »Ruby bekommt Rabatt für jeden dieser Säcke, den sie zum Futter- und Saatguthandel zurückbringt, um ihn wieder auffüllen zu lassen.«

»Das haben die dort nicht mal erwähnt.«

»Ich schätze, sie haben ebenfalls nicht erwähnt, dass sie normalerweise das Futter liefern und es für sie verstauen.«

»Nein, das haben sie nicht.«

»Diese kleinen Faulenzer. Ich helfe dir. Mach das Fass für das Hühnerfutter auf.«

Joy hob den Deckel an und hielt ihn fest, während Ben das pulverförmige Gemisch auslaufen ließ. »Du musst aufpassen, dass die Ziegen nicht an das Legemehl kommen. Das würde sie aufblähen.«

»Ist das schlimm?«

»Es kann sie umbringen.«

»Meine Güte. Das hat mir gerade noch gefehlt.« Ruby würde ihr das wahrscheinlich nie verzeihen. Sie setzte den Deckel auf das Fass und öffnete das nächste.

Ben schüttete ein, bis der Beutel etwa halb leer war. »Hier, halte den Sack ruhig, er wiegt jetzt fast nichts mehr, und ich hole die letzte Ladung.«

Joy stellte sich in Position, faltete den leeren Sack genau so, wie er es getan hatte, und stapelte ihn zu den anderen, die in einem weiteren Sack neben der Tür lagen.

»Danke für deine Hilfe«, sagte Joy, als Ben mit dem letzten Sack auf sie zukam. »Perfektes Timing.«

»Ich helfe gerne.«

»Die Farm sieht wunderschön aus. Als ich vorhin darauf zufuhr, war es … wirklich unglaublich.«

Sein Lächeln wurde breiter. »Ich bin froh, dass es dir gefällt.«

»Ich war überwältigt. Ich schwöre, es hat mir den Atem verschlagen, als ich um die Kurve gebogen bin. Die Lichter sind so perfekt angeordnet, und ich liebe es, dass du mit den Farben die verschiedenen Bereiche untermalt hast. Rot für die Scheune. Weiß am Haus. Es ist alles großartig.«

»Das ist mein Job«, sagte er mit einem Augenzwinkern.

»Was? Frauen mit deiner Handwerkskunst zu retten?«

»Ich fasse das mal als Kompliment auf.«

Und es war auch eines. Sie hatte noch nie jemanden wie Ben getroffen.

Da kletterten die Ziegen auf den Zaun und meckerten.

»Hast du sie schon gefüttert?«, fragte er.

»Nein. Aber sie würden sich auch so aufführen, wenn ich es längst getan hätte.«

»Deshalb habe ich gefragt. Ich kann sie füttern, während du dich umziehst. Ich dachte, vielleicht können wir heute Nacht alle Bäume aufstellen.«

Es fühlte sich immer noch ein wenig falsch an, dass er mehr über diesen Ort zu wissen schien als sie. Aber es war ihre eigene Schuld, dass sie im Laufe der Jahre nicht viel Zeit hier verbracht hatte. Doch das konnte sie in Zukunft ändern. »Abgemacht.«

Sie drehte sich um, bevor er seine Meinung ändern konnte. Sie würde es nicht vermissen, dass ihr dieser Esel, jedes Mal, wenn sie an ihm vorbeiging, ihr Haar anknabberte und vollschlabberte. Das war lästig. Und Nanny und Waddles hüpften herum und schoben ihre Schnauzen immer direkt in die Futterschaufel. Es war, als wäre man ein Offensivspieler bei den Washington-Redskins. Nur dass sie nicht sehr gut darin war.

Als Joy sich eine Jeans und ein Sweatshirt angezogen hatte und die Treppe herunterkam, zerrte Ben gerade den halben Baum ins Wohnzimmer.

Joy nahm die letzten paar Stufen auf einmal und lief hinüber, um die Tür aufzuhalten. »Der Baum sieht erbärmlich aus.«

»Das wird schon.«

»Ich hoffe, du hast recht.«

Er schob sich an ihr vorbei. Sie schloss die Tür und folgte ihm in die Ecke des Raumes. »Lass mich den Ständer holen. Er ist gleich hier drüben.« Sie sah sich in der Küche um und kam mit dem Plastikständer zurück. »Diese Dinger sind riesig. Scheint wirklich übertrieben zu sein.«

»Ich habe sie letztes Jahr für Ruby gekauft.« *Natürlich hast du das.*

»Ruby hatte Probleme damit, sich jeden Tag zu bücken, um die Bäume zu wässern, und ein trockener Baum ist ein Garant für eine Katastrophe. Besonders in einem so alten Haus wie diesem.«

Wie heldenhaft. Schon wieder. Gab es irgendetwas, woran er nicht gedacht hatte? »Das war wirklich sehr aufmerksam von dir.«

»Du hättest dasselbe getan.«

Das unausgesprochene *»Wenn du hier gewesen wärst«* zwickte in ihrem Magen.

Sie kniete sich hin und schob den Ständer in die Ecke.

Ben ließ den Stamm des Baumes in den Ständer fallen, und Joy begann, die Schrauben zu drehen, um ihn zu befestigen.

»Nicht zu weit«, sagte er. »Komm mal ein Stück zurück, damit wir sehen können, ob wir die richtige Seite erwischt haben, um zu verbergen, dass sich die Ziegen daran ausgetobt haben. Dann richten wir ihn ordentlich auf.«

Sie trat zurück in die Mitte des Raumes. »Dreh ihn ein klein bisschen nach links.«

Er rotierte den Baum.

»Perfekt.« Joy hob die Hände. »Du hast recht. Keiner wird es je erfahren. Das ist großartig.«

»Steht er gerade?«

Sie neigte den Kopf nach links und nach rechts. »Ein bisschen mehr in Richtung Küche?« Nachdem er nachjustiert hatte, klatschte Joy in die Hände. »Ja. Das sieht gut aus. Ich ziehe das noch fest.« Mit ein paar Drehungen an den Ösenschrauben stand der Baum stabil und gerade. »Alles erledigt.«

Ben ließ los, trat beiseite und ging zu Joy in die Mitte des Raumes. »Sieht gut aus. Ich helfe dir mit den Lichtern. Zu zweit ist das immer einfacher.«

»Danke.«

»Gern, es macht mir Spaß.« Er zog seine abgetragene Jeansjacke aus und legte sie auf die Ottomane. »Was für Lichter willst du denn hier anbringen?«

»Alles Gold. Ich habe eine Schachtel mit winzigen goldenen Lichtern gefunden. Ich bin mir nicht sicher, ob sie jemals geöffnet wurden.«

»Das überrascht mich nicht«, erwiderte Ben. »Ruby liebt es, sich nach Neujahr im Schlussverkauf einzudecken. Ich glaube, sie vergisst, was sie angeschafft hat, wenn das nächste Jahr anbricht.«

Sie packten die Lichterkette aus und begannen direkt, den großen Baum zu behängen. Jedes Mal, wenn sie ihre Arme nach hinten streckte, er ihre Hand ergriff und ihr die Kette abnahm, schwoll ein Kichern in ihr an.

Als sie schließlich die unterste Reihe der Äste erreicht hatten, hielt Ben ihre Hand und zog die Äste lächelnd zurück. »Bist du bereit?«

Sie war bereit, und das nicht nur für das Licht. »Ja.«

Ben steckte die Lichterkette in den Stecker des Fußschalters, der zum Baumständer gehörte, und tippte dann mit dem Fuß auf den Knopf. Es gab ein leises Klicken, und der Baum leuchtete auf. Der goldene Schein war warm und weich. Er war sogar schöner als weiße oder farbige Lichter.

»Erinnerst du dich, dass du mich neulich gefragt hast, ob ich weißes oder farbiges Licht mag?«

»Ja, daran erinnere ich mich. Tut mir leid wegen der Kritik.«

»Nein. Du hattest recht. Es ist wohl eine Art Berufskrankheit oder eine schlechte Angewohnheit, aber ich neige dazu, mit Fakten um mich zu werfen, wenn ich nervös bin. Aber eine eigene Meinung hatte ich nicht.«

»Aber die hast du jetzt?«

»Ja, und ich mag goldene Lichter am liebsten.«

Er trat neben sie und zog sie an sich. »Sie sind wirklich wunderschön.«

»Und ich mag Lichter, die ich mit dir angebracht habe. Vielen Dank für deine Hilfe. Das war das schönste Weihnachten, das ich seit meiner Kindheit erlebt habe.«

»Weihnachten ist noch nicht einmal da.« Er stupste ihr spielerisch mit seinem Finger auf die Nasenspitze. »Warte nur ab. Wenn du Crystal Falls nur eine kleine Chance gibst, wirst du vielleicht die schönsten Erinnerungen machen und ein paar neue Traditionen erschaffen.«

»Das würde mir gefallen.«

Er berührte ihre Wange, und ihr Telefon gab ein Geräusch von sich.

Joy senkte den Blick und griff nach ihrem Handy. »Das ist eine SMS von Ruby. Ich schaue besser nach.«

»Das beweist nur, dass das, was ich als Nächstes sagen wollte, wahr ist.«

»Und was wäre das?«

»Dass Ruby es auch sehr gefallen wird, wenn du hier bist.« Er ergriff ihre Hand und zog sie zum Baum. »Komm her. Wir schicken ihr ein Foto. Das wird ihr den Abend versüßen.«

Joy zögerte. Sie hatte geplant, Ruby mit dem Baumschmuck zu überraschen, aber an Ben gekuschelt zu sein, schien im Moment wichtiger. Was würde ein kleines Bild schon verraten?

»Komm schon. Das wird lustig.« Er winkte sie zu sich herüber, sein Telefon bereits im Selfie-Modus vor sich ausgestreckt.

Joy stellte sich neben ihn, und sie rückten näher zusammen, sodass sie beide mit dem beleuchteten Baum hinter ihnen im Bild waren. Er klickte für drei Fotos und drehte dann sein Handy um, damit sie sich die Schnappschüsse ansehen konnte.

»Das ist lustig. Schick ihr das zweite.«

»Wie lautet ihre Nummer?«, fragte Ben, während er auf seinem Telefon herumtippte.

»Hier.« Sie griff sich sein Telefon und tippte die Telefonnummer ein, dann drückte sie auf Senden. »Das wird ihr gefallen.«

Ben zog seinen Mantel wieder an. »Schnapp deine Jacke. Und dann komm, und sag mir, wo du die Bäume haben willst. Ich zeige dir, wo wir sie normalerweise aufstellen.«

»Okay. Ich habe ein paar Ideen.«

»Warum überrascht mich das nicht?«

Sie klopfte mit der Schlaufe ihres Schals auf seinen Mantelärmel, während er sie nach draußen führte. Die frische Luft brachte sie zum Schniefen. »Es ist kalt geworden.«

»Es fühlt sich immer kälter an, wenn man drinnen gewesen ist. So schlimm ist es nicht. Du wirst dich daran gewöhnen.«

»Fühlt sich nach Schnee an«, erwiderte sie.

»Wir haben noch keine einstelligen Temperaturen. Also,

Ruby und ich benutzen normalerweise einen großen und einen kleinen Baum im Haus und die anderen drei draußen.«

Joy schüttelte den Kopf. »Dieses Jahr nicht. Anstelle des kleinen Baumes im Esszimmer möchte ich den Baum oben im Treppenhaus aufstellen, damit er die Blicke der Besucher auf sich zieht. Ich habe einen Mistelzweig-Moment für sie auf Lager. Und einer der großen Bäume soll ins Esszimmer. Dann haben wir einen großen und einen kleinen Baum hier draußen.«

Ben schürzte die Lippen. Er wollte etwas sagen, das konnte sie erkennen, aber er tat es nicht. Stattdessen nickte er schlicht.

»Hör mir zu«, sagte Joy. »Ich bin alle Bilder der letzten Jahre durchgegangen. Natürlich werden die Fotos dem Erlebnis in natura nicht gerecht. Doch ich dachte, ein weiterer Baum im Haus würde für ein noch schöneres Erlebnis sorgen, wenn die Leute sich auf den Weg nach draußen machen. Wir werden sie am Anfang der Tour durch das Haus leiten. Aber Plätzchen und Kakao servieren wir in der Scheune. So bieten wir mehr Platz, damit die Leute plaudern können, und ...« Joy spürte, wie ihre eigene Aufregung stieg, und klatschte in die Hände. »Ich werde auch etwas Musik spielen lassen.«

»Das ist eine wirklich gute Idee.«

»Vielen Dank. Und ich würde die Tiere gerne in die Präsentation integrieren. Wir können sie in den vorderen umzäunten Bereich bringen und eine Krippe aufstellen.«

»Eine lebende Krippe?«, fragte Ben und hob einen Finger in die Luft. »Ich kann sogar Freiwillige finden, die die Rollen spielen. Ich kümmere mich darum.«

»Wirklich?« In ihrem Herzen prickelte es. »Das wäre wirklich toll.«

»Ich kann den Ziegenstall in den Vorgarten verlegen, und statt Lichterketten können wir Scheinwerfer mit weichem Licht verwenden. Ich denke, das wäre viel geschmackvoller.«

»Das klingt perfekt.«

»Wo willst du die Bäume aufstellen?«

»Den kleinen auf dem Weg zwischen Haus und Scheune und den großen auf dem Weg nach draußen. Und ich glaube, jetzt kommt der noch größere Spaß. Ich möchte einen Behälter mit Schmuck neben den Baum stellen. Wir haben tonnenweise davon, und alle, die hier vorbeikommen, dürfen einen Anhänger aufhängen, bevor sie wieder gehen. Es wird interaktiv sein, und im Laufe des Abends wird der Baum immer schöner aussehen.« Joy schlang ihren Mantel fester um sich gegen die Kälte. »Ich dachte, das ist so ähnlich wie das, was deine Mutter im Krankenhaus gemacht hat. Und das ist so besonders.«

»Joy, das ist so lieb. Danke.«

»Bedank dich nicht bei mir. Das ist einfach eine schöne Geste, und ich möchte, dass unser *Crystal Christmas Cookie Crawl*-Stopp der denkwürdigste ist, den es je hier gab.«

»Ich glaube, du bist auf dem richtigen Weg. Ruby wird es lieben.«

»Danke. Ich möchte wirklich, dass es perfekt für sie ist.« *Und für dich, Ben.*

»Sie wird dieses Lichterspiel lieben, aber du weißt schon, dass du es bist, die sie am glücklichsten machen wird?«

Die kühle Luft ließ sie frösteln, oder vielleicht war es Bens Ehrlichkeit, die Joy zu schaffen machte.

»Es geht nie um die Lichter oder üppige Ausstattungen. Es sind die Freunde und die Familie, die das Ganze ausmachen.«

Ein Hauch frostiger Luft strömte zwischen ihnen hindurch, als sie ausatmete. »Das fühlt sich so … Ich weiß nicht einmal, wie ich es beschreiben soll.«

»Es ist das, was du hier drinnen fühlst.« Ben berührte ihr Herz. »Die Interaktion mit der Welt, mit den Menschen, auf eine Weise, die Freude hinterlässt.«

Joy schluckte schwer. Sein Mund war ganz nah an ihrem.

Sie wünschte sich so sehr, seine Lippen erneut auf ihren zu spüren. Seine Berührung hatte ihr den Glauben zurückgegeben, dass jemand eines Tages ihr Herz wieder öffnen könnte.

»Dir ist kalt. Geh ins Haus. Stell die Ständer dorthin, wo du die Bäume haben willst. Ich bringe sie für dich rein, wenn ich einige Abmessungen erledigt habe, damit ich die Dinger später in dieser Woche in den Vorgarten schleppen und anleuchten kann. Geh schon mal vor, ich komme in ein paar Minuten nach.«

Und in diesem Moment fühlten sich selbst diese wenigen Minuten länger an, als sie von ihm getrennt sein wollte – und das machte ihr mehr Angst als alles andere.

Kapitel 26

Joy hatte bereits die Baumständer im Esszimmer und am oberen Ende der Treppe aufgestellt und den Ständer im Wohnzimmer mit drei Krügen Wasser befüllt. Diese Vorrichtung wies ein riesiges Reservoir auf. Ben hatte recht, es sollte für eine Weile nicht nötig sein, ihn wieder vollzumachen.

Sie saß auf dem Fußboden vor der Ottomane mit zwei Stapeln von glänzenden Papierbänderrollen, einer in Silber und einer in Gold. Sie wollte der typischen Lametta-Optik einen neuen Twist verpassen, und als sie auf die alten zwanzig Zentimeter langen Rollen mit geprägtem Papier stieß, wusste sie, dass diese perfekt dafür sein würden. Die Originalquittung befand sich noch in der Tüte, aus der hervorging, dass die Rollen bereits 1980 gekauft worden waren. Wer konnte wissen, wie alt die anderen Sachen auf dem Dachboden waren?

Das Papier war das perfekte natürliche Medium, um die Girlande zum Thema »Die Gaben der Natur« zu gestalten. Außerdem würde die handgefertigte Girlande bei vielen Menschen Erinnerungen wecken und gleichzeitig – ganz naturbelassen – schönen Glanz verbreiten.

Sie durchwühlte die alte Krimskramsschublade neben Rubys Stuhl nach einem Bandmaß. Leider war alles, was sie finden konnte, ein Maßband aus Stoff, wie es normalerweise in Rubys Nähkästchen lag. Es war nur einen Meter fünfzig lang, aber das musste genügen.

Sie ließ das Band auf dem Stuhl hin und her laufen und zählte dabei die Zentimeter ab, um genau herauszufinden, wie viele Glieder sie brauchte, um genug Girlande für den ganzen

Baum herzustellen. Da sie nur einen halben Baum zu schmücken hatte, war die Aufgabe viel einfacher.

Etwas krachte gegen die Tür.

Joy rannte hinüber und öffnete die Tür. Alles, was sie sah, waren Tannennadeln. Ben musste sich irgendwo da drunter befinden. Er hatte es geschafft, beide Bäume gleichzeitig nach oben zu schleppen.

»Bitte sag mir, dass du auf der anderen Seite dieser Bäume bist, Ben.«

»Sie sind nicht selbst hochgelaufen«, antwortete er lachend.

»Gott sei Dank, denn das ist nicht die Art von Weihnachtszauber, die ich mir wünsche. Lass mich den kleinen nehmen«, sagte sie.

Ben schob den Baumhaufen durch die Tür. Joy schnappte sich den kleinen und schaffte es, mit nur ein paar kleinen Wacklern, ihn neben die Treppe zu stellen. Ben trug den anderen ins Esszimmer.

Joy ging zu dem Baum, um ihn zu begutachten. »Dieser Baum ist perfekt. Er ist viel schlanker als der ausladende, den wir ins Wohnzimmer gestellt haben. Oh, du hast ihn schon gerade hingestellt. Nicht mehr bewegen. Ich mache ihn gleich fest.« Sie machte sich an der Unterseite zu schaffen und stand dann auf. »Erledigt. Dann fehlt nur noch einer.«

Sie stiegen gemeinsam die Treppe hinauf. »Ich dachte, wir könnten den hier auf die Kommode aus dem Schlafzimmer stellen, um ihm ein wenig Höhe zu verleihen. Würdest du mir helfen?«

»Sicher.«

Sie stellten die Kommode um, dann hüllte Joy sie in roten Samt und hielt den Stoff fest, während Ben den Baum anhob und ihn darauf platzierte.

»Schaffst du es, die Lichter allein an den beiden Bäumen zu befestigen?«, fragte Ben.

»Klar.« Er hatte mittlerweile bereits die Hälfte seines Abends hier verbracht, um ihr zu helfen. »Ich bin sicher, du hast noch andere Dinge zu tun.«

»Ich dachte, ich mache mich gleich noch auf den Weg und besorge die Sachen für den Vorgarten, über die wir gesprochen haben. Wenn ich jetzt aufbreche, kann ich es noch schaffen, bevor sie schließen.«

»Das wäre großartig.«

»Ich bin dann mal weg.« Er ging die Treppe hinunter.

»Hey, Ben«, rief sie ihm nach.

»Ja?« Er blieb am Fuß der Treppe stehen und drehte sich um.

Sie wollte nicht, dass er ging. Sie arbeitete gern mit ihm zusammen, aber er würde bald wiederkommen. Warum hatte sie nach ihm gerufen? »Danke für alles.«

Das süße Grübchen faszinierte sie. »Ich habe dir doch gesagt, dass ich diesen Kram gerne mache.«

»Ja, das hast du. Und du bist gut darin.« Und dann herrschte peinliches Schweigen.

»Ich gehe dann einfach mal«, sagte er langsam und verschwand nach draußen.

Da die Lichterketten bereits am großen Baum angebracht waren, beschloss sie, seine Zweige als Erstes zu schmücken. Das Thema für diesen Baum war »Die Zwölf Weihnachtstage«.

Als sie über das zeitlose Schmuckset gestolpert war, das handgeschnitzt aus Holz und mit Perlen aus Eicheln verziert war, fiel ihr die Entscheidung leicht. Die Schachtel war wohl seit Jahren nicht mehr geöffnet worden, denn sie stand ganz hinten auf dem Dachboden. Sie war nicht einmal als Weihnachtskiste gekennzeichnet.

Um in Stimmung zu kommen, schaltete sie das Radio auf einen Weihnachtssender. Sie zog ihren neuen roten Pyjama an und tanzte die Treppe hinunter. Wie passend, dass sogar

»The Twelve Days of Christmas« gespielt wurde, als sie zurück ins Wohnzimmer ging.

Sie machte sich an die Arbeit und hängte den Schmuck in zwölf gleichmäßigen Reihen auf den Baum. Sie summte die Musik und sang nur die Worte »five golden rings« laut mit – ihre Lieblingsstelle.

Sorgfältig hängte sie jeden zarten Baumschmuck auf, setzte das Rebhuhn im Birnbaum ganz oben hin und arbeitete sich bis zu den zwölf Trommeln hinab, die sie an die untersten Äste hängte.

Die Anhänger waren detailliert ausgearbeitet und vom Künstler signiert, dessen Namen sie aber nicht erkennen konnte.

Jede der zwölf winzigen Trommeln wies ein anderes Design und ein anderes Farbschema auf, mit glänzenden Silber- und Goldakzenten. Als Joy fertig war, lehnte sie sich zurück und richtete ein paar der Anhänger aus, bis alle gleichmäßig in einer perfekten Pyramidenformation angeordnet waren.

Eine letzte Sache war noch zu tun. Mom und sie hatten das immer als Qualitätskontrolle gemacht. Sie blinzelte und starrte auf den Baum, um sich zu vergewissern, dass die verschwommenen Lichter perfekt angeordnet waren und es so aussah, als würde jede Stelle leuchten. Joy stieß einen langen, zufriedenen Seufzer aus. *Genau richtig.*

Ihre Stimmung war heiter, als sie sich auf dem Boden vor der Ottomane niederließ, wo sie all die präzise geschnittenen zehn mal zwanzig Zentimeter großen Streifen aus glänzendem Papier und das andere Material für ihre handgefertigte Girlande gestapelt hatte. Einen nach dem anderen schlang sie die glänzenden Streifen in perfekte Kreise und heftete die Enden dann zusammen. Nachdem sie die zwölf silbernen Ringe, die für die zwölf Weihnachtstage standen, ineinander gekettet hatte, fügte sie der leichten glänzenden Girlande fünf goldene

Ringe hinzu. Es dauerte nicht lange, bis sie die ersten fünfzig Glieder zusammengefügt hatte. »Das wird so schön werden.«

Sie war so versucht, Ruby ein Bild von der Arbeit zu schicken, aber das würde die Überraschung verderben.

Ein leises Klopfen ertönte an der Eingangstür.

Sie ging hinüber und lugte aus dem Seitenfenster. Ben?

»Hi«, sagte sie und öffnete die Tür. »Ich habe dich wegen der Weihnachtsmusik gar nicht vorfahren hören.«

»Wie ich sehe, hast du deinen Pyjama schon an. Ich wollte dich nicht stören, aber ich habe gesehen, dass das Licht an ist.«

»Hast du etwas vergessen?«

»Nein. Ich wollte nur ein paar Sachen abgeben, die ich im Warenhaus geholt habe. Einiges davon ist für das Haus, stört es dich, wenn ich das Zeug reinschaffe?«

»Keineswegs. Brauchst du meine Hilfe?«

»Nein.« Er joggte von der Veranda zurück zu seinem Wagen und kam dann mit zwei Taschen herein. »Aber ich komme wieder und erledige das alles diese Woche.«

»Was ist das alles?«

Ben trug die Taschen ins Haus und verstaute sie in einer Ecke des Esszimmers. »Das wird helfen, wenn Ruby nach Hause kommt. Sicherheitsgriffe für die Dusche und solche Sachen. Meine Mutter hat mich das vor ein paar Jahren für meine Großmutter anbringen lassen. Ruby und Shirley haben sich damals darüber lustig gemacht, aber jetzt ist es wirklich notwendig.«

»Man sollte meinen, dass sie das in der Reha-Klinik erwähnt hätten, damit ich alles vorbereiten kann.«

»Ich bin sicher, dass sie das noch machen werden. Doch wenn wir uns jetzt darum kümmern, hast du weniger zu tun, sobald Ruby nach Hause kommt. Es ist sowieso gut, das zu diesem Zeitpunkt für sie zu tun.«

»Das ist wahrscheinlich richtig«, gab sie zu.

»Und ich denke, wir wissen beide, dass du lange warten kannst, ehe Ruby zugibt, dass sie die zusätzlichen Sicherheitsvorkehrungen braucht.« Er hatte recht.

Ben blickte an ihr vorbei auf den hohen Stapel von Papiergliedern. »Was bastelst du da? Machst du deine eigene Girlande?«

»Ja. Ich habe das Papier auf dem Dachboden gefunden.«

»Das sieht sehr hübsch aus.« Er ging zu dem Baum hinüber. »Dieser Schmuck ist fantastisch.« Er hob einen der vier singenden Vögel vom Baum. »Das sind echte Federn. Und handgeschnitzt. Tolle Arbeit. Ich habe noch nie gesehen, dass Ruby diesen Schmuck benutzt hat.«

»Er ist mir sofort ins Auge gefallen. Ich denke, die schimmernde Girlande und die goldenen Lichter werden die raffinierten Details der Anhänger noch besser zur Geltung bringen. Findest du nicht?« Sie hielt ein Stück der Girlande vor den Baum. »Schau. Es ist noch schöner geworden, als ich es mir vorgestellt habe. Wie Juwelen.«

»Ihr Stadtmädchen steht also echt auf den ganzen Glitzer und Glamour, oder?«

»Was ist daran falsch?«

Er zuckte mit den Schultern. »Nichts.«

»Aber?«

»Meine Ex stand auch auf Glitzer und Glamour. Cecilia wusste allerdings die kleinen Dinge nie zu schätzen. Sie konnte gar nicht schnell genug aus dieser Stadt verschwinden. Ich vermute, viele Frauen sind so, wenn es um Luxuszeug und Glitzerkram geht. Ich bin wohl ein bisschen verbittert.«

»Was hat das mit mir zu tun?«

»Ich habe das Kleid gesehen. Und diese Firmengala. Du lebst in Washington, D.C. Das ist ein ziemlich großer Unterschied zu Crystal Falls. Ich bin mir sicher, sobald Ruby nach Hause kommt, bist du wieder weg.«

Joy biss sich auf die Zunge. Am liebsten würde sie ihm das

Grinsen direkt aus dem Gesicht wischen. Wollte er damit andeuten, dass sie auf irgendeine Art und Weise hochnäsig war? Es war noch gar nicht so lange her, dass er sie eine »Aushilfsnichte« genannt hatte. Offensichtlich hatte sich seine Meinung über sie nicht so sehr verbessert, wie sie gedacht hatte.

»Na ja, ich lasse dich wieder zu deiner Girlandenkette in Gold und Silber zurückkehren«, sagte er. »Wir sehen uns dann morgen früh.«

Als die Tür hinter ihm zufiel, saß Joy da und kochte vor Wut. Er kannte sie überhaupt nicht.

Dieses Lächeln würde sie nicht täuschen.

Sie drückte den Tacker so fest zusammen, dass er sich verklemmte.

»Und wie immer hat Ben das Pech im Schlepptau«, sagte sie, während sie an dem Tacker zog und versuchte, ihn neu zu laden, wobei er aufsprang und die Klammern durch den Raum flogen.

»Großartig. Einfach großartig. Und tu nicht so, als würdest du mich so gut kennen, Ben Andrews.«

Kapitel 27

Ben war schon seit über einer Stunde auf Rubys Farm zugange gewesen, bevor Joy nach draußen gekommen war, um die Tiere zu füttern. Natürlich hatte er sie bereits alle versorgt. Wenn er das nicht getan hätte, hätten die Ziegen sie sicher früher geweckt. Sie waren ziemlich lautstark, wenn sie etwas zu sagen hatten. Außerdem war es viel einfacher, die Tiere mit einem Eimer Futter von der hinteren Weide auf die vordere zu bringen, wo sie die lebende Krippe aufstellen wollten.

»Du warst schon sehr fleißig«, sagte Joy. Ihr Tonfall war eher reserviert als lobend, während sie seine Fortschritte beobachtete.

»Guten Morgen.«

Sie ging an ihm vorbei und steuerte geradewegs auf die Scheune zu, ohne auch nur zu grüßen.

»Ich habe schon alle Tiere für dich gefüttert«, rief er.

Sie drehte sich um und stand einfach nur da. »Oh.«

Er war nicht der Scharfsinnigste, wenn es um Frauen ging, aber er konnte erkennen, dass etwas nicht in Ordnung war. »Stimmt etwas nicht?«

Sie nickte auf die Art, die nie etwas Gutes verhieß. »Ja, es stimmt tatsächlich etwas nicht. Ich habe die ganze Nacht darüber nachgedacht.«

Warum habe ich bloß gefragt? Ich sollte es doch besser wissen. Aber ich mache es immer wieder. Halt besser den Mund, Ben.

»Gestern Abend, als du gesagt hast, ich sei ein verzogenes, hochnäsiges Stadtmädchen … Das finde ich wirklich nicht in

Ordnung.« Ihre Hände waren zu Fäusten geballt, und ihr Kiefer war so angespannt, dass ihr Kinn sogar ein wenig zitterte.

»Das ist nicht genau das, was ich gesagt habe.« Und schon öffnete er wieder seinen Mund.

»Das kommt dem ziemlich nahe.«

»Ich habe es nicht böse gemeint. Ich habe nicht von dir gesprochen, sondern von meiner Ex. Tut mir leid, wenn du es persönlich genommen hast.«

»Das habe ich«, sagte sie. »Nur weil die Art und Weise, wie ich mein Leben lebe, vielleicht nicht deine Art ist, heißt das nicht, dass es nicht in Ordnung ist.«

»Ich weiß, dass du recht hast. Aber ich kann nicht anders, als zu versuchen, die Fehler der Vergangenheit nicht zu wiederholen. Ich meine, es ist ja nicht so, dass sie nicht wusste, dass ich aus einer Kleinstadt komme, als wir uns kennenlernten. Es war, als hätte sie mich geködert, um mich zu kriegen, nur dass sie mich die ganze Zeit nicht wirklich wollte. Vielleicht sollten wir das Thema wechseln, aber ich verspreche dir, dass diese Bemerkungen nicht abwertend dir gegenüber gemeint waren.« Er legte seinen Finger unter ihr Kinn und drehte sie so, dass sie ihn ansah. »Wirklich. Und übrigens, dein Glitzer-Kleid sieht aus wie Weihnachtsschmuck. Ich mag es.«

Ein Lächeln huschte über ihr Gesicht. »Genau das dachte ich auch, als ich es entdeckt habe.«

»Du wirst wunderschön darin aussehen. Das Grün, mit deinen grünen Augen und deinem roten Haar.« Er schluckte.

Und wie schön sie auch herausgeputzt aussehen würde, er mochte sie auch so, wie sie jetzt war. Wunderschön, wie sie dastand, mit einer Jacke über dem Kapuzenpulli, Gummistiefeln und einer rot-grauen Wollmütze, die sie sich übergestreift hatte, und kein bisschen Make-up.

»Danke.«

»Gern.« Er atmete ein wenig leichter, als sie sich entspannte. »Wann ist eigentlich die Party? Oder warte … die Gala.«

»›Gala‹ klingt wirklich irgendwie etwas versnobt, oder?«

Er zog die Lippen zusammen, als hätte er Angst, zuzustimmen.

»Die Gala«, fuhr Joy fort. »Sie ist am Montagabend.«

Auch auf die Gefahr hin, wieder einen Rüffel zu bekommen, bekannte er: »Es ist sicher schön, sich ab und zu in Schale zu werfen und etwas Besonderes zu unternehmen. Ich fahre ein paarmal im Jahr mit meiner Mutter nach Charlotte, um ein bisschen Kultur zu erleben. Es ist nur etwa eine Stunde entfernt, und sie liebt es, sich schick zu machen. Ich gebe zu, dass ich einen schönen Abend genauso genieße wie sie.«

»Ach, wirklich? Du scheinst mir gar nicht der Typ dafür zu sein.«

Schimpfte hier nicht gerade der Esel einen anderen Langohr? Sie hatte die ganze Zeit ihre eigenen Vermutungen über ihn angestellt. »Bleib am Ball. An mir ist mehr dran, als man auf den ersten Blick sieht.« Vielleicht gab es eine Chance, dass da wirklich etwas Besonderes zwischen ihnen war. Er war noch nicht bereit, diese Chance auszuschließen.

»Mir gefällt, was ich sehe«, sagte Joy.

»Mir gefällt auch, was ich in dir sehe.« Er beugte sich vor und küsste sie auf die Wange, dann glitt er mit den Lippen über ihre, als sie zum Sprechen ansetzte.

»Ich …«

Er zog sie zu sich heran, ihre Lippen lagen warm und süß auf seinen. »Joy, ich weiß, wir haben uns gerade erst kennengelernt, aber ich mag, welche Gefühle es auslöst, wenn ich bei dir bin. Ich mag dich.«

»Warum?«

»Ich kann es nicht haargenau benennen. Es ist so vieles an dir. Du bist selbstständig. Aufmerksam. Entschlossen. Klug. Lustig. Absolut umwerfend. Muss ich noch mehr sagen?«

»Ich glaube, du hast ›starrköpfig‹ und ›eigensinnig‹ vergessen.«

»Mag sein, aber das steht dir irgendwie gut.«

Sie gab ihm einen Klaps auf den Arm, und er ergriff ihr Handgelenk und zog ihre Finger an sein Herz. Er fragte sich, ob sie spüren konnte, wie sein Herz schneller schlug. Ben hatte noch nie jemanden getroffen, der ihm dieses Gefühl gab. Als ob er sie besser kennenlernen müsste. Komme, was wolle.

Beinahe atemlos sagte sie: »Danke.«

»Für den Kuss?«

»Dafür, dass du mich daran erinnert hast, wie sich Schmetterlinge anfühlen.«

Er hatte dieses Flattern selbst gespürt. »Danke, dass ich sie zum Fliegen bringen durfte.« Er nahm ihre Hände in die seinen. »Ich küsse dich gerne. Außerdem sind wir ein ziemlich gutes Team.«

»Ich hätte nie gedacht, dass Küssen ein Mannschaftssport ist.« Das war nur ein Scherz. Er erkannte es am Funkeln ihrer Augen und an ihrem schelmischen Lächeln, bei dem ihre Wimpern fast auf ihren Wangen lagen.

»Nun, dann hast du es bislang nicht richtig gemacht, aber ich bin ein ausgezeichneter Lehrer.«

»Ich wette, dass du das bist.«

Und wenn er jetzt nicht aufhörte, dann würde es überhaupt kein Halten mehr geben, doch er wusste, dass er es langsam angehen musste. »Ich habe etwas für dich.«

»Wirklich?«

Er hatte hin und her überlegt, ob er ihr das Geschenk jetzt geben oder warten sollte. Aber der Zeitpunkt schien richtig. »Warte genau hier.«

Joy schaute verwirrt, als er an ihr vorbei zu seinem Wagen eilte. Sein Herz pochte. Nicht weil er zum Wagen gejoggt war, sondern weil er wirklich hoffte, dass ihr das Geschenk gefallen würde.

Ben trug den weißen Hochglanzkarton zur Tür. Er hatte das Geschenk nicht eingepackt, sondern nur eine einfache rote Schleife umgebunden. Mit jedem Schritt, den er näher zur Scheune kam, begann er, die Geste zu hinterfragen, aber jetzt war es zu spät.

Sie stand in der Tür und sah ihn an. Sah die Schachtel an.

Sie fing seinen Blick auf. »Was ist das?«

»Du musst es öffnen und dir anschauen.« Er reichte ihr die Schachtel.

Nervös befeuchtete sie ihre Lippen. »Ich habe gar nichts für dich.«

»Es ist einfach etwas, was ich gemacht habe. Für andere hätte es nicht dieselbe Bedeutung.«

Sie schien sich ein wenig zu beruhigen, zog am Band, setzte sich dann hin und hob den Deckel der Schachtel ab.

Die dichten Wimpern, die Schatten auf ihre Wangen warfen, flatterten nach oben. »Ben?« Sie hob den herzförmigen Holzanhänger an dem Draht aus der Schachtel. Zwischen ihren Fingern hängend, sah er so elegant aus. »Du hast das für mich gemacht?«

Die Stunden, die er damit verbracht hatte, das Holz zu drechseln und zu einem Herz zu schleifen, das prall gefüllt mit Liebe war, hatten sich fast als therapeutisch erwiesen. Es war schon eine Weile her, dass er sich lange genug Zeit genommen hatte, um an etwas so Raffiniertem zu arbeiten, aber das hier war ihm wichtig gewesen. Es war etwas, was ihn inspiriert hatte. Etwas, was er tun wollte.

Als das Herz schlussendlich perfekt war, war er so nervös gewesen, seine Schneidewerkzeuge in der Mitte des Herzens anzusetzen. Vor allem, nachdem er sich so viel Mühe gegeben hatte, um die Oberfläche so geschmeidig glatt zu machen. Aber er hatte es geschafft. Er schnitzte ein kleineres Herz in die Mitte, worauf er dann die zerbrochenen grünen Glaskugelstücke verstreut und sicher mit Acryl versiegelt hatte.

Joy könnte es hundertmal fallen lassen, ohne dass es Schaden nähme.

»Es ist wunderschön.« Sie hielt das Herz in ihren Händen und strich mit den Fingern über die glatte Oberfläche. »Die Maserung des Holzes ist so schön.«

»Das ist Olivenholz. Ich habe es mit Holzöl eingerieben. Das bringt all die schönen dunklen Maserungen zum Vorschein.«

Ihre Lippen teilten sich leicht, als ob sie etwas sagen wollte.

»Das Herz in der Mitte? Das grüne Glas? Es ist genau wie –«

»Ich habe mich so schlecht gefühlt wegen der Glaskugel.«

»Warum?« Sie hielt den Schmuck an ihre Brust. »Es war nicht deine Schuld. Ich habe überreagiert.«

»Es spielt keine Rolle, wessen Schuld es war. Es war dir wichtig.«

»Wie hast du –«

»Als ich gemerkt habe, wie aufgebracht du warst, konnte ich die Scherben nicht wegwerfen. Ich war mir nicht sicher, was ich damit machen sollte, aber irgendwie schien es mir falsch, sie in den Müll zu werfen. Eines Nachts wachte ich auf und wusste, dass ich das für dich machen wollte.«

»Ich werde es in Ehren halten. Es ist das schönste Geschenk, das ich je bekommen habe.« Ihre Augen funkelten, und sie bedeutete ihm, ihr ins Haus zu folgen. Drinnen nahm sie den Schmuckständer aus der Schachtel und stellte ihn auf den Beistelltisch, dann hängte sie den Anhänger auf. »Es ist perfekt.«

»So perfekt wie du.«

»Ich weiß nicht, wie ich dir jemals danken kann. Das ist so aufmerksam.«

»Dein Lächeln ist Dank genug.« Was würde er nicht alles dafür geben, dieses Lächeln jeden Tag zu sehen. »Und vielleicht können wir uns morgen Abend nach der Bewertung des Backwettbewerbs auf einen Kaffee treffen?«

»Das wäre wirklich schön.« Sie legte den Kopf schief. »Gilt

diese Einladung, egal, ob Sieg oder Niederlage? Denn ich will nicht davon ausgehen müssen, dass du mich zu bestechen versuchst.«

»Die Einladung steht auf jeden Fall.«

Ein Lächeln huschte über ihre Lippen. »Dann bist du dran. Kaffee. Morgen Abend.«

»Okay, dann fahre ich jetzt besser nach Hause. Wir sehen uns morgen.«

»Ja, auf jeden Fall.«

Als Ben rückwärts aus der Einfahrt bog, sah er, wie Joy den Vorhang beiseiteschob und ihm beim Wegfahren zusah. Er fragte sich, ob sie die gleichen Gedanken hatte wie er in diesem Moment. Dass er sich wünschte, dieser gemeinsame Morgen hätte den ganzen Tag angedauert. Man durfte ja noch hoffen.

Kapitel 28

Ein farbenfrohes Banner über dem Eingang des Botanischen Gartens kündigte den jährlichen Wettbewerb zum *Carolina's Best Flour Extreme Gingerbread Bake-off* an. Heute, am Sonntag, konnte die Gemeinde ihre Stimme abgeben, und der Gewinner würde danach bekannt gegeben.

Die Abstimmung würde um ein Uhr mittags beginnen und um vier Uhr nachmittags zu Ende sein. Dann wäre Joy mit ihrem Einsatz hier fertig und könnte sich auf ihre Rückreise nach D.C. für die morgige Gala vorbereiten.

Gekleidet in einen lebkuchenbraunen Pullover, den sie in Rubys Kleiderschrank gefunden hatte, und den Anzug, den sie getragen hatte, als sie in die Stadt gekommen war, hatte Joy ihrem Look tatsächlich noch einen festlichen Anstrich verpasst, indem sie einen glitzernden goldenen Schal mit einem bezaubernden Lebkuchenmann-Muster umgelegt hatte.

Alle Einreichungen waren in dem Theater aufgebaut, das eigentlich gar kein Theater war, zumindest nicht für Joy. Unter einem Theater hatte sie sich immer eine Stadionbestuhlung und eine Leinwand vorgestellt; das hier war eher ein Ballsaal, der falsch benannt worden war. Elegant auf eine unaufdringliche Art.

Der Mehlproduzent, bei dem fast vierzig Prozent der Einwohner beschäftigt waren, war der Hauptsponsor der Veranstaltung, und sein PR-Team war bereits vor Ort. »Hallo, ich bin Joy Holbrook. Sie müssen das PR-Team von *Carolina's Best Flour* sein.«

»Genau, das sind wir. Ich bin Phil Finnegan«, sagte ein großer Mann in einem Pullunder. »Die Jungs hängen gerade das letzte Banner auf. Ich hoffe, es macht Ihnen nichts aus, dass wir so früh hier sind und schon angefangen haben. Wir machen das schon so lange, dass wir ein gewisses System haben.«

»Kein Problem.« Könnte sie noch mehr Glück haben? »Ich werde jetzt alles fertig machen. Sagen Sie mir einfach Bescheid, wenn Sie noch etwas brauchen.«

»Wir werden den riesigen Siegerscheck hinter das Podium stellen.«

»Das passt hervorragend, und sind Sie derjenige, den ich anrufe, um ihn zu präsentieren?«

»Da bin ich Ihr Mann.«

»Also gut.« Joy war damit beschäftigt, den Mädchen Anweisungen zu geben, die die Eintrittskarten einsammeln und die Wahlmünzen verteilen sollten, wenn die Besucher hereinkamen; dann machte sie sich an die Arbeit, die Acrylboxen neben jedem der sechs Finalisten als Geschenk zu verpacken.

Um Punkt ein Uhr bildete sich eine Schlange vor dem Gebäude, vorbei am Hochzeitspavillon und dem Koiteich.

Die Menschen in der Gemeinde wollten unbedingt ihre Stimme für ihre Lieblingslebkuchenkreation abgeben. Jeder tauschte ein Lebensmittel gegen ein Los ein oder zahlte zwei Dollar pro Person, um seine Wahlmünze zu bekommen. Bei den Münzen handelte es sich um Holzscheiben, die mit dem Stadtlogo geprägt waren.

Joy hatte dafür gesorgt, dass ein großes Whiteboard auf Rollen hereingebracht wurde, und hatte bereits alle Bewertungen der Richter darauf übertragen, sodass die endgültigen Berechnungen live durchgeführt werden konnten. Das würde für einen dramatischen und spannenden Abend sorgen. Vor einer Gruppe von Menschen zu sprechen war eine ihrer Stärken. Es machte ihr Spaß, und es wäre eine nette Abwechslung zu dem, was sie seit ihrem Aufenthalt in Crystal Falls gewohnt war.

Während des gesamten Nachmittags nahm Joy immer wieder das Mikrofon und kündigte jeden der Finalisten an und ermutigte die Besuchenden, ihre Münze bei ihrem Lieblingsbeitrag einzuwerfen.

Eine Hupe ertönte dreimal, und die Teilnehmer nahmen ihre Plätze neben ihren Kreationen ein. Der Theatersaal war mit mehr Menschen gefüllt, als in Crystal Falls leben konnten.

Joy glättete die Vorderseite ihres Anzugs, bereit, die letzte Ankündigung für den Tag zu machen.

»Seien Sie gegrüßt, liebe Besucherinnen und Besucher. Frohe Weihnachten. Mein Name ist Joy Holbrook, und ich freue mich sehr, heute Nachmittag Ihre Moderatorin für den achten jährlichen *Carolina's Best Flour Extreme Gingerbread Bake-off* zu sein. Wir haben wundervolle Beiträge eingereicht bekommen. Sie hatten drei Stunden Zeit, sich alle Einsendungen genau anzusehen und Ihren Favoriten auszuwählen. Ich weiß, dass es nicht leicht ist, nur eine Stimme abzugeben, aber wenn Sie es noch nicht getan haben, müssen Sie es … exakt jetzt tun. Um Punkt vier Uhr werden wir mit der Auszählung beginnen.«

Die Leute beeilten sich, ihre Münzen einzuwerfen und für ihre Lieblinge zu stimmen.

Joy las die Liste der Freiwilligen und Sponsoren vor und schloss dann pünktlich um vier Uhr die Wahl offiziell ab. »Okay. Das war's. Alle Abstimmungen sind beendet. Kann ich meine offiziellen Helfer zu den einzelnen Stationen schicken?« Drei Mädchen und drei Jungen liefen in T-Shirts vom Botanischen Garten über die Bühne und machten sich auf den Weg zu den Wahlurnen.

»Vielen Dank. Wir haben heute sechs sehr würdige Teams hier. Einige Anfänger, einige Profis, aber das ist ja das Schöne an diesem Wettbewerb: Jeder kann gewinnen. Für alle, die zum ersten Mal dabei sind, sei gesagt, dass jeder Beitrag an dem Tag bewertet wurde, an dem diese wunderbaren Kreationen aufgestellt wurden. Eine auf diese Art des Backens spezialisierte Jury und Vertreter unserer Sponsoren haben jede Einreichung nach den folgenden Kriterien in Augenschein genommen: Originalität, Ausführung, Thema und Schwierigkeitsgrad.«

Das Publikum klatschte, und aus dem hinteren Teil des Theaters ertönten begeisterte Pfiffe.

»Ich möchte Ihnen jeden Einzelnen von ihnen vorstellen. Zuerst haben wir Chefkoch Daniel Wallersky vom *Lazy Chop House*. Es ist das erste Mal, dass Daniel am Wettbewerb teilnimmt. Er stammt ursprünglich aus Buffalo, New York, und nennt Crystal Falls jetzt sein Zuhause.«

Die Menge klatschte höflich.

»Auf Platz zwei haben wir das Mutter-Tochter-Gespann Sandra und Connie Black. Sie haben Familie hier in Crystal Falls und sind extra aus Myrtle Beach angereist, um an diesem Wettbewerb mitzuwirken. Connie hat vor Kurzem ihr Studium an der Johnson and Wales University in Charlotte abgeschlossen. Ich bitte um einen Applaus für die beiden.«

Joy nahm sich das kabellose Mikrofon und stieg von der Bühne herunter, lächelte und entschuldigte sich bei den Leuten, während sie sich durch die Menge bewegte.

»Als Nächstes haben wir das Cheerleader-Team der Crystal Falls Highschool. Sie haben das Thema ›sonnige Weihnachten‹ gewählt, weil sie hoffen, diesen Wettbewerb heute zu gewinnen, um ihre Reise in den Süden zu finanzieren, wo sie im Frühjahr am Finale des National Cheerleading Championship teilnehmen werden. Viel Glück, Ladys!«

Joy hielt inne, als sie sah, wie Ben sich in letzter Minute neben seiner Mutter niederließ. Seine Mom war wunderschön. Er hatte ihre Augen und ihr dunkles Haar. Seine Mutter drückte ihm kurz die Hand. »Auf Platz vier ist das Backteam Janice und Ben Andrews. Sie kennen Janice Andrews aus der Bäckerei hier in der Stadt, und ihr außergewöhnliches Design bringt frischen Wind in die Backstube.«

Eine Runde Beifall brandete auf. Sie waren eindeutig ein Favorit.

»Alle, die die nächsten zwei holden Damen nicht kennen, sind offensichtlich das erste Mal dabei, denn ich habe hier in meinen Notizen stehen, dass diese Ladys, Rosie und Bella, nicht nur Zwillinge sind, sondern diesen Wettbewerb auch in den letzten beiden Jahren gewonnen haben. Können sie ihre Siegesserie mit dem diesjährigen Beitrag fortsetzen?«

Die Frauen traten vor und knicksten, als hätten sie diese Bewegung schon hundertmal geprobt.

»Und zu guter Letzt haben wir ein sehr innovatives Design von den Mitarbeitern von Funky Flowers, die essbare Blumen in ihren Beitrag integriert haben. Ein großer Applaus für sie.«

Joy klatschte und ließ die Menge in Schwung kommen. Die Aufregung im Raum wuchs. Die Kandidaten wirkten nervös. »In Ordnung, noch eine Runde Applaus für alle.«

Sie marschierte zurück auf die erhöhte Plattform, wo schon ein langer Tisch mit sechs Zweierteams aufgebaut war, bereit für die abschließende Live-Zählung der Wahlstimmen.

»Würden die Verantwortlichen bitte ihre eingepackten Wahlurnen an den Tisch bringen?«

Joy spürte ein Kribbeln der Erregung, als sie die Menge beobachtete, und Ben lächelte und warf ihr einen anerkennenden Blick zu. Das Theater war gut gefüllt, wahrscheinlich überschritt es die zulässige Höchstzahl an Plätzen, und es fühlte sich langsam wie in einer Sauna an. Sie musste sich beeilen, sonst würden die süßen Kreationen vermutlich schmelzen.

»Jetzt kommt der Moment, auf den Sie alle gewartet haben. Zähler, lasst uns die Stimmen bekannt geben.«

Das Geräusch des Weihnachtsgeschenkpapiers, das von jeder der Wahlurnen gerissen wurde, erfüllte den Raum. Jubel erscholl, als die Menge der Münzen in den einzelnen Boxen bekannt gegeben wurde. Es gab nur zwei klare Konkurrenten, die um den Titel kämpften, es sei denn, die Wertungen der externen Juroren würden sehr unterschiedlich ausfallen.

Die Leute begannen zu spekulieren. Sie riefen den Namen des Teams, von dem sie glaubten, es habe gewonnen.

»Nicht so voreilig«, warf Joy ein. »Wir müssen die Wertungen der externen Juroren berücksichtigen.« Sie ging zum Whiteboard hinüber. »Auf der Rückseite dieser Tafel haben wir alle Bewertungen der Jury.« Sie winkte mit der Hand, und einer der Freiwilligen drehte die Tafel herum, um die bisherigen Ergebnisse zu zeigen. Es wurde nichts nachgezählt, aber trotzdem ging ein Raunen durch die Menge.

»Während die Teams alle Stimmen zählen und auswerten, möchte ich Stephanie vom Gemeindezentrum hier hochholen, um Ihnen mitzuteilen, wie viel Geld wir durch diese Veranstaltung eingenommen haben.« Joy entdeckte Molly, die neben Ginny in der Nähe des Eingangs stand. Sie war so froh, dass sie es geschafft hatten. Sie konnte Mollys Aufregung von hier aus sehen.

Stephanie, eine große, schlanke Brünette, kam die Treppe herauf und übernahm das Mikrofon. »Wir haben über zweihundert Dollar in bar und erstaunliche sechzehn Kisten mit unverderblichen Lebensmitteln für das Gemeindezentrum gesammelt. Das sind mehr Mahlzeiten, als wir jemals zuvor ausgeben konnten. Vielen Dank, dass Sie uns geholfen haben, den Bedürftigen in der Weihnachtszeit zu helfen.«

Joy dachte an den Moment zurück, als Margie sie gebeten hatte, zweihundert Dollar für nur zwei Karten für die Benefizveranstaltung ihrer Kinder zu bezahlen. Sie hatte dieses Geld nur deshalb ausgegeben, weil sie dachte, dass es ihr zu einer Beförderung verhelfen könnte. Nicht aus den richtigen Gründen. Für diese Sache zu spenden, bedeutete wirklich etwas.

Eine ausgewogene Mahlzeit war wichtig. Nicht dass die Art, wie sie aß, ein gutes Beispiel wäre.

Die Schachtel mit Erdnussbuttercrackern in Joys Schreibtischschublade bei MacDonald-Webber war das Persönlichste, was es in ihrem Büro gab, und selbst diese Cracker waren wahrscheinlich der Rede nicht wert. Sie dienten mindestens einmal in der Woche als Joys Mittagessen, aber wusste nicht jedes gute Südstaatenmädchen, dass man einen Vorrat an Nabs-Sandwich-Crackern für Notfälle aufbewahren sollte? Tante Ruby hatte das immer gesagt, und sie hatte Joy nie in die Irre geführt.

Joy stellte sich diese Privatschulkinder in ihren Designer-Klamotten vor, wie sie die saisonalen Speisekarten studierten und dann von schicken Kellnern mit silberüberzogenen Tellern bedient wurden, die den Kindern stattdessen Nabs präsentierten. Wahrscheinlich würden sie versuchen, sie mit einer Gabel zu essen, und das war einfach nur falsch.

Aber irgendwie schien ein Monatsvorrat an Erdnussbutter-Gelee-Sandwiches für Familien in dieser Stadt etwas ganz Besonderes zu sein. Natürlich ohne Kruste und in Vierecke geschnitten.

Joy ging zu der Stelle, an der sie ihre Handtasche unter dem Podium verstaut hatte, zog ihr Scheckbuch heraus und stellte einen Scheck über zweihundert Dollar aus.

Die Menge klatschte, und Joy ließ sie gewähren. Sie hielt Stephanie auf, bevor sie die Bühne verließ.

»Ich würde gerne zu Ihren Bemühungen beitragen.«

»Ich danke Ihnen! Das ist so großzügig. Das sind über vierhundert Dollar! Damit haben Sie gerade den Betrag verdoppelt.«

»Gern geschehen«, sagte sie zu Stephanie und ging dann zurück zum Mikrofon. »Sind die Auszähler mit den endgültigen Stimmen bereit?« Joy musterte die Teams und bekam von jedem einen Daumen hoch. »Los geht's.«

Der Teamleiter ging hinüber und drehte das riesige Whiteboard um, sodass die Menge es nicht mehr sehen konnte. Sobald jedes Team seine Zahlen vollständig vorliegen hatte, verschwanden sie hinter der Tafel. Die Stifte quietschten, als sie die fehlenden Punkte eintrugen und die endgültige Zählung vornahmen.

Joy sah sich in der Menge um. Molly und Ginny hatten sich auf den Weg zum nächsten Pfefferkuchenhaus gemacht, und Shirley unterhielt sich mit einem Paar, das sich den Beitrag von Ben und seiner Mutter ansah. Joys persönlicher Favorit.

Doch sie ließ fast ihr Mikrofon fallen, als sie urplötzlich Todd vor sich stehen sah. Eine prickelnde Hitze durchfuhr ihren Körper, und zwar nicht auf die gute Art.

Er lächelte sein Filmstar-Lächeln, aber sie freute sich trotzdem nicht, ihn zu sehen. Sie schlang ihre Hand fest um das Mikrofon und hielt es an ihren Bauch.

Er sah so deplatziert aus in seinem Maßanzug. Wahrscheinlich hatte sie das am ersten Tag auch getan, aber jetzt fühlte sie sich mehr als Teil der Gemeinschaft. Sie konnte sich vorstellen, wie sich die Leute um Todds schicken Sportwagen drängten, der vor der Tür parkte. Dieses Auto kostete mehr, als viele dieser Leute in einem Jahr verdienen würden.

Er war auf glatte Weise attraktiv. Das war eine Sache, die sie über Todd sagen konnte, und den Frauen in der Menge war sein Auftritt auch nicht entgangen. Aber sie wusste, was sich hinter der aufpolierten Hülle verbarg. Nicht viel, und im Vergleich zu Ben glänzte er überhaupt nicht.

Der Teamleiter kam auf sie zu und überreichte ihr einen Umschlag. Joy wedelte damit über ihrem Kopf, um die Menge anzustacheln. »Das ist so aufregend. Sind Sie bereit, dass ich die Gewinner verkünde?«

Jemand in der Menge stieß einen Pfiff aus, und die anderen schrien und klatschten.

»Das dachte ich mir schon. Lassen Sie mich bitte die Teilnehmer nach oben bitten.«

Als Ben die Bühne betrat, spürte sie wieder diese Schmetterlinge im Bauch. Schließlich hatten sich alle Kandidaten auf der Bühne aufgestellt, und die Menge war wieder etwas zur Ruhe gekommen, als Joy mit den Ansagen begann.

»Auf dem dritten Platz: Daniel Wallersky. Kommen Sie herauf, Chefkoch Daniel.«

»Auf dem zweiten Platz haben wir Janice und Ben Andrews.« Ben stand neben seiner Mutter, die die Trophäe und das Preisgeld dankend entgegennahm. Der Fotograf knipste zwei Bilder und platzierte sie dann neben Chefkoch Daniel, damit sie ein Gruppenfoto von allen Gewinnern machen konnten.

»Und der Gewinner des achten *Extreme Gingerbread Bake-offs*, gesponsert von *Carolina's Best Flour* sind … Rose und Bella. Und das zum dritten Mal in Folge. Herzlichen Glückwunsch, meine Damen. Und hier ist Mr Phil Finnegan, um Ihnen den Scheck unseres Sponsors zu überreichen.«

Phil kam mit dem riesigen Scheck herbei. Er schüttelte den beiden Frauen die Hand, und sie waren genauso aufgeregt, als wäre es ihr erster Gewinn.

Joy sprach laut, um das aufgeregte Publikum zu übertönen. »Neben dem Geldpreis werden Sie diese Gesichter das ganze Jahr über in der Werbung sehen. Herzlichen Glückwunsch an unsere Gewinnerinnen und einen Applaus für Sie selbst, denn ohne Sie würden wir unsere Gemeinde nicht mit Essen unterstützen können. Frohe Weihnachten.«

Phil und Joy posierten für Fotos mit dem Gewinnerteam, und dann führte der Fotograf alle Gewinner nach rechts auf die Bühne, um ein Foto vor dem Sponsorenbanner zu schießen.

Sie übergab das Mikrofon und bedankte sich bei den Sponsoren, während sich die Menge zu lichten begann.

Joys Aufmerksamkeit wanderte hinüber zu Ben und seiner Mutter, die sich mit einigen Leuten in der Nähe ihres Beitrags unterhielten. Währenddessen hatte sich Todd nicht bewegt. Sie konnte immer noch aus ihrem Augenwinkel sehen … wie er sie anstarrte.

So gern sie ihn auch ignoriert hätte, es war unwahrscheinlich, dass er nach dem weiten Weg so einfach aufgeben würde. Es war besser, es einfach hinter sich zu bringen. Aber nicht hier, vor allen Leuten.

Sie verließ die Bühne, und Todd kam ihr auf halbem Weg entgegen. »Du siehst toll aus«, sagte er.

»Was machst du denn hier?«

»Ich wollte dich sehen«, erwiderte er. »Hast du mich nicht vermisst?«

Sie verschränkte die Arme und schaute abweisend in eine andere Richtung. »Wie hast du mich gefunden?«

»Das ist aber kein besonders herzlicher Empfang. Es war eine fünfstündige Fahrt. Ich dachte, du würdest dich freuen, mich zu sehen.«

»Wie kommst du darauf? Wir haben seit Wochen nicht mehr miteinander gesprochen.«

Vielleicht war das keine besonders höfliche Art, auf seine Überraschung zu reagieren, aber Joy war noch nie jemand gewesen, der Überraschungen mochte – und das hier war nicht mal eine gute. Todd tat nichts, ohne ein bestimmtes Ziel vor Augen zu haben. Das war charmant gewesen, als sie ihn kennenlernte, aber in den letzten sechs Monaten hatte er begonnen, sich an die Spitze zu boxen, anstatt sich dorthin zu arbeiten. Sie wollte nicht Teil seiner Agenda sein. Egal, worum es sich handelte. Und ganz besonders nicht hier in Crystal Falls.

»Ich habe dich vermisst. Es sind die Feiertage. Ich versuche schon seit einer Woche, dich zu erreichen.«

Hätte er sie in Ruhe gelassen, wenn sie ihm ein höfliches Dankeschön für die Blumen geschickt hätte? Sie wusste, wie gerne er gewann. Dass sie ihn ignorierte, ob absichtlich oder nicht, war wahrscheinlich eine Herausforderung. »Danke für die Blumen.«

Sie bemerkte, dass jemand aus dem Krankenhaus sie beobachtete und beschloss, dass es das Beste wäre, dieses Gespräch unter vier Augen zu führen. »Komm mit mir.« Sie bahnte sich einen Weg durch die Menge und hinter die großen Doppeltüren zu den Gartenwegen, die um diese Jahreszeit geschlossen waren.

Sobald sich die Türen hinter ihnen schlossen, legte Todd seine beiden Hände auf ihre Schultern, ließ sie über ihre Arme hinabgleiten und trat näher an sie heran. »Es ist zu lange her, dass wir Zeit miteinander verbracht haben.« Er senkte seinen Kopf in ihre Halsbeuge und flüsterte: »Ich habe dich vermisst.« Dann küsste er sie auf den Hals.

»Nein, das hast du nicht.« Sie befreite sich aus seiner Umklammerung. »Du hättest anrufen können. Es gefällt mir nicht wirklich, dass du mich aufgespürt hast und unangemeldet auftauchst.«

»Ach, komm schon. Ich habe dir mehrere Nachrichten im Büro hinterlassen.« Sein leichtes Lächeln hatte keinerlei Wirkung auf sie.

»Du hast meine Handynummer. Du hättest anrufen können. Du hättest sogar eine E-Mail schreiben können.«

»Ich wollte dich sehen.«

»Weil du wusstest, dass ich Nein sagen würde.«

»Und ich habe keine Ahnung, warum das so ist«, erwiderte er. »Ich dachte, wir verstehen uns.«

»Weil es aus ist zwischen uns, Todd. Ich glaube, du warst es, der gesagt hat, dass wir die Dinge besser einfach halten sollten. Das hier fühlt sich nicht mehr einfach an.« Sie senkte den Blick. Es gab wirklich nichts mehr zu besprechen.

»Nun sei nicht so, Joy. Wir haben uns immer zusammen

amüsiert. Morgen Abend ist die große Gala. Ich würde dich gerne zu der Party begleiten.«

»Also darum geht es hier. Ich habe Renee gesagt, als du diesen Weihnachtsstern geschickt hast, dass es dein Ziel ist, mit mir zur Gala zu gehen.« Joy trat einen weiteren Schritt zurück. »Es wäre völlig unangebracht, wenn ich dich zu der Gala mitnehme, da du ja jetzt für die Konkurrenz arbeitest.«

»Die Hälfte der Leute würde nicht einmal merken, dass ich jetzt woanders arbeite.«

»Ich weiß es«, sagte sie und blickte zur Seite, um sich zu überlegen, wie sie am besten abhauen und ihn wegschicken könnte.

»Komm schon, Joy.« Er ergriff ihre Hände. »Gib mir eine Chance.« Er beugte sich zu ihr herunter.

»Nein. Und ich würde es begrüßen, wenn du einfach gehst.«

Er richtete sich auf. Sein Lächeln verblasste. »Ist das dein Ernst?«

»Mein voller Ernst.«

Seine Nasenflügel blähten sich, und er schüttelte den Kopf. »Das kann ich nicht glauben. Das war eine so großzügige Geste von mir.«

»Tu das nicht, Todd. Lass es gut sein. Ich bin nicht wichtig für dich. Wir wissen beide, dass das, was wir hatten, nie sonderlich tiefgehend war.« Sie legte ihre Hand auf die Tür. »Ich wäre dir dankbar, wenn du mich einfach aus deinen Kontakten löschst.«

Sie ließ ihn zurück und ging wieder hinein, hinüber zur Bühne, wo ihre Sachen hinter dem Podium gelagert waren. Die Leute wuselten immer noch herum und betrachteten die Auslagen. Sie bückte sich, um ihre Handtasche zu holen, und senkte den Kopf, um die Anspannung zu verbergen, die sie in diesem Moment empfand.

Ein gefalteter Zettel mit ihrem Namen lag oben auf ihrer Handtasche.

Sie stand auf, hängte sich ihre Handtasche über die Schulter und warf sich ihre Jacke über den Arm. Als sie den Raum absuchte, entdeckte sie keine Spur von Todd. Gott sei Dank. Vielleicht hatte er von dort, wo sie gestanden hatten, den Hinterausgang genommen.

Sie hielt Ausschau nach Ben. Sie war bereit für eine entspannende Tasse Kaffee mit ihm. Während sie wartete, klappte sie den Zettel auf.

Ich muss den Kaffee absagen.
Ich bringe Molly morgen früh zur Schule.
Viel Spaß bei der Gala.
Pass auf dich auf,
Ben

Ein Anflug von Enttäuschung durchfuhr sie. Sie hatte sich darauf gefreut, mehr Zeit mit Ben zu verbringen, bevor sie die Stadt verlassen musste. Vielleicht war er verstimmt, dass er und seine Mutter nicht den Sieg geholt hatten. Zumindest war ihr Beitrag auf jeden Fall der kreativste. Das Karussell auf dem Plattenteller war mehr als einfallsreich, und die LED-Lichter, die durch das Zuckerglas leuchteten, waren wunderschön und besonders.

Ben hatte in dieser Kategorie eindeutig gewonnen, aber es gab scharfe Konkurrenz, und die Punkte in einigen der anderen Kategorien hatten sich die Gewinnerinnen hart erkämpft.

Joy ging zu ihrem Auto und fuhr los, wobei sie in ihrem Rückspiegel und auf den Parkplätzen nach Bens Wagen Ausschau hielt. Es war nicht so, dass sie nicht genug zu tun gehabt hätte, um sich heute Abend zu beschäftigen. Vielleicht würde er ja morgen früh vorbeikommen.

Kapitel 29

Joy war noch nie so froh gewesen, wieder in ihrer Wohnung in D.C. zu sein. Ihr Hintern war taub von der langen Fahrt nach Hause, und wie hatte sie in nur zwei Wochen vergessen können, wie verrückt der Verkehr in dieser Gegend war? Die eigentlich fünfstündige Fahrt hatte fast sieben Stunden gedauert.

Hätte sie nicht so lange im Haus herumgetrödelt, wäre sie einem Teil des Verkehrschaos entgangen, aber sie hatte auf ein kurzes Gespräch zwischen ihr und Ben gehofft, was jedoch nicht geschehen war.

Eigentlich wollte sie sich heute in ihrem Lieblings-Spa in der Innenstadt eine Luxus-Pediküre gönnen, aber dafür war jetzt keine Zeit mehr. Ein schneller Besuch im Salon nebenan musste genügen.

Sie zog ihren Kartenschlüssel an der Einfahrt zum Parkplatz durch und wartete, bis sich die Schranke hob. Sie parkte auf dem für sie reservierten Platz und holte dann das Kleid aus dem Kofferraum. Sie hielt den Bügel des Kleidersacks hoch über ihren Kopf, damit nichts knautschte, und tastete nach ihren Schlüsseln, als sie sich auf den Weg in die Lobby ihres Wohngebäudes machte. Nicht ganz so bequem wie das Parken vor dem Haus in Crystal Falls.

Als sie auf den Aufzug wartete, kam ihr die Lobby kalt und unpersönlich vor. Es gab keine Weihnachtsdekoration, das wurde hier immer so gehandhabt. Nicht dass sie vorgehabt hätte, irgendetwas selbst zu dekorieren. Aber das war etwas anderes. Sie hatte ihre eigenen Gründe dafür.

Das Bimmeln des Aufzugs ertönte, und schließlich öffneten sich die Türen. Drei Personen stiegen aus, von denen sie keine kannte. Sie lächelte höflich und ging hinein. Als sich die Türen in der vierten Etage öffneten, trat sie in den Flur. Ihre Wohnung befand sich gleich rechts neben dem Aufzug.

Sie fummelte ihren Schlüssel in das launenhaft alte Schloss und betrat ihr Apartment. Die Einrichtung war minimalistisch und schlicht. Ein Vorzeigeobjekt, auf das sie wirklich stolz gewesen war, nur heute fühlte es sich anders an. Irgendwie unpersönlich. Eher wie eine möblierte Mietwohnung. Es gab keine Familienfotos. Keine Erinnerungen, die mit zufälligen Gegenständen verbunden waren, die erklärt werden mussten.

Sie hängte das Kleid in ihren Schrank und ließ sich ein Bad ein.

Die lange Fahrt hatte sie müde gemacht. Sie schüttete etwas *Purple Water* in die Wanne, ein Duft, den sie auf einer Geschäftsreise im Ritz kennen- und lieben gelernt hatte. Nach einem anstrengenden Tag fühlte sie sich immer besser, und sie brauchte neue Energie, wenn sie die Nacht, die vor ihr lag, genießen wollte.

Joy glitt in das seidig warme Wasser. In Rubys Haus, in ihrer alten gusseisernen Wanne, war Joy in der Lage gewesen, bis zu ihrem Kinn in das warme Wasser zu tauchen. Ihre moderne Wanne war nicht annähernd so tief. In der Tat hatte sie nie zuvor bemerkt, wie flach sie war. Das Wasser bedeckte kaum ihren ganzen Körper.

Als sie aus der Wanne stieg, war sie zwar sauber, aber nicht entspannt.

Sie war immer noch verärgert, dass Todd so unvermittelt aufgetaucht war. Was hatte er sich dabei gedacht? Todd war noch nie jemand gewesen, der sich großartig viel Mühe gab. Ihre Beziehung war nie so gewesen. Und obwohl ein Teil von ihr sich fragte, warum sie sich nicht von der romantischen Geste mitreißen ließ, glaubte sie, dass es daran lag, dass sie über ihn hinweg war – oder dass da überhaupt nie etwas gewesen war.

Hätte sie genauso reagiert, wenn sie Ben nicht getroffen hätte?

Sie schloss die Augen und versuchte, sich Todd vorzustellen, aber es kam ihr nichts in den Sinn.

Sie hatten einige gute Essen geteilt, ebenso gute Geschäftsreisen, aber diese Zeit war vorbei. Jetzt war es Zeit, das Ganze abzuschließen.

Joy kletterte aus der Badewanne und wickelte ein dickes, flauschiges Handtuch um sich. Rubys Badewanne mochte besser sein als ihre, aber es gab nichts Vergleichbares zu diesen saugfähigen Handtüchern, die sie sich zugelegt hatte. Vielleicht wäre das das perfekte Geschenk für Ruby zu Weihnachten. Ihre Tante würde sich selbst so etwas sicher nie gönnen. Außerdem gab es im Umkreis von ein paar Stunden wahrscheinlich keine teuren Läden, die solche Handtücher überhaupt führten.

Sie könnte auf dem Rückweg nach Crystal Falls anhalten und sie holen. Sie würden sie sogar als Geschenk verpacken.

Joy trug ihre Lieblingsfeuchtigkeitscreme auf und schminkte sich dann. Sie steckte ihr Haar mit einer Spange hoch, die Renee ihr letztes Jahr zu Weihnachten geschenkt hatte.

Das Kleid war wunderschön. Sie hatte sich so darauf gefreut, und es passte perfekt, aber jetzt erschien es ihr wie übertriebene Verschwendung. Dieses eine Kleid kostete mehr als das gesamte Geld, das Crystal Falls für Mahlzeiten für Bedürftige gesammelt hatte.

Und vor zwei Wochen war dieses Kleid … diese Party … die Beförderung das Einzige gewesen, woran sie gedacht hatte. Heute Abend erschien ihr nichts davon auch nur annähernd so aufregend wie die Rückkehr nach Crystal Falls. Auch wenn sie wusste, dass sie nur noch ein paar Tage dort sein würde, bis ihr Urlaub zu Ende war.

Überraschenderweise freute sie sich darauf, Weihnachten zu feiern. Und zwar nicht irgendwo und mit irgendwem, sondern in Crystal Falls mit Tante Ruby und ihren neuen Freunden Molly und Ginny und auch Ben.

Ihr Telefon summte. Eine Textnachricht; der Wagen, der sie zur MacDonald-Webber-Gala bringen sollte, wartete unten vorm Haus. Eine Aufmerksamkeit, mit der sich bei den Mitarbeitern für ein weiteres erfolgreiches Jahr im Dienste ihrer Kunden bedankt wurde.

Sie schnappte sich ihre perlenbesetzte Clutch und fuhr mit dem Aufzug nach unten.

Der Pförtner hielt ihr die Tür auf, und der Fahrer stand hinten an der Limousine, um ihr beim Einsteigen zu helfen.

»Ms. Holbrook. Zum Nationalarchiv?«

»Ja.« Sie nahm seine Hand an und ließ sich auf den Rücksitz des Wagens gleiten. Eine Flasche Champagner stand im Eiskübel. Sie war bereits offen. Sie goss Champagner in eines der Gläser und nahm einen Schluck. Die Bläschen kitzelten in ihrer Nase.

Sie starrte durch die Fensterscheibe, während sie durch den Verkehr fuhren. Die Welt sah durch die getönten Scheiben ganz anders aus. Ein kleiner Junge winkte vom Rücksitz eines Autos auf der nächsten Spur. Wahrscheinlich dachte er, dass sich hinter den dunklen Scheiben der schicken Limousine jemand Wichtiges verbarg. Aber es war nur sie. Im Moment war Joy nicht annähernd so aufgeregt, wie sie es von der Gala heute Abend erwartet hatte.

Sie verlangsamten ihre Fahrt und hielten an. Sie spähte nach draußen.

Die Schlange der schwarzen Autos umfasste mindestens zwanzig Wagen, als Joys Limousine auf der Party ankam. Sie schaute zweimal auf die Uhr, als sie sich langsam zum Eingang bewegten. Das Art Department von MacDonald-Webbers hatte ihre Fotografen bereitgestellt, um den Moment der Ankunft eines jeden Mitarbeiters festzuhalten. Die Kollegen traten vor die Kamera, lächelten und posierten.

Joy fühlte sich merkwürdig einsam. Vielleicht war es nicht die klügste Entscheidung gewesen, Todd zu verjagen. Sie hätte ihm nächste Woche den Laufpass geben können. Oder nach den Feiertagen.

Jetzt war es zu spät. Ihr Fahrer erreichte den Anfang der Schlange, und ein weiß behandschuhter Mann half Joy aus dem Wagen.

Sie setzte ihr selbstbewusstes Lächeln auf und neigte ihren Kopf für das Foto. Sie wurde kaum langsamer, als sie auf der Suche nach einem Getränk in die Rotunda-Galerien ging.

Joy musste zugeben, dass das Unbehagen, allein zu sein, schnell verflogen war, als sie den glamourös beleuchteten Raum betrat. Von der Schönheit ergriffen, hielt sie inne. Die gewölbte Decke, die über zwanzig Meter hoch war, leuchtete in Rot- und Grüntönen wie ein psychedelischer Himmel bis hinauf zu den Kassettendecken.

Joys Absätze hallten auf dem glatten Marmorfußboden wider. Ein Kellner hielt an und reichte ihr eine Champagnerflöte. »Danke sehr.«

Die Kollegen mischten sich unter die Leute, und Joy erkannte einige der Wichtigen aus anderen Bereichen des Unternehmens.

Brock Webber hielt sie am Ellbogen fest, als sie vorbeiging. »Schön, Sie zu sehen, Joy. Ich wollte Ihnen persönlich zu Ihrer Arbeit in diesem Jahr gratulieren.«

»Danke vielmals, Mr Webber.«

»Ein schöner Abend, um zu feiern.« Er hob sein Glas.

Er hatte keinen Champagner, er trank braunen Schnaps. Bourbon pur, wenn sie raten müsste. »Ja, Sir.«

»Mehr gibt es später«, erwiderte er mit einem Augenzwinkern und wandte sich dann wieder der Gruppe zu, mit der er gerade gesprochen hatte.

Sie versuchte, ihre Fassung zu bewahren, und suchte nach einem Ort, an dem sie kurz allein war. »Mehr gibt es später«, hatte er gesagt. Ganz sicher kündigten sie die Beförderungen heute Abend an. Dies war ihre Nacht. Die Nacht, die sie sich so gewünscht hatte. Nachdem sie sich in einen der anderen Räume geschlichen hatte, tat sie so, als würde sie eines der vielen Kunstwerke genießen. Aber vor allem war sie da, um ihren aufgeregten Puls zu beruhigen.

Jemand lehnte sich zu ihr und flüsterte ihr ins Ohr. »Ich wusste, dass du heute Abend die Schönste hier sein würdest.«

Joy drehte sich um und sah Todd mit seiner Verabredung dastehen. »Du?«

»Hallo noch mal.« Todd zeigte ein träges Lächeln. Joy erkannte die junge Frau, die an seinem Arm hing, als eine der Praktikantinnen, die sie im Sommer fest angestellt hatten. Klar, dass Todd es sich leicht machen würde. Sie hätte wissen müssen, dass er nicht aufgab.

»Was machst du hier?«, fragte sie und versuchte, ihre Stimme ruhig zu halten.

»Mich unter die Leute mischen. Kontakte knüpfen«, erklärte er und suchte den Raum mit Blicken ab. »Kennst du Sandy schon?« Er hob eine Augenbraue. »Sandy Booker. Wie versprochen, das ist meine *liebe* Freundin Joy Holbrook.«

Na toll. Nachdem Todd sie also nicht dazu hatte bringen können, ihn mit zur Gala zu nehmen, hatte er Joy benutzt, um jemand anderen dazu zu überreden.

Die junge Frau kicherte und streckte ihre Hand aus. »Es ist so schön, Sie kennenzulernen. Ich habe schon so viel über Ihre Projekte gehört. Ich würde gerne eines Tages mit Ihnen zusammenarbeiten. Ich hoffe, Sie behalten mich im Hinterkopf. Als Todd erzählt hat, dass Sie früher ein Paar waren und jetzt beste Freunde sind, war ich so aufgeregt. Ich wollte Sie so gern kennenlernen.«

Joy hätte Sandys Händedruck am ehesten mit Ich-wünschte-ein-Prinz-wäre-da-der-meine-Hand-küsste beschrieben, und dieses Kleid war zu eng und zu kurz für eine Arbeitsveranstaltung. »Nehmen Sie sich vor ihm hier in Acht, Sandy«, sagte Joy und zeigte auf Todd. »Er macht das für sich selbst. Es geht immer nur um Todd.«

Sandy klimperte mit den Wimpern, als wäre sie sich nicht sicher, ob Joy einen Scherz machte.

»Entschuldigen Sie mich«, sagte Joy. »Ich sehe jemanden, mit dem ich reden muss.« Gott sei Dank waren Renee und ihr Mann genau in dem Moment aufgetaucht, als sie Hilfe brauchte.

Schnell trat sie in den engen Raum zwischen Kevin und Renee und hakte sich bei ihnen unter. »Hey.«

»Ich habe dich gesucht.« Renee umarmte Joy. »Das Büro ist nicht dasselbe ohne dich.«

»Ihr zwei seht aus, als ob ihr oben auf einer Hochzeitstorte stehen solltet. Das perfekte Paar.«

»Und du bist allein gekommen?«

»Ja, bin ich, aber du wirst nicht glauben, wen ich gerade gesehen habe.«

»Wen?«

»Todd, mit einem dieser jungen Mädchen.«

»Ich habe dir gesagt, dass er alles tun würde, um sich an Kunden ranzumachen. Ich kann nicht glauben, dass du mit ihm ausgegangen bist.«

»Wieso konnte ich so blind sein?« Joy zuckte mit den Schultern und richtete ihre Aufmerksamkeit auf Kevin. »Wie ist es dir ergangen?«

»Toll. Aber ich habe gehört, du hattest einen kleinen Unfall mit Blechschaden, als du in Carolina warst.«

»Ja, das stimmt, aber mein Freund Ben vermittelt mir einen guten Mechaniker da unten. Ich spare wahrscheinlich eine Menge Geld, wenn ich es dort reparieren lasse.«

»Aber wenn du hier gewesen wärst, hättest du wahrscheinlich erst gar keinen Unfall gebaut«, neckte er.

»Auch wieder wahr.« Joy nippte an ihrem Champagner. »Ist dieser Saal … diese Party … nicht so elegant? Und die Architektur ist unglaublich.«

»Ich liebe all die kleinen Details.«

»Ja. Ben hat ein altes Haus, das er gerade renoviert. Du solltest es sehen. Er musste sogar einige der Leisten in Harz gießen lassen, um sie nachbauen zu können. Es ist einfach atemberaubend.«

Kevin hielt einen Kellner an und bestellte einen Drink. »Wollt ihr noch mehr Champagner?«

»Ja, bitte«, sagte Renee, und Joy tauschte ihr Glas gegen ein neues aus.

An einem Ende des Raumes spielte ein Streichquartett. Als sich der Raum füllte, plätscherten die Gespräche wie eine Melodie durch die Luft. »Es ist wirklich wunderschön, und die Kerzen und Weihnachtssterne auf den Tischen sehen festlich aus, aber es ist seltsam, eine Weihnachtsgala ohne Weihnachtsbaum zu veranstalten«, wandte Joy ein.

»Vielleicht nennen sie es deshalb nicht Weihnachtsgala«, bemerkte Kevin.

»Es ist einfach seltsam, da sich bei einem unserer größten Kunden alles um Weihnachten dreht«, erwiderte Joy.

Renee deute auf eine Frau in einem schönen weißen Winteranzug, die in der Menge stand. »Und wo wir gerade von Weihnachten sprechen. Da ist Poppy Wetherton.«

»Sie sagt den Leuten gerne, dass sie Weihnachten liebt.«

»Ein Hoch auf Poppy.« Renee stieß mit ihrem Sektglas gegen Joys, dann kippte sie den Rest der sprudelnden Flüssigkeit in einem Zug hinunter. »Wo bleibt der Nachschub, Baby«, sagte sie zu Kevin.

»Oha, MacDonald und Webber sind beide dort drüben, um Poppy Honig um den Bart zu schmieren«, sagte Renee.

»Sie ist eine tolle Geschäftsfrau.«

»Auf jeden Fall.« Renee nippte an ihrem Champagner. »Und ich liebe es, für Wetherton's zu arbeiten.«

Joy beobachtete die Kunst des Verhandelns auf der anderen Seite des Raumes. Es mochte unter dem Deckmantel einer Weihnachtsgala stattfinden, aber es bestand kein Zweifel, dass es hier zu einhundert Prozent ums Geschäft ging.

Renee unterbrach Joys Gedanken. »Hast du alle Sachen bei Ruby schon dekoriert?«

Joy nickte. »Ja, so ziemlich. Ich habe noch ein paar kleinere Dinge zu erledigen, wenn ich zurückkomme. Ben war eine große Hilfe. Es sieht wirklich schön aus, und es hat sogar Spaß gemacht.«

»Du magst diesen Kerl wirklich, nicht wahr?« Renee grinste breit.

»Ben?«

»Ja. Ben. Die einzige Person, über die du den ganzen Abend sprichst. Diesen Ben.«

»Nein, natürlich nicht. Ich kenne ihn ja kaum. Außerdem ist er nicht mein Typ.«

»Warum redest du dann ununterbrochen von ihm?«

»Tue ich ja gar nicht.«

»Doch, das tust du.« Renee stieß Kevin mit dem Ellbogen an. »Sie tut das, nicht wahr?«

»Ja, tut sie«, erwiderte er. »Sein Name kommt in ungefähr jedem zweiten Satz vor.«

Renee nickte. »Ja. Und wo wir gerade von Typen sprechen. War Todd dein Typ? Denn ehrlich gesagt finde ich, dass er ein ziemlicher Arsch ist.«

»Na ja, er war nicht immer so berechnend. Aber ich glaube, er war auch von Anfang nicht an mein Typ. Todd war … bequem. Er war wirklich nett, als ich ihn kennengelernt habe, und dann wurde er dermaßen karriereorientiert, dass es ihm vollkommen egal war, wen er dabei verletzen könnte. Aber das heißt nicht, dass Ben mein Typ ist.« Aber war das der Punkt? »Ich weiß nicht einmal, ob ich einen Typ habe.«

»Ben ist Single, richtig?«

»Ja.«

»Du hast gesagt, er sieht gut aus.«

»Sehr.«

Sein dunkles Haar und die blauen Augen waren eine verlockende Kombination, und er sah besser aus als einige der Typen, die für viel Geld in den Anzeigen ihrer Forschungsstudien Modell standen. Und es wäre gelogen, wenn sie sich nicht eingestehen würde, dass ihr erster Gedanke war, wie gut er in diesem Anzug ausgesehen hatte.

»Und er ist nett. Und handwerklich begabt. Wo liegt das Problem?«

Ja, wo liegt das Problem? Ich habe noch nie jemanden wie Ben getroffen. Er hat alles. Er ist klug und zupackend. Gut aussehend und romantisch. »Er lebt in Crystal Falls.«

»Anstatt in Crystal City, wie diese Leute?« Renee deutete auf die High-Society-Mitglieder um sie herum, die in oberflächliche Gespräche vertieft waren. »Scheint mir ein Vorteil zu sein.«

»Was stimmt denn nicht mit Crystal Falls?«, warf Kevin ein.

»Nichts. Es ist sehr hübsch dort. Ihr solltet mit eurer Familie zum *Crystal Christmas Cookie Crawl* kommen. Ich glaube, die Kinder würden es lieben. Es ist eine Hausbesichtigungstour am Samstag vor Weihnachten. Bitte schaut vorbei.«

»Das klingt toll. Ich habe schon zu Renee gesagt, dass wir dieses Jahr mal etwas anderes unternehmen müssen. Was hältst du davon, Schatz?«

»Ich bin dabei. Aber …« Sie drehte sich um und funkelte

Joy an. »Hör auf, das Thema zu wechseln, Missy. Was ist denn das Problem?«

»Buchhalter sind nicht mein Typ. Gibt es einen langweiligeren Beruf als Buchhalter?«

»Aber dein Ben klingt alles andere als langweilig. Ich wette, wenn er dich ansieht, denkt er nicht an irgendwelche Budgetabrechnungen.«

Es kribbelte in ihrem Inneren, wenn Joy daran dachte, wie Ben sie ansah. Es gab nichts Langweiliges an ihm. Im Gegenteil, er brachte sie völlig aus dem Gleichgewicht. Irgendwie gefiel ihr das. »Keine Ahnung.«

»Doch, hast du. Diese Pause. Gerade hier. Gerade eben. Das sagte alles.«

»Du interpretierst da zu viel hinein.«

»Höre auf dein Herz. Man findet immer einen Weg.«

»Aber mein Job ist hier. Genauso wie die Beförderung, auf die ich so lange gewartet habe. Und er wohnt in dieser kleinen Stadt, und er ist glücklich dort.«

»So hart wir auch arbeiten, wir müssen nicht immer an einem Ort bleiben. Es gibt eine Menge Jobs, für die du qualifiziert bist. Außerdem, wer sagt, dass er sich nicht für dich verändern will? Warum gehst du davon aus, dass du diejenige bist, die das Opfer bringen muss?«

Kevin küsste Renee auf die Wange. »Mein Mädchen ist für mich hierhergezogen.«

»Wir werden sehen.«

Kevin zwinkerte Renee zu. »Als Nächstes wirst du verheiratet sein und zwei Kinder haben. Du hättest gestern das Weihnachtskonzert in der Schule der Kinder sehen sollen. Das war so süß. Cassie hat ihren Text vergessen, also hat Renee ihn gerufen, als wäre sie eine Bauchrednerin.«

»Halt die Klappe. Ich bin ihre Mutter, ich habe geholfen«, erwiderte Renee und sah alles andere als bedauernd aus.

»Es war großartig. Und wie immer warst du der beste

Teil«, sagte Kevin mit einem Lächeln und küsste Renee erneut auf die Wange und dann auf den Mund. »Ich liebe diese Frau.«

»Ich liebe dich auch, Schatz.« Renees Augen leuchteten auf. »Sieh jetzt nicht hin, Joy, aber du wirst nie erraten, wer hierher unterwegs ist.«

»Hoffentlich ist es nicht Todd.«

»Nein, Poppy Wetherton.«

Poppy Wetherton bahnte sich ihren Weg durch die Menge. Joy war versucht zu winken, denn es sah so aus, als würde Poppy direkt auf sie zugehen. Aber vermutlich war das einer dieser peinlichen Momente, in denen man winkte, nur um festzustellen, dass die Person jemand anderen anschaute, der nicht zu einem gehörte? Joy lächelte, und zu ihrer Überraschung kam Poppy tatsächlich auf sie zu.

»Wie geht es Ihnen heute Abend, Joy? Sie sehen wunderschön aus.«

»Vielen Dank.«

Poppy richtete ihre Aufmerksamkeit auf Renee. »Und Renee. Sie sind doch Renee, oder?«

»Ja, Ma'am.«

»Wie ich sehe, haben Sie ein ebenso schönes Kleid gefunden. Gut gemacht, meine Damen.« Poppy beugte sich zu Joy. »Könnte ich nur ein kurzes Wort mit Ihnen wechseln, Liebes?«

»Natürlich«, sagte Joy und warf Renee einen Was-wird-das-denn-jetzt-Blick über die Schulter zu, während sie sich von der Gruppe abwandte.

Poppy zog Joy zu sich. »Ich möchte Ihnen nur noch einmal dafür danken, dass Sie einen so tollen Job für Wetherton's gemacht haben. Ich weiß das zu schätzen.«

»Wa…?« Doch bevor Joy die Frage aussprechen konnte, war Poppy Wetherton schon wieder weg und ließ Joy mit halb offenem Mund stehen. Joy drehte sich zu Renee um.

»Was hat sie gesagt?«

»Sie …«

Jemand klopfte an den Rand eines Glases, und aus dem geschäftigen Summen wurde ein leises Gemurmel. »Danke«, sagte Jacob MacDonald. »Webber und ich haben ein paar kurze Ankündigungen zu machen, und dann lassen wir Sie wieder in Ruhe Ihren Abend genießen. Schließlich geht es bei dieser Feier um Sie.« Alle klatschten.

Renee beugte sich vor. »Was wollte sie?«

»Ich bin mir nicht sicher.« Joy hielt inne und blickte sich um, um zu prüfen, wer in Hörweite war. »Ich glaube nicht, dass ich diese Beförderung bekomme.«

Renee sah bekümmert aus, und Joy war sich sicher, dass ihr eigener Gesichtsausdruck auch nicht viel verbarg. Sie schluckte und lächelte in der Hoffnung, dass niemand bemerken würde, dass ihre Lippen zitterten. Sie hatte so hart für diese Beförderung gearbeitet.

MacDonald fuhr fort und hakte eine Liste von Danksagungen an die wichtigsten Führungskräfte im Raum ab. Joy hörte kaum zu und wünschte sich, sie könnte noch ein Glas Champagner hinunterstürzen.

»Jetzt kommt's«, flüsterte Renee.

»Wir bei MacDonald-Webber schätzen nicht nur Sie alle – unsere Kunden, unsere Mitarbeiter, unsere Partner –, sondern wir betrachten Sie auch als Teil unseres Teams. Heute Abend habe ich zwei Beförderungen, die ich Ihnen mitteilen möchte. Wie viele von Ihnen wissen, geht John Pinkerton in den Ruhestand. Wir freuen uns, Edward Rose in die Position des Leiters für Marktforschung und Analytik zu befördern.«

Joy klatschte. Ed war ein großartiger Kerl und ein Genie in Sachen Analytik und allen technischen Dingen. Er würde diese Abteilung zu neuen Höhen führen.

»Und noch eine Beförderung. Schließen Sie sich mir an, um Joy Holbrook zu gratulieren, die wir als Leiterin für Fokusgruppen am Direktorentisch begrüßen. Unsere jüngste Leiterin.«

Joy schnappte nach Luft. Sie hatte sie bekommen. Todd stand direkt rechts neben ihr. Aus ihrem Augenwinkel konnte sie sehen, wie er langsam und uninteressiert klatschte. Er freute sich nicht einmal für sie. Was für eine Zeitverschwendung er doch gewesen war.

»MacDonald-Webber stehen große Dinge bevor. Vielen Dank und schöne Feiertage!«

MacDonald trat zurück, schüttelte Hände und nahm Schulterklopfer entgegen, während er sich auf den Weg zur Bar machte. Joy lächelte und freute sich über die Glückwünsche der Anwesenden.

»Ich wusste, dass du den Job kriegst«, sagte Renee.

Was hat Poppy dann gemeint?

Renee umarmte Joy. »Ich bin so stolz auf dich.«

»Danke schön.«

»Die Kinder haben uns gerade eine SMS geschickt. Es schneit bei uns zu Hause«, sagte Renee. »Wir werden uns gleich rausschleichen. Wir wollen nicht in der Stadt festsitzen, wenn der Schnee hier ankommt, und wir haben die Tradition, in der ersten verschneiten Nacht Schneecreme zu machen.«

»Ach, du meine Güte. Kondensmilch, Vanille und Schnee? Das hat meine Mutter auch immer für mich zusammengemischt.«

Renee lachte. »Du nimmst mich auf den Arm, oder? Bei uns ist es eine Schoko-Erdnussbutter-Schneecreme.«

»Dafür lohnt es sich, nach Hause zu rasen.« Joy umarmte Renee. »Ohne dich im Team hätte ich das alles nie geschafft. Ich kann es kaum erwarten, was uns das nächste Jahr bringt.«

»Ich auch nicht.«

»Viel Spaß. Es war so schön, dich zu sehen. Und überlegt euch, ob ihr nicht zum *Cookie Crawl* nach Crystal Falls kommen wollt. Es wird noch besser, wenn ihr dabei seid.«

»Machen wir. Kevin hat gesagt, er glaubt, dass es lustig wird, und er fährt. Also denke ich, du kannst auf uns zählen.«

Margie kam herüber und stellte sich zwischen die beiden. »Störe ich?«

»Nein. Überhaupt nicht«, erwiderte Renee zuckersüß.

Margie drehte Renee den Rücken zu, die prompt eine Grimasse zog und sich aus dem Staub machte. »Glückwunsch, Joy. Du hast diese Beförderung verdient. Ich hoffe, es macht dir nichts aus, dass ich dir nicht früher etwas erzählt habe. Sie wollten, dass ich dich schon vor einer Woche anrufe und es dir sage, aber bei all dem, was du erlebt hast, dachte ich, eine Überraschung wäre nett.«

Es wäre schön gewesen, das vorab zu wissen, aber Margies Entscheidungen überraschten sie immer wieder. »Ich danke dir vielmals.«

»Wir arbeiten an einem Zeitplan für einige Kickoff-Meetings. Ich gebe dir Bescheid, sobald wir die Termine und Orte festgelegt haben. Wir müssen alles gut planen und abstimmen. Es hat sich herausgestellt, dass wir noch eine ganze Menge Arbeit vor uns haben. Wir werden wahrscheinlich einige Dinge herumschieben müssen.«

»Ich bin bereit.« Aber ehrlich gesagt war sie sich nicht sicher, wie sie auch nur eine weitere Stunde Arbeit in ihre Woche quetschen konnte. Sie verbrachte schon jetzt beinahe ihre ganze Zeit im Büro.

»Es tut mir so leid, dass du Lolas und Richards Weihnachtsaufführung verpasst hast.«

Joy biss sich auf die Zunge. Sie weigerte sich, so zu tun, als ob es ihr leidtun würde, das verpasst zu haben.

Margie plapperte weiter. »Vor allem die süße Lola. Es war einfach unglaublich. Ich schwöre, das hatte schon Broadway-Format. Aber das war auch nicht anders zu erwarten. Wir hatten richtiges Personal an Bord, um alle für eine herausragende Aufführung zu trainieren. Ich meine, wir müssen den

Karteninhabern ja etwas bieten, selbst wenn es eine Benefizveranstaltung war.«

»Ich wünschte, ich hätte daran gedacht, dich meine Tickets abholen zu lassen. Sie sind unbenutzt geblieben, dabei lagen sie auf meinem Schreibtisch.«

»Na ja, nächstes Jahr. Für mich als Elternteil war es herzerwärmend zu sehen, dass sich meine Kinder so für etwas begeistern. Diese kleinen Shows sind so wichtig für ein Kind. Sie machen nicht nur Spaß, sondern stärken auch ihren Charakter und ihr Selbstvertrauen. Ich habe ein paar Fotos gemacht. Die muss ich dir demnächst mal zeigen.«

»Das klingt super.«

Margies Augen wurden groß. »Was rede ich denn da? Ich habe ein paar davon hier auf meinem Handy.« Sie zückte ihr Telefon, als wäre es ein Zauberstab, und begann, durch die Bilder zu scrollen.

Joy musste zugeben, sie hätte nicht geglaubt, dass Lola und ihr rüpelhafter Bruder Richard zu Ungezogenheiten fähig waren, wenn sie nicht schon deren Verhalten selbst miterlebt hätte. Denn Lola sah in dem Kostüm mit den Tüllschichten und der winzigen strassbesetzten Krone wie eine kleine Prinzessin aus. Ihre Gedanken schweiften zu Molly. Sie hatte so enttäuscht ausgesehen, als Joy gesagt hatte, sie könne nicht zu ihrer Weihnachtsaufführung kommen.

»Sie sah wirklich reizend aus, Margie.« Und Joy war selbst überrascht, dass sie das nicht nur aus Höflichkeit sagte. »Ich verstehe, dass du sehr stolz auf sie bist.«

»Oh, das bin ich. Ich bin mir im Klaren, dass ich sie wahrscheinlich verwöhne, aber ich liebe sie so sehr. Sie sind meine ganze Welt.« Und Margies Augen funkelten, als sie vor Stolz strahlte. »Ich möchte keinen ihrer Auftritte verpassen.«

»Ich wette, es bedeutet ihnen ebenfalls viel, dass du dabei bist.«

»Du kannst dir das gar nicht vorstellen«, erwiderte Margie.

»Ich bin überrascht, dass einige Eltern sich keine Zeit für ihre Kinder nehmen. Ein Kind wächst so schnell heran. Ein jeder dieser Meilensteine wirkt sich darauf aus, wie sie später denken, handeln und mit anderen Menschen umgehen.«

Diesen Worten wohnte so viel Bedeutung inne.

»Entschuldige mich bitte, Margie.«

»Sicher. Ist –«

»Es ist alles in Ordnung. Es gibt da nur etwas, was ich tun muss.« Joy bahnte sich einen Weg durch die Menge und ging nach draußen.

»Ein Auto, Ma'am?«

»Ja, bitte.« Sie warf einen Blick über die Schulter. Sie hoffte, dass alle so beschäftigt waren, dass niemand bemerken würde, dass sie hinausgeschlüpft war.

Der Parkservice-Mitarbeiter winkte mit seinen weiß behandschuhten Fingern, und eine schwarze Limousine fuhr vor dem Gebäude vor.

»Danke«, sagte Joy. Sie ließ sich auf den Rücksitz gleiten. »Entschuldigen Sie bitte. Haben Sie einen Stift und ein Blatt Papier?«, fragte sie den Fahrer.

»Ja, Ma'am.« Er riss ein Blatt Papier aus einem Spiralheft auf dem Beifahrersitz und reichte es ihr mit einem Stift zurück.

»Ich danke Ihnen vielmals.« Sie begann, all die Dinge zu notieren, die sie tun musste. Heute Abend begannen viele Dinge endlich einen Sinn zu ergeben.

Das Auto kam vor ihrer Wohnung zum Halten. Der Fahrer stieg aus und trat um den Wagen herum, um ihre Tür zu öffnen.

»Vielen Dank«, sagte Joy. »Und frohe Weihnachten.«

Ausnahmsweise wartete der Aufzug bereits auf sie. Sie trat ein und drückte auf den Knopf. Es sollte nicht allzu lange dauern, bis sie sich anständige Reisekleidung angezogen, ein paar Sachen eingepackt und sich auf den Weg nach Crystal

Falls gemacht hatte. Und sie könnte es rechtzeitig schaffen, um Molly bei ihrem Auftritt zu sehen.

Sie schlüpfte aus ihrem Kleid und legte es über den Stuhl in ihrem Schlafzimmer. Als sie gepackt hatte, schaute sie noch einmal auf das Kleid und erinnerte sich daran, wie aufgeregt Molly gewesen war, weil es so hübsch aussah. Eine Idee kam ihr in den Sinn. Ruby würde es lieben.

Joy würde jemanden bitten, ein Foto von ihr in diesem Kleid zu machen, zusammen mit Molly in ihrem schicken roten Kleid und Rubys Perlen, und dann würde sie das auf Weihnachtsschmuck kleben. Ein Erinnerungsstück an dieses Jahr.

Joy warf sich das Kleid über den Arm, packte die Schuhe an den Riemchen und hastete dann mit den Taschen über der Schulter zur Tür hinaus, hinunter zum ebenerdigen Parkplatz, und stieg in ihr Auto.

Wenn sie ohne Zwischenstopps durchfahren würde, wäre sie am frühen Morgen wieder in Crystal Falls und hätte Zeit, vor Mollys Aufführung ein paar Stunden Schlaf zu bekommen. Ihre Tankanzeige verriet ihr, dass er zu weniger als einem Viertel voll war, also musste sie zuerst tanken.

Sie hielt an der Tankstelle in der Nähe der Autobahnauffahrt und stieg aus, um Benzin zu nachzufüllen. Sie zog ihre Kreditkarte durch das Lesegerät, doch als sie die Zapfpistole in die Hand nehmen wollte, kam ein Mann auf sie zu, der aussah, als käme er geradewegs aus einem alten Western. »Ich übernehme das. Steigen Sie wieder in Ihr Auto. Es ist kalt hier draußen.«

»Danke«, sagte sie und zögerte nur einen Moment, weil soeben kleine Schneeflöckchen zu fallen begannen.

Der Mann hatte eine Hand in die Tasche seiner schweren Jacke gesteckt, während er ihren Tank füllte. Ein Pferdeschwanz hing ihm über den Rücken und kräuselte sich leicht im feuchten Schnee. Sein Schnurrbart wackelte beim Sprechen, und bei jedem Atemzug in der kalten Nacht stieß er dampfende Wölkchen aus. Als er fertig war, klopfte er auf den Kofferraum ihres Autos, und Joy winkte ihm zu. Dankbar für die gute Tat.

Sie sah ihm nach, wie er wegging, groß und aufrecht und nicht so, als hätte er es besonders eilig. Er kletterte in einen schwarzen GMC-Pickup-Truck mit einem Viehanhänger dahinter. Wie oft sah man so einen Truck oder so einen Typen in dieser Gegend?

Sie startete ihren Wagen und fuhr von der Zapfsäule weg, gerade als der Mann seinen Truck anließ und alle Lichter an der Seite seines glänzenden Aluminiumanhängers aufleuchteten und zu funkeln begannen.

Im Radio lief »It's beginning to look a lot like Christmas«. Das passte, denn die Schneeflocken fielen jetzt ziemlich dicht. Aber sie machte sich keine Sorgen. Je weiter sie in Richtung Süden kam, desto weniger Schnee würde wahrscheinlich liegen.

Drei Stunden später ließ das Adrenalin nach, das sie auf dem ersten Teil der Reise angetrieben hatte, als sie die Grenze zu North Carolina überquerte. Und wenn sie noch einmal »Santa Claus is comin' to Town« hörte, würde sie womöglich verlangen, dass man eine Mautgebühr für die Hauptstraße erheben und den lustigen Kerl für die Ein- und Ausfahrt in die Stadt bezahlen lassen würde … Sie hatte inzwischen einfach zu viel von diesem Lied gehört.

Sie hatte den Schnee hinter sich gelassen, und sogar der Nieselregen in Virginia hatte ihr endlich eine Atempause verschafft, doch sie war sich nicht sicher, ob sie das letzte Stück der Fahrt noch schaffen würde. Sie kurbelte das Fenster herunter, um etwas frische Luft zu schnappen, aber als an der nächsten Ausfahrt eine Hotelkette auftauchte, gab sie nach und hielt an, um sich ein paar Stunden auszuruhen.

Als sie zu der Rezeption kam, wurde sie von einem grauhaarigen Mann mit müden Augen begrüßt.

»Ich brauche ein Zimmer«, teilte sie mit.

»Haben Sie eine Reservierung?«

»Nein.« Der Parkplatz war praktisch leer. Der Laden war auf keinen Fall voll ausgebucht.

Er drückte auf ein paar Knöpfe und legte dann einen Zettel auf den Tresen. »Zeichnen Sie das bitte ab. Das macht neunzig Dollar und zwanzig Cents.«

Sie schob ihm ihre Kreditkarte zu und unterschrieb das Papier. Er reichte ihr im Tausch das Zimmerschlüssel-Etui. »Das Internet ist kostenlos, und Frühstück gibt es ab sechs.«

»Bis dahin bin ich hier weg. Ich brauche nur ein kurzes Nickerchen«, sagte sie. »Danke.«

»Schlafen Sie gut, Madam.«

Sie hätte viel lieber im Bett in Rubys Haus geschlafen, aber es hatte keinen Sinn, einen Unfall zu riskieren. Das Zimmer war schön. Schöner, als sie es für eine zufällige Unterkunft an der Interstate erwartet hatte. Sie streckte sich vollständig angezogen auf dem Bett aus. Nur ein kurzes Nickerchen, und sie würde wieder unterwegs sein.

All ihre Träume, dieses Kleid auf der schicken Gala zu tragen, waren ganz anders gewesen, als was sie nun erlebt hatte. Und die Beförderung war auch nicht annähernd so spektakulär gewesen. Alles, was sie im Moment wollte, war, wieder in Crystal Falls zu sein.

Ihr Körper entspannte sich ein wenig, als sie ihre Gedanken ziehen ließ.

Plötzlich setzte sie sich erschrocken auf. Fast hätte sie vergessen, ihren Wecker zu stellen. Sie griff nach dem Telefon auf dem Nachttisch und stellte ihren Wecker vorsichtshalber auf fünf Uhr fünfzehn. Selbst wenn sie so lange schlief, sollte sie es schaffen, da zu sein, bevor Molly zur Schule musste. Sie könnte sie überraschen und Ben auch. Sie war sich nicht sicher, auf welchen der beiden sie sich mehr freute.

Kapitel 30

Joy drehte sich um und streckte sich. Normalerweise hatte sie Probleme damit, auswärts zu schlafen, aber heute war sie sofort eingeschlummert und hatte fest geschlafen. Sie fühlte sich gut ausgeruht, und das war hervorragend. Es musste früh sein, denn ihr Wecker hatte noch nicht einmal geklingelt.

Sie setzte sich auf und schaltete das Licht ein. In dem Zimmer stand eine Kaffeekanne. Wenn sie sich hier eine Tasse Kaffee kochte, konnte sie sie mitnehmen und sich gleich auf den Weg machen. Sie schlenderte durch das Zimmer und füllte die Kanne mit Wasser. Während sie wartete, bemerkte sie die leuchtende Uhr am anderen Ende des Zimmers.

Nein. Joy drehte sich um und schnappte sich ihr Telefon. Sie hatte verschlafen. Wie hatte das passieren können? Sie hatte den Wecker auf ihrem Telefon gestellt.

Schnell tippte sie auf die Tasten ihres Telefons. Der Wecker war gestellt. Nur hatte sie ihn auf fünf Uhr fünfzehn nachmittags statt auf morgens gestellt, und jetzt war es bereits kurz vor sechs. Wenn sie auf dem Weg nach Crystal Falls in einen Stau geriet, schaffte sie es vielleicht nicht einmal mehr rechtzeitig zu Mollys Aufführung.

Sie ließ die Kanne in der Spüle stehen. Sie machte sich nicht einmal die Mühe, ihr Gesicht zu waschen oder zu versuchen, ihr Haar zu kämmen. Das war zu diesem Zeitpunkt auch egal.

Joy verfluchte sich auf dem ganzen Weg zum Parkplatz und zurück auf die Autobahn.

So nah dran zu sein und trotzdem alles zu verpassen, war

einfach unfair. Wie hatte sie das zulassen können? Sie wollte Molly überraschen.

Der Verkehr in der Gegend von Raleigh war dicht, aber wenigstens kam sie noch voran. Allein in der ersten Stunde der Fahrt musste sich ihre Ankunftszeit mindestens zehnmal neu berechnet haben, aber sobald sie Raleigh durchquert hatte, wurden die Straßen freier. Sie versuchte, sich zu entspannen, und stellte den Tempomat ein, um nicht Gefahr zu laufen, einen Strafzettel zu kriegen. Dafür hatte sie wirklich keine Zeit.

Mollys Auftritt war um neun, und als Joy in Rubys Einfahrt bog, war es gerade zwei Minuten nach acht. Joy hatte vergessen, Molly die Perlen zu geben, worum Ruby sie gebeten hatte. Sie hatte noch Zeit, die Perlen zu holen, damit sie ihr Versprechen einlösen konnte, und sich dann schnell etwas anzuziehen, was für eine Schulaufführung geeignet war.

Als ob ich eine Ahnung hätte, was man da trägt. Sie fühlte sich wie die letzte Läuferin eines Staffellaufs, als sie ihre Taschen fallen ließ, das Kleid auf einen Bügel in ihrem alten Zimmer hängte und dann in eine Hose schlüpfte.

Das Haar schnell durchzubürsten brachte kein gutes Ergebnis, also flocht sie es zu einem seitlichen Zopf. Mollys erfreuter Gesichtsausdruck tauchte vor ihrem inneren Auge auf. Das Mädchen hatte sich so sehr darüber gefreut, ihr Haar neulich morgens so geflochten zu tragen wie das von Joy.

Während Joy zu ihrem Auto lief, steckte sie Rubys Perlen in ihre Manteltasche und steuerte rückwärts aus der Einfahrt. An der einzigen Ampel zwischen hier und der Schule trug Joy eilig noch etwas Lippenstift auf.

Der Parkplatz war komplett überfüllt, also parkte sie auf der Straße vor der Grundschule. Joy berührte den zarten Strang von Rubys Perlen in ihrer Manteltasche. Sie hatten Rubys Mutter gehört. Das Set bestand aus drei Ketten. Ruby trug sie meistens zusammen, aber Joy hatte die langen Schnüre sorgfältig abgetrennt und nur den kurzen für Molly mitgebracht.

»Entschuldigen Sie«, sagte Joy. »Ich frage mich, ob Sie mir helfen können. Ich habe etwas für meine … Nichte.« Okay, eine kleine Notlüge war doch nicht so schlimm, oder? »Kann ich sie vor der Aufführung sehen?«

Die dunkelhaarige Frau sah aus, als wäre das Letzte, was sie tun wollte, nett oder hilfreich zu sein. »Die Kinder sind aufgekratzt. Sie werden nur stören. Können Sie sich bitte setzen, damit wir anfangen können?«

»Ich brauche nur einen Moment. Bitte?« Joy hasste es zu betteln. »Das ist wirklich wichtig.«

Die Frau schüttelte den Kopf, und Joy wusste genau, worauf das hinauslaufen würde.

Das Geräusch von kleinen trappelnden Schritten erfüllte den Saal.

Joy drehte sich um und sah eine Schar Kinder, alle in Rot und Weiß gekleidet, direkt auf sie zukommen. Eine blonde Frau mit einem strahlenden Lächeln führte sie an. Dann hielt sie an und ließ die strahlenden Kinder sich der Reihe nach den Flur entlang an den Spinden aufstellen. Dort, an dritter Stelle von hinten, stand Molly.

Joy wartete die Antwort der mürrischen Frau nicht ab. Stattdessen ging sie an ihr vorbei und direkt zu Molly hinüber. *Tu das Richtige, und bitte später um Verzeihung*, schoss es Joy durch den Kopf. Jemand hatte ihr das einmal bei ihrem ersten Job gesagt. Und dieser winzige Ratschlag hatte ihr über die Jahre hinweg gute Dienste geleistet.

Molly entdeckte sie, und das Lächeln, das bis in die Augen des kleinen Mädchens tanzte, rührte Joy zu Tränen.

»Joy!«

»Hey, Molly. Ich habe mich beeilt, zurückzukommen, damit ich für dich da sein kann.«

»Ich hab gedacht, du würdest nicht kommen.«

»Das kann ich mir doch nicht entgehen lassen. Außerdem hat Ruby versprochen, dass du ihre Perlen tragen darfst.« Joy zog die Kette aus ihrer Tasche und hielt sie zwischen ihren Fingern.

Die blonde Lehrerin ging auf sie zu. Joy beeilte sich und hoffte, dass sie nicht verjagt werden würde.

»Dreh dich um, Süße.« Joy schluckte und konzentrierte sich auf Molly, nicht bereit, sich von irgendjemandem aufhalten zu lassen. Vorsichtig schob sie das hakenförmige Metallstück in den kunstvoll verzierten Kastenverschluss und schloss dann die Sicherheitskette. Das war bei einer anderen Person viel einfacher als bei sich selbst. »Alles fertig. Zeig mal her.«

Molly wirbelte herum, die Hände am Ausschnitt ihres roten Samtkleides.

Joy ergriff Mollys Hände. »Du wirst heute so schön singen, wie diese Kette aussieht.«

Die Lehrerin beugte sich neben Joy hinunter. »Du siehst so hübsch aus, Molly.«

»Das tut sie, nicht wahr?« Joy stand auf, und als sie das tat, schlang Molly ihre Arme um Joys Taille.

»Danke. Ich bin so froh, dass du hier bist. Ich habe den Weihnachtsmann gebeten, dich kommen zu lassen. Du bist das Beste an Weihnachten.«

Eine Träne lief Joy über die Wange, und dann noch eine, als sie aufstand und versuchte, sich zu sammeln.

Die Lehrerin kramte in ihrer Tasche und reichte Joy ein Taschentuch. »Machen Sie sich keine Sorgen. Keiner von uns kann eine dieser Weihnachtsaufführungen ohne Tränen überstehen. Ich glaube, Sie haben gerade jemandem einen ganz besonderen Tag beschert.«

»Danke«, sagte Joy. »Sie hat meinen gerade sehr besonders gemacht. Und danke, dass Sie mich nicht abgewimmelt haben. Meine Tante hatte Molly versprochen, dass sie diese Perlen tragen darf.«

»Das ist eine schöne Geste. Wir werden in einer Minute anfangen. Sie sollten sich vielleicht einen Platz suchen, damit Sie ein paar Fotos schießen können. Es wird zwar angekündigt, dass keine Blitzaufnahmen gemacht werden dürfen. Aber unter uns gesagt, Sie können ein Video mit Ihrem Handy machen, und niemand wird es je erfahren. Ich weiß, dass Mollys Mutter sich darüber freuen würde. Oh, und Molly wird am rechten Ende der Bühne stehen.«

»Das ist toll. Danke.« Joy ging den Flur hinunter und wischte sich unter den Augen entlang. So viele Jahre hatte sie nur daran gedacht, wie verzweifelt sie gewesen war, als Mom starb. Aber jetzt stellte sie sich vor, wie sich Mollys Mutter wohl fühlte, die diese Momente im Leben ihrer Tochter verpasste und sich darauf verlassen musste, dass die Menschen in der Gemeinde ihr durch eine schwierige Zeit halfen. Ruby war für sie da gewesen. Auch für Mom. Und jetzt für Ginny und Molly.

Joy ging in die große Aula und fand einen leeren Platz am rechten Ende der dritten Reihe. Komisch, dass die Leute immer in kleinen Gruppen saßen und die Plätze dazwischen leer ließen. Das passte ihr ganz gut. Sie schaltete ihr Telefon in den Flugmodus, um nicht durch einen eingehenden Anruf in Verlegenheit gebracht zu werden. Dann hielt sie das Handy hoch, um den Winkel zu überprüfen, aus dem sie Mollys Auftritt aufnehmen würde.

Aufregung lag in der Luft. Sie saß allein, aber ihr neu erwachtes Gemeinschaftsgefühl tröstete sie. Sie lächelte den anderen Eltern höflich zu, als sie in die Aula kamen. Einige von ihnen erkannte sie noch von dem Backwettbewerb, und das Mädchen aus der Bäckerei saß eine Reihe vor ihr in der Mitte.

Plink. Plink. Plink-plink. Plink. Plink. Plink-plink. Es klang wie Pferdehufe, und die Pianistin erregte so die Aufmerksamkeit der Menge.

Dann erfüllte Klaviermusik den Raum und brachte die Menge zum Schweigen. Eine hochgewachsene Frau in einem roten Kleid betrat die Bühne.

»Guten Morgen, Freunde, Lehrkräfte und Familienmitglieder. Wir freuen uns sehr, dass Sie zur diesjährigen Aufführung der Crystal Falls Elementary School gekommen sind. Zwischen den einzelnen Aufführungen werden wir eine kurze zehnminütige Pause einlegen. Dann können diejenigen unter Ihnen, die ihre Kinder sehen wollen, nach dem Auftritt zu ihnen gehen, und es ermöglicht den anderen, sich neu zu platzieren. Wir hoffen, dass Sie uns dabei helfen, indem Sie immer die Sitze in der Mitte jeder Reihe einnehmen, damit die später Ankommenden auf die Randplätze rutschen können und es so wenig Störungen wie möglich gibt. Und jetzt … sind wir bereit, ein wenig Weihnachtsfreude in unseren Tag zu lassen?«

Die Eltern klatschten, und die aufgeregten Kinder hinter der Bühne johlten.

»Unsere erste Darbietung ist Miss Allens erste Klasse.«

Der Vorhang öffnete sich, und etwa zwanzig Kinder hopsten auf die Bühne, jedes mit einer Schachtel bekleidet, die wie ein Geschenk dekoriert war, und mit riesigen Schleifen auf dem Kopf. Sie fassten sich an den Händen und schunkelten, während sie »Santa Claus is comin' to Town« sangen.

Joy versuchte, ihr Lachen zu unterdrücken, als sie ihr Handy zückte und das fröhliche Lied aufnahm. Es war erst ein paar Stunden her, dass sie schreien wollte, wenn sie dieses Stück noch einmal hörte, aber irgendwie waren diese kleinen Gestalten, die herumhüpften und aneinanderabprallten, während sie über die Pappkartons hinweg nach den Händen des anderen griffen, zu süß. Der Refrain war klar und laut, der

Rest des Textes war ein Durcheinander, aber das Lächeln auf den Gesichtern der Kinder war unbestreitbar bezaubernd.

Alle klatschten, und die Kinder strahlten. Joy musste blinzeln, um die Tränen zurückzuhalten, die wie aus dem Nichts heraus hinter ihren Augen drückten. Wann war sie denn so sentimental geworden? Sie kannte keines dieser Kinder.

Die Eltern strömten nach draußen, und die Leute setzten sich wie gewünscht in die Mitte der Reihen, als hätten sie es schon hundertmal getan. Das war ein gutes System. Es gab kein »Entschuldigung, Entschuldigung«-Gerede, und man hatte keine Hintern im Gesicht, wenn die Leute aufstanden und weggehen wollten.

Die Pianistin schritt wieder zur Tat, und alle eilten zu ihren Plätzen. Joy hatte sich nur widerwillig an der Prozedur beteiligt, zur Mitte aufzurücken, aber zum Glück hatte sie noch immer einen guten Platz, als Molly die Bühne betrat.

Gerade als sich der Vorhang zu heben begann, schritt Ben den Gang hinunter und nahm den Platz neben der jungen Frau aus der Bäckerei in der Reihe vor ihr ein. Ihr Herz galoppierte los.

Der Vorhang öffnete sich. Eine Reihe von Tischen war auf der Bühne aufgestellt.

Und dann betrat die Schar der ganz in Rot gekleideten Kinder die Bühne hinter den Tischen. Jedes stellte die Handglocke, die es bei sich trug, vor sich hin.

Die Lehrerin saß vor ihnen auf dem Boden und hob die Hände in die Luft. Alle Augen waren auf sie gerichtet. Und dann nahm der größte Junge in der Mitte seine Handglocke und legte los. Es dauerte eine Weile, bis Joy endlich feststellte, dass die Melodie, die sie spielten, »Angels We Have Heard on High« war.

Bevor sie das Lied erkannte, war es immer noch schön anzuhören, selbst mit den gelegentlichen Pausen, wenn ein Kind sein Stichwort verpasste und ein anderes wartete oder eine

Aufforderung murmelte, was natürlich schallendes Gelächter in der Menge auslöste. Aber Molly hatte jeden ihrer Einsätze gemeistert. Und sie sah bezaubernd aus.

Als das Publikum applaudierte, marschierten die Kinder um die Tische herum und stellten sich davor auf. Genau wie Molly es in ihrer kleinen Übungsstunde in Rubys Haus angedeutet hatte, stand sie am rechten Ende der Bühne. In ihrem leuchtend roten Kleid sah sie wunderschön aus.

Joy stockte der Atem, als sie bemerkte, wie Molly ihre Hand in den Nacken legte und mit den Perlen spielte. *Was für ein besonderer Moment.* Joy zückte ihr Telefon, um es aufzunehmen.

Sie war so begeistert gewesen, dass sie ganz vergessen hatte, während der Glockendarbietung auch nur ein Foto zu schießen.

Die Choreografie sorgte dafür, dass die Kinder das Tempo und das Stichwort einhielten, während sie den Text von »Rudolph, the red-nosed Reindeer« schmetterten.

Am Ende des Liedes rannte jemand in einem Rentierkostüm mit einer blinkenden roten Nase über die Bühne. Das musste für die Kinder auf der Bühne eine Überraschung gewesen sein, denn sie hüpften alle so aufgeregt hoch, als hätten sie den Lieblingshelfer des Weihnachtsmanns in echt gesehen.

Genau in diesem Moment hatte sie die bisher beste Idee für Rubys Haus während des *Cookie Crawl.*

Joy stand auf und machte sich auf den Weg zum Ende der Sitzreihe, um zu sehen, ob sie Molly abpassen konnte, um ihr zu sagen, wie wunderbar sie war. Sie behielt dabei Ben im Auge. Sie glaubte nicht, dass er sie gesehen hatte. Es wäre schön, ihn zu überraschen. Heute Morgen lagen keine Schatten auf ihrem Herzen. Sie war aufgeregt, ihn wiederzutreffen. Um zu schauen, wohin die Dinge tatsächlich führen könnten, wenn auch nur für eine kurze Zeit.

Als sie am Ende ihrer Reihe ankam, ließ sie höflich die

nächsten drei Leute vorbei und streckte dann ihre Hand aus, um Bens Arm zu berühren. »Hey, du.« Ihr Lächeln war so breit, dass sie wahrscheinlich genauso aufgeregt aussah wie die Kinder auf der Bühne.

»Joy?«

»Ich habe es zurückgeschafft. Ich bin früher wieder gefahren.« Sie schob sich neben ihn und ließ sich von der langsamen Menschenmenge in die Halle hinausdrängen. »War Molly nicht unglaublich? Das war so süß. Ich wusste nicht, dass du heute herkommst.«

»Ja, als sie mir davon erzählt hat, dachte ich, es wäre schön, sich das anzuschauen.«

»Vielen Dank, dass du sie für die Schule fertig gemacht hast. Ist sie nicht zauberhaft?« Joy bemerkte die rot gekleidete Gruppe, die den Flur entlangkam. »Da ist sie ja.« Sie eilte zur Seite und winkte Molly. Mehrere Eltern umarmten ihre Kinder und unterhielten sich mit ihnen. Joy trat zu ihr. »Ich bin so stolz auf dich. Du warst großartig.«

»Danke! Ich bin so froh, dass du gekommen bist.«

»Ich bin so froh, dass ich hier sein kann. Ben ist auch da.«

Ben winkte von der anderen Seite herüber.

Molly winkte ebenfalls, und dann trieb die Lehrerin ihre Schäfchen in eine Reihe, um sie zurück in ihre Klasse zu bringen. »Keine Schule mehr bis nach den Feiertagen.«

Joy würde ihre kurze Zeit morgens mit Molly vermissen. Sie hatte sogar schon angefangen, sich auf diese Erdnussbutterbrotkruste zum Frühstück zu freuen.

Joy ging zurück zu Ben, der sie beobachtete. »Was für ein toller Tag«, bemerkte sie. »Ich glaube, ich bleibe hier und nehme noch ein paar Auftritte der anderen Klassen auf. Ruby würde das vielleicht gerne sehen.«

»Gute Idee.«

»Ich fand es sehr traurig, dass aus dem Kaffee am Sonntagabend nichts wurde.«

»Wirklich?«

»Ja, wirklich. Natürlich, was denkst du?« Sie lachte, aber da war etwas in seinem Blick, was nicht ganz richtig zu sein schien. »Stimmt etwas nicht?«

Er rieb sich mit der Hand über die Bartstoppeln am Kinn. »Ich weiß nicht, ob dies der richtige Ort für dieses Gespräch ist.«

Das Klavier ertönte aus dem Inneren des Saals. »Ich werde die nächste Runde aufnehmen. Bleibst du?«

»Ich muss zurück zur Arbeit.«

»Oh, okay. Dann sehen wir uns heute Abend bei Ruby?«

»Ja. Wir haben noch ein paar Dinge zu erledigen.« Ben deutete mit dem Daumen in Richtung der Tür. »Ich mache mich dann mal auf den Weg.«

Joy winkte und ging zurück in die Aula, um sich einen freien Platz so nah wie möglich an der Bühne zu sichern. Sie nahm nicht nur den folgenden Auftritt auf, sondern blieb auch bis zur letzten Veranstaltung des Tages. Es hatte so viel Spaß gemacht, dass sie das Zeitgefühl völlig verloren hatte, und sie konnte es kaum erwarten, die Videos zu teilen.

Sie hielt an und holte eine große Pizza von Max, damit sie und Ben etwas zu essen hatten, während sie heute Abend arbeiteten. Es war kaum zu glauben, dass der *Cookie Crawl* schon in drei Tagen stattfand.

Als sie zurück zu Rubys Haus kam, stand Bens Wagen in der Einfahrt. Sie stellte sich hinter ihn und trug die Pizza dorthin, wo sie am späten Samstag die heiße Schokolade servieren wollte. »Du hast fast alles ohne mich geschafft. Ich dachte, du würdest damit warten, damit wir gemeinsam an den Dekorationen arbeiten können, wenn ich zurückkomme.«

Er kletterte die Leiter hinunter. Der große Kranz an der Scheune sah schöner aus, als sie zu hoffen gewagt hatte. Selbst von hier unten konnte man die Details sehr gut erkennen. »Ich wusste nicht, wie viel Zeit du haben würdest.«

»Stimmt etwas nicht? Du scheinst irgendwie nicht du selbst zu sein.«

»Vielleicht kennen wir uns doch nicht so gut, wie wir dachten.«

Was soll das denn bedeuten? »Das verstehe ich nicht.«

»Ich habe deinen Verlobten getroffen.«

Sie zögerte, blinzelte, denn sie war verblüfft über diese Anschuldigung. »Meinen *was?*« Wovon sprach er? Sie überlegte, was er wohl meinen könnte, und dann kam ihr Todd in den Sinn. »Ich bin nicht verlobt. Ich war noch *nie* verlobt.«

»Nun, der hübsche Junge in dem schicken Auto scheint das anders zu sehen. Und ihr wart nach der Preisverleihung sehr vertraut miteinander.«

»Da ist nichts zwischen uns«, gab Joy zurück.

»Ich habe den Kuss gesehen. Das war nicht gar nichts.«

»Es ist nicht so, wie du denkst.«

»Nein?«

»Er ist einfach aufgetaucht. Ich wusste nicht mal, dass er kommen würde. Ich habe ihn auch nicht geküsst. Und ich kann dir versprechen, dass wir nicht verlobt sind.«

»Verlobt oder nicht, ich weiß, was ich gesehen habe. Es war ziemlich klar, dass ihr beide zusammen seid.« Er drehte sich um und marschierte mit der Leiter davon.

Ben jetzt eine Erklärung für die oberflächliche Beziehung anzubieten, würde Joy auch keine Pluspunkte einbringen. Sie schämte sich, war enttäuscht und wusste nicht, wie sie das Problem lösen sollte. Sie sah Ben zu, wie er zurück in die Scheune ging und die Leiter an die Wand hängte.

Er sah sie nicht an, als er wieder auf sie zuschritt. »Übrigens, Ruby hat mich heute angerufen. Sie wird morgen aus der Reha entlassen.«

»Ich frage mich, warum sie mich nicht angerufen hat?« Sie zog ihr Telefon aus der Tasche. »Oh, mein Handy ist immer noch im Flugmodus. Das habe ich total vergessen.« Sie hatte sechs verpasste Anrufe, aber keiner davon war von ihrer Tante.

»Sie wusste, dass du nach Hause zurückgekehrt bist«, sagte er. Bei den Worten »nach Hause« stockte er kurz. »Ich glaube nicht, dass sie wusste, wann du zurück sein würdest.«

»Okay, aber ich bin zurückgekommen.« Glaubte er wirklich, dass sie nie mehr zurückkehren würde?

»Todd sagte, er sei in der Stadt, um dich zur Firmen-Gala zu entführen, und ich glaube, er bezeichnete es als eine ›lächerlich teure romantische Flucht vor der Katastrophe, die man Weihnachten nennt‹.«

»Klingt wie etwas, was er sagen würde.«

»Es steht mir nicht zu, über ihn zu urteilen«, erwiderte Ben, aber es war klar, dass er dennoch urteilte. »Ich werde Ruby morgen abholen.«

Joy gefiel es gar nicht, wohin das alles führte. »Ich kann meine Tante abholen.«

Er sah sie an, und sie sah, dass er verletzt war. »Ich stehe gerne zu meinem Wort.«

»Ben. Ich habe mein Wort dir gegenüber gehalten. Ich bin nicht mit Todd zusammen. Wir hatten in den letzten paar Jahren ein paar Dates; ich bin mir nicht einmal sicher, ob ich es Dates nennen würde. Er war ein Kollege. Zwei Menschen, die nicht mehr gemeinsam haben als die Arbeit. Wir hatten seit Wochen nicht mehr miteinander gesprochen. Er wollte einfach nur auf die Gala, und da er unsere Firma verlassen hat, dachte er, er könnte als meine Begleitung gehen.«

»Ich habe gesehen, wie er dich angeschaut hat, als du auf der Bühne standest.«

»Zwischen uns ist nichts. So verhält er sich allen Frauen gegenüber.«

»Es genügt ein kleiner Funken, um ein Feuer zu entfachen. Manchmal brennen alte Flammen heiß.«

»Er war nie eine Flamme. Oder ein Funken. Wir waren nie

verlobt. Ich weiß nicht, was du glaubst, gesehen zu haben, aber da war nichts. Was du beobachtet hast, war kein Kuss. Er hat versucht, mich zu küssen. Doch ich habe das nicht erwidert. Es ist nicht so, wie du denkst.«

»Das geht mich nichts an.«

»Vielleicht will ich ja, dass es dich etwas angeht.« Eigentlich hatte sie nicht vorgehabt, das laut zu sagen. Aber gut … Sie hatte es ausgesprochen.

Ben drehte sich um und sah sie an. Seine Miene wurde weicher, dann verdüsterte sich sein Blick. »Lass es.«

Sie zuckte mit den Schultern. Sie war sich nicht einmal sicher, was sie im Moment fühlte. Ihre Emotionen waren überladen mit Güte, Kindern und Ben. So voll von Ben. Alles, wofür sie in den letzten zehn Jahren so hart gekämpft hatte, schien plötzlich auf den Kopf gestellt zu sein. Sie blickte in den sternenklaren Nachthimmel.

»Gib keine Versprechen, die du nicht halten kannst«, sagte er. »Ich mag dich wirklich. Ich spiele keine Spiele mit den Gefühlen. Also, lass es.« Er ging zu seinem Wagen.

»Ben.«

Er blieb stehen, drehte sich aber nicht um.

Sie nahm allen Mut zusammen, den sie finden konnte. »Ich mag dich. Ich habe keine Ahnung, was ich versprechen kann. Mein Job ist in D.C. Ich weiß nicht einmal, was du von mir willst.«

»Ich weiß es selbst nicht. Ich war fasziniert. Interessiert. Ich fühle mich unglaublich zu dir hingezogen. Du bist klug und witzig, und bei Gott, du bist wunderschön.« Er drehte sich um und machte einen Schritt auf sie zu. »Ich wollte nur etwas Ehrliches. Es hat mir gefallen, mit dir und Molly neulich Abend Zeit zu verbringen. Das hat sich für mich echt angefühlt.«

Aber Joy war nicht dafür geschaffen, eine Mutter zu sein. Sie war keine Frau für die Kleinstadt, die zu Hause blieb und

Kekse backte. Zumindest glaubte sie, dass sie das nicht war. Sie war verwirrt. Also stand sie da. Wortlos. Denn das Letzte, was sie tun wollte, war, etwas zu sagen, was sie bereuen würde.

Ben hob die Hand und winkte.

»Ich hole Ruby morgen ab«, rief sie ihm hinterher.

»Gut.«

»Würdest du am Samstag bitte mit uns hier sein?«

Er öffnete die Tür seines Trucks und stieg auf das Trittbrett. »Ich habe es Ruby versprochen. Also, ich werde dieses Wochenende hier sein.«

Weil du nie jemanden enttäuscht hast. Wie kann ich dem jemals gerecht werden?

Kapitel 31

Joys Prius hatte in den letzten paar Wochen, seit sie in Crystal Falls war, mehr transportiert, als ein einzelner Prius in seinem ganzen Leben transportieren sollte. Und Rubys eine Tasche mit Habseligkeiten war vollgestopft mit unzähligen Geschenken und Blumen aus der Gemeinde. Der Rücksitz von Joys Auto war vollgepackt, und Luftballons blockierten die gesamte Heckscheibe.

Joy setzte sich hinters Steuer und wartete darauf, dass die letzten Mitglieder des Reha-Teams ihre Tante umarmten und ihr ein frohes Weihnachtsfest wünschten.

Behandeln sie jeden Patienten so?

Irgendwie bezweifelte Joy das. Ihre Tante hinterließ immer eine Spur aus Glück.

Schließlich half Johnny Ruby auf den Beifahrersitz und gab ihr einen Kuss auf die Wange. »Sie sind meine Lieblingspatientin des ganzen Jahres, Miss Ruby.«

»Wenn ich nur fünfzig Jahre jünger wäre«, gab Ruby kichernd zurück. Johnny schlug die Tür zu, und Ruby winkte den Mitarbeitern des Dixon-County-Reha-Centers ein letztes Mal. »Das war anstrengend.«

Joy fuhr langsam vom Bordstein weg. »Was denn? Der Abschied?«

»Das auch, aber ich spreche von der ganzen Physiotherapiegeschichte. Ich fühle mich, als wäre ich bereit für die Rentner-Olympiade.«

»Ich bin sicher, dass wir uns etwas einfallen lassen können. Wie ich dich kenne, würdest du einen großen Sponsor finden. Aber lass uns erst einmal damit zufrieden sein, dass du gut genug in Form bist, um dich zu Hause zu bewegen. Bist du dazu bereit?«

Ruby tätschelte Joys Hand. »Ja. Ich bin da mehr als sicher. Ich war eine gute Patientin. Ich bin zwar recht fit, aber jemand in meinem Alter braucht die Routine.« Sie beugte sich vor und flüsterte: »Und ich vermisse meine Nickerchen!«

»Es wird so schön sein, Zeit mit dir zu Hause zu verbringen.«

»Die Bilder sehen gut aus, und ich verspreche, dass ich darauf vertraue, was du mit Ben getan hast. Aber ich brenne darauf, mir alles anzusehen. Meinst du, wir sind so weit durch mit allem?«

»Es wird dir gefallen, und ich kann es kaum erwarten, wenn du es nachts mit all den Lichtern siehst. Ich wünschte fast, ich könnte dich so lange fernhalten, bis du es zum ersten Mal in voller Beleuchtung anschauen kannst.«

»Wage es ja nicht, zu trödeln. Ich kann's nicht mehr erwarten, nach Hause zu kommen. Glaub mir, ich kann mir das alles sehr gut vorstellen. Außerdem ist Ben unglaublich. Er würde uns nie hängen lassen.«

Er würde dich *nie hängen lassen. Mich wiederum? Das ist eine andere Geschichte.*

Aber Joy behielt diesen Gedanken für sich. Es hatte keinen Sinn, die Pferde scheu zu machen.

Als sie sich dem Haus näherten, begannen Joys Handflächen zu schwitzen. Während sie darüber nachdachte, ob Ruby mit der Dekoration zufrieden wäre und stolz auf sie, fielen ihr plötzlich mindestens vier weitere Dinge ein, die sie hätte tun können, um es noch spektakulärer zu gestalten. Aber die Wahrheit war, dass sie keine Zeit mehr hatte. Sie hoffte, Ruby würde gefallen, was sie gezaubert hatte.

»Mach die Augen zu«, sagte Joy.

Ruby kniff die Augen zusammen und legte dann ihre Hände darüber.

Joy bog in die Einfahrt ein. »Ich hoffe, du bist bereit.«

Ruby ließ ihre Hände sinken und sah sich um. Sie drehte sich von vorn zur Seite und wieder zurück. »Ach du meine Güte! Du hast alles umgestellt.« Ruby klopfte Joy auf den Arm. »Nicht so schnell. Ich will jede Kleinigkeit sehen.«

Joy hielt den Wagen an.

»Sieh mal an, was du gemacht hast.« Ruby deutete auf den Baum mit dem Schild »Wähle einen Anhänger aus und hänge ihn auf« daneben. Der durchsichtige Würfel, den sie aus vier Stücken Plexiglas, die sie im Baumarkt gekauft und mit Silikon zusammengefügt hatte, gebastelt hatte, stand unter diesem Schild. Die alten Anhänger, die ihn bis zum Rand füllten, funkelten im Sonnenlicht. Es spielte keine Rolle, dass einige davon so zerkratzt waren, dass sie wahrscheinlich nie wieder einen Baum schmücken würden, sie hatten so einfach einen neuen Zweck gefunden.

In diesem Jahr fühlte Joy sich irgendwie wie diese Anhänger. Als ob sie beschädigt und abgenutzt war, aber eine neue Bestimmung fand. Endlich.

»Das sieht alles sagenhaft aus. Es ist, als wäre Mutter Natur erschienen und hätte selbst geschmückt.«

Joy lächelte aus vollem Herzen. »Das ist genau das, was ich vorhatte. Und wir werden die heiße Schokolade später hier in der Scheune servieren. Und es gibt eine große Überraschung dafür. Doch die behalte ich bis zum offiziellen Abend für mich. Aber es ist schön, nicht wahr? Die Gaben der Natur. Das war mein Motto.«

»Du hast es toll umgesetzt. Jetzt halt an und bring mich rein. Ich kann es kaum erwarten, den Rest zu sehen.«

Joy fuhr mit dem Auto bis vor die Haustür, damit Ruby nicht so weit laufen musste. Sie stieg aus und ging um den Wagen herum, um ihrer Tante beim Aussteigen zu helfen. Tränen strömten über Rubys Gesicht.

»Tante Ruby? Was ist denn los?«

»Schatz, du hast das alles so toll gemacht. All das hier für mich. Es ist so schön.« Sie schaffte es kaum, die Worte herauszubringen.

»Jede Minute davon habe ich genossen. Wirklich. Es hat mir so gutgetan und war in so vielerlei Hinsicht inspirierend. Ich kann nicht einmal ansatzweise erklären, was es für mich bedeutet, hier zu sein.«

Ruby wischte sich die Tränen fort und stieg aus dem Auto. Sie umarmte Joy und klammerte sich für eine lange Minute an sie. Schließlich beruhigte sie sich, bis Joy den Rollator, den sie ihr mitgegeben hatten, herausholte.

»Ich hasse diesen Alte-Damen-Apparat.«

»Es ist nur so lange, bis du wieder einen festen Stand hast.«

Ruby packte den Rollator an den Seiten, als wollte sie einen Ochsen zu Boden ringen und festbinden, dann ging sie zur Tür. »Es wird nicht lange dauern, dann werde ich ihn dem Altersheim spenden.« Sie ging den Fußweg entlang, und Joy half ihr die Treppe hinauf. Ruby stützte sich an der Verandawand ab, als sie den Kranz anfassen wollte. »Ich finde es toll, was du gemacht hast, Joy. Das ist der schönste Kranz, den ich je hatte.«

Freude machte sich in Joy breit. Sie hatte Ruby so sehr zufriedenstellen wollen. »Danke schön. Ich habe ihn aus Sachen gebastelt, die du schon dahattest. In gewisser Weise haben wir also gemeinsam daran gearbeitet. Als ich den weißen Pfauenkranz und den Baum sah, die du mal gemacht hattest, hat mich das so inspiriert. Also habe ich beschlossen, dass alles natürlich sein sollte … außer den Lichtern natürlich. Die gebleichten Tannenzapfen sahen so hübsch aus im Kontrast zu den weichen Federn.«

»Du hast vollkommen recht. Die Materialien sind perfekt.«

»Ich war so begeistert, als ich die Papierbänder auf dem

Dachboden gefunden habe. Es war, als ob es zusammengehören sollte.«

Joy stieß die Haustür auf. Sie hatte alle Lichter des Baumes angelassen, damit sich vor Ruby die volle Wirkung entfalten konnte.

Ruby blickte Joy mit einem verschmitzt gehobenen Mundwinkel an, der Joy wissen ließ, dass ihre Tante glücklich war. Sie hob die Hände zum Mund und lachte dann. »Es ist magisch. Wunderbar. Wunderschön.«

»Genau so wollte ich es haben.«

Ruby warf einen Blick ins Esszimmer auf den dortigen Baum und ging dann zu dem Baum im Wohnzimmer hinauf. »Es ist lustig, dass du dich für diesen Baumschmuck entschieden hast.«

»Er ist perfekt. Die Anhänger sehen handgeschnitzt aus.«

»Das sind sie auch. Jeder einzelne ist ein echtes Kunstwerk«, erklärte Ruby. »Du kennst die Geschichte hinter diesem Schmuck nicht.«

Ruby hatte immer eine Geschichte. Joy setzte sich auf die Treppe und hörte zu.

»Das war der Schmuck deiner Mutter.«

Joy setzte sich aufrecht hin. »Wirklich?«

»Ja. Ihre erste große Liebe schenkte sie ihr. Er hatte jeden einzelnen Anhänger angefertigt und hat damit die gesamte Geschichte der Zwölf Weihnachtstage zum Leben erweckt.«

»Aber es war nicht mein Vater.«

»Um Himmels willen, nein. Ich wusste die ganze Zeit, dass er ein Fehlgriff war.« Ruby nahm einen der Anhänger vom Baum und drehte ihn um, damit man die Unterschrift sehen konnte. »Schau hier«, sagte sie. »Man kann es nicht richtig lesen, aber da steht J. O. Young. Deine Mom hat es nie zugegeben, doch ich weiß, dass sie dich deshalb Joy genannt hat. Nach ihrer ersten großen Liebe. Sie war so glücklich mit Joe gewesen. Dann bekam er allerdings ein Stipendium für seine

Kunst. Und während er weg war, lernte deine Mutter deinen Vater kennen. Ich weiß nicht, ob sie sich je wiedergesehen haben. Aber dieser Baumschmuck war wertvoll für sie.«

»Sie sind wunderschön. Ich erinnere mich nicht an sie, sie haben mich jedenfalls magisch angezogen.«

Ruby hängte den Schmuck zurück an den Baum. »Du und Ben, ihr müsst auch wirklich gut zusammengearbeitet haben.« Ruby nickte wieder mit einer anerkennend gewölbten Augenbraue. »Ich wusste irgendwie, dass ihr euch gut verstehen würdet.«

»Er war sehr hilfreich«, gab Joy zu.

»Ben kriegt alles hin. In dieser Hinsicht ist er George sehr ähnlich.« Ruby kam durch die Tür und ließ sich im Wohnzimmersessel nieder, wobei sie ihren Gips auf der Ottomane ablegte. »Vielleicht ist Ben deine einzig wahre Liebe. So wie George es für mich war.«

»Ich glaube nicht, dass mir das jemals passieren wird.«

»Sag das nicht. Natürlich wird das passieren. Du bist eine schöne, brillante junge Frau. Du kannst dir jeden Mann aussuchen. Und Ben *ist* attraktiv.«

Joy musste zugeben, dass Ruby durchaus guten Geschmack bei Männern bewies. »Er ist attraktiv. Daran besteht kein Zweifel.« Und verständnisvoll. Welcher andere Mann wäre genauso nicht ausgerastet, als sie in seinen Truck gekracht war?

»Und herzensgut«, fügte Ruby hinzu.

»Sehr.«

»Und er mag dich. Ich kenne ihn. Das habe ich schon an dem Tag gemerkt, als ihr zusammen in die Reha-Klinik kamt.«

»Ruby, er will ein Mädchen aus der Heimat, das eine Familie will. Das bin ich nicht.«

»Das könntest du aber sein.«

Der Gedanke machte ihr Angst, obwohl sie sich fast vorstellen konnte, wie sie an einem Sonntagmorgen in der Kirche neben Ben stand mit einem Kind zwischen ihnen. Doch das war einfach nur dumm. Den einen Abend mit Ben und Molly zu backen war lustig gewesen, aber das war bloß ein flüchtiger Moment. Und Molly war nicht ihre Tochter. Bei ihrem Glück bekam sie eines von diesen unverschämten Kindern, die sich nicht mehr umtauschen ließen.

»Ich weiß nicht, ob ich Kinder will. Und es wäre Ben gegenüber nicht fair. Ich bin mir nicht sicher, ob ich jemals so lieben könnte, wie du Onkel George geliebt hast.«

»Warum? Wie kommst du überhaupt auf so eine Idee?«

»Liebe kann wehtun. Selbst wenn es perfekt ist, wie bei Onkel George und dir. Irgendwann geht die Liebe zu Ende, und das tut weh. Ich will nie wieder so viel Schmerz empfinden müssen wie damals, als Mom starb.«

»Liebes, du darfst dein Leben nicht in Angst vor Verlust leben. Wahre Liebe wiegt mehr als der Schmerz. Das verspreche ich dir.«

»Ich wüsste gar nicht, wo ich anfangen sollte.«

»Entspann dich einfach. Lass es geschehen.« Ruby rutschte auf dem übergroßen Sessel hin und her. »Schätzchen, hör mir mal zu.« Sie tätschelte den Sitz neben sich. »Komm, setz dich.«

Joy quetschte sich neben sie auf den Sessel.

»Wenn du dich selbst schützt, hast du vielleicht Glück und wirst nie wieder solchen Schmerz erfahren, aber darauf würde ich nicht zählen. Man kann sich nicht davor verstecken. Leider ist das Leben voll von Verlust und Schmerz. Es ist ein nie endender Kreislauf, und wir können ihn nicht aufhalten. Aber indem du dich selbst abschirmst, verringerst du deine eigenen Chancen auf wahres Glück. Um die Freude – Joy –, die deine Mom für dich wollte. Und du betrügst dich selbst um die wahre Liebe. Du kannst keine wahre Liebe erlangen, wenn du niemanden an dich heranlässt.«

»Ich kann nicht anders. Meine Mauern gehen automatisch hoch.«

»Dann reiß sie von Hand nieder. Öffne dein Herz. Freundschaft und Liebe sind mit Risiken verbunden, aber nichts ist kostbarer als das. Das ist es wert. Ich verspreche es.«

»Vielleicht ist es mir bestimmt, nur beruflich erfolgreich zu sein, aber nicht im persönlichen Bereich.«

»Möglich. Wer bin ich, dass ich sagen kann, was dein Schicksal ist. Das weiß nur eine einzige Person. Doch ich habe in den letzten Wochen einige Veränderungen an dir bemerkt. Deine Mutter würde sich freuen, wenn du weicher würdest. Ich glaube, es war gut für dich, wieder nach Hause zu kommen.«

»Es war wirklich schön.«

»Dann war es mir das wert, einen kleinen Sturz riskiert zu haben.«

Joy lehnte sich in dem Sessel zurück und griff nach Rubys Hand. »Ich werde das hier vermissen.«

»Dann geh nicht.«

Joy lachte. »Mein ganzes Leben befindet sich in D.C. Mein Job. Meine Wohnung. Ich kann nicht bleiben. Aber ich werde dich öfter besuchen kommen. Versprochen.«

»Du kannst tun, was immer du wirklich willst. Es gibt immer eine Wahl. Und andere Karrieremöglichkeiten. Behalte das im Hinterkopf. Sei dir gewiss, was in deinem Herzen ist.«

»Woher soll ich wissen, was in meinem Herzen ist?«

»Wohin wandern denn deine Gedanken? Wenn du dich wirklich entspannst und alles fallen lässt, was bleibt dann übrig?«

»Ich weiß nicht, ob ich mich jemals lange genug entspannt habe, um das herauszufinden.«

»Vielleicht ist es an der Zeit, dass du es versuchst.« Ruby zog eine Decke über ihre Beine. »Denk darüber nach.«

»Meine Gedanken sind immer sofort bei der Arbeit.« Joy

schloss die Augen. »Aber jetzt sind da auch andere Dinge, die meine Aufmerksamkeit auf sich ziehen.«

»Was zum Beispiel?«

»Du. Molly. Ben.« Joys Augen wurden groß. »Dieser verflixte Ben. Er ist in jedem zweiten meiner Gedanken, und nicht alle davon sind gut. Er macht mich ein bisschen verrückt mit seiner ewig lässigen Art. Nichts ist jemals ein Problem. Er regt sich nie auf.«

»Aber?«

»Er ist ein guter Mann«, sagte Joy. »Er hat für mich Abendessen gekocht, als du im Krankenhaus warst.«

Ruby saß ruhig da.

»Wir hatten Spaß, das Haus zu dekorieren.«

»Du hast es ihm nicht leicht gemacht, aber er hat es immer wieder versucht. Es bereitet ihm wirklich Freude, Menschen zu helfen. So ist er nun mal.«

»Ich bin es gewohnt, Dinge allein zu tun. Ich bin es nicht gewohnt, mit einem Fremden zusammenzuarbeiten.«

»War doch gar nicht so schlimm, oder?«

»Nein. Ruby, aber Ben und ich sind so unterschiedlich.«

»Nicht so unterschiedlich, wie du vielleicht denken magst.«

»Es scheint, als ob er mich für jemand anderen hält. Er sieht mich als die Frau, die mit einer Siebenjährigen Plätzchen backt und für Weihnachten dekoriert. Das bin ich aber nicht. Ich bin die Frau, die Weihnachten nicht mehr gefeiert hat, seit ich hier bei dir gewohnt habe. Ich bin die Frau, die für eine Büroparty ein Kleid gekauft hat, das mehr kostet als meine Hypothek. Das ist viel zu oberflächlich. Ich habe nie Kinder gewollt. Ich bin nicht die Partnerin, die er möchte. Oder verdient.«

»Du warst toll mit Molly.«

»Sie ist ja auch anders.«

»Nein. Sie ist so ähnlich wie du, als du noch ein kleines

Mädchen warst. Es gibt etwas, was du vielleicht nicht über mich weißt. Der Grund, warum George und ich keine Kinder hatten.«

»Ich habe einfach angenommen, dass es nicht funktioniert hat.«

»Nein. Ich wollte nie Kinder haben, und George und ich haben ganz eigensüchtig unsere gemeinsame Zeit geliebt. Ich dachte immer, dass ich mit dieser Entscheidung glücklich war, aber dann hat meine kleine Schwester dich bekommen. Liebes, du hast meine Welt verändert. Und ich würde meine Beziehung zu Ginny und Molly gegen nichts eintauschen wollen. Sie haben dem Leben dieser alten Dame so viel Sinn gegeben. Eventuell wirst du keine eigenen Kinder haben, doch du kannst trotzdem das Leben anderer berühren.«

Womöglich stimmte das ja. Oder vielleicht würde sie eines Tages selbst Kinder haben, aber in letzter Zeit gab es so viel zu verarbeiten, dass sie sich plötzlich bei Dingen unschlüssig fühlte, bei denen sie sich vorher sicher gewesen war.

Joy erhob sich. »Okay, du brauchst wahrscheinlich eines dieser erfrischenden Nickerchen, die du vermisst hast. Und wenn wir weiter über dieses ernste Thema reden, werde ich wohl auch eins brauchen.«

Ruby stand ebenfalls auf und ging langsam durch den Raum.

»Du kommst wirklich gut zurecht.«

»Danke, meine Liebe. Johnny würde sich sehr freuen, das zu hören.«

»Ruby, ich habe überlegt, Ginny und Molly einzuladen, uns in den nächsten Tagen beim Backen zu helfen. Meinst du, Ginny wäre dazu in der Lage?«

»Das ist eine wunderbare Idee. Und Molly hat gerade Schulferien.«

»Was ist denn mit Ginny los? Wird sie …?«

Rubys Gesichtsausdruck verriet Joy, dass ihre Tante gerade

begriffen hatte, was Joy die ganze Zeit über gedacht hatte. »Oh, Schatz, Ginny stirbt nicht. Es ist eine harte Zeit, ihr Ex-Mann ist ein Idiot, und es gibt eine Menge für eine alleinstehende Frau zu bewältigen, aber sie wird wieder ganz gesund werden. Ihr und Molly wird es gutgehen.«

»Gott sei Dank. Ich habe mir ehrlich Sorgen gemacht.«

»Sie hat mir erzählt, dass sie eine chronische Nierenerkrankung hat. Das flammt ab und zu auf, aber sie hat gute Ärzte. Es ist nicht lebensbedrohlich. Manchmal braucht sie nur oft Therapie, und wann immer diese Zeiten sind ... bin ich hier, um ihr zu helfen.«

»Sie kann sehr froh sein, dich zu haben.«

»Ich bin auch froh, dass ich sie habe.« Ruby machte sich auf den Weg in Richtung Schlafzimmer.

»Bringst du mir mein Handy und meine Tasche?«

»Sicher.« Joy sammelte Rubys Sachen ein und legte sie auf ihre Kommode, dann ging sie zum Auto und räumte alle Geschenke, Blumen und Luftballons um. Während Ruby sich ausruhte, begann Joy mit der Arbeit für die Plätzchen. Sie hatten nur noch heute Abend und die nächsten zwei Tage Zeit, um alles fertig zu backen. In der Theorie sah das machbar aus, aber der Gedanke daran, alles zu schaffen, war ein wenig überwältigend.

Sie holte die gefrorenen Stangen mit Schokoladenplätzchenteig heraus. Sie würde mit den einfachen Keksen beginnen, die keine Garnierung oder Dekoration erforderten. Wenigstens würde sie so das Gefühl haben, etwas geschafft zu haben.

Der Abend verging wie im Flug, und sie hatte so viel Plätzchenteig genascht, dass sie kein Abendessen mehr wollte, und Ruby hatte einfach weitergeschlafen.

Um kurz vor Mitternacht hatte Joy alle zwölf Dutzend Kekse gebacken, abgekühlt und verpackt. Die Küche war makellos sauber und bereit für die morgige Prozedur.

Sie warf einen Blick zu Ruby ins Zimmer, die gemütlich zu schlafen schien, schaltete die Weihnachtsbaumbeleuchtung aus und stieg dann die Treppe hinauf, um ins Bett zu gehen. Der Baum am oberen Ende der Treppe brachte die winzigen Perlen an ihrem Kleid auf der anderen Seite des Flurs zum Funkeln. Sie schaltete auch die Lichter dieses Baumes aus und fiel ins Bett, wobei sie sich wünschte, ihr Glück wäre so einfach zu bedienen wie das Ein- und Ausschalten dieser Lichter.

Am nächsten Morgen wachte Joy auf, weil es in der Küche nach Plätzchen roch. Sie hätte wissen müssen, dass Ruby es nicht hinnehmen würde. Sie drehte sich um, um aus dem Bett zu steigen, und wurde mit einem freudigen »Überraschung!« begrüßt.

»Molly?«

»Hi! Ruby hat mich und Mom eingeladen, beim Plätzchenbacken zu helfen.«

Joy packte Molly und hob sie zu sich auf das Bett. »Und du bist die beste Kekshelferin hier«, sagte sie, während sie die quietschende und sich windende Molly kitzelte.

Atemlos sprang Molly vom Bett. »Komm schon. Du verpasst alles.«

Joy stand auf und zog sich eine Jeans und ein T-Shirt an. Sie band ihre Haare zu einem Pferdeschwanz und folgte Molly die Treppe hinunter. Ginny und Ruby unterhielten sich, während sie Seite an Seite am Küchentisch arbeiteten.

»Joy Holbrook meldet sich zum Dienst, Mrs Claus.«

Ruby drohte ihr spielerisch mit dem Finger. »Das wurde auch Zeit. Ich dachte schon, der Weihnachtsmann müsste dich auf die Liste der unartigen Kinder setzen, weil du so eine Schlafmütze bist.«

Molly schürzte die Lippen. »Wir sind ja da. Sie muss nicht auf die Unartigenliste!«

»Ich werde ein gutes Wort für sie einlegen, wenn du das sagst«, flüsterte Ruby Molly zu.

»Ja, bitte!«

Und zwei Tage lang wurde zu viert im Haus von Ruby Johnson gemeinsam fleißig gebacken.

Am Freitagabend wurden alle Plätzchen in verschiedene Schalen gefüllt, die während des *Cookie Crawls* leicht ausgepackt und nachgefüllt werden konnten.

Molly tippte gegen Rubys Ellbogen. »Ich werde morgen mein Kleid von der Weihnachtsaufführung anhaben, Ruby. Ist es okay, wenn ich die Perlen noch einmal trage?«

»Natürlich, meine Liebe. Ich würde dich gerne in deinem offiziellen Outfit sehen. Es ist ein ganz besonderer Anlass.«

Molly drehte sich um und sah Joy an. »Wirst du dein Prinzessinnenkleid tragen?«

»Ich würde euch beide gerne in voller Montur sehen«, warf Ruby ein.

»Bitte?« Molly presste ihre Hände wie zum Gebet zusammen. »Es ist so schön.«

»Sie redet von dem Kleid, das ich für die Gala gekauft habe«, erklärte sie Ruby und Ginny. »Ich sag dir was, Molly. Wenn wir uns zusammen fotografieren lassen können, werde ich es anziehen.«

Ginny lächelte sanft, als ihre Tochter vor Aufregung hochsprang.

»Molly hat die ganze Zeit über das grüne Prinzessinnenkleid gesprochen. Wir müssen es endlich sehen.«

»Kann ich es holen?«, fragte Molly. »Biiiiiiiitteeeee?«

»Geh schon.« Joy fragte sich, ob Molly überhaupt in der Lage sein würde, es zu erreichen, aber nur einen Moment später stand Molly in der Tür und hielt das Kleid über ihre beiden Arme drapiert, als hätte sie Angst, es zu zerknittern oder, schlimmer noch, es fallen zu lassen.

»Wunderschön«, stellte Ginny fest.

»Umwerfend. Halt es mal hoch«, befahl Ruby.

Joy nahm Molly das Kleid ab und hielt ihrer Tante das

Mieder vor die Nase. Sie fühlte sich sogar elegant, wenn sie es bloß hochhielt.

»Du musst es anziehen. Keine Frage«, erklärte Ruby.

»Ich stimme zu«, warf Ginny ein. »Das musst du unbedingt. Es ist genau so schön wie die ganze Dekoration. Was für ein Vergnügen.«

»Danke.« Das schicke Kleid war ein bisschen übertrieben für die Weihnachtstour, aber es würde Spaß machen, sich noch einmal schick anzuziehen. Dazu hatte sie nicht oft die Gelegenheit.

Molly hopste vor Aufregung auf und ab. »Wir werden die hübschesten Mädchen hier sein.«

Kapitel 32

Am Samstagnachmittag um zwei Uhr war die gesamte Farm fertig. Jede Verzierung befand sich an ihrem genauen Platz. Der Stand mit heißer Schokolade war mit Freiwilligen bestückt, die während des *Crystal Christmas Cookie Crawls* servieren sollten. Die Plätzchen lagen in hohen Stapeln, bereit zum Naschen, und Joy war aufgeregt wie ein Kind am Weihnachtsmorgen.

Shirley hatte bereits vorbeigeschaut, und Joy hatte einen Moment lang Angst bekommen, dass sie die Frau gleich wiederbeleben müsste, weil sie so aufgeregt war. Sie musste wirklich Blut und Wasser geschwitzt haben, vor Angst, dass Joy nicht fertig werden würde.

Joy half Ruby zuerst, sich fertig zu machen. Es war nicht ganz einfach, sie in die Dusche hinein- und wieder herauszuverfrachten, aber sie hatten es geschafft. Das Outfit, das Ruby dieses Jahr gekauft hatte, war nicht zu gebrauchen. Die Hose, obwohl sie luftig und mit weiten Beinen war, passte nicht über ihren Gips. Stattdessen hatten sie in Rubys Schrank ein hübsches Weihnachtskleid gefunden, das perfekt für die Veranstaltung am Abend geeignet war.

Geduscht und bereit, sich anzuziehen, zwirbelte Joy eine Haarsträhne, die sich aus ihrem Zopf gelöst hatte, zu einer weichen Spirale. Sie trug nur leichtes Make-up auf. Die Gaben der Natur war das Motto, und das sollte auch für sie gelten. Ihr Kleid hatte die Farbe eines Sommerwalds. Irgendwie passte das.

Sie stand in ihrem Kinderzimmer und fühlte sich ruhiger

als je zuvor. Sie schlüpfte in das Kleid und zog den Reißverschluss zu. *Ich wünschte, du wärst heute hier bei mir, Mom.*

»Aber du bist es trotzdem. Nicht wahr?«, sagte sie zu ihrem Spiegelbild. »Bitte hilf mir, die Person zu sein, die du dir gewünscht hast.«

Sie zog sich fertig an und nahm dann ihr Telefon in die Hand, um nach unten zu gehen. Dann hielt sie inne und legte ihr Telefon zurück auf den Nachttisch. *In einer Nacht wie dieser brauche ich mein Telefon nicht.*

Sie legte die Treppe mit einem Gefühl der Freiheit zurück, weil sie das Handy nicht mitgenommen hatte. Heute Abend würde es nur um Familie und Freunde gehen.

Es läutete an der Tür.

»Ich gehe schon.« Joy drückte im Vorbeigehen auf den Knopf für die Baumbeleuchtung und öffnete dann die Tür. »Renee?«

Renee und Kevin standen da. Zwischen den beiden trugen ihre Töchter, die das genaue Abbild von Renee waren, Kleider in Rot und Grün.

»Ich kann nicht glauben, dass ihr wirklich hier seid.«

»Du hast gesagt, wir dürfen es nicht verpassen«, merkte Kevin an.

Die Mädchen sahen begeistert aus, und Renee stellte fest: »Wir hatten einen grandiosen Tag. Die Fahrt war idyllisch, und Kevin hat uns mit einer Reservierung im Gasthaus in der Stadt überrascht. Wir sind vor etwa zwei Stunden hier angekommen.«

»Und er hat alle unsere schönen Kleider eingepackt«, erklärte eine von Renees Töchtern.

»Ihr seht wunderschön aus«, sagte Joy. »Kommt rein!«

»Crystal Falls ist fantastisch«, brachte Renee vor.

»Es ist wie das Dorf des Weihnachtsmanns«, tat Cassie kund. Hanna nickte zustimmend. »Es glitzert.«

Kevin sah so stolz auf seine Mädchen. »Wir haben Karten

für die Tour, aber wir wollten euch erst einmal besuchen. Wir werden am Ende des Abends hier vorbeikommen.«

»Perfekt. Ich bin so froh, euch zu sehen.«

Cassie und Hanna standen vor dem Baum im Wohnzimmer.

»Das sind die zwölf Weihnachtstage, Mom.«

»Die sind wunderschön«, sagte Renee über die handgefertigten Baumanhänger. »So etwas habe ich noch nie gesehen.«

»Sie waren ein Geschenk für meine Mutter vor langer Zeit.«

Ruby trat ins Zimmer.

»Das ist meine beste Freundin, Renee«, erklärte Joy ihrer Tante. »Und das ist ihre Familie. Kevin, Cassie und Hanna.«

»Sie kommen zum richtigen Zeitpunkt nach Crystal Falls. Jeder freut sich auf diese Veranstaltung.«

»Wir sind so froh, dass ihr uns davon erzählt habt.«

Joy beobachtete die glückliche Familie, wie sie zu ihrem Geländewagen zurücktrabte. Sie hatte Renee noch nie im totalen Mom-Modus erlebt. Sie gaben eine zauberhafte Familie ab. Joy war überrascht, dass sie einen kleinen Stich der Eifersucht verspürte.

Es dauerte nicht lange, und die Gäste säumten den gesamten Weg bis zu Rubys Haus. Es war offiziell: Der *Crystal Christmas Cookie Crawl* hatte begonnen. Die erste Gruppe war immer für VIP-Karteninhaber und Sponsorenfamilien reserviert.

Joys Nerven waren so gespannt wie die Lichterketten am Zaun, als sie ihren Platz im Esszimmer einnahm. Ruby war glücklich, und obwohl das Joys eigentliches Ziel gewesen war, wusste sie auch, wie wichtig dies für ihre beste Freundin Shirley war. Plötzlich war auch das für Joy wichtig.

Neben Joy hielt Molly die Hand von Ginny, während sie an der Schokoladenplätzchen-Station Dienst schoben. Joy hatte beschlossen, alle verzierten und lustig geformten Kekse in die Scheune zu bringen, zusammen mit der heißen Schokolade. Die feineren Schoko-Leckereien blieben hier drin, damit sich die Erwachsenen zwanglos in der Nähe der Bäume unterhalten konnten.

Jemand hob ein tragbares Glöckchen-Set in die Höhe und schüttelte es. Es hörte sich so an, wie Joy sich die Rentiere des Weihnachtsmanns vorstellte, wenn sie auf dem Dach landeten. Kinder hüpften aufgeregt umher, Pärchen schmiegten sich eng aneinander, und Familien drängten sich zusammen.

Als Joy in der Nähe des Fensters stand, schnappte sie einige Bemerkungen von den Leuten auf, die draußen warteten.

»Die rote Tür hat noch nie so schön ausgesehen.«

»Schau mal, wie die drei Kränze im Licht der Veranda glitzern.«

»Sind das weiße Tannenzapfen und Pfauenfedern? Wie hübsch.«

Ruby schwang die Eingangstür auf und hieß die Menge in ihrem Haus willkommen.

Eimer mit Kienäpfeln und Zimt schmückten jede Seite der Eingangstür und sorgten für eine »Duft-Sensation«, sobald die Besucher eintraten.

Ben zog sich die Krawatte ab, warf sie ins Handschuhfach und knöpfte seinen obersten Knopf auf. Warum zum Teufel machte er sich so viele Gedanken über sein Aussehen heute Abend? So ein Typ war er nicht, aber vielleicht ging es ihm weniger um sein Aussehen als vielmehr darum, Zeit zu schinden.

Er hatte den ganzen Tag mit sich gehadert, weil er Joy heute Abend sehen wollte. Aber vielleicht machte er sich die ganze Zeit umsonst so viele Gedanken, während sie bereits zurück in die große Stadt gefahren war, kaum dass er bei Rubys Farm ankam.

Er fuhr zum Bahnhof, wo der *Crystal Christmas Cookie Crawl* beginnen würde. Die meisten Leute würden an diesem Punkt der Tour starten. Hier wurden die Broschüren verteilt, und für diejenigen, die nicht in der Lage waren, die Feierlichkeiten zu Fuß zu genießen, fuhren Busse die Strecke ab. Rubys Haus lag am weitesten draußen. Die meisten Leute benutzten heute Abend den Bus oder eine der Traktor-Heufahrten zwischen dem Bahnhof und Rubys Haus.

Bens Großmutter flitzte herum wie ein Aufziehspielzeug, gab noch abschließende Anweisungen und legte letzte Hand an den Snack-Tisch, den der Frauenverein für diesen Stopp zusammengestellt hatte.

»Ben. Du bist ein Lebensretter.« Shirley drückte ihm einen dicken Lippenstiftkuss auf die Wange.

Ben schaute misstrauisch. »Was brauchst du?«

»Gar nichts. Ich bin heute Mittag zu Ruby rübergegangen. Du hast mich gerettet. Die Farm sieht besser aus als je zuvor. Du hast dich selbst übertroffen.«

»Ich habe geholfen, aber das meiste Lob geht an Joy. Das Motto, die Planungen … das war alles Joy.«

Shirley sah überrascht aus.

»Ernsthaft«, sagte Ben. »Sie hat dieses Projekt geleitet. Hat sich das Motto ausgedacht. Sie hatte einen sehr genauen Projektplan für das Ganze. Ich habe nur die Muskelkraft zur Verfügung gestellt.«

»Sogar die lebende Krippe?«, wollte Shirley wissen.

»Auch die. Ich habe mit den Freiwilligen ausgeholfen, und wir haben die Kostüme benutzt, die wir im Krankenhaus gelagert hatten, aber das war allein ihre Idee.«

Shirleys Gesichtsausdruck verwandelte sich in Erheiterung. »Vielleicht habe ich sie falsch eingeschätzt.«

Du und ich ebenfalls.

Er sah zu, wie seine Großmutter die jährliche Veranstaltung eröffnete. Für sie war es der Höhepunkt des Jahres, und sie nahm es sehr ernst. Als die ersten drei Besuchergruppen den von Girlanden und roten und grünen Blinklichtern beleuchteten Rundweg hinuntergingen, beschloss Ben, Ruby einen Besuch abzustatten und es hinter sich zu bringen.

Als er dort ankam, standen die Leute bereits auf dem Bürgersteig Schlange.

Ein riesiges Bettlaken war an der Seite der Scheune aufgehängt worden, um eine behelfsmäßige Projektionsfläche zu bilden, und die Grundschulaufführungen von Weihnachtsliedern liefen überlebensgroß in einer Dauerschleife. Die Eltern standen staunend da, und die Kinder zeigten auf ihre Freunde. Was für eine großartige Idee. Joy hatte sich damit wirklich selbst übertroffen.

Er ging hinein, schloss sich den anderen an, betrachtete die Dekoration mit frischem Blick und versuchte, einige seiner Begegnungen mit Joy zu vergessen. Manche von ihnen waren gut, andere weniger gut. Ganz oben auf dem Baum im Wohnzimmer, den eigentlich nur die Zwölf Weihnachtstage schmücken sollte, fiel ihm etwas ins Auge.

Der Baum erzählte eine Geschichte. Und nur eine Sache war anders. Ganz oben hing der Anhänger, den er für Joy gemacht hatte, am höchsten Ast. Ein Ehrenplatz. Sein Herz pochte.

Als er sich umdrehte, stand Joy ganz in der Nähe im Esszimmer neben Molly. Joy trug das schicke grüne Kleid. Sein Herz vergaß alle Zweifel, die er je bei ihr gehabt hatte, als er sie neben Molly stehen sah, die auch so hübsch aussah. Joys Haar hing in einem locker geflochtenen Seitenzopf. Er sehnte sich danach, es zu berühren, und Mollys Haar war auf die gleiche Weise frisiert, nur dass hier Lametta in den Zopf des kleinen Mädchens geschlungen war.

Joy bewegte sich mit Leichtigkeit durch den Raum, sprach mit ihren Nachbarn und lachte. Sie war noch hübscher, wenn sie entspannt war. Diese Frau, mit der er sich sein ganzes Leben vorstellen konnte, würde bald weg sein. Und es gab nichts, was er dagegen tun konnte.

»Mein Handy Andy!«

Ben drehte sich um und sah Rubys strahlendes Lippenstift-Lächeln. Sie hatte die Arme über den Kopf gehoben. »Lass dich umarmen, Süßer. Du bist immer für mich da.«

»Du hast mich nicht gebraucht. Joy hatte alles unter Kontrolle.«

»Ich weiß, es war Teamarbeit. Und so schön das alles auch aussieht, ich sage euch, was mich heute Abend noch glücklicher macht.«

»Und das wäre?«

»Zu sehen, dass meine Nichte Freude an etwas – und vielleicht an jemandem – abseits der Arbeit gefunden hat.«

Jemand? Hatte sich Todd innerhalb der letzten zwei Tage wieder ins Spiel gebracht? Will ich das überhaupt wissen? »Ich finde es toll, was sie mit den Videos von der Schulaufführung gemacht hat.«

Ruby neigte den Kopf. »Ich weiß nicht genau, wovon du sprichst.«

»Ich kann nicht glauben, dass sie es dir noch nicht gezeigt hat.« Ben führte Ruby nach draußen und hielt sie am Ellbogen fest, um ihren Gang zu stabilisieren, aber sie kam gut voran.

»Ben?«

Ruby und Ben drehten sich um. Joy stand da, sie sah wunderschön und nervös aus.

»Hi. Ich will Ruby gerade das Meisterstück zeigen – die Videos von der Grundschulaufführung.«

Joy deutete in Richtung der Scheune. »Es hat so viel Spaß gemacht. Ich habe Mollys Auftritt aufgezeichnet, damit du und Ginny ihn sehen können, und dann hatte ich die Idee, ihn hier zu verwenden, damit wir Weihnachtslieder live erleben können.«

»Bravo!« Ruby warf ihre Hände in die Luft. »Ich liebe es. Die ganze Stadt wird es lieben!«

»Ich hoffe, dass sie mitsingen werden.«

Ruby nahm Joys Hand. »Also, dann wollen wir mal loslegen.«

Gott sei Dank kannte er jedes Wort des Liedes. »Frosty the snowman was a jolly happy soul.«

Und als er sich umdrehte, um Joy anzusehen, starrte sie ihn an.

»Ihr habt mich in den letzten Tagen so glücklich gemacht«, sagte sie. »Als ich gegangen bin, Ben, ich habe dich vermisst.«

Er nahm ihre Hand in seine und stimmte wieder in das Lied ein.

Worte waren nicht nötig.

Und ehe sie sich versahen, fiel die Menge mit ein.

Kapitel 33

Renee kam auf Joy zu und zog sie zur Seite. »Hast du die SMS bekommen?«

Joy klopfte sich auf die Hüfte – nicht dass sie ihr Handy jemals dort aufbewahrt hätte –, doch es war immer in der Nähe … außer heute Abend. »Welche SMS? Mein Telefon ist oben. Warum?«

»Ich will dir den perfekten Abend nicht verderben, aber unsere Freunde bei MacDonald-Webber haben beschlossen, dass wir nächste Woche mit den ersten Meetings beginnen müssen. Den Montag und Dienstag vor Weihnachten und dann direkt wieder am Montag und Dienstag vor Neujahr.«

»Was? Die meisten sind doch verplant.«

»Nicht mehr.«

»Aber …« Wahrscheinlich hätte sie früher genau diesen Plan vorgeschlagen, nur dieses Jahr wollte sie Zeit mit Ruby verbringen. Vielleicht sogar die ganzen Feiertage über. Sie war sich nicht einmal sicher, was sie fühlte. Wütend? Enttäuscht? Zwiespältig?

»Wir haben Wetherton's als Kunden verloren«, sagte Renee. »Ich glaube, sie flippen ein bisschen aus.«

»Wirklich? Ich hatte noch nichts wegen Wetherton's gehört.«

Joys Gedanken wanderten zu dem, was Poppy am Abend der Gala gesagt hatte. Sie war erleichtert, dass der Verlust des Vertrags nicht auf ihre Arbeit zurückzuführen war, aber wer wusste schon, wie MacDonald-Webber das sehen würde? Sie fragte sich, wie sich das auf ihre Beförderung auswirkte. Natürlich würde es eine Verschiebung der Verantwortlichkeiten geben, wenn Wetherton nicht mehr einen großen Teil ihrer Arbeit einnähme.

»Ich kann nicht glauben, dass sie dich arbeiten lassen wollen. Das ist doch lächerlich. Als ob die Dinge nicht noch ein paar Tage warten könnten.«

»Ich bin sicher, sie haben ihre Gründe.« Noch vor einigen Wochen wäre sie mit ihnen einer Meinung gewesen.

Renee drückte Joys Hand. »Als ich die SMS gesehen habe, dachte ich, du wärst vielleicht aufgebracht. Ich muss jetzt los. Kevin bringt uns zu den anderen Häusern. Wir sehen uns dann nachher am Ende des Abends, okay?«

»Klar«, sagte Joy, wobei ihr Lächeln schwächer wurde. Sie ging durch die Scheune und trat durch die hinteren Schiebetüren auf die Weide hinaus. Der dunkelste Teil des Hofes.

Sie war glücklich hier. Glücklich, mit Ruby zusammen zu sein. Sie genoss die Kameradschaft in der Kleinstadt. Die Dinge änderten sich für sie. Molly und Ben hatten tiefgreifend verändert, wer sie war oder wer sie zu sein glaubte.

Was denkst du über all das, Mom?

Joy bewegte ihre Hand so, als ob sie wieder die von Mom halten würde. Sie schloss die Augen. *Hilf mir, die Person zu sein, die du immer wolltest, Mom. Lass mich den anderen Freude bringen. Ich möchte ein reicheres Leben haben, voll von Familie, Gemeinschaft und vielleicht sogar Liebe – Dinge, die man mit Geld nicht kaufen kann. Ich möchte einfach jemandem etwas bedeuten. Ich möchte meine einzig wahre Liebe finden, so wie Ruby es mit Onkel George getan hat. Die andere Hälfte, die mich vervollständigt.*

Plötzlich hörte Joy Bens Stimme. »Ich muss dir etwas sagen.«

Sie öffnete die Augen und drehte sich zu ihm um. »Oh, Ben. Nein. Du kannst nicht –«

Er legte einen Finger auf ihre Lippen. »Hör auf, mit mir zu streiten.«

Sie schloss den Mund, wobei sich ihre Mundwinkel leicht nach oben zogen. »Tut mir leid.«

»Du bist mir wichtig. Zeit mit dir zu verbringen, ist manchmal nicht einfach, aber es hält mich wach und konzentriert. Ich mag es. Ich mag dich. Und zwar sehr.«

Sie legte den Kopf schief und nahm die vielen Facetten dieses attraktiven Mannes vor ihr auf. Er war wirklich geschickt, konnte gut mit Zahlen umgehen und war aufmerksam. Wer hätte gedacht, dass man all diese Dinge in einem Paket bekommen konnte?

Sein Lächeln war sanft. »Ich werde dich vermissen, wenn du wegen der großen Beförderung zurück in die Stadt gehst.«

Sie fuhr mit ihren Händen über ihr Kleid. »Werde ich nicht.«

»Du wirst was nicht? Die Beförderung nicht bekommen? Ich dachte, das wäre so gut wie sicher.«

»War es. Ist es.« Sie zuckte mit den Schultern. »Aber ich glaube, es ist nicht mehr das, was ich wirklich will.«

»Bist du okay?« Ben legte seine Hand auf ihre Wange. Er sah ihr in die Augen, um die Wahrheit zu erfahren.

Sie nickte langsam. »Überraschenderweise bin ich das. Ich dachte, ich wollte das unbedingt, aber heute, an diesem Abend, jetzt, scheint es nicht so wichtig zu sein.«

Er zog sie in die Arme. »Dabei war das doch dein Weihnachtswunsch.«

»Meine Prioritäten ändern sich. Es gibt schließlich noch mehr Sterne. Ich kann einen neuen Wunsch äußern.«

»Darf ich das als Verdienst verbuchen?«

»Na ja, du bist der Buchhalter. Das kannst du dir dann ja ausrechnen.«

»Ja. So ähnlich. Wenn du dir noch einmal etwas wünschen könntest … heute Abend …« Er zog sie noch enger an sich. »Genau jetzt. Was würde das sein?« Er hob ihr Kinn mit seinen Fingern an und küsste sie. Langsam. Zärtlich. Dann strich er mit dem Daumen über ihre Lippen. »Schick deinen Wunsch zu einem Stern.«

Sie blickte auf. »Such einen aus.« Ihre Stimme zitterte.

»Es spielt keine Rolle, welchen du wählst. Wenn es keiner im Himmel ist, dann in unseren Herzen, in unseren Erinnerungen.« Er strich ihr mit den Fingern über die Augenlider.

Joy schloss sie und entspannte sich immer mehr.

»Sag es mir.« Seine beruhigende Stimme ließ nicht locker.

»Ich wünschte, das, was ich in dieser Minute fühle, würde nie enden.«

Dann eroberte sein Mund ihren. »Ich möchte, dass dieser Wunsch für dich in Erfüllung geht.«

»Ich habe Angst.«

Er nahm ihre Hände. »Das musst du nicht. Ich werde dir nie absichtlich wehtun. Wir schaffen das gemeinsam. Wir lassen es langsam angehen.«

»Du hast recht. Beruflich gehe ich große Risiken ein, aber nicht mit meinem Herzen. Das kann ich nicht leugnen, doch ich habe mich in dich verliebt. Und ich habe Angst. Nicht auf die schlechte Art, eher kribbelig und aufgeregt auf eine wirklich gute Weise. Man könnte es enthusiastisch nennen.«

»Wie bitte? Hast du gerade gesagt –«

»Oh, was? Ich sage, dass du recht hast, und du hörst ab dem Punkt einfach nicht mehr zu.«

»Nein. Ich muss nicht recht haben. Mein Gehirn konnte den letzten Teil nicht verarbeiten, weil ich dachte, ich hätte dich sagen hören, dass du dich in mich verliebt hast.«

»Das tue ich auch«, sagte sie leise, ihre Lippen bebten.

»Ich hätte nie gedacht, dass ich diese Worte aus diesem Mund hören würde, und sie klingen so süß. Sag es noch einmal.«

»Ich habe mich in dich verliebt.«

»Du bist mein perfektes Gegenstück. Du bist meine Freude. Ich hatte Angst davor, wie schnell es gehen könnte, aber etwas, was meine Mutter neulich sagte, hat mich wirklich getroffen. Sie meinte, ich sei als kleiner Junge furchtlos gewesen. Furchtlos.«

»Du wirst doch nicht versuchen, mit einem Handtuch als Umhang aus dem zweiten Stock zu fliegen, oder?«

»Nein.« Er lachte. »Zumindest nicht heute.«

»Gut. Denn das könnte gefährlich sein.«

»Und wenn ich mir das Bein breche, könnte ich nicht mit dir spazieren gehen. Ich möchte viele Spaziergänge mit dir machen. Und laufen. Im Regen. Oder im Schnee. Die ganze Zeit!«, rief er mit so großem Vergnügen aus.

Eine warnende Stimme flüsterte in ihrem Kopf. Joy leckte sich nervös über die Lippen. »Fernbeziehungen können schwierig sein.«

»Ja, aber wenn es so echt ist wie das hier … dann kriegen wir das schon hin.«

Erleichterung machte sich in ihr breit. »Du hast mich auf so besondere Weise berührt, in so vielen Dingen. Dinge, von denen ich dachte, dass ich sie nie wieder fühlen will. Ich danke dir dafür.«

Er hob eine Hand, um sie zum Schweigen zu bringen. »Hörst du das?«

Er war sich nicht sicher, woher das Geräusch kam. »Die Glocken?«

»Die Glocken an Heiligabend.«

Joy biss sich auf die Lippe, um ein Lachen zu unterdrücken. »Aber es ist nicht Heiligabend.«

»Technisch gesehen nicht, doch hier in Crystal Falls läuten wir sie zu Ehren des Weihnachtsfestes während des *Christmas Cookie Crawls* auch. Um zehn Uhr. Es ist also nicht ganz Mitternacht an beinahe Heiligabend.«

Die Wärme seines Lächelns spiegelte sich in seiner Stimme wider. »Ich versuche hier, romantisch zu sein. Spiel mit. Und du bist das Beste daran.« Ben küsste sie sanft.

»Und du bist der Grund, warum ich von nun an jedes Weihnachten lieben werde. Inklusive das echte nächste Woche.« Sie berührte mit ihren Lippen federleicht seine. »Danke für dieses Geschenk.«

»Entschuldigt bitte«, sagte Renee. »Entschuldigung, jemand hat gesagt, er hätte euch hier hinten hingehen sehen. Ist das ein schlechter Zeitpunkt?«

»Nein. Ich möchte dir Ben vorstellen.«

»Ben.« Renee sah Joy an. »*Der* Ben?«

Joy kicherte, und Ben griff ihre Hand.

»Ich habe schon viel von dir gehört, Ben«, sagte Renee.

Kevin schüttelte Ben die Hand. »Schön, dich kennenzulernen, Mann.«

»Das sieht aus, als würden wir stören, und die Mädchen sind müde. Wir gehen jetzt zurück zum Gasthaus, aber ich muss dich noch etwas fragen, bevor ich verschwinde.«

»Was denn?«

»Hast du den Umschlag von Poppy jemals geöffnet?«

»Nein. Sie sagte, ich solle bis Weihnachten warten.«

»Fühlt sich an wie Weihnachten in Crystal Falls«, erwiderte Renee. »Hol den Brief doch.«

»Okay, ich bin gleich wieder da.«

Joy ging hinein und holte den silbernen Umschlag aus ihrer Handtasche, wo er seit dem Tag, an dem Poppy ihn ihr überreicht hatte, lag. Sie trug ihn nach draußen zu Renee und Ben.

»Kevin hat die Mädchen zum Auto zurückgebracht. Ihnen ist kalt geworden.«

»Okay, dann machen wir es kurz.« Sie schob ihren Finger unter den Umschlag und hob den geprägten Folienaufkleber an, der ihn verschloss. »Das ist keine Weihnachtskarte.«

Liebe Joy,

nur eine persönliche Nachricht von mir an Sie. Es gibt viele Verän-

derungen bei Wetherton's, und wir werden unsere Geschäfte ein wenig anders führen als in der Vergangenheit. Sie sind ein wichtiger Teil unserer externen Unterstützung gewesen. Ein echter Teil der Wetherton-Familie und ihrer Werte.

Die Welt könnte mehr leuchtende Sterne wie Sie gebrauchen. Sie strahlen von innen heraus und sind für große Dinge bestimmt. Ich integriere die Marktforschung ins Haus. Ich würde mich freuen, wenn Sie zu meinem Führungsteam gehören würden.

Ich werde am 1. Januar ankündigen, dass ich in der Nähe von Charlotte, NC, ein neues Geschäft und eine neue Niederlassung eröffnen werde. Wenn Sie sich einer neuen beruflichen Herausforderung stellen möchten, rufen Sie mich bitte in der ersten Januarwoche an, um darüber zu sprechen.

Ich wünsche Ihnen ein strahlend schönes neues Jahr,
Poppy Wetherton

Renee quietschte und packte Joy bei den Armen. »Das ist großartig! Mehr als toll. Traumhaft! Ich kann nicht glauben, dass du die Chance hast, an der Seite von Poppy zu arbeiten. Sie wäre die beste Mentorin!«

»Das steht da nicht unbedingt.« Aber ihr Herz klopfte wie wild. Es war keine sichere Sache, doch es war ein Kompliment. Das bedeutete etwas.

»In Charlotte? Da kannst du hinpendeln«, fügte Ben hinzu.

»Nun, sie deutet es zumindest so an«, sagte Renee. »Eine neue Chance. Sie sucht sich ihr Gewinnerteam selbst aus. Und du gehörst dazu. Und sie hat dir streng geheime Neuigkeiten anvertraut.«

Renee hatte nicht ganz unrecht. Die Verantwortlichen bei MacDonald-Webber würden einen Herzinfarkt bekommen, wenn sie wüssten, dass sie die ganze Zeit mit dieser Nachricht in ihrer Handtasche herumgelaufen war.

»Wir dürfen kein Wort davon verraten«, sagte Joy. »Wir

müssen ihr Geheimnis bewahren. Du darfst es nicht einmal Kevin erzählen. Versprich es mir.«

»Ich verspreche es. Keine Frage, aber du musst zugeben, dass das aufregend ist. Ruby wäre froh, dich in der Nähe zu haben. Deine Wohnung wird sich im Handumdrehen verkaufen. Oder du könntest sie vermieten. Das wird ein Kinderspiel. Ich werde dich wahnsinnig vermissen, aber wir können uns trotzdem besuchen.«

»Oder ich könnte dich MacDonald-Webber stehlen.«

»Jetzt kommen wir der Sache schon näher. Ja! Klau mich. Mach das! Wir wären so ein tolles Team. Das wäre der Hammer. Und es gibt noch einen weiteren Pluspunkt.«

»Welchen denn?«

»Du wärst näher bei Ben.« Renee stupste Ben an. »Daran hast du doch gedacht, oder?«

»Du hast meine Gedanken gelesen.« Ben lächelte. »Vielleicht bekomme ich genau das, wovon ich zu Weihnachten geträumt habe.«

»An diesem und jedem zukünftigen Weihnachten.«

ENDE

Danksagung

Umarmungen und ein großes Lob gehen raus an das unglaubliche Team von Leuten, die geholfen haben, diese Weihnachtsgeschichte zum Leben zu erwecken:

An meine Agentin, Kevan Lyon: Dafür, dass sie an mich geglaubt hat und mir die Türen schneller geöffnet hat als ein Team von SWAT-Typen mit einem Rammbock, nur eben auf eine damenhafte Art und Weise.

An meine Lektorin, Eileen Rothschild: Für ihre Ideen und ihre Partnerschaft, denn seien wir doch mal ehrlich … zwei Frauen, die Romantik und Happy Ends genauso lieben wie wir beide, sind einfach unschlagbar.

Vielen Dank an Daniel's Tree Farm in Dunn, NC, für die wunderbare Inspiration, die Ihre Farm für diese Geschichte geliefert hat. Es geht nichts über einen Familienbetrieb, der die Dinge zu etwas Besonderem macht. Ziegen sind dabei auch nicht verkehrt.

Und an diejenigen, die mir täglich hinter den Kulissen geholfen haben: Mom, *aka Miss Bettie für meine Freunde*; Pam Murray, Stephanie Brittain, Kelsey Browning, Tracy Mastaler, Dad und Greta und mein tollster Hund Dakota: Vielen Dank für die Beta-Lesungen, das Feedback und die Aufmunterung, wenn etwas schiefging, das Kuscheln, das Kichern und das Feiern. Ohne eure Hilfe und Freundschaft wäre das Schreiben dieses Romans nicht annähernd so befriedigend gewesen.

UND AN ALLE, DIE DAS HIER LESEN: DANKE!

Winterglück in tiefverschneiten Wäldern

Ruth Bennett
WINTERTRAUM
IN KANADA
Roman

272 Seiten
ISBN 978-3-404-19224-3

Sara und Paul erleben herrliche Urlaubstage in den schneebedeckten Landschaften Kanadas. Die Nächte sind magisch, mit sternenübersätem Himmel und Polarlichtern. Zurück in Deutschland planen sie die Auswanderung in ihr Traumland Kanada. Übers Internet kaufen sie ein wunderschönes Haus am Okanagan-See, in dem sie ein Bed & Breakfast eröffnen möchten. Doch in Kanada ankommen, entpuppt sich das idyllische Haus als total marode. Unter diesen Bedingungen wird es in der jungen Ehe recht turbulent. Dann stehen nicht nur immer mehr unerwartete Gäste vor der Tür, sondern der kanadische Winter, der die Sanierung erschwert, aber dessen Zauber Wunder wirkt …

Lübbe

Eine liebenswerte Zuckerbäckerin, ihre bezaubernde Konfiserie und jede Menge Wirbel im Advent

Stephanie Marzian
FRÄULEIN GEWÜRZZAUBER - ZIMTKÜSSE UND HONIGDUFT
Roman in 24 Kapiteln

384 Seiten
ISBN 978-3-7857-2865-9

Zu Lenas großem Glück ist ihre große Liebe Max zu ihr in das charmante alte Stadthaus gezogen, in dem sich auch ihre Zuckerbäckerei, das »Fräulein Gewürzzauber«, befindet. Mit viel Leidenschaft hat sie sie zu ihrer Welt gemacht. Als Lena das Tagebuch ihrer Ururgroßmutter Elvi auf dem Dachboden findet, werden Erinnerungen an Oma Gretas letzten Adventskalender wach, und sie beschließt, bis Weihnachten jeden Tag einen Eintrag zu lesen. Sie ist fasziniert, wie sehr Elvis Überlegungen ihr beim Durcheinander ihres eigenen Lebens helfen. Und davon gibt es genug, denn Max' skurrile Tante kommt zu Besuch, und Lena bekommt Konkurrenz: für ihr Café – und in der Liebe ...

Lübbe

Ein zauberhaftes Wintermärchen

Nancy Naigle
EIN WEIHNACHTSENGEL
FÜR DIE LIEBE
Roman
Aus dem amerikanischen
Englisch von
Michaela Link
352 Seiten
ISBN 978-3-404-18520-7

Bei einer Auktion entdeckt Liz das ehemalige Gasthaus ihrer verstorbenen Großeltern. Von ihren Emotionen übermannt, erwirbt sie die kleine Pension in den Bergen. Doch vor Ort stellt Liz fest: Das Haus ihrer schönen Kindheitserinnerungen ist ziemlich heruntergekommen. Als wäre Weihnachtsmagie im Spiel, steht plötzlich Innenarchitekt Matt vor der Tür und hilft Liz, das marode Gebäude zu restaurieren. Die beiden verstehen sich prächtig und kommen sich bald näher. Aber dann geschieht ein Unglück, und die Pensionseröffnung steht auf der Kippe. Jetzt kann nur noch ein Weihnachtswunder helfen.

Lübbe

Gemütliche Weihnachten in verschneiten Bergen … oder doch nicht?

Jenny Hale
DAS KLEINE COTTAGE
IM SCHNEE
Roman
Aus dem amerikanischen
Englisch von
Michaela Link
368 Seiten
ISBN 978-3-404-18876-5

Holly verbringt die Weihnachtsfeiertage am liebsten allein im Cottage ihrer Familie. Doch dieses Jahr ist alles anders: Joe ist da! Er ist eigentlich der letzte Feriengast des Jahres. Doch weil draußen ein Schneesturm tobt, kann er nicht abreisen. Mit Keksen und Weihnachtsmusik macht Holly das Beste aus der Situation – und verspürt schon bald dieses Herzklopfen in Joes Nähe. Aber dann hört Holly, dass ihr ehemals bester Freund Rhett in der Stadt ist – der ihr das Herz gebrochen hat. Zwischen Kerzenschein und Glühweinduft fragt sich Holly, was sie vom Leben und der Liebe erwartet. Und für wen ihr Herz wirklich schlägt?